06/2500

Über 40 Jahre
Heyne Science Fiction
& Fantasy

2500 Bände
Das Gesamt-Programm

Fantasy

Herausgegeben von Friedel Wahren

Vom DEMONWORLD®-Zyklus erscheinen in der Reihe
HEYNE SCIENCE FICTION & FANTASY:

NORDMARK-TRILOGIE

Ulrich Drees: *Die Mission der Ordensritter* · 06/9031
Ulrich Drees: *Die Eishexen von Harrané* · 06/9032
Ulrich Drees: *Das Geheimnis von Soron* · 06/9033

ULRICH DREES

Das Geheimnis von Soron

**Dritter Roman
der Nordmark-Trilogie**

Originalausgabe

WILHELM HEYNE VERLAG
MÜNCHEN

HEYNE SCIENCE FICTION & FANTASY
Band 06/9033

Umwelthinweis:
Dieses Buch wurde auf chlor- und
säurefreiem Papier gedruckt.

Originalausgabe 3/2000
Redaktion: Joern Rauser
Copyright © 2000
by Wilhelm Heyne Verlag GmbH & Co. KG, München,
und Hobby Products GmbH, Oberhausen
DEMONWORLD® und der
DEMONWORLD® Logo sind registrierte Warenzeichen
von HOBBY PRODUCTS GmbH
http://www.heyne.de
Printed in Germany 2000
Umschlagbild: Swen Papenbrock
Kartenentwürfe: Ralf Hlawatsch
Umschlaggestaltung: Nele Schütz Design, München
Technische Betreuung: M. Spinola
Satz: Schaber Satz- und Datentechnik, Wels
Druck und Bindung: Elsnerdruck, Berlin

ISBN 3-453-14946-7

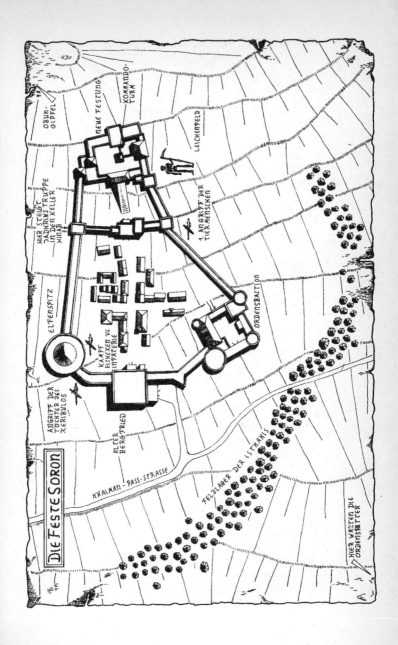

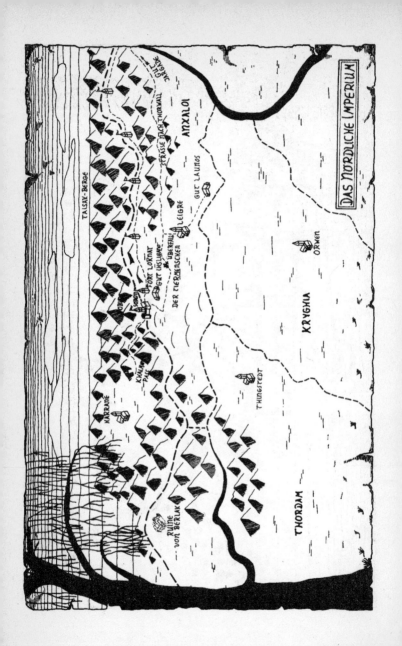

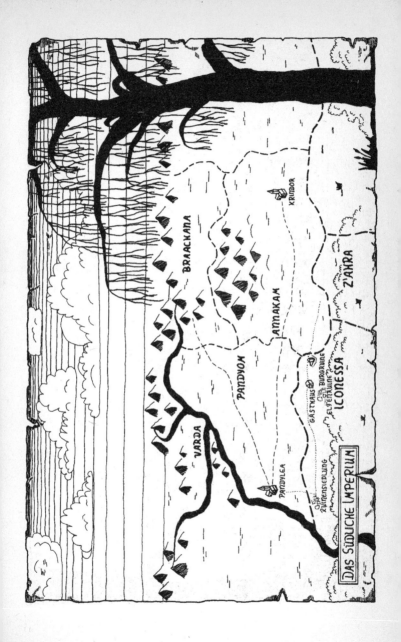

KAPITEL 1

18. Dembar 715 IZ

Die Festung Soron am Khaiman-Paß

Eine große Rauchwolke stand über der Festung. Der Kundschafter hoch im Wipfel der Tanne rief herunter, daß der Qualm aus dem Hauptturm, dem Bergfried der Neuen Festung, käme. Offenbar sei dort ein Feuer ausgebrochen. Außerdem gäbe es Kämpfe zwischen den vorhin angekommenen Kriegern vom Orden der Reinigenden Finsternis und den Eishexen. Im Innenhof der Neuen Festung liefen große Mengen der blauhäutigen Furien und der schwarzbemantelten Ordenskrieger durcheinander und schienen miteinander zu kämpfen.

Der Anführer der Gruppe von Freischärlern wies den Mann in der Tanne an, sich wieder auf die Vorgänge in der Schlucht zu konzentrieren. Das sei jetzt wichtiger. Dann stapfte er mit angespanntem Gesichtsausdruck durch den Schnee. Eine Stunde später meldete sich der Kundschafter erneut. Diesmal mit dem Pfiff einer Schneeweihe. Es war soweit. Die Tierschädel rückten an.

Nachdem der Anführer der Gruppe seine Leute zusammengerufen hatte, machten sie sich vorsichtig zu dem Abhang auf, wo sie bereits eine nette kleine Lawine präpariert hatten. Ein wenig Druck an den richtigen Stellen, hier und da einen kleinen Felsbrocken in Bewegung gebracht, und die Tiermenschen-Patrouille unten in der Schlucht würde nun aus erster Hand Erfahrungen damit machen, wie gefährlich Ausflüge in die Bergwelt Anxalois sein konnten, wenn man keinen einheimischen Führer dabei hatte.

Er rückte seine beiden Waffen auf dem Rücken zurecht und zog sich seine Pelzmütze tiefer in die faltige Stirn. Dann gab er seinen Männern das Zeichen und schob den Baumstamm, der vor ihm lag.

Augenblicke später versank die Schlucht in einer riesigen Wolke aufstiebenden Schnees, der hier und da mit Steinen und Baumstämmen gespickt war. Die Menschen betrachteten ihr Werk mit einem gelegentlichen »Oh!« oder »Ah!«, wenn mal wieder ein Tiermensch verzweifelt mit den Armen rudernd aus dem Durcheinander auftauchte.

Als alles vorbei war, stiegen sie vorsichtig in die Schlucht hinab und durchsuchten den Schnee nach Überlebenden. Viele von ihnen hatten in ihren ehemaligen Berufen, die zumeist mit der Bewegung von Gütern auf beiden Seiten der Grenze zu tun gehabt hatten, die Gelegenheit wahrgenommen und sich ein wenig von der Landessprache Isthaks angeeignet. Die Einwohner jenes Landes waren meist nicht abgeneigt, mit wagemutigen Männern aus dem Imperium Handel zu treiben, wenn sie so an Erzeugnisse des technologisch fortschrittlicheren Imperiums kommen konnten, die ihnen sonst vorenthalten blieben. Dieser Handel hörte aber sofort auf, wenn die Eislords, die Herrscher Isthaks, einen erneuten Angriffszug nach Süden befahlen. Die erworbenen Sprachkenntnisse erwiesen sich als sehr nützlich, denn die gleichen Leute, die früher mit den wenigen nur halbwegs intelligenten Tiermenschen gefeilscht hatten, konnten sie jetzt nach dem Aufenthaltsort weiterer Patrouillen befragen.

Während die Menschen die von der Lawine fast völlig verschüttete Schlucht durchsuchten, stieg der Anführer der Freischärlertruppe wieder zu dem Kundschafter in der Baumspitze am Abhang über der Schlucht empor. Man merkte ihm an, daß er nicht zum ersten Mal verschneite Berghänge erklomm.

Trotzdem wäre er beinahe abgestürzt, als plötzlich

knapp neben ihm die Hand eines Tiermenschen mitsamt einem langen Dolch aus dem Schnee auftauchte und nach ihm stieß. Der Anführer warf sich zur Seite, doch schon war der massige Tiermensch mit dem Schädel eines Wolfes über ihm. Er spürte den fauligen Raubtieratem in seinem Gesicht und konnte gerade noch den pelzigen Arm aufhalten, der die Waffe in seinen Hals zu stoßen drohte.

»Vorsicht!« schrie nicht weit entfernt einer seiner Männer.

Dann wurde der Körper des Tiermenschen von einem Schlag getroffen, erzitterte und fiel schließlich schlaff zur Seite.

»Blöde Viecher, wissen nie, wann sie eigentlich tot sein sollten.« Der Anführer erhob sich und klopfte den Schnee von seiner Kleidung. Dann machte er sich ohne weitere Umstände wieder an den Aufstieg, während der Tiermensch von kopfschüttelnden Freischärlern auf noch vorhandene Lebenszeichen untersucht wurde.

Oben angekommen rief er dem Mann auf dem Baum zu: »Wie steht's in der Burg?«

»Sie haben das Feuer offenbar unter Kontrolle. Die Kämpfe haben aufgehört«, antwortete der Mann. »Kann ich jetzt runterkommen? Mir ist ziemlich kalt hier oben.«

»Warte noch, bis die anderen wieder aus der Schlucht heraus sind. Wir wollen kein Risiko eingehen«, antwortete der Anführer. Er wollte so lange wie möglich in der Nähe der Festung bleiben. Viel konnten er und die anderen zwar nicht tun, aber jede Patrouille, die sie überfielen, und jede Nachschublieferung, die sie unterbinden konnten, war ein Erfolg. Irgendwann würden imperiale Truppen eintreffen, um die Festung zurückzuerobern, und dann würden sich die Aktionen schon auszahlen, die er und seine Männer durchgeführt hatten.

KAPITEL 2

18. Dembar 715 IZ

In den Kellern von Soron,
gleich unter dem äußeren Rand des Elfenspitz-Turmes

Jadhrin warf einen erschütterten Blick auf die Leiche Fakors, Celinas Bruder, die leblos an der Wand lehnte. Selbst im Tod wirkte der Ni-Gadhir noch so, als könne er mit einem Schlag einen Ochsen fällen.

»Was hat er damit gemeint?« fragte Jadhrin und erinnerte sich an die letzten Worte des Toten. »Andron, Treppen, durch eine Wand, Hexen und ein toter Magier. Und dann ein Ritual?« Während er seine Klinge wieder wegsteckte, massierte er seinen schmerzenden Hals. Der Kerl hatte ihm fast das Genick gebrochen.

Er erhielt jedoch nur leises Schluchzen zur Antwort. Celina hielt ihren toten Bruder in den Armen und wiegte ihn leise hin und her. Jadhrin schluckte. Wie konnte er so gedankenlos sein?

»Celina ...«, versuchte er vorsichtig ihre Aufmerksamkeit zu erregen. »Celina, es tut mir so leid. Aber wir können hier nicht bleiben.« Er legte ihr seine Hand auf die Schulter. »Wer weiß, ob sich in der Nähe nicht Hexen herumtreiben, die uns vielleicht gehört haben. Es ist zu wichtig, daß wir nach Leigre kommen.«

Seine Begleiterin starrte ihn nur an. Deutlich waren die Tränen in ihren Augen zu sehen. »Jadhrin«, schluchzte sie. »Er ist mein Bruder! Was tut er hier? Warum ...?«

Erneut brach die junge Adlige aus dem Haus der Sedryns in Tränen aus. Jadhrin ging in die Knie. Was sollte er tun? Es gehörte nicht zu den üblichen Aufgaben junger Ritter des Ordens des Reinigenden Lichtes, weinende Frauen zu trösten. Aber Celina bedeutete ihm so viel. Vorsichtig ging er in die Knie und nahm sie in den Arm. Er wurde sofort bereitwillig umklammert, und die Ordenstracht der Ritter der Finsternis, die er als Verkleidung trug, wurde von Tränen durchnäßt.

»Schon gut ...« Jadhrin wußte einfach nichts zu sagen. Ihm fielen nur belanglose Floskeln ein, die Celinas Schmerz auf keinen Fall gerecht werden konnten. Was sagte man jemandem, der gerade hatte mit ansehen müssen, wie sein eigener Bruder mit einem Schwert im Bauch starb, und das alles wahrscheinlich deshalb, weil man selbst sich leichtsinnig in Gefahr begeben hatte. Während er langsam begann, der jungen Frau beruhigend über die Haare zu streichen, dämmerte Jadhrin, was in diesem Augenblick in Celina vorgehen mußte.

Sie hatte sich vor einigen Wochen in Andron Fedina, den Sohn des Provinzgouverneurs von Anxaloi, Grigor Fedina, verliebt und war ihm in den hohen Norden nachgereist, um sich mit ihm auf einem abgelegenen Landgut seiner Familie zu treffen. Dazu hatte sie ihren alten Freund und Leibwächter, den Ritmar der Sedryns Wayn, überredet, sie auf der Reise in den Norden zu begleiten. Die Reisegruppe war jedoch von Tiermenschen überfallen worden, und nur Celina und Wayn hatten überlebt. Die junge Adlige machte sich für den Tod der Diener und Wächter in ihrer Begleitung verantwortlich. Sie hatte sich anschließend mit Wayn zum Landgut der Fedinas durchschlagen können. Dort kam es jedoch nach kurzer Zeit wieder zu einem Überfall, und die beiden waren zusammen mit Andron Fedina nach Soron, der großen Festung des Imperiums am Khaiman Pass, geflohen. Dort war allerdings nach kurzer Zeit ein isthakisches Eroberungsheer aufgetaucht und hatte damit begonnen, die Festung zu belagern.

Celina hatte sich und ihren Freund mitten in eine großangelegte Invasion Isthaks geführt.

In Soron hatte Jadhrin Celina zum ersten Mal gesehen. Er selber hatte sich mit dem Auftrag, Andron Fedina herauszuholen, durch den Belagerungsring in die Burg geschlichen. Als er zusammen mit Andron und Celina die Festung durch einen unterirdischen Geheimgang wieder verlassen wollte, war ihre kleine Gruppe von Eishexen überfallen worden, die durch das gleiche unterirdische System von Kellern und zum Teil längst vergessenen Gängen in die Burg eindrangen. Wayn wurde getötet, und wieder fühlte sich Celina dafür verantwortlich. Nun war auch ihr Bruder tot, der wahrscheinlich mit der Absicht hierher gekommen war, nach ihrem Verbleib zu forschen.

»O Fakor, Fakor, warum bist du nur hierhergekommen. Warum habt ihr mich denn nicht einfach aufgegeben? Es ist doch alles meine eigene Schuld!« flüsterte Celina, die etwas ruhiger geworden war, wie um Jadhrins Gedanken zu bestätigen.

Sie erhob sich in seinen Armen langsam und schaute ihn aus verquollenen Augen an. Dann richtete sie ihren Blick wieder auf die Leiche ihres Bruders, der in abgenutzte, unauffällige Winterkleidung gehüllt war. Dort, wo das Schwert in seinem Bauch steckte, waren die durchstoßenen Glieder eines Kettenhemdes zu sehen. Sein langes dunkelbraunes Haar hing strähnig von seinem Schädel herunter. Er war über und über mit getrocknetem Blut bedeckt, das jedoch nur zu einem Teil sein eigenes war. Vor allem an seinen Händen und Armen fanden sich Spuren des blauen Blutes der Eishexen. Er mußte gekämpft haben.

»Er ist hier, weil er nach mir gesucht hat«, sagte Celina. »Deshalb mußte er hier unten in der Dunkelheit sterben.«

Jadhrin wußte nicht, was er sagen sollte. Irgendwie

hatte Celina recht. Aber es war nicht mehr zu ändern. Ihr Bruder hatte so gehandelt, wie ein imperialer Adliger und dazu ein Bruder handeln mußte. Er hatte sich auf die Suche nach seiner Schwester gemacht. Er war gestorben.

»Celina.« Jadhrin räusperte sich. »Celina, du darfst jetzt nicht darüber nachdenken. Sein Opfer hat nur dann einen Sinn, wenn wir hier herauskommen und es schaffen, Leigre zu erreichen. Dafür ist er gestorben.«

Sie antwortete nicht. Aber sie befreite sich mit einer fast unwirschen Bewegung aus seinen Armen und beugte sich über ihren Bruder. Jadhrin war sich nicht sicher, aber sie schien etwas zu flüstern, wahrscheinlich einige letzte Worte des Abschieds. Er stand vorsichtig auf und ergriff die Fackel, die Celina achtlos hatte fallen lassen, nachdem sie neben ihrem Bruder in die Knie gegangen war. Während er sich umsah, gingen ihm wieder die letzten Worte des Toten durch den Kopf. Warum sprach er von Andron, und was für ein Ritual meinte er? Jadhrin richtete seine Aufmerksamkeit erneut auf Celina. Sie stand über ihrem Bruder und hatte die Hand um den Knauf des Schwertes in seinem Bauch gelegt.

Laut sagte sie: »Sedryn Blut!« Der Rubin am Schwertknauf begann daraufhin mit einem tiefroten Leuchten zu glühen.

Jadhrin wich unwillkürlich einen Schritt zurück. Ein magisches Schwert?

»Stolz sei Sedryns Blut!« stieß Celina jetzt hervor, und der Rubin blitzte auf.

»Celina, was soll das? Was machst du da?«

Mit einem Ruck zog die Angesprochene das Schwert aus dem Bauch ihres Bruders, das Glühen ließ ein wenig nach. Doch plötzlich wurde Celinas Rücken von einem Schaudern ergriffen. Sie zuckte einige Male und schien Krämpfe zu bekommen. Jadhrin sprang nach vorne, um sie stützen. Doch bevor er sie erreichen konnte, drehte sie sich um, und der hochgewachsene Dashino blieb wie angewurzelt stehen. Celinas schlanke, fast knabenhafte Gestalt war jetzt ruhig, die Zuckungen hatten aufgehört. Ihr Körper wirkte entspannt, als sie das Schwert erhob und in den Rubin blickte. Noch einmal flüsterte sie einige unhörbare Worte, dann senkte sie das Schwert, wobei das Glühen aus dem Rubin wich.

Sie sah Jadhrin aus ihren grünen Augen an und sagte: »Das ist das Schwert des Herulenar, das Schwert meiner Familie. Normalerweise trägt es das Oberhaupt der Familie. Meinem Vater muß demnach etwas zugestoßen sein.« Sie stockte. »Es soll angeblich magische Kräfte besitzen, wenn es vom rechtmäßigen Träger Gadhir Sedryn getragen wird.«

Jadhrin nickte. Bei einem Schwert mit einer Klinge aus mattem Silber und einem leuchtenden Rubin im Knauf war er ohne weiteres bereit, das zu glauben. Er sah Celina an. Sie warf gerade ihr eigenes Schwert achtlos zur Seite. Es hatte einem getöteten Ritter des Ordens der Reinigenden Finsternis gehört, dessen Uniform sie gerade als Verkleidung nutzte. Celina wirkte verändert, so vollkommen ruhig, und wo war die Wärme in ihren Augen, die ihn sein eigenes Herz immer so deutlich spüren ließ? Mit einer flüssigen Bewegung steckte Celina jetzt das Schwert des Herulenar in die Scheide an ihrer Seite. Jadhrin staunte. So steckte niemand seine Waffe weg, der erst ein- oder zweimal in seinem Leben Unterricht an der Klinge erhalten hatte.

»Als ich es eben ergriff, habe ich es gesehen«, unterbrach Celina mit ruhiger Stimme seine Verwunderung.

»Gesehen?« Jadhrin fand, daß dies keine sehr intelligente Frage war, aber im Augenblick ging alles ein wenig schnell.

»Die letzten Momente meines Bruders.« Celinas Stimme hatte einen leicht gequälten Unterton. »Sein Blut auf der Klinge, ich weiß nicht, aber es scheint, als befinde sich ein Teil von ihm in dem Schwert. Ich spüre etwas, eine Präsenz, die mir etwas sagen will.« Ihr Körper wurde von einem Zittern geschüttelt. »Ich kann jedoch nichts hören.« Sie schaute Jadhrin an. »Eben sah ich jedoch Bilder in meinem Kopf, Bilder, die nur von meinem Bruder stammen können.« Sie blickte zu Boden. »Es war furchtbar. Dunkelheit, Eishexen, getötet durch das Schwert, ihre blutüberströmten Leiber, die zu Boden sanken und dann ein Sarkophag aus Stein. Darüber auf einer Brücke durch die Luft eine weitere Eishexe, gekleidet in kostbare Gewänder.« Ihre Stimme wurde immer leiser. »Auf der Deckplatte die Skulptur eines Mannes in den Gewändern der Magiergilde. Die Eishexen vollführten ein Ritual, da gab es Kerzen, und die Hexen wirkten so abwesend, daß sie sich nicht einmal wehren konnten. Das alles passierte in einer großen Halle, und darüber war noch jemand, der einen Schrei ausstieß. Kein Mensch. Das Bild endete in einer Art Explosion, vor meinem Auge war eine Flamme zu sehen. Sie brannte hell, dort, wo eben noch eine Eishexenzauberin war.«

Jadhrin trat vor, um Celina zu stützen. Sie wich jedoch zurück.

»Laß mich, es geht schon.« Ihre Stimme besaß einen harten Unterton, und Jadhrin war sich nicht sicher, ob sie nicht gerade kurz davor gewesen war, ihn anzugreifen. Was war nur plötzlich los mit ihr? Ihr Bruder war in ihren Armen gestorben, aber sie wirkte eher gereizt als traurig. Er wollte ihr doch nur helfen.

Plötzlich war ein durchdringender Ton zu hören. Ein Hornsignal schallte durch die dunklen Tunnel der

Keller unter der Festung. Die beiden Menschen sahen sich gehetzt um. Solche und ähnliche Geräusche hatten sie schon früher gehört. Sie bedeuteten vor allem Gefahr.

»Wir müssen weg. Was auch immer du gesehen hast, laß uns später noch einmal darüber sprechen.« Jadhrin sah sich um. »Da entlang«, sagte er und machte sich auf den Weg den Gang hinunter, vorbei an Celina und der Leiche ihres Bruders.

Sie stand nur da und schüttelte den Kopf. »Nein, nicht da entlang. Dort geht es nur wieder tiefer hinunter, dorthin, wo mein Bruder herkam. Wir müssen zurück und eine andere Abzweigung ausprobieren.«

»Warum?« fragte Jadhrin. »Woher weißt du das?«

»*Frag nicht ssso vielll, Affe. Eure Ffeinde kommen sschnelll näherrr!*«

Jadhrin blieb wie angewurzelt stehen.

»Du hörst es doch auch, nicht wahr?« Celina trat näher an Jadhrin heran. »Die Wirkung des Uisge läßt nach.«

Jadhrin fühlte sich plötzlich unwohl. Er hatte Celina, als sie in die tiefen Keller hinabgestiegen waren, fast eine halbe Flasche Uisge eingeflößt und für sich selber nur einen kleinen Schluck reserviert. Als Ordenskrieger kannte er Meditationstechniken, um sich gegen den Einfluß jener seltsamen Stimmen zu schützen, die sich hier unten schon einmal in seinen Kopf geschlichen hatten.

»*Glaubssst du etwa, dassss bissssschen Konzentrationn könnnnte dich vor mir schützenn? Ich habe ssschonn die Ssschuttzzzauberrr der mächtigstennn Zauberrerr deines Volkesss durchbrochennnn, elender Primatt.*«

Jadhrin spürte die kalte Wut der Stimme in seinem Schädel. Er wußte nicht, woher die Stimmen kamen. Vielleicht waren es die Geister der alten Elfen, die einst den Elfenspitz bewohnten. Man hatte sich in der Burg erzählt, daß sie hier unten umgingen und alle Menschen in den Tod trieben, um sich dafür zu rächen, daß ihre Herrschaft von der des Imperiums abgelöst worden war.

Der Uisge in Celinas Adern und Jadhrins Meditation sollte eigentlich noch eine ganze Weile ausreichen, die Stimmen zu vertreiben. Jadhrin kannte den Trick mit dem Uisge von seinem ehemaligen Pfadfinder Rokko, der ihn als erster in diese Keller geführt hatte und wahrscheinlich am gleichen Tag wie Wayn sein Leben gelassen hatte. Offenbar konnten sich die Stimmen jedoch nach Belieben über die Wirkung des Uisge hinwegsetzen.

In der Ferne ertönte wieder das Hornsignal.

»Komm, ich weiß jetzt, wo wir hinmüssen.« Celina ergriff seine Hand.

Jadhrin sah sie an. Ihre Züge, die er sonst so wunderschön fand, wirkten plötzlich gänzlich ausdruckslos. Ihre Augen waren stumpf, blickten seltsam an ihm vorbei.

»Celina ...« Er wußte nicht, was er sagen sollte.

»Komm.« Sie zog ihn zurück in die Richtung, aus der sie gekommen waren. Dabei entwickelte sie ungeahnte Kräfte, so daß er mehr stolperte als wie üblich ging. Er überlegte noch, ob er versuchen sollte, sie erst einmal aufzuhalten, als aus der Dunkelheit jenseits des Lichtkreises der Fackel Schreie in der Sprache der Eishexen zu hören waren. Sofort ließ Celina seine Hand los und stürmte voran. Nach einigen Schritten wurde sie von der Dunkelheit verschluckt.

Jadhrin blieb nichts anderes übrig, als ihr hinterherzulaufen. Wie konnte sie in der Dunkelheit so schnell rennen?

Er bog nach einigen Metern um eine Ecke und erhaschte weiter vorne einen Blick auf Celina, wie sie mit blitzender Klinge und einem Sedryn-Schlachtruf zwischen einer kleinen Gruppe von Eishexen hin und her sprang. Ihre Klinge fuhr rauf und runter, kreiste wie ein silbriges Etwas im fahlen Licht der Leuchtkristalle, die von den Hexen benutzt wurden, um in der völligen Finsternis der Keller nicht die Orientierung zu verlieren. Leider waren die Kristalle nicht weit zu sehen und erleuchteten auch keinen großen Umkreis. Der Kampf verlagerte sich um eine weitere Ecke, und nur noch dumpfe Geräusche waren zu hören. Jadhrin rannte so schnell er konnte zu der Stelle, wo er Celina zuletzt gesehen hatte, bevor sie erneut im Dunkeln verschwunden war.

Eine weitere Kurve später sah er sie wieder.

Sie stand inmitten einer kleinen Gruppe von Eishexen, die am Boden lagen. Eine oder zwei stöhnten leise vor sich hin. Alles – Boden, Wände, Decke und auch Celina – war mit dem blauen Blut der isthakischen Kriegerinnen bedeckt, das auch in dicken Tropfen von dem Schwert rann, das Celina in der Hand hielt. Obwohl einige Leuchtkristalle vom Boden aus die Szenerie erleuchteten, kam das meiste Licht doch von dem in tiefem Dunkelrot pulsierenden Rubin am Knauf der Klinge.

»Wie ...?« Jadhrin fehlten vollkommen die Worte. Wie konnte Celina ganz allein mit mindestens einem halben Dutzend Furienkriegerinnen fertig werden? Eigentlich wußte sie bestenfalls, wie man ein Schwert festhielt.

»Hier geht's lang.« Ihre Worte klangen ein wenig außer Atem, ein wenig gepreßt, aber auch sehr ernst gemeint.

Jadhrin folgte ihr. Über die seltsame Veränderung, die mit ihr vorgegangen war, seitdem sie dieses Schwert in den Händen hielt, konnte er sich später noch Gedanken machen. Er würde sich sogar eine Menge Gedanken machen. Die Frau vor ihm war nicht mehr die empfindsame und gleichzeitig so starke junge Adlige, die sein Herz zum Schlagen brachte.

Als der nächste Hornstoß erklang, lief Jadhrin hinter Celina her, die sich bereits umgedreht hatte und, die Klinge vorausgestreckt, mit raschen Schritten den Gang hinunterlief.

KAPITEL 3

18. Dembar 715 IZ

Planungsräume in den Kellern des Palastes
von Leigre und im Kloster des Ordens des
Reinigenden Lichtes in Leigre

Der fensterlose Raum unter dem Palast der Fedinas
wurde von Laternen, die an den Wänden angebracht
waren, erhellt. Ihr Schein wurde hier und da von dem
engmaschigen Metallgitter reflektiert, das den Raum
vor magischen Versuchen schützte, die Geheimnisse
seiner Benutzer zu verraten.

Ungefähr ein Dutzend Männer standen und saßen
um einen großen Tisch in der Mitte des Zimmers. Alle
Anwesenden waren in Uniformen gehüllt, die zum
Teil durch Felle und Pelze ergänzt wurden, Zuge-
ständnissen an die Kälte, die nicht nur Anxaloi, eine
der Nordprovinzen des Imperiums, in festem Griff
hielt, sondern sich auch bis in die tiefsten Stockwerke
unter dem Gouverneurspalast in der Provinzhauptstadt durchgenagt hatte. Die meisten der Männer
gruppierten sich in einem Halbkreis am einen Ende
des Tisches und sahen schuldbewußt zu einem Mann
in der Uniform eines Herkyns herüber. Tiefliegende
Augen, lange, ölig glänzende Haare und eine Stirn-
glatze vereinten sich mit dem wütenden Gesicht zur
Reinkarnation des Strafgerichts einer dunklen Gott-
heit, bereit, die unwürdigen Sünder vor ihm zu zer-
schmettern. Hinter dem Mann, unbeeindruckt von der
fast greifbaren Wut, die von der Gestalt vor ihm ausging, lümmelte sich ein junger Adliger, der als einziger keine Uniform trug und – auch als einziger – nicht
stand, in einem bequemen Lehnstuhl herum, der einen
seltsamen Kontrast zur sonstigen Einrichtung des

Raumes darstellte, die von militärischer Zweckmäßigkeit beherrscht wurde.

Die Halle im höchsten Turm des Klosters, hoch über den Dächern Leigres, war an allen Seiten von großen Fenstern mit buntem Glas umgeben, so daß die winterliche Sonne ihre wenigen Strahlen ungehindert hineinschicken konnte. Ein hagerer Mann mit Glatze und Schnurrbart schritt in der Uniform eines Lan-Kushakan des Ordens unablässig vor einer Reihe in Habachtstellung eingefrorener Offiziere auf und ab. Ganz am Ende der Reihe kniete ein Lankor und schaute reglos zu Boden.

»Beim Lichte Meridas!« schnaubte Rakos Mariak. »Ich glaube einfach nicht, daß Ihr diesen Mann mit einem Papier ausgestattet habt, das es ihm erlaubt, Truppen zu rekrutieren. Seid Ihr denn von jeglichem Lichte verlassen?« Der Lan-Kushakan blieb vor dem Lankor stehen und schaute auf die still vor ihm kniende Gestalt hinab. Er seufzte, dann richtete er seinen Blick mit einer theatralischen Kopfbewegung auf den Altar des Lichts, der den hinteren Teil des Raumes zierte. »Ich weiß, Ihr habt wahrscheinlich nur das Beste im Sinn gehabt. Bran Dorama Thusmar ban Artorian, Senior der Kampfmagier des Ordens des reinigenden Lichtes, Held der Schlachten von Wesgard und Waidanstann, Verteidiger der Reinen Lehre Meridas und persönlicher Freund des berühmten Khaibars Bran Sheben, ist ja schließlich nicht irgendwer, und wenn man von einem solchermaßen verdienten Bruder um ein kleines Papier gebeten wird, dann gibt man es ihm. Nicht wahr? Man kann ja schließlich nicht wissen, welche unangenehmen Konsequenzen eine Ablehnung hätte: Der Mann hat vielleicht einflußreiche Freunde, die einem bei der eigenen Karriere gewichtige Steine in den Weg legen können. War es so, Bruder Perau? Ging

23

so etwas in Eurem unbedeutend ausgedehnten Gehirn vor?«

»Lan-Kushakan, ich ...«

»Schweigt gefälligst!« kam die donnernde Entgegnung. »Ich will keine Entschuldigungen hören. Ihr werdet wahrscheinlich darauf pochen, zum Wohle des Ordens und der Provinz gehandelt zu haben. Ihr werdet sagen, daß dieser Mann immerhin aus einem Stück Papier und einem Boten nach Emessa ein Heer aufgebaut hat, das eine Schlacht gegen die Eishexen gewann.« Rakos schnappte nach Luft und schaute sich die Gesichter der Dashinos an, die neben dem knienden Lankor angetreten waren. Doch die taten, was Soldaten immer taten, wenn ein Vorgesetzter auf der Suche nach einem Schuldigen war. Sie versuchten so auszusehen, als hätten sie mit der Sache nichts zu tun. Hatten sie ja auch nicht. Sie konnten nichts dafür, daß sein Stellvertreter diesem Kampfmagier den Weg geebnet hatte.

Er wandte sich wieder dem Lankor zu. »Und in gewisser Weise habt Ihr recht. Immerhin hat Bruder Dorama die Isthakis nach Soron zurückgedrängt. Der Norden ist einigermaßen gesichert, wenn man davon absieht, daß sich die Thorwaller nicht vor ihre Tore trauen können und von der Festung Askar nichts zu hören ist.«

Er nahm wieder seine Wanderung auf.

Auf dem Tisch in der Mitte des Raumes unter dem Palast war eine Karte der Provinz Anxaloi und der umliegenden Territorien zu erkennen. Der Norden wurde von der Abbildung der riesigen Taisak Berge beherrscht, die das Imperium von seinem Feind im Norden, dem Reiche Isthak, in dem die Mächte des Eises herrschten, abtrennten. Diese Barriere erstreckte sich nicht nur entlang der gesamten Nordgrenze der Provinz Anxaloi, sondern reichte vom westlich gelegenen Thordam bis zum Rand der Karte. Der Künstler hatte sich beim Zeichnen der Karte viel Mühe gegeben, die Unüberwindbarkeit der Gipfel durch verschiedene aufgemalte Monster, Eiskristalle und hier und da sogar in unbekannte Abgründe abstürzende Menschen darzustellen. An einer Stelle hatte er allerdings auch Mühe darauf verwandt, einen Paß zu kennzeichnen, der das Gebirge von Süden nach Norden durchschnitt. Hier waren eine Furienkriegerin der Eishexen und ein Ritter des Imperiums aufgemalt worden, die in tödlichem Kampf miteinander rangen. Am einen Ende des Passes, der von dem Schriftzug Khaiman-Paß durchzogen wurde, lag die Hauptstadt der Eishexen, das tödlich schöne Harrané, und am anderen Ende die Festung Soron. Diese war schon seit ewiger Zeit das maßgebliche Bauwerk gegen Invasionen aus dem Norden, die bisher immer über den Khaiman-Paß erfolgt waren.

Das Gelände südlich des Gebirges war von dem Hersteller der Karte zunächst mit locker verstreuten Tannenbäumen bemalt worden, die nach Süden hin immer mehr in Ackerflächen übergingen. Bei den eingezeichneten Siedlungen fiel auf der Karte sofort Leigre, die Hauptstadt von Anxaloi, ins Auge. Daneben behauptete sich eigentlich nur noch das ganz im Norden gelegene Thorwall als größere Siedlung. Außer Soron waren noch Bestrak an der westlichsten Kante der langgestreckten Provinz und Askar in der Nähe von Thorwall als bedeutendere Festungen eingezeichnet worden. Der Rest der Provinz war offenbar nur sehr dünn besiedelt, denn nur ganz selten zeigte sich ein roter Tupfer auf der Karte als Ort einer Kleinstadt oder auch nur eines Dorfes, von dem aus ein unbedeutender Adliger seine Umgebung beherrschte.

Auf der Karte waren Figuren aus Zinn plaziert worden, die Einheiten der imperialen Armee in Anxaloi darstellten. Sie waren so bemalt, daß Truppen des Kaiserheeres, der Provinzarmee und des Ordens des Reinigenden Lichtes zu unterscheiden waren.

»Ihr fragt Euch also, warum ich so wütend bin?« brüllte der Lan-Kushakan in dem Turmsaal über dem Ordenskloster. »Weil Ihr mit Eurer überstürzten Unterstützung dieses Mannes alle Pläne durcheinandergebracht habt, die mich und den Gouverneur bewogen haben, unsere Truppen mitten im Winter nach Thordam zu führen. Die Isthakis kommen jedes Jahr, und jedes Jahr plündern sie den Norden so gut sie können aus, um sich dann wieder zurückzuziehen. Was ist so schlimm daran? Wen schert's? Die paar Barbaren aus dem Volk der Mammutjäger, die darunter leiden müssen, stehen ohnehin nicht im Lichte Meridas. Also wen schert es? Dieses Jahr aber war es schlimmer: Soron ist gefallen! Wollt Ihr das vielleicht einwenden, hat Euch das Angst gemacht?«

Der kniende Lankor nickte zaghaft dem Rücken des an ihm vorbeischreitenden Mariak hinterher.

»Aber ich sage noch einmal: Wen schert's? Soron hätten wir uns spätestens im Sommer zurückgeholt. Ihr glaubt doch nicht, daß sich die Südhexe hätte halten können, wenn der Winter sich erst einmal nach Isthak zurückgezogen hat? Und dieser großartige Sieg, den Bruder Dorama über die rasch zusammengezogenen Plünderer errang. Entstand die Gefahr eines auf Leigre zumarschierenden Heeres nicht vielmehr dadurch, das die Isthakis sich mit einem imperialen Heer konfrontiert sahen, das ihre Plünderer abzuschneiden drohte? Hätte man nicht einfach den merida-verdunkelten Winter abwarten und im Frühling aufräumen können?« Erneut passierte der auf und ab schreitende Lan-Kushakan den Lankor. »Was glaubt Ihr denn, warum ich mitten im Winter mit unseren besten Truppen nach Thordam aufbreche? Mein lieber Lankor, das hatte zwei Gründe. Zum ersten gab es dort bereits ein kämpfendes isthakisches Heer, und zum zweiten drohte Herkyn Henron, Gouverneur von Thordam, angeblich, sich vom Imperium loszusagen. Deshalb haben Herkyn Fedina und ich beschlossen, das feindliche Heer in Thordam zu vernichten und gleichzeitig Herkyn Henron von jedem Gedanken an Separation abzubringen, indem wir eine mächtige militärische Präsenz in seiner Provinz zeigen.« Der Lan-Kushakan blieb vor dem Lankor stehen, der trotz der Kälte in dem hochgelegenen und zugigen Turm sichtbar schwitzte.

Mit leiser Stimme fuhr er fort und beugte sich ganz nah zum Ohr seines Untergebenen herunter. »Und wißt Ihr, wie die Lage jetzt ist, mein lieber Bruder Perau?«

Der Lankor schüttelte mit zusammengekniffenen Augen den Kopf.

»Ein vollkommenes Chaos!« donnerte der Lan-Kushakan mit aller Kraft seiner militärische Drillkommandos gewohnten Stimme. »Der Gouverneur und ich mußten aus Thordam abreisen und die Lage dort ungeklärt zurücklassen. Obwohl unsere Männer an allen strategischen Punkten der Provinz Stellung bezogen, ist noch überhaupt nichts entschieden. Und zwar deshalb nicht, weil sich in Thordam plötzlich gar kein Heer der Eishexen mehr finden ließ. Weg! Einfach verschwunden sind sie, die blauen Furien, einfach in Luft aufgelöst haben sie sich! Und was glaubt Ihr wohl, wohin die abgezogen sind? Vielleicht nach Anxaloi, wo ein plötzlich aufgetauchtes Heer ihre Plünderungen zu behindern droht? Wo ein berühmter Kampfmagier des Ordens mit einem Heer geradewegs auf eine starke Festung zu zieht, in der sich neben der nicht unbedeutenden Südhexe ein insgesamt einsatzfähiges isthakisches Heer befindet! Könnt Ihr Euch die Folgen dieser Entwicklung überhaupt vorstellen?«

»Ich kann das nicht glauben! Wie konntet ihr zulassen, daß dieser altersschwache Sprücheklopfer des Ordens sich aus seinem Altenteil in Andoran hierher schleift und so mir nichts dir nichts eine eigene Armee aufstellt, mit der er dann Schlachten gewinnt!« Grigor Fedina schrie seine Offiziere aus vollem Halse an. Der Besprechungsraum unter seinem Palast erschien viel zu klein für seine ungebändigte Wut.

Ihm war bewußt, daß sie keine Schuld traf. Sie hatten gegen die Vollmachten des Ordensmagiers wenig tun können. Aber die Karte vor sich zu sehen, auf der das jetzige Debakel ihm mitten ins Gesicht sprang, war einfach nicht auszuhalten, ohne daß er irgend jemanden anschrie.

»Schaut euch das an!« Er wies mit seinem Zeigestock auf eine Gruppe von Figuren, die sich südlich der Festung Soron versammelt hatte und über der eine kleine Fahne mit dem Symbol des Ordens, der stilisierten weißen Flamme, umgeben von einer goldenen Aureole auf purpurnem Untergrund, abgebildet war. »Fußvolk, Lanzenreiter, Armbrustschützen, Pikeniere, Adelstruppen, Berserker und Mammutjäger in Mengen, wie ich sie selber seit Jahren nicht mehr mobilisieren konnte, dazu noch Ordensritter und Novizen. Das ist ein ganzes verdunkeltes Heer! Wie konnte das geschehen?«

Seine schlimmste Ausgabe eines finsteren Blickes schweifte durch die Reihen, und er stellte befriedigt fest, wie die versammelten Ritmars und Atmars furchtsam zurückwichen. Die Männer vor ihm waren hauptsächlich Ausschuß aus der Provinzarmee. Er hatte sie in Anxaloi zurückgelassen, als er den Feldzug in Thordam begann, wo sich im Augenblick fast alle seine

Eliteeinheiten aufhielten. Die Provinzarmee sollte eigentlich nur die dichter besiedelten Teile Anxalois vor den jährlichen Plünderungszügen der Isthakis schützen, während er mit Unterstützung der Ordenstruppen Anxalois unter dem Befehl von Lan-Kushakan Rakos Mariak die Feinde des Imperiums aus der Nachbarprovinz Thordam vertrieb.

Gut, die Isthakis hatten in diesem Jahr wesentlich mehr als die üblichen paar Plünderer aufgeboten. Sie hatten die Festung Soron im Handstreich erobert und alles, was es sonst im Norden noch an Verteidigungskräften gab, ausgelöscht. Aber waren sie vielleicht bis in den Süden heruntergekommen? Hatten sie sich nicht damit begnügt, wie in jedem Jahr die paar Dörfer im Norden auszuplündern? Die Lage war unter Kontrolle gewesen. Wenn dem nicht so gewesen wäre, hätte er als Gouverneur von Anxaloi ganz bestimmt nicht einen Feldzug in Thordam begonnen.

Wenn dies überhaupt möglich war, wurde sein Schweigen noch bedrohlicher. Sollten diese Trottel vor ihm doch ruhig über ein Schicksal als Kommandeur eines abgelegenen Vorpostens im Schatten der Taisak Berge nachdenken. Es galt jetzt nachzudenken und seine Pläne an die neue Lage anzupassen. Langsam begann er, sich über seinen sorgsam gestutzten Kinnbart zu streifen. Man sollte vielleicht einfach …

»Vater!«

Er hätte damit rechnen sollen, daß sich der Sproß seiner Lenden keine Gelegenheit entgehen lassen würde, einige wertvolle Überlegungen über die in dieser Lage angebrachte Gesamtstrategie zum Besten zu geben.

»Vater, erlaubt mir, Euch eine Idee zu unterbreiten, die Eure Probleme mit einem Schlag lösen wird.« Die säuselnde Stimme Androns hatte in dem Raum voller militärischer Insignien und Ausrüstungsgegenstände ungefähr so viel zu suchen wie der Gesang einer Lerche in den von Tiermenschen bewohnten Eishöhlen von Norgal.

Absichtlich langsam drehte Grigor Fedina sich um. Er brauchte etwas Zeit, um sich soweit unter Kontrolle zu bringen, seinem Sohn wegen der äußerst unpassenden und wahrscheinlich höchst unfruchtbaren Störung nicht an die Gurgel zu gehen. Andererseits sollte der Junge langsam immer mehr in die Staatsgeschäfte hineinwachsen. Grigor rechnete in nächster Zukunft mit entscheidenden Umwälzungen, die ihm vielleicht nicht mehr die Zeit lassen würden, sich mit den Einzelheiten der Verwaltung einer Provinz herumzuplagen. Es wurde also höchste Zeit, Andron beizubringen, daß sein Leben nicht nur aus Hurenhäusern, Saufgelagen und modischen Entgleisungen bestand.

»Also, Andron. Stell uns deine Idee doch einmal vor. Ich bin sehr gespannt.« Im stillen hoffte der Provinzgouverneur, daß sein Sohn, der ja zumindest teilweise in seine Pläne eingeweiht war, den Gedankengang, den er gerade vorbereitet hatte, wenigstens ungefähr aufgreifen und in die richtige Richtung lenken würde. Es wäre schade, seinen Sohn vor den versammelten Offizieren zurechtstutzen oder sogar prügeln zu müssen. Vorsorglich legte Grigor den Zeigestock schon einmal beiseite.

»Wir haben das Problem, daß ein seniler Ordensbruder dort oben im Norden mit einem Heer herumläuft und wahrscheinlich dabei ist, Soron anzugreifen und seine Männer zu verheizen. Ich habe die Belagerung selbst erlebt, habe mit meinen eigenen Händen gegen die Horden der Eislords gekämpft.« Andron erhob sich, strich das weiße Hemd glatt und warf mit einer eleganten Bewegung die sorgfältig frisierten Locken in den Nacken. »Ich weiß, daß die Südhexe auf keinen Fall mit einer zusammengewürfelten Truppe von Provinzsoldaten und Ordensreserven zu vertreiben ist. Dieser grauhaarige Bran konnte vielleicht ein paar Plünderer durch eine Aneinanderreihung glücklicher Umstände schlagen, aber er wird sich an den Mauern Sorons eine blutige Nase holen.«

Andron begann, sich neben seinem Vater aufzubauen und mit gerunzelter Stirn die Karte anzusehen. Der Provinzgouverneur empfand fast so etwas wie Neugierde. Sollte dieser kleine Tunichtgut etwa doch einen hilfreichen Kommentar auf Lager haben? Bis jetzt hielt er sich gar nicht so schlecht. Die anwesenden Offiziere hörten ihm jedenfalls aufmerksam zu. Andererseits waren sie aber vielleicht auch nur froh, daß Grigor aufgehört hatte, sie anzuschreien.

»Hmmmh«, räusperte sich Andron. »Nehmen wir also einmal an, dieser Dorama will Soron wirklich angreifen. Er wird zurückgeschlagen, vernichtend selbstverständlich, denn immerhin konnte einer der besten Ghanars des Hauses Fedina die Festung nicht erfolgreich verteidigen. Und das, obwohl ich persönlich an der Verteidigung mitgewirkt habe.«

Grigor schloß die Augen. Was bildete der Geck sich ein? Stand da in seinem weißen Hemdchen und dem umgehängten Zierdegen und behauptete, maßgeblich an der Verteidigung mitgewirkt zu haben. Das würden ihm die Männer nie abkaufen.

»Also muß er sich nach einem Angriff zurückziehen. Die Südhexe wird ihren Vorteil ausnutzen wollen. Auch wenn sie vorher vielleicht zögerte, nach Süden aufzubrechen. Wenn sie merkt, wie wenig wir ihr entgegenzusetzen haben, wird sie kommen.«

Grigor war erstaunt. Wo hatte er denn den Gedanken aufgeschnappt? Ungefähr in diese Richtung hatte auch er seinen Vortrag lenken wollen. In die richtige Richtung, wie ihm ein Blick in die erschrockenen Gesichter seiner Offiziere bewies.

Andron machte weiter. »Das darf nicht passieren, weil wir im Augenblick keinen Angriff auf Leigre abwehren könnten, ohne unser Heer aus Thordam zurückzuziehen. Und meine Herren, warum wir das nicht riskieren dürfen, ist uns ja wohl allen klar. Ich sage nur eins: die Gesamtlage!« Der Anwärter auf den Gouverneursposten setzte eine gewichtige Miene auf. Die ihm gegenüberstehenden Männer starrten ihn neugierig an. Auch Grigor fragte sich, was jetzt wohl kommen würde.

Doch Andron drehte sich nur um und schritt auf die gegenüberliegende Wand zu, wo er sich wieder in den dort stehenden Lehnsessel fallen ließ. Atemlose Stille beherrschte den Raum.

Im Turmzimmer über dem Ordenskloster war Lan-Kushakan Rakos Mariak am entscheidenden Punkt seiner Darlegungen angelangt.

»Die Konsequenz aus diesen Schlußfolgerungen kann nur sein, daß durch einen Angriff Bruder Doramas auf Soron eine großangelegte Invasion zweier isthakischer Heere unter dem Befehl der beiden besten Heerführerinnen der Eishexenkönigin Lecaja ausgelöst wird. Dies darf nicht passieren, denn um einen solchen Angriff abzuwehren, müßten wir unser Heer aus Thordam abziehen. Das wiederum könnte aber den Gouverneur Thordams dazu bewegen, mit dem Argument der mangelnden Hilfestellung seitens des Imperiums seine Separation zu verkünden und verräterische Verhandlungen mit den Isthakis anzufangen. Dies gilt es zu verhindern.« Rakos Mariak hielt inne und musterte die vor ihm strammstehenden Ordensritter.

»Irgendwelche Vorschläge?«

»Lan-Kushakan, Bruder Dorama hat eine offizielle Ernennung zum Khaibar erhalten. Der Hohemeister des Ordens hat ihm außerdem schriftlich seine volle Unter-

stützung zugesichert. Was sollen wir da machen?«
fragte einer der angetretenen Dashinos in vorsichtigem
Tonfall, während er weiter starr geradeausblickte und
jeden Augenkontakt mit seinem Vorgesetzten tunlichst
vermied.

Rakos Mariak trat vor und stellte sich so hin, daß
ihm der Dashino nicht mehr ausweichen konnte. »Dashino Forgos. Euer Einwand ist sicher richtig. Bruder
Dorama genießt die volle Unterstützung der höchsten
Autoritäten. Sowohl des Ordens«, er machte eine
kleine aber bedeutsame Pause, »als auch von kaiserlicher Seite. Aber kann man in Emessa die Lage hier im
Norden wirklich einschätzen? Ist man dort bisher nicht
nur durch den ›Khaibar‹ selbst informiert worden? Ist
es nicht an uns, eine Entscheidung zu treffen, die die
wahren Tatsachen berücksichtigen kann und die nicht
von den Auffassungen eines – sagen wir einmal – vom
Alter gezeichneten Magiers abhängig ist? Was meint
Ihr, Dashino Forgos?« Rakos Mariak ließ die Worte
langsam im Raum verklingen. Was er gerade gesagt
hatte, war sehr gewagt gewesen. In den falschen Ohren
konnte sich das nach Hochverrat anhören.

Der Dashino war auch sichtbar verwirrt. »Sicher,
äh, sicher«, stotterte er, »sollten wir die Lage auch aus
unserer Sicht hier vor Ort begutachten. Aber einem
Khaibar, ich meine, der Hohemeister …« Dem jungen
Ordensbruder fehlten die Worte. Er versuchte verzweifelt, dem Blick seines Vorgesetzten aus dem Weg zu
gehen, der sich unmittelbar vor ihm so unerbittlich in
den seinen bohrte.

Rakos griff den Faden auf. »Können wir uns einem
Khaibar nicht gezielt widersetzen. Aber vielleicht
haben wir andere Möglichkeiten.« Der Lan-Kushakan
drehte sich um und atmete aus. Die Brüder sollten sein
zufriedenes Lächeln nicht bemerken. Jetzt war er da,
wo er hinwollte. Der ganze Verlauf dieses Gesprächs

war sehr zufriedenstellend, ganz nach dem Plan, der vorher zurechtgelegt worden war.

Grigor Fedina wußte wirklich nicht so genau, was er dazu noch sagen sollte. Er mußte noch einmal sehr genaue Erkundigungen einziehen, ob die Mutter dieses jungen Idioten tatsächlich nichts mit anderen Männern gehabt hatte. Wenn er doch nur noch irgendeinen anderen Nachfahren in die Welt gesetzt hätte. Irgend jemanden!

Er konzentrierte sich. Die Stille dauerte schon zu lange. Wie sollten die Männer einmal Andron folgen, wenn sie genügend Zeit hatten, sich solche Auftritte einzuprägen? Er holte tief Luft. Ein wenig herumzuschreien würde jetzt guttun.

»Also«, faßte der Lan-Kushakan seine Ausführungen zusammen, »werden wir einfach darauf verzichten, dem Khaibar weiterhin Nachschub aus unseren Beständen zukommen zu lassen. Wir werden ihn mit Botschaften eindecken, die ihn bitten, sein Vorgehen mit dem unseren abzustimmen, und vorsichtig andeuten, daß neue Befehle aus der Hauptstadt bei uns angekommen seien, die es zunächst einmal zu überdenken gälte. Die Regel lautet: Verzögerung um jeden Preis! Niemand wird dem Khaibar seine Autorität strittig machen, aber mit einem unterversorgten Heer ohne materiellen wie personellen Nachschub kann er keine Belagerung Sorons beginnen. Und irgendwann kommt der Frühling, und dann wird das Licht Meridas uns vielleicht eine ganz andere Lage enthüllen.«

Grigor Fedina merkte, wie seine Stimme durch das ständige Schreien langsam heiser wurde. Es galt, zum Punkt zu kommen. »Ergo!« schrie er. »Der Khaibar hat die Unterstützung Emessas, aber wir sind hier in

Anxaloi. Wir gehorchen zwar dem Kaiser, aber wir brauchen keinen altersschwachen Helden zu unterstützen, der mit einem letzten Abenteuer in die Annalen des Imperiums eingehen will. Deshalb sage ich: Bis auf weiteres erhält dieser Dorama Thusmar keinen Nachschub mehr. Er bekommt keine neuen Truppen. Denkt Euch irgendwelche Vorwände aus. Aber, meine Herren, wenn das Heer dieses Mannes innerhalb der nächsten sieben Tage noch einsatzfähig ist, dann könnt Ihr im nächsten Winter an der Grenze darüber nachdenken, was Ihr falsch gemacht habt.«

KAPITEL 4

18. Dembar 715 IZ

*In einem Kellerraum unter dem Elfenspitz,
nahe der Stelle, an der Fakor Sedryn starb*

»Hierher! Legt ihn hierhin.« Die Furien warfen den Körper zu Boden. »Wo bleibt der Beschwörer?« Die Eishexe mit dem schmalen, aber muskelstarrenden Körper strahlte ihre innere Anspannung fast fühlbar aus.

Shanfrada erwartete ungeduldig die Ankunft eines Nekromanten. Eine Patrouille hatte nach einiger Zeit die Leiche des Menschen gefunden, der das Ritual auf so katastrophale Weise unterbrochen hatte. Der Mann, ein riesiger Kerl mit gewaltigen Muskeln, war durch einen Schwertstich in den Bauch niedergestreckt worden. Wer das getan hatte, mußte selbst sehr gut mit einer Klinge umgehen können. Das Schwert, mit dem er die Schülerinnen umgebracht hatte, war verschwunden. Es mußte eine magische Waffe gewesen sein, dessen war sich Shanfrada sicher. Der leuchtende Rubin in seinem Knauf war ein eindeutiger Hinweis. Und selbst wenn das der einzige Zauber in der Klinge gewesen war: Die Kräfte, die bei der Unterbrechung des Rituals freigesetzt worden waren, hätten vielleicht sogar ausgereicht, aus einem herabgefallenen Ast eine magische Waffe werden zu lassen. Die Zauberin der Eishexen empfand echte Neugierde, welchen Effekt das Ganze auf eine Klinge gehabt haben mußte, die ohnehin schon mit zumindest schwacher Magie ausgestattet war. Auf jeden Fall würde die Leiche mit Hilfe eines Nekromanten bestimmt einige aufschlußreiche Neuigkeiten preisgeben können. Sehr interessant war auch, daß neben der Leiche noch eine Satteltasche und ein

Schwert mit dem Zeichen des Ordens der Reinigenden Finsternis gefunden wurden. Shanfrada hatte sich noch nicht näher damit beschäftigt, aber das konnte neben eher zufälligen Erklärungsansätzen bedeuten, daß neben dem Thron der Eishexen noch weitere Eislords im Spiel um den Schatz mitmischten, der sich in dem Sarkophag tief unter ihr verbarg.

»Kisai wairif anshaitar«, murmelte Shanfrada eine Zauberformel, während sie mit ihren Händen in einiger Entfernung über dem Toten durch die Luft strich, »missai landir shek'vantai.«

Es hatte keinen Sinn, eine magische Falle an der Leiche zu übersehen und Gefahr zu laufen, bei der nekromantischen Befragung von einem gefährlichen Spruch überrascht zu werden. Sie selbst benutzte gelegentlich solche Tricks. Also wandte sie zunächst einige Zauber an, um jede Gefahr aus dieser Richtung auszuschließen.

»Shanfrada Lanai, wir haben nicht weit von dem Fundort die Leichen einiger Kriegerinnen entdeckt. Sie sind durch Schwertwunden gestorben, die auf große Kraft schließen lassen«, erstattete nach einigen weiteren Minuten des Wartens auf diesen verfluchten Totenbeschwörer eine Hexe Bericht. Sie gehörte zu Shanfradas engerem Gefolge und war gerade herbeigelaufen gekommen.

Shanfrada überlegte nicht lange. Es wurde zwar nicht gern gesehen, aber der Nekromant würde seine Künste an einer der toten Kriegerinnen erproben müssen. Sollten die Furien doch murren. Was machte es schon! Und die menschlichen Nekromanten waren immer ganz begierig auf solche Gelegenheiten.

»Holt mir eine von denen her, der Nekromant soll auch sie befragen.«

Die Furie verbeugte sich und verschwand so lautlos, wie sie gekommen war.

Das wurde alles immer seltsamer, dachte Shanfrada. Weitere unerklärliche Tote. Vielleicht hatte der menschliche Krieger die Furien erledigt. Groß genug war er ja. Wenn er mit seinem Schwert umgehen konnte, hätte er unter den richtigen Umständen vielleicht eine Chance gehabt. Aber wer konnte das schon sicher sagen, wenn nicht die Beteiligten selber. Außerdem war es kein Zufall, daß dieser Mensch, der da vor ihr auf dem Boden lag, so kurz vor der Vollendung des Bannrituals in der Grabkammer von Algrim dem Weißen aufgetaucht war. Und obendrein war er durch einen Shanfrada unbekannten Eingang auf Bodenniveau eingedrungen. Sie und ihre Schülerinnen hatten alle Ausrüstung und sich selbst immer über Seile nach unten hinablassen müssen. Der Sache mußte auf den Grund gegangen werden. Und dieser Tote würde ihr dabei helfen.

Mit einer ruckartigen Bewegung zog sie sich den Mantel aus Dai Re'Coon-Dämonenhaut enger um ihre blaßblauen Schultern. Es war hier unten wirklich etwas furchteinflößend. Nicht daß dies eine für sie besonders bedeutsame Empfindung gewesen wäre. Aber diese Keller bargen ein Geheimnis, eigentlich eher Dutzende von Geheimnissen. Das fing schon dabei an, daß es scheinbar drei verschiedene Ebenen von Kellern unter dieser Festung gab. Da waren zuoberst die Anlagen, die von den Menschen gegraben wurden. Diese Keller und Kasematten wurden als Lager und Vorratsräume genutzt oder waren in einem so baufälligen Zustand, daß eine Nutzung nicht mehr ratsam erschien.

Dann lagen darunter die Keller der Elfen, deren Zentrum sich unter jenem Turm befand, in dem die Magier der Menschen in Soron gelebt hatten. Sie nannten diesen Turm passenderweise Elfenspitz. Shanfrada wußte, daß hier früher tatsächlich Mitglieder jenes Volkes gewohnt hatten, das den Herrn ihres Meisters vor so langer Zeit eine Niederlage bereitet hatte. In einer Bibliothek in diesem Turm hatte sie auch die ersten genauen Hinweise gefunden, wo die Grabkammer jenes Zauberers zu finden sei, auf dessen Spur sie sich jetzt schon seit so vielen Jahren befand. Dazu hatte sie die Keller der Elfen durchqueren müssen, von denen die Quellen in der Bibliothek behaupteten, daß in ihnen die Geister der alten Elfen wohnten, um ihre menschlichen Feinde in den Wahnsinn zu treiben, falls sie sich dort blicken ließen. Vielleicht war das so, aber wenn, dann waren Eishexen dagegen offenbar immun, denn weder Shanfrada noch eine ihrer Schwestern hatte etwas bemerkt, das über die Andeutung eines leisen Flüsterns im Hinterkopf hinausgegangen war. Wenn sie sich konzentrierte, konnte sie auch jetzt ein ganz leises, völlig unverständliches Flüstern hören. Jedenfalls hatte eine Durchsuchung der Keller einen Durchgang zu einer weiteren, noch tiefer gelegenen Ebene ergeben.

Diese Räume waren so alt, daß sie auch schon vor der Zeit des elfischen Volkes bestanden haben mußten. Ihre Bauweise unterschied sich sehr von der elfischen, soviel hatte sie schon auf den ersten Blick erkennen können. Doch wer diese Räume erbaut hatte, blieb ein Rätsel. Sie waren allerdings unbewohnt und frei von irgendwelchen Zeugnissen, die ihre einstigen Bewohner hinterlassen hatten. Also hatte sich Shanfrada auch nicht allzu viele Gedanken über ihre Geschichte gemacht. Wichtig war, daß sie mit Hilfe der Hinweise aus der Bibliothek in diesen Räumen den Saal gefunden hatte, in dem die letzte Ruhestätte Algrims des Weißen errichtet worden war.

Die Eishexe zog ihr langes, gebogenes Messer. Der Gedanke an ihre Forschungen und das Wissen, wie knapp sie vor der Erreichung ihres Ziels gewesen war, erregten sie. Warum hatte dieser Mensch alles zerstören müssen? Jetzt mußte sie warten, bis neue Schülerinnen aus Harrané eingetroffen waren, bevor sie sich an einen neuen Versuch wagen konnte, den Schutzzauber zu bannen, der das Grabmal des Zauberers und – viel wichtiger noch – das, was sich in dem Sarkophag befand, für sie unerreichbar machte. Voller Inbrunst stieß das Messer einige Male in den schlaffen Körper, der auf dem Boden neben ihr ausgebreitet worden war. Das half ein wenig, aber eben nur ein wenig.

Wieder tauchte eine Furie neben ihr auf, um Bericht zu erstatten. »Herrin, der Nekromant ist auf dem Weg hierher verrückt geworden. Er fing plötzlich an, uns anzugreifen. Wir mußten ihn umbringen.«

»Eti mannai!« fluchte Shanfrada. Offenbar war doch etwas dran an dieser Gespenstergeschichte. Sie hatte vergessen, daß die isthakischen Nekromanten sich aus den Reihen der menschlichen Gefolgsleute ihres eisigen Herrn rekrutierten.

»Nehmt den Kadaver und folgt mir.« Wenn der Nekromant nicht mehr kommen konnte, dann mußte sie eben einen anderen finden. Hauptsache, sie erfuhr endlich, was hier vorging. Das kostete alles zuviel Zeit. Und Zeit war so kostbar.

Sie mochte gar nicht daran denken, daß sie vielleicht nicht mehr genug davon haben würde, um ihre Pläne zu verwirklichen. Ein Heer der Menschen hatte unter der Führung eines mächtigen Magiers des verhaßten Ordens des Reinigenden Lichtes – über die Bedeutungen dieser Tatsache wollte sie überhaupt nicht nachdenken – ein Heer aus Tiermenschen und Eishexen geschlagen. Gut, das Heer war nur ein Teil der Streitkräfte gewesen, die der Südhexe zur Verfügung standen. Aber es hatte die Menschen wesentlich länger beschäftigen sollen, als dies der Fall gewesen war. Shanfrada war nicht in alle Einzelheiten der Planung der Südhexe eingeweiht. Aber sie wußte, daß die Heerführerin sehr genau darüber Bescheid wußte, was

Shanfrada hier unten suchte, und daß es wichtig war, ihr soviel Zeit wie möglich dafür zu verschaffen. Doch was war, wenn der Menschenmagier ein so mächtiges Aufgebot heranführte, daß er Soron zurückerobern konnte?

Außerdem war da noch die Verbindung zu den Rittern der Finsternis. Der Aufruhr, den es bei der Ankunft einer Abteilung von Ordensrittern der Reinigenden Finsternis aus dem Machtbereich von Fraiz Alkaldo gegeben hatte, war zu zeitgleich erfolgt, als daß es ein Zufall sein konnte. Bisher hatte sie nur etwas von einem Feuer und randalierenden Ordensrittern gehört, die sich fälschlicherweise angegriffen fühlten. Sie würde heute abend bei einem Gespräch mit der Südhexe Genaueres erfahren. Zunächst galt es zu bedenken, daß womöglich ein weiterer Eislord mitmischte. Alkaldo war eine gute Möglichkeit. Er stammte aus dem Reich der Menschen – warum sollte er nicht von Algrim dem Weißen und seinem Schatz gehört haben? Bestimmt besaß der Meister des Ordens der Reinigenden Finsternis ein Spionage-Netzwerk im Imperium, das dem von Saidra Mantana, der obersten Spionin von Königin Lecaja, in nichts nachstand.

Und auch der tote Fremde, der hinter ihr an die Oberfläche getragen wurde, warf eine Menge Fragen über weitere Gruppen von Leuten auf, die an der Jagd teilnahmen. Der Abend würde noch sehr spannend werden.

KAPITEL 5

20. Dembar 715 IZ

Früher Morgen, Lagerplatz des
imperialen Heeres unter Khaibar Dorama Thusmar.
Eine Tagesreise von Soron entfernt

Der Schneesturm schien nicht ungewöhnlich für die Jahreszeit. Er war auch nicht besonders stark oder wild. Niemand würde in solch einem Wetter im hohen Norden des Imperiums in der Mitte des Winters etwas Besonderes erblicken. Schneefall gehörte zum Winter und Schneestürme gehörten zu Anxaloi im Winter, so war das nun einmal.

Doch Dorama war nicht bereit, sich damit abzufinden. Sein Heer lag schon einen ganzen Tag lang fest, und Zweischlag-Aedwyn meinte auf Doramas drängende Fragen hin, wie lange das Wetter noch so bleiben würde, nur lakonisch: »Die Windgeister sind stark genug, um jedes Jahr die Geister des Sommers zu besiegen und den Schnee über die Wälder zu bringen. Der kalte Wind dauert so lange, wie es ihnen gefällt.«

Dorama hatte sich die unbefriedigende Antwort dahingehend übersetzen lassen, daß solche Schneestürme manchmal bis zu zehn Tage lang anhielten. Wenn dieser Sturm einer von der Zehn-Tage-Sorte war, dann brauchte sich Dorama keine Gedanken mehr zu machen. Seine gesamte Armee würde sich bis dahin in einen Eisblock verwandelt haben. Aber noch waren keine zehn Tage vergangen. Noch befand er sich mit einem zusammengewürfelten Haufen imperialer Truppen, die nicht nur schlecht versorgt, sondern auch von inneren Streitigkeiten geplagt waren, auf dem Weg zur stärksten Festung des Nordens. Dort galt es, ein Heer der Isthakis zu vertreiben, eines Volkes, das den Winter gewissermaßen als angestammte Heimat betrachtete. Er hatte genug Probleme, um die er sich kümmern mußte. Während er seinen dicken Pelzmantel über das schwarzweiße Gewand des Ordens des Reinigenden Lichts zog und sich durch die beißende Kälte auf dem Weg zum Stabszelt machte, versuchte er, sich auf die kommende Konfrontation mit seinen Offizieren einzustellen, die ganz und gar nicht begeistert waren, jeden Morgen kurz vor dem Erfrierungstod aufzuwachen. Aber es war von entscheidender Bedeutung, daß sie so schnell wie möglich etwas gegen die isthakische Besetzung Sorons unternahmen. Die Feinde aus dem Norden durften nicht die Zeit haben, sich dort den ganzen Winter über ungehindert umzusehen.

Mit zusammengekniffenen Augen und hochgezogenem Schal stapfte er in Richtung des nahe gelegenen Zeltes. Wenn er die zwanzig Meter hinter sich hatte, würde er aussehen, als sei er stundenlang durch dichten Schneefall gelaufen. Dorama fragte sich wirklich, ob es eine gute Idee gewesen war, auf eigene Faust in den Norden zu gehen.

Aber er war nun mal derjenige, der am ehesten wußte, was zu tun war. Wenn er versucht hätte, dem Oberkommando des Ordens im Kloster Andoran bei Emessa das volle Ausmaß der Entwicklungen klarzumachen, die sich hier in Anxaloi abspielten, wäre der Winter längst vorbei gewesen, bevor sich jemand zu sichtbaren Maßnahmen entschlossen hatte. Hinzu kam, daß auch eine Menge genauer Erklärungen über seine eigenen Motive bei der ganzen Angelegenheit notwendig geworden wären. Es wurde vom Oberkommando des Ordens nicht gern gesehen, wenn einer seiner mächtigsten Magier auf eigene Faust beschloß, etwas gegen die mangelnden Fortschritte des Imperiums im Krieg gegen das isthakische Reich zu tun. Magier sollten immer nur handeln, wenn die Militärs ihnen die

Erlaubnis gaben. Eine im Orden genauso wie in der weltlichen Armee gepflegte Tradition, die für Dorama nur auf die unbegründete Furcht der gewöhnlichen Menschen vor ihren zauberkundigen Kameraden zurückzuführen war. Als ob er seine Kräfte jeweils eigennützig eingesetzt hatte.

Jedenfalls hatte er sich entschlossen, auf eigene Faust das Wissen um die mächtige Magie des Elfenvolkes zu bergen, das in den Formeln des Gwydior niedergeschrieben war. Die Existenz der Formeln war den Magiern des Imperiums schon lange bekannt, doch niemand wußte, wo sie zu finden waren. Dorama aber hatte durch Zufall eine Spur gefunden und wollte ihr unbedingt nachgehen. Leider war es aber so, daß Elfenmagie in der Vergangenheit so vielen Menschen das Leben gekostet hatte, daß es verboten war, sie anzuwenden. Nicht einmal im Dienste der Menschheit war es gestattet. Dorama wußte es besser. Mit dem Wissen aus den Formeln würde er das Ruder im Norden herumreißen. Von ihm ausgebildete Magier des Ordens, rein im Herzen und von lauteren Absichten beseelt, würden die Isthakis in ihre frostige Heimat zurückwerfen.

Er wußte, daß er das Richtige tat. Doch etwas davon erfahren durfte zunächst niemand. Als er seiner Spur nachgegangen war, hatte er eindeutige Beweise gefunden, daß die Formeln sich im Besitz eines Magiers namens Algrim befunden hatten. Und dieser Magier hatte zuletzt auf der Festung Soron gelebt und lag dort wahrscheinlich auch begraben. Außerdem hatte Dorama herausgefunden, daß auch die Isthakis über dieses Wissen verfügten, was ihrer Eroberung Sorons einen völlig neuen Hintergrund verlieh. Als Dorama von den Vorgängen im Norden Isthaks erfahren hatte, war ihm klar geworden, daß er etwas tun mußte. Sofort und mit höchster Dringlichkeit!

Es war die einzig sinnvolle Vorgehensweise gewesen, sich daran zu machen, die Isthakis so schnell wie möglich wieder aus Soron zu vertreiben. Aus dem gleichen Grund hatte er beschlossen, seine Freunde in der Zentralprovinz zumindest über seinen Aufenthaltsort und seine ungefähren Pläne zu informieren. Sein alter Freund Bran Sheben schien ihm tatsächlich helfen zu wollen, blind auf Doramas Urteilsvermögen vertrauend. Und der ansonsten nach seinem Geschmack viel zu zögerliche Hohemeister hatte Doramas Bitte um Kommandovollmachten unterstützt. Das ganze Ausmaß der Hilfe aus der Zentralprovinz erschien fast etwas seltsam, wenn man bedachte, daß er in seinen Briefen nichts von der wirklichen Bedrohung geschrieben hatte. Er wollte nur eine offizielle Legitimation, um in Anxaloi – ungestört von den unfähigen lokalen Machthabern – gegen die Besatzer Sorons vorgehen zu können.

Gut, die hatte er mit seiner Ernennung zum Khaibar erhalten. Aber warum hatten sowohl der Hohemeister als auch Bran Sheben, der Khaibar des Kaisers, angekündigt, ihn zusätzlich mit militärischen Einheiten zu unterstützen? Das war sehr ungewöhnlich. Verfügten die beiden vielleicht über zusätzliche Informationen, die ihnen ein gezieltes Eingreifen ratsam erschienen ließen? Aber das waren Fragen, mit denen er sich später beschäftigen konnte. Er dachte seit zwei Wochen darüber nach, ohne zu einem befriedigenden Schluß zu gelangen. Jetzt galt es erst einmal, Mut und Zuversicht unter seinen Offizieren zu verbreiten. Mit stampfenden Füßen betrat er das Stabszelt, in dessen Vorraum bereits Samos und Arien, seine beiden Leibwächter, auf ihn warteten.

Er schneuzte sich und befreite seinen Vollbart von den Schneeresten, die sich trotz des Schals in ihm verfangen hatten. Samos, der größere der beiden Leibwächter, nahm ihm den Mantel ab.

»Gannon ist schon da, Herr. Er hat die Lage unter Kontrolle«, erklärte Arien. »Ansonsten sind alle bis auf den Häuptling eingetroffen. Der liegt wahrscheinlich mit einem Kater zwischen seinen Fellen.«

Dorama warf dem Ex-Ordensmitglied einen mißbilligenden Blick zu. Er hatte Samos und Arien, zwei unehrenhaft entlassene Ordenskrieger, im Bordellviertel Emessas aufgelesen, um sich von ihnen auf einer geheimen Reise in den Süden begleiten zu lassen. Die beiden waren verläßlich und standen in seiner Schuld, weil er ihnen einmal die Hälse gerettet hatte. Gewöhnlich gab es so etwas wie unehrenhafte Entlassungen im Orden nicht. Er hatte sie bei sich behalten, weil sie ihm treu ergeben waren und außerdem Aufträge übernehmen konnten, für die ihm hier in Anxaloi sonst niemand zur Verfügung stand. Sie hatten sich allerdings in Emessa einige Unsitten zugelegt, die sich in den tiefen Ringen unter den Augen widerspiegelten. Dorama wettete darauf, daß sie gestern abend im Zelt Zweischlag-Aedwyns, des mächtigsten Häuptlings der Mammutjäger in seinem Heer, dabei gewesen waren, als dieser sich den Rausch antrank, den er jetzt ausschlief.

»Hol ihn her«, befahl er Arien, »schleif ihn vorher ein wenig durch den Schnee, damit er nicht so stinkt. Ich werde die Herren Offiziere schon ausreichend belasten, da wollen wir nicht ihre Nasen beleidigen.«

»Jawohl, Herr.« Arien zog sich seinen Mantel über und verließ das Zelt.

Dorama betrat, gefolgt von Samos, den Teil des Zeltes, in dem sein Stab auf ihn wartete.

»Achtung!« brüllte Hetnor Gannon pflichtbewußt, als er sich der Gegenwart des Heerführers bewußt wurde.

Erschrocken nahmen sogar die adligen Herrschaften in Doramas Kommando Haltung an. Gannon hatte seinen besten Klosterhof-Tonfall verwendet. Die Anwesenheit des Hetnors war ein echter Glücksfall für Dorama. Gannon, ein erfahrener Hetnor der Ordenstruppen und langjähriger Freund Doramas, hielt ihm nicht nur eine Menge der alltäglichen Probleme vom Leib, mit denen sich ein Heerführer sonst herumschlagen mußte, sondern setzte ihn auch über die Stimmung in den Mannschaften in Kenntnis. Das war sehr nützlich, denn auf diese Weise wußte Dorama immer bedeutend mehr über seine Offiziere, als ihnen bewußt war.

»Guten Morgen, meine Herren. Meridas Licht möge diesen Tag erhellen«, begrüßte Dorama die Versammlung. Er musterte die Anwesenden. Links vom Kartentisch standen zwei junge Dashinos. Die beiden kommandierten die Ordensritter und Novizen des Heeres. Sie hatten sich in der Schlacht erwartungsgemäß gut gehalten.

In der Mitte der Gruppe standen die Adligen, wie zum gegenseitigen Schutz dicht nebeneinander gedrängt. Diese Herren fragten sich zum größten Teil, was sie hier überhaupt machten. Üblicherweise würden sie um diese Zeit in ihren Domizilen in Leigre sitzen, die Beine vor dem Kamin wärmen und von den Heldentaten träumen, die sie im Sommer begehen wollten. Dorama warf einen strengen Blick in ihre Richtung. Die Offiziere, zumeist Gadhire aus der Umgebung Leigres, mußten erst einmal begreifen, daß sie hier und jetzt im richtigen Krieg waren. Die siegreiche Schlacht zu Beginn des Monats hatte zwar einiges in dieser Richtung bewirkt, aber die mühsame und verzögerte Anreise des Heeres, geprägt durch Schnee, Frost, Feuchtigkeit und sehr wenig zu essen, hatte vieles wieder zerstört. Der schlimmste Störenfried unter ihnen, Herkyn Rodorf Terwallen, war in der Schlacht den Heldentod gestorben, aber es gab noch einige weitere Unruhestifter. Die Truppen dieser Männer stammten zum größten Teil aus dem Aufgebot der Fedinas. Das stellte einen weiteren Unruhefaktor dar, denn Herkyn Grigor Fedina, der Gouverneur der Provinz, war erwartungsgemäß wenig erbaut von der Tatsache, daß ein Khaibar aus Emessa in seiner Domäne mit seinen Soldaten Krieg führte. Der Anführer der Adligen, Adhil Erkano Fedina, war allerdings ein recht umgänglicher Mann, der sich seiner Autorität unterwarf. Auf diese Weise gelang es Dorama immer wieder, die Abteilung des Kaiserheeres in seiner Armee bei der Stange zu halten.

Neben den Adligen standen die Atmars des Ersten, Vierten und Sechsten Leigrer Fußvolks, der Zweiten und Dritten Kompanie der Terviner Bolzen sowie der Strondor der Pikenträger des Heeres. Dicht daneben warteten die Ritmars der Anxaloischen Lanzenreiter, allesamt erfahrene Berufssoldaten mit schlechtem Sold und einer Menge Realismus. Sie blickten ihn mit sorgenvoller Miene an. Und sie hatten recht damit. Er machte sich Sorgen, und er war dazu da, sie seinen Offizieren abzunehmen.

Freundlich nickte er den Männern zu.

»Gut«, sagte er dann. »Laßt uns anfangen. Wenn wir hier schon festsitzen, dann können wir genausogut unsere Lagerbestände besprechen und uns im Anschluß daran Gedanken über die Umbildung der verringerten Einheiten machen.«

»Ich spiele da nicht mit.« Gadhir Fenros Dera Fedina klang zutiefst empört. »Ihr werdet meine tapferen Mannen auf keinen Fall mit diesem Sedryn-Geschmeiß zusammenlegen.«

Ewain Sedryn, Kommandant des Sedryn Fußvolkes, zuckte zusammen und tastete mit unsicherem Blick nach seiner Klinge. Eine solche Beleidigung konnte ein imperialer Adliger gewöhnlich nicht auf sich sitzen

lassen. Aber Ewain war eigentlich eher ein etwas wohl-
habenderer Bauer, dessen Vorfahren vielleicht einmal
adlig gewesen waren. Das Geschlecht der Sedryns,
einst Herrscher in Anxaloi, war nach dem Auftauchen
der Fedinas schnell in die vollkommene Bedeutungs-
losigkeit abgesackt, und so konnten die Offiziere der
Sedryn Truppen nicht auf ihren Adel pochen, wenn es
darum ging, sich gegen die Beleidigungen der Fedinas
zur Wehr zu setzen.

»Mäßigt Euch«, brachte Dorama den Gadhir zur Vernunft. Ewain hatte es ohnehin schwer genug, nachdem
Ni-Gadhir Fakor Sedryn mitten in der Schlacht das
Heer verlassen hatte. Dieser Ochse war doch tatsächlich abgehauen, kurz nachdem Dorama ihn höchstpersönlich befördert und mit einem wichtigen Auftrag
versehen hatte. Angeblich hatte es einen Skandal mit
seiner Schwester gegeben oder so etwas. Wie auch
immer. Ewain, eigentlich der Bannerträger der Sedryns, hatte sich auch ohne seinen Herrn tapfer gehalten, und deshalb hatte Dorama ihn befördert.

»Achtung, die … Das sind … Überfall! Arrghh!« Das
Brausen des Windes vor dem Zelt machte es schwer,
Genaues zu verstehen.

Dorama schaute sich um. Aber ihm schlug nur allgemeine Verwirrung entgegen. Einzig Gannon hatte
bereits seine Klinge draußen, und Samos und Arien
waren plötzlich unmittelbar in seinem Rücken.

Einen Herzschlag später fuhr ein eiskalter Windhauch in das Zelt, durch den aufflatternden Vorhang
stürmte eine in Pelze gehüllte Gestalt mit einer kleinen
Axt in der Hand. Auf der anderen Seite fuhr mit einem
lauten Reißgeräusch eine Schwertklinge durch den
dicken Stoff des Zeltes!

Das Toben des Schneesturms schwoll an. Und die
Szenerie versank in völligem Durcheinander. Dorama
bekam nur noch Ausschnitte mit. Die Axt – dicht vor

seinem Gesicht – fiel plötzlich aus kraftlos gewordenen Fingern zu Boden. Samos, der sein Schwert aus dem Bauch des Angreifers zog, tauchte auf. Schreie und das Brausen des Windes erhoben sich.

Weitere bepelzte Krieger stürmten ins Innere des Zeltes. Die versammelten Offiziere wehrten sich so gut es ging. Sie waren zwar bewaffnet, aber völlig überrascht. Adhil Erkano ging mit einem Speer im Bauch zu Boden. Dorama duckte sich unter einem Hieb hinweg und versuchte unter dem Kartentisch hindurch seinem Angreifer zu entkommen. Als er sich auf der anderen Seite aufrichtete, sah er, wie Gannons Klinge in den Hals des Feindes eindrang.

»Was sind das für welche?« schrie Dorama dem Hetnor zu. »Mammutjäger?«

»Fellmänner!« brüllte Zweischlag-Aedwyn, der mit einiger Verspätung endlich eingetroffen war. Er schlug einem nahen Feind zunächst mit den Knäufen seiner beiden Klingen auf die Ohren, dann rammte er ihm seinen behaarten Schädel ins Gesicht, und als der Kerl zurücktaumelte, trat er ihm in den Bauch, bevor er ihm eines seiner Schwerter in die Brust hieb.

»Schneebarbaren, Herr! Sie müssen sich als Mammutjäger getarnt in das Lager eingeschlichen haben.« Samos wehrte mühsam einen der Eindringlinge ab, der mit zwei langen Messern gleichzeitig versuchte, ihm Bauch und Arme aufzuschlitzen.

»Vorsicht!« Ariens Stimme kam von irgendwoher und überschlug sich fast. Dorama warf sich zu Boden. Vielleicht war ja er gemeint. Und tatsächlich spürte er einen Lufthauch über seinem Kopf und sah einen riesigen Krieger mit einer Axt über sich auftauchen. Er formte die Finger seiner Rechten in eine schwierige Stellung und griff mit der Linken in seinen Beutel, wo sich ein kleines Stück Lavagesteins befand. Auch er war nicht unbewaffnet gekommen.

»Fur tur manu!« rief er und spürte, wie das Lava-gestein zwischen seinen Fingern zerbröckelte. Seine Rechte wurde plötzlich von spürbarer Wärme durch-flutet. Dorama fühlte sein Herz pochen. Schnell warf er sich zur Seite, um dem nächsten Hieb des Axtkämpfers auszuweichen.

Als der Mann über ihm die Axt zu einem weiteren Schlag hob, richtete Dorama sich halb auf und stieß die Faust, von der plötzlich Dampfwolken ausgingen, dem Feind in den Bauch. Der flog, wie von der Faust eines Riesen getroffen, nach hinten und ging zu Boden, wobei er einen weiteren Eindringling umwarf. Vom Bauch des reglos liegenbleibenden Kriegers stieg eine Rauchwolke empor, und kleine Flämmchen loderten dort aus der Felljacke des Mannes, wo Dorama ihn ge-troffen hatte.

Rasch rappelte sich Dorama wieder auf, sorgsam darauf achtend, seine Rechte mit nichts in Berührung zu bringen, was vielleicht Feuer fangen könnte. Eine ratsame Vorsichtsmaßnahme angesichts der Tatsache, daß sie rötlich zu glühen schien.

Wieder auf den Beinen, sprang Dorama von Nah-kampf zu Nahkampf durch den Raum. Das Innere des großen Stabszeltes war ein vollkommenes Durcheinan-der aus herumwirbelndem Schnee, kämpfenden Män-nern und auf dem Boden liegenden Verwundeten und Toten.

Überall schlug er mit seiner Rechten nach den ein-gedrungenen Kriegern aus dem Volk der mit Isthak verbündeten Schneebarbaren und hinterließ jedesmal schreckliche Brandwunden oder sandte die Feinde schreiend und mit hell in Flammen stehender Fellklei-dung aus dem Zelt.

Schließlich war der Augenblick gekommen, wo Gannon einen letzten Gegner mit einem Schwerthieb niederstreckte und alle Neuankömmlinge nur noch imperiale Soldaten und Barbaren aus dem Volk der Mammutjäger waren.

»Meldung! Was hat das zu bedeuten gehabt?« rief Dorama in das sich langsam lichtende Durcheinander, während er seine Hand, die mehr an ein Stück glühender Kohle erinnerte, außerhalb des Zeltes in den Schnee steckte.

»Khaibar!« salutierte vor ihm ein Dorama unbekannter Hetnor der Terviner Bolzen und betrachtete verwirrt den aufsteigenden Dampf, der vom Arm Doramas aus in den tobenden Schneesturm emporstieg. »Seid Ihr verletzt?«

Dorama schaute empor. »Warum?« Dann bemerkte er den Blick des Mannes, der nicht von seiner Hand im Schnee und seinem qualmenden Arm wich.

»Nein, das ist nur ein Zauberspruch, das läßt gleich nach. Schafft die Feldschere herbei, mein Kommandostab scheint in diesem Zelt zu verbluten.«

»Sie kommen schon, Herr.« Der Hetnor war offensichtlich froh, selbst daran gedacht zu haben. »Es waren Schneebarbaren, Herr. Sie müssen die Wachen ausgeschaltet haben und sind als Mammutjäger getarnt bis zu diesem Zelt vorgedrungen. Das war ein geplanter Angriff, Herr. Die wußten genau, wo sie hin mußten.«

Dorama richtete sich auf und zog seine Hand aus dem Schnee. Obwohl sie vorher äußerlich so ausgesehen hatte, als bestünde sie aus reiner, glühender Kohle, war das nur eine Nebenwirkung des Zauberspruches gewesen. Dorama hatte bloß eine langsam stärker werdende Hitze verspürt. Der Schnee hatte seine Hand jetzt so weit abkühlen lassen, daß er nicht mehr versehentlich Gefahr lief, alles anzuzünden, was seiner Hand zu nahe kam.

Hinter ihm kümmerten sich Helfer um die verwundeten Offiziere, und Soldaten untersuchten die herumliegenden Feinde, von denen aber keiner mehr am Leben zu sein schien. Das Selbstmordkommando der Schneebarbaren war leider recht erfolgreich gewesen. Mindestens die Hälfte der Offiziere schien verwundet zu sein, einige würden wahrscheinlich nicht mehr aufstehen können.

»Sichert den Rand des Lagers!« brüllte Dorama. »Sagt Zweischlag-Aedwyn, er und seine Männer sollen jeden Barbaren in diesem Lager überprüfen. Ich will keine weiteren Überraschungen dieser Art. Dann soll er Kundschafter ausschicken, um zu überprüfen, ob vielleicht noch mehr Isthakis in der Nähe sind.«

»Schon gemacht, Zauberer«, ertönte hinter ihm die Stimme des Barbarenhäuptlings. »Fellmänner leicht zu sehen für meine Krieger. Wir kriegen sie alle. Gefangene?«

»Wenn es möglich ist.« Dorama nickte. Er überlegte. So konnte das nicht weitergehen. »Aedwyn, kennt dein Volk hier in der Nähe einen Platz, wo wir ausruhen können? Den Sturm abwarten, die Verwundeten pflegen und unsere Vorräte ergänzen?« Es fiel ihm nicht leicht, aber er würde sich wohl von dem Gedanken verabschieden müssen, gezielt auf Soron zuzumarschieren und den Feind dort einzuschließen. Die Isthakis schienen genau über seine Stellung Bescheid zu wissen. Und sie konnten bei diesem Wetter operieren.

»Wir können zu Hügel von Drei Füchse Sippe gehen. Sippe sein in Winterlager in Süden. Ist nah. Dort Höhlen mit Wasser, kein Schnee. Ich schicke Jäger aus. Sie holen Essen für ganzes Heer. Wir können dort warten.«

»Gut. Morgen brechen wir dorthin auf.« Dorama begann die ersten Karten vom Boden aufzulesen, hielt dann aber inne – sein Herz pochte vor Anstrengung durch den Kampf und den Zauberspruch. »Hetnor.«

»Hier Khaibar.«

»Gebt die Parole aus, daß wir uns zunächst einmal an einen sicheren Ort zurückziehen werden. Wir holen uns Vorräte und Reserveeinheiten aus der Hauptstadt, bevor wir weiterziehen.« Soron würde warten müssen, die Formeln würden warten müssen. Und auch die Gewißheit über das Schicksal seines Großneffen Jadhrin würde warten müssen.

»Jawohl!« Die Stimme des Hetnor klang sehr erleichtert.

KAPITEL 6

21. Dembar 715 IZ

Mitten in der Taiga, eine Tagesreise
südlich von Soron. Eine verlassene Mammutjägerhütte
in erbärmlichem Zustand

Als der Morgen dämmerte, waren die Gedanken des jungen Ordensritters bei der Frau neben ihm. Jadhrin war froh, daß Celina wieder sie selbst war.

Sie hatte zwar bei ihrer Flucht vor drei Tagen gleich sechs oder sieben Furien getötet, anschließend ohne Schwierigkeiten einen Ausgang aus den Kellern entdeckt und Jadhrin und sich selbst mit katzenhafter Nachtsicht an allen Wachen der Isthakis vorbeigebracht. Aber sie hatte die ganze Zeit über dieses Schwert nicht losgelassen und war kurz angebunden, fast schroff mit ihm umgegangen.

Erst als sie in den südlich von Soron gelegenen, bewaldeten Hügeln untergetaucht waren, und die Festung langsam außer Sicht verschwand, hatte sie die Klinge weggesteckt und sich schlagartig wieder wie üblich benommen. Die Trauer über ihren toten Bruder holte sie ein. Sie schluchzte, weinte und war nicht in der Lage gewesen weiterzugehen. Jadhrin hatte sie lange trösten müssen, weil sie Fakors Leiche einfach so liegen gelassen hatten. Aber was hätten sie machen sollen? Jadhrin bezweifelte, ob sie den bestimmt zentnerschweren Hünen überhaupt hätten anheben, geschweige denn ihn auf ihrer Flucht hätten herumtragen können. Er hatte Celina in den Arm genommen und sie eine Stunde lang nur festgehalten. Dann war sie langsam wieder ansprechbar gewesen, und während sie weiter durch das von dichtem Schnee bedeckte Gebiet nach Süden wanderten, hatte Jadhrin sie

55

über das Schwert ausgefragt und versucht, mehr über die seltsame Vision zu erfahren, die sie offenbar hatte, als sie das Schwert aus dem Bauch ihres Bruders zog.

Doch er hatte seine Versuche schnell eingestellt. Jede Erinnerung an ihre Familie und deren Schicksal drohte Celina wieder zusammenbrechen zu lassen. Das Schwert wurde offenbar immer nur vom amtierenden Laird Sedryn getragen, und deshalb machte sie sich jetzt große Sorgen, was aus ihrem Vater geworden war. Also waren sie einfach nach Süden gelaufen. Immerhin hatte er nach einiger Zeit wieder die vertrauensvolle Wärme gespürt, die sie bei ihrer Ankunft in Soron nach der Flucht aus der Gefangenschaft in Harrané verbunden hatte. Gestern abend hatten sie dann glücklicherweise diese verlassene Hütte gefunden. Das Bauwerk aus Holz und Erde war zwar löchrig und zum Teil schon vom Wald überwuchert, aber es bot Schutz vor der allgegenwärtigen Kälte. Jadhrin hatte ein kleines Feuer entzündet. Es war ihm gleich gewesen, ob es jemand sah. Es kam vor allem darauf an, daß Celina und er nicht erfroren.

Jadhrin hatte die Satteltaschen bei sich, die er zu Beginn des Ablenkungsmanövers in den Ställen von Soron geschultert hatte. In denen befand sich, Meridas Leuchten sei es gedankt, noch etwas zum Essen und zum Feuermachen. So hatten sie es nach kurzer Zeit in der Hütte fast gemütlich gehabt.

Jadhrin hatte daran gedacht, Celina noch einmal auf die Vorgänge in den Kellern von Soron anzusprechen, den Gedanken nach einem Blick in ihre traurigen Augen jedoch wieder verworfen. Außerdem war ihm die Nähe ihres Körpers bewußt gewesen und die Tatsache, daß sie beide eigentlich zum ersten Mal seit ihrer Flucht aus dem Palast von Harrané für längere Zeit wirklich allein waren. Und daß keine Gefahr bestand, daß urplötzlich jemand auftauchten könnte. Celina und er hatten sich während ihrer Flucht von

Harrané nach Soron, als Ordensritter der Reinigenden Finsternis verkleidet, zwar manchmal nachts geküßt, wenn sie gemeinsam zur Wache eingeteilt waren, aber das hier war etwas anderes.

Gut, vielleicht konnten jeden Augenblick Verfolger aus Soron oder ein wildes Tier auftauchen. Aber das war ihm gestern abend egal gewesen. Vorsichtig hatte er begonnen, Celinas Schultern zu streicheln.

Jadhrin zögerte bei dem Gedanken daran. War das ihr gegenüber anständig gewesen? Ihr Bruder lag tot unter der Festung. Und er, Jadhrin, hatte begonnen, sich auf die Suche nach Zärtlichkeiten zu begeben.

Doch sein vorsichtiges Streicheln war nicht abgewehrt worden, sie schien sich fast noch ein wenig näher an ihn heranzuschmiegen. Jadhrin hatte die Augen geschlossen, sich in der Magie des Augenblicks verloren, im leisen Knacken und Prasseln des Feuers in der Grube vor seinen Füßen.

Eine Weile später hatte er plötzlich Feuchtigkeit auf seiner Nase gespürt und verwirrt die Augen geöffnet. Es hatte zu schneien begonnen. Dicke weiße Flocken waren überall durch die Löcher im Dach der Hütte gefallen, hatten sich zu den kleinen Gebirgen aus weißem Schnee gesellt, die sich in den letzten Tagen unter den gleichen Löchern gebildet hatten. Eine Windbö war in ihr Versteck gefahren und hatte den Schnee aufgewirbelt und die noch in der Luft befindlichen Flocken herumwirbeln lassen. Ein Schneesturm war aufgekommen. Die Nacht war zu einer ungemütlichen Suche nach dem bißchen Wärme geworden, die von dem kleinen Feuer und dem Körper des anderen Menschen ausging.

Nun brach bereits der zweite Morgen an. Vorsichtig löste Jadhrin seinen Arm von ihrer Schulter, wo er die ganze letzte Nacht über wärmespendend und wärmesuchend gelegen hatte. Das Feuer vor seinen Füßen brannte nur noch ganz schwach, vor kurzem waren die letzten Holzscheite verlöscht. Der Sturm hatte vorgestern nacht angefangen und sie den ganzen letzten Tag in der Hütte festgehalten. Ohne die dicken Wollsachen ihrer Verkleidung wären sie längst erfroren. Nur mit großen Schwierigkeiten hatte Jadhrin das Feuer die ganze Zeit über am Brennen gehalten, jetzt würde es bald ausgehen. Das Brot und die getrockneten Früchte waren ebenfalls verbraucht. Immerhin schien das beständige Heulen des Schneesturms nachgelassen zu haben. Vielleicht konnten sie daran denken weiterzuziehen. Ein Blick durch eines der Löcher im Dach der Hütte enthüllte nur blauen Himmel.

Vorsichtig überprüfte Jadhrin, ob er alle Teile seines Körpers bewegen konnte, und begann Celina vorsichtig zu wecken. Sie hatte in den letzten Stunden geschlafen, oder sich jedenfalls nicht mehr gerührt. Warum war sie so kalt? Erschrocken schüttelte Jadhrin sie etwas heftiger.

»Celina, wach auf!«

Keine Antwort.

»Celina!« Jadhrin nahm ihr Gesicht in beide Hände und schüttelte es. Sie war so blaß, ihre Haut so kalt. Da. Ein leichtes Zucken in ihren grünen Augen verriet, daß sie nicht tot war.

»Merida!« dankte Jadhrin inbrünstig dem Licht.

Aber was sollte er jetzt tun? Sie war anscheinend kurz vor dem Erfrierungstod, und er hatte kein Feuer, um sie zu wärmen. Im Arm hatte er sie die ganze Nacht gehalten, doch seine Körperwärme schien nicht ausgereicht zu haben.

»Celina, Celina Sedryn!« rief er und schüttelte sie noch heftiger. Sie mußte aufwachen. Wie zur Antwort auf sein Rufen zeichnete sich plötzlich ein dunkelrotes Leuchten unter dem Gewebe ihres Mantels ab.

Das Schwert?

Er riß den Stoff zur Seite – und tatsächlich: Der Rubin am Knauf dieses seltsamen Schwertes erstrahlte in roter Helligkeit. Jadhrin schüttelte Celina erneut.

»Wach doch auf! Celina!« Die Klinge schien auf ihren Namen zu reagieren. Vielleicht würde ihr Titel weiterhelfen. »Ni-Gadhira Sedryn!« versuchte er es noch einmal. Prompt leuchtete der Rubin unter ihm noch ein wenig heller. Ein leises Zischen war zu hören, und Dampf stieg von der Stelle auf, wo das Schwert den Schnee berührte. Sollte das Ding etwa heiß werden?

Vorsichtig faßte er nach dem Griff des in der Scheide steckenden Schwertes. Und wirklich, er verbrannte sich beinahe die Finger. Der Rubin begann zu pulsieren. Was hatte das zu bedeuten? Er mußte etwas tun. Ein Versuch konnte nicht schaden.

»Sedryn!« rief er noch einmal aus vollem Halse. Dann nahm er Celinas schlaffe Finger und legte sie auf den Griff der Waffe. Ein Zucken ging durch ihre Glieder, sie tat einen heftigen Atemzug, wurde dann wieder ruhiger, doch sie schien deutlich zu atmen. Das Schwert konnte ihr offenbar genug Wärme geben, um am Leben zu bleiben. Diese Klinge war wirklich und wahrhaftig eine magische Waffe. Jadhrin wußte, daß es so etwas gab. Aber nur Helden und die bedeutendsten Heerführer des Imperiums benutzten solch mächtige Gegenstände. Ein kleiner Dashino und eine Ni-Gadhira aus einer entlegenen Provinz bekamen solche Dinge nur von weitem zu sehen. Aber andererseits: Celina war die Nachfahrin eines uralten Geschlechts. Ihre Familie hatte vor dem Kommen der Fedinas die Provinz Anxaloi kontrolliert und war ihren Erzählungen zufolge im ganzen Reich für ihre Helden und Heerführer bekannt gewesen. Wer wußte schon, ob in dieser Zeit nicht auch eine magische Waffe in die Hände eines Sedryn-Helden gelangt war.

Jadhrins Gedanken wurden von einem Bellen vor der Hütte unterbrochen. Instinktiv duckte er sich, erstarrte zu völliger Bewegungslosigkeit und horchte.

Neben ihm war Celinas Atem jetzt deutlich und laut zu hören. Da befand sich aber etwas vor der Hütte, etwas, das hechelte und dann wieder ein trockenes Bellen ertönen ließ. Ein Hund? Oder ein Tiermensch mit einem Hundekopf? Jadhrin schlich vorsichtig zum Eingang. Ein Blick zu Celina unterstrich, daß er dies jetzt allein bewältigen mußte. Sie lag nur da und umklammerte mit beiden Händen den Griff ihres Schwertes.

Mit einem trockenen Knacken zerbrach vor der Hütte ganz deutlich ein Ast oder ein sehr dicker Zweig. Entweder hatte der Hund seinen Herren mitgebracht, oder er war schwerer als jeder Hund, den Jadhrin jemals gesehen hatte.

Shanfrada lachte. Auf der glatten Oberfläche des Eises in der flachen Zeremonienschale vor ihr konnte sie deutlich erkennen, wie sich der Ring zusammenzog. Die Beute war ihr sicher.

Ihre Befragung des toten Menschen hatte einiges erbracht. Fakor, so hatte er geheißen, wurde wahrscheinlich längst im Magen eines Tierberserkers verdaut. Aber vorher hatte sie ihn gezwungen, ihr alles zu verraten, was sich in seinem lachhaft kleinen Gehirn an Wissen befand.

Gut, eigentlich hatte der Totenbeschwörer ihn gezwungen, aber solche Kleinigkeiten hatten sie noch nie geschert. Sie hatte erfahren, daß der tote Fakor sich auf der Suche nach seiner Schwester befunden hatte, die er irgendwo in Soron vermutete. Ein menschlicher Verräter namens Jadhrin, der Name sagte Shanfrada nichts, sollte sie entführt und zu seiner Sklavin gemacht haben. Menschenmänner und ihre Ideen!

Fakor hatte sich jedenfalls – als Söldner getarnt – in

die Festung eingeschlichen und dort tatsächlich seine Schwester in der Uniform eines Ritters des Ordens der Reinigenden Finsternis gesehen. Sie war in Begleitung eines Mannes, den er für den Entführer hielt. Sehr seltsam, aber so hatte es aus dem Mund des Toten gelautet. Und Leichen logen nicht, so hatte ihr der Beschwörer versichert. Fakor hatte die beiden verfolgt, als sie sich während des Feuers, das zu diesem Zeitpunkt – Shanfrada vermutete hier einen Zusammenhang – in den Ställen der Festung ausgebrochen war, von den anderen Rittern absetzten. Die beiden waren in die Keller unter der Festung geflohen, Fakor war immer hinter ihnen hergelaufen. Dann wurde die Erinnerung des Toten plötzlich sehr nebulös. Der Totenbeschwörer hatte sich das nur so erklären können, daß hier vielleicht ein magischer Einfluß vorlag, der den schwächlichen Geist des Toten übernommen hatte. Fakor hatte sich nur noch daran erinnert, gegen Furien gekämpft zu haben, dann in verwirrenden, unterirdischen Gängen herumgelaufen zu sein. Schließlich hatte die Leiche irgend etwas von schrecklichen Stimmen zwischen ihren trockenen Lippen hervorgenuschelt. Für eine Zeitlang wußte sie schließlich gar nichts mehr; bis sie sich wieder an klare Bilder erinnern konnte, mußte einige Zeit vergangen sein. Als der Nekromant Fakor eine klarere Beschreibung entlocken konnte, hatte sich der Tote bereits an dem Ort befunden, wo Shanfradas Furien die Leiche entdeckt hatten.

Dieser Einfaltspinsel hatte nicht einmal das kleinste bißchen Erinnerung daran, wie er Shanfradas Ritual zunichte gemacht hatte. Der Totenbeschwörer hatte den Geist des Toten sichtbar unter Druck gesetzt, die Leiche hatte gezuckt und in Shanfradas Ohren wunderbar leidende Schmerzensschreie ausgestoßen. Aber es hatte nichts genutzt. Es war nichts mehr aus dem Geist des Toten herauszuholen gewesen.

Der Tote konnte sich erst wieder an Einzelheiten erinnern, als er sich sein eigenes Schwert in den Bauch rammte. Shanfrada hatte gelächelt, als er seinen Schmerz beschrieb. Fakor hatte keine Ahnung, wieso er sich selbst abstach, er tat es einfach. Shanfradas unsichtbarer Gegenspieler benutzte bemerkenswert einfallsreiche Wege, um sich seiner Werkzeuge zu entledigen. Während Fakor auf seinen Tod wartete, kam aus heiterem Himmel seine Schwester in Begleitung ihres angeblichen Entführers des Weges. Eine Fügung des Schicksals, die fast aus einem der unerträglich schlechten Machwerke menschlicher Hofliteratur stammen könnte, wie sie seit der Eroberung der Festung unter den weniger klugen Furien kursierten, die der menschlichen Schrift mächtig waren. Entsetzlich!

Fakor hatte sich immerhin noch im Todeskampf ein wenig am Schänder seiner Schwester ausgetobt, bevor er in ihren Armen verreckte. Soweit die Geschichte von Fakor Sedryn.

Wichtig war, daß dieses bemerkenswerte Schwert mit dem leuchtenden Rubin nirgends zu finden war. Fakors Schwester Celina und dieser Jadhrin mußten es mitgenommen haben. Die Befragung der toten Eishexen, die in der Nähe von Fakors Leiche gefunden worden waren, hatte ein übriges getan. Sie konnten sich sehr deutlich daran erinnern, von einer menschlichen Kriegerin mit einem leuchtenden Schwert gnadenlos niedergemetzelt worden zu sein.

Es war klar. Shanfrada mußte an diese Celina und ihr Schwert herankommen. Glücklicherweise ließ sich die Kraft des Eises auch für die Zauberei der Fernsicht und des Wissens nutzen, solange sich das Gesuchte im Einflußbereich des großen Herrn des Winters befand. Und das galt im Augenblick für so ziemlich jeden Winkel Anxalois. Also hatte sie sich etwas Blut und Fleisch von Fakor geholt, einige Gegenstände aus der gefundenen Satteltasche und das zurückgelassene Schwert, alles Requisiten, um eine astrale Verbindung zu Fakors Schwester aufbauen zu können. Die Vermutung lag nahe, daß Celina es gegen die Klinge aus Fakors Bauch ausgetauscht hatte. Eine besonnene Tat. Nicht jede Menschenfrau würde freiwillig das Schwert benutzen, mit dem sich ihr eigener Bruder getötet hatte. Shanfrada war schon sehr neugierig darauf, diese Celina Sedryn kennenzulernen.

Und tatsächlich hatte sie recht schnell ein Bild von der Gesuchten in ihrer Eisschale gesehen, nachdem erst einmal die nötigen Zauber gewirkt waren. Die Menschenfrau schlief in den Armen ihres Entführers in einer kleinen Hütte nicht allzu weit von den Mauern Sorons entfernt. Shanfrada hatte vor Glück beinahe gejauchzt.

Die Flüchtlinge waren noch ganz nah. Sie hatte sich von der Eisschale abgewandt und sich von ihren Furien einen Tiermenschen bringen lassen.

Es war ein kleines Exemplar mit einem Hühnerkopf. Die anderen Mitglieder seines Rudels hatten wahrscheinlich geahnt, daß derjenige, der von den Furien mitgenommen wurde, nicht mehr wiederkam. Deshalb hatten sie ihn schnell nach vorne gezerrt, wie ihr die Anführerin der Furien berichtet hatte.

»Sikksai, Atkindil, mordiakai l's sii!« Ohne weiteres Zögern hatte Shanfrada die Beschwörungsformel gerufen. Sie war nicht so bewandert in der Kunst der Dämonologie wie die menschlichen Magier Isthaks, aber für einen kleinen Diener reichte es. Doch auch die kleinen erforderten ein Blutopfer. Also war der Tiermensch schnell an einer durchtrennten Kehle gestorben, während Shanfrada weiter ihre Beschwörungsformel gemurmelt hatte.

Einige Augenblicke später hatte sich über dem reglosen Körper des Hühnerköpfigen ein kleiner Wirbel aus Schnee gebildet, der sich dann zu einer Mischung aus Fledermaus und Fuchs formte. Ein Bote des Xeribulos war erschienen!

Schnell hatte Shanfrada dem Boten befohlen, zu einer jungen Magierin zu fliegen, die sich mit einer Patrouille aus Tiermenschen in der Nähe der Hütte befand. Und jetzt, knapp drei Stunden später, saßen die beiden Menschen in der Falle. Die Frau schien halb erfroren zu sein. Und ein Mann allein konnte nichts gegen ein Dutzend Tiermenschen und eine Eishexenzauberin ausrichten.

Vorsichtig richtete Jadhrin sich am Durchgang zum Inneren der Hütte auf. Wenn jemand von menschlicher Statur hindurch wollte, mußte er sich bücken. Eine gute Gelegenheit für einen Angriff. Vorsichtig zog der Ordensritter seine Klinge. Draußen war jetzt knirschender Schnee zu hören, ein weiterer Zweig zerbrach unter der Schneedecke. Wie viele waren es?

Dann wieder Schritte im Schnee, schnell näher kommend, ein Schrei, ein zweiter. Etwas brach hinter Jadhrin durch die brüchige Wand. Die Decke schien in sich zusammenzustürzen. Vor ihm war plötzlich ein Kopf im Türdurchgang zu sehen. Eine Sekunde später fiel in einer Blutfontäne ein abgetrennter Ziegenschädel zu Boden. Jadhrin sprang ins Freie. Er wollte nicht riskieren, in der beengten Hütte in einen Kampf verwickelt zu werden. Celina konnte er jetzt nur helfen, indem er die Angreifer, offenbar eine Horde marodierender Tiermenschen, so gut wie möglich von ihr ablenkte. Er wirbelte herum und versuchte, die Lage zu überblicken.

Aus verschiedenen Richtungen liefen tierköpfige Gestalten mit erhobenen Waffen auf ihn zu und stießen dabei ein markerschütterndes Gebrüll aus. Im Hintergrund war eine Eishexe mit roten Augen zu sehen.

Eine Zauberin! Sie schrie einer Gruppe von Tiermenschen, die in den eingestürzten Resten der Hütte nach etwas suchten, Befehle zu. Was bedeutete das?

Der erste Tiermensch war herangekommen. Jadhrin duckte sich unter einem Speerstich hinweg, ließ den viel zu ungestümen Angreifer vorbeirennen und stach ihm dann das Schwert in die Kniekehle. Der schweineköpfige Krieger ging schreiend zu Boden, als auch schon die nächsten beiden eintrafen. Diese waren vorsichtiger, geiferten und sabberten zwischen ihren Hauern gelblichen Schleim hervor und fuchtelten mit ihren grausamen Waffen in der Luft herum. Aber sie blieben auf Abstand. Und schon kamen weitere Gegner heran, jeden Moment würde Jadhrin eingekreist sein. Auch die Zauberin im Hintergrund schien sich auf ihn zu stürzen. Sie hob die Hände und machte komplizierte Gesten. Blaue Funken umgaben ihre Hände.

Verzweifelt sah sich Jadhrin nach einer Rettungsmöglichkeit um. Konnte dieses verdunkelte Schwert Celina nicht noch einmal zu einer unbesiegbaren Kriegerin machen? Doch in der Ruine blieb alles still. Jadhrin begann sich vorsichtig um die eigene Achse zu drehen. Jetzt umringten ihn schon sechs der Tiermenschen. Und die Zauberin schien mit ihrem Spruch jeden Augenblick fertig zu sein, denn ihr rechter Zeigefinger wies ganz eindeutig in seine Richtung.

»Dashino, kann ich endlich meine Schuld begleichen?«

Ein Pfeil tauchte im Hals der Hexe auf. Sie ging mit einem Gurgeln zu Boden.

Shanfrada traute ihren Augen nicht. Wie aus dem Nichts tauchte ein Haufen menschlicher Krieger auf dem Eisspiegel auf, der ihr eben noch die Szene ihres Triumphes gezeigt hatte. Ein kleiner Mann fortgeschrittenen Alters, bewaffnet mit zwei Krummsäbeln, führte sie an und stürzte sich an der Spitze von einigen Kämpfern wie die verkleinerte Fassung eines wild gewordenen Tierberserkers unter die Isthakis. Seine Klingen schienen überall zu sein, die überraschten Tiermenschen flohen.

Die Eishexenzauberin riß die Schale, in der sich die Szene abspielte, mit einem lauten Schrei empor und warf sie mit voller Wucht an die Wand der Halle. Die silbrige Schale prallte gleich neben einem erschrockenen Tiermenschen mit dem Kopf einer Dogge auf die Steinmauer und zerbarst in einem blauen Lichtblitz in ihre Einzelteile. Unbeeindruckt von den Schrapnellen, die um sie herum durch die Luft flogen, starrte Shanfrada mit ausdruckslosem Gesicht den Doggenkopf an, der mit weit aufgerissenen Augen an dem Metallsplitter zerrte, der in seinem Hals steckte, und dann leise röchelnd zu Boden ging.

Shanfrada ballte ihre Fäuste. Sie brauchte jetzt Beherrschung. Nichts war verloren. Sie würde einfach erneut beginnen, diesen verfluchten Schutzzauber zu bannen. Sie würde vorsichtig sein, auf alles gefaßt. Warum sollte sie ihre Kräfte an unwichtige Menschen verschwenden, die mit geheimnisvollen Waffen in Richtung Süden flohen?

KAPITEL 7

21. Dembar 715 IZ

Festsaal des Gouverneurspalastes in Leigre

Der Saal wurde von Kronleuchtern mit Dutzenden von Kerzen hell erleuchtet. Das Licht wurde von dem glänzenden Geschirr und Kristall auf dem riesigen Eßtisch in der Mitte des Raums prächtig widergespiegelt und dann von den schweren, blauen Samtvorhängen an den Fenstern geschluckt. Vier geräumige Kamine, in denen großzügige Feuer prasselten und knackten, sorgten für angenehme Wärme, in der so manches freizügig geschnittene Kleid einer Edeldame mehr zeigte, als sonst im Hochwinter üblich war. Graue Wolfshunde lungerten hinter dem Tisch an den Wänden herum, um die ihnen zugeworfenen Reste des Festmahls begierig aufzuschnappen, und unauffällige Diener in der Livree der Fedinas sorgten für eine rasche Wiederauffüllung leerer Teller und Kelche.

»Ich sage Euch, dieser Mann muß dahinter stecken.« Andron tunkte seine manikürten Finger in ein Wasserschälchen.

Seine Tischnachbarin kicherte verzückt. Diese einfältige und nur mäßig schöne Vertreterin der anxaloiischen Finanzwelt gab schon den ganzen Abend über so seltsame, gackernde Geräusche von sich. Er würde sie heute abend mit auf seine Gemächer nehmen und dann wieder zu ihrem Vater, einem reichen Kaufmann aus dem Süden, zurückschicken. Im Augenblick schien er kein Glück mit der Wahl seiner Konkubinen zu haben. Die einen legten entschieden zuviel Charakter an den Tag, die anderen wußten wahrscheinlich nicht einmal, was das Wort bedeutete.

Der Dashino ihm gegenüber schaute ihn grimmig

67

an. »Wollt Ihr damit sagen, einer der unsrigen wäre ein Verräter und hätte den Feinden Zugang zu Soron verschafft?«

»Jawohl, mein Bester.«

»Habt Ihr Beweise dafür, ansonsten ...« Der Ordensmann hatte offenbar Schwierigkeiten, ruhig sitzen zu bleiben. Er rutschte aufgeregt auf seinem Stuhl hin und her. Innerlich mußte Andron lächeln. Er wollte keinem dieser Brüder auf dem Schlachtfeld begegnen, denn dort waren sie wahre Ungeheuer. Aber es gab auch andere Kampfschauplätze. Und auf diesem ganz besonderen hier war Andron ein Meister.

»Sonst werdet Ihr mich zur Rechenschaft ziehen, meint Ihr das?« Der Ni-Herkyn hob seine Stimme.

Prompt wurden andere auf das Geschehen aufmerksam. »Wer wird zur Rechenschaft gezogen?« erkundigte sich sein Vater, der Herkyn Grigor Fedina.

»Ich, liebster Vater«, entgegnete Andron, lehnte sich zurück und strich sich mit empörter Geste die Haare aus dem Gesicht. Aufgeregtes Kichern ertönte neben ihm.

Der Gouverneur setzte einen fragenden Ausdruck auf. Warum konnte sein Vater ihm nie vertrauen? Er wußte doch ganz genau, was er tat, und er würde diesen Jadhrin nicht einfach so davonkommen lassen.

»Dashino Kimbaren ist der Meinung, daß ein Mitglied des Ordens nicht dazu fähig sein könnte, die Burg Soron und das Reich zu verraten.« Eine gewagte Anspielung, dessen war sich Andron bewußt, denn die Mitglieder des Ordens reagierten sehr empfindlich auf alles, was mit Verrat aus ihren Reihen zu tun hatte. Dazu waren viel zu viele von den treuesten Dienern des Lichtes mit Fraiz Alkaldo auf die Seite der Finsternis übergelaufen.

»Wie kommt Ihr darauf, meine Herren?« mischte sich jetzt Lan-Kushakan Mariak in das Gespräch ein.

Die Männer im Bankettsaal des Fedina-Palastes starrten sich mit grimmigen Blicken an. Das seichte Spiel der drei Lauten im Hintergrund betonte die Angespanntheit der Situation nur noch. Grigor warf Andron zornige Blicke zu.

Das Essen war dazu gedacht gewesen, die feste Allianz zwischen seinem Vater und Rakos Mariak zu pflegen. Grigor Fedina brauchte die Unterstützung der Vertreter des Ordens in Anxaloi, um seine ehrgeizigen Ziele zu verfolgen. Außerdem hatte man zumindest in politischer Hinsicht ein gleichartiges Problem. Dieser Khaibar Dorama bedrohte mit seinem Vorgehen im Norden nicht nur die Autorität seines Vaters, sondern auch die des Lan-Kushakan.

Doch der Ball war im Spiel. »Lan-Kushakan«, wandte sich Grigor an den drei Plätze entfernt sitzenden Rakos Mariak, »ich erzählte nur von meinen Abenteuern bei der Eroberung Sorons durch die Isthakis.« Andron räkelte seinen schlanken Körper auf dem Lehnstuhl, dessen hellbeige Polsterung das samtene Rot seines Hemdes unterstrich. »Wie Ihr wißt, konnte ich die Ereignisse unmittelbar verfolgen, sozusagen über die Spitze meiner Klinge hinweg.« Wieder brach die debile Kaufmannstochter neben ihm in Gekichere aus. Was für Töchter erzogen die da unten in Bassano? Er holte Atem und lehnte sich mit sorgenvoller Miene vor, sorgsam darauf bedacht, zögernd, aber trotzdem spontan zu erscheinen. »Ein Ordensmann namens Dashino Jadhrin Thusmar ist mir aus den Ereignissen sehr lebhaft im Gedächtnis geblieben.«

Rakos Mariak schaute bei der Erwähnung des Namens fragend seinen Nebenmann, einen älteren Offizier, an. Dieser lehnte sich zur Seite und tuschelte dem Lan-Kushakan etwas ins Ohr. Andron wartete, bis Rakos durch seinen Untergebenen alle Informationen über Jadhrin Thusmar erhalten hatte.

Bei einem kleinen Festmahl, so hatte sein Vater gemeint, würde er mit dem Lan-Kushakan über seine Pläne bezüglich des alten Mannes im Norden reden können. Ein unnötiges Vorgehen, wie Andron fand. Sein Vater und der Lan-Kushakan waren, soweit Andron es wußte, die besten Freunde. Nicht zuletzt unterstützte der Ordensmann die Verwirklichung der Pläne seines Vaters in Thordam mit seinen Truppen. Also hatte Andron sich überlegt, daß er die Gelegenheit doch einfach nutzen konnte, um seine Rache an diesem widerlich heldenhaften Dashino voranzutreiben, der ihm bei der Sedryn in die Quere gekommen war und ihn, was noch bedeutend schlimmer war, in Soron niedergeschlagen hatte. Hoffentlich waren alle Zeugen der peinlichen Szene von den Isthakis getötet worden. Auf jeden Fall würde er diesen Jadhrin Thusmar fertigmachen. Erstaunlicherweise war der Mann scheinbar ein Verwandter jenes Ordensmagiers namens Dorama Thusmar, der seinem Vater und dem Lan-Kushakan jetzt so viele Probleme bereitete. Andron wußte nicht, ob das schon jemandem aufgefallen war, aber er würde es heute ganz bestimmt noch erwähnen.

Offenbar wußte Rakos jetzt Bescheid. »Dashino Thusmar wurde von mir und Eurem Vater mit dem Auftrag nach Soron geschickt, Euch aus der Festung in die Sicherheit des väterlichen Palastes zu bringen, mein lieber Ni-Herkyn.« Rakos lächelte Andron unter seinem Schnauzbart hinweg wölfisch an. Der Ordensführer verstand das Spiel.

Andron ebenfalls. »Ich weiß, Lan-Kushakan. Die Festung Soron ist kein Ort, an dem der Sohn des Provinzgouverneurs überwintern sollte. Aber ich weilte eigentlich auch auf einem Jagdausflug auf unserem Landgut Ihsligano. Dort fand sich zu meiner völligen Überraschung die Dame Ni-Gadhira Sedryn ein, die mir in einer – aus unerwiderter Liebe geborenen – Gedankenlosigkeit aus Soron nachgereist war. Auf dem Weg war sie überfallen worden und kam verletzt und ausgeplündert bis auf ihre Gewänder in Ihsligano an. Um unschicklichen Situationen und den marodierenden Horden der Isthakis aus dem Weg zu gehen, habe ich sie dann nach Soron gebracht.« Andron senkte kurz den Blick. Niemand sollte denken, er wolle der widerspenstigen Zicke etwas Böses nachsagen. »Ich dachte eigentlich, in der Festung sicher zu sein und mit meinem Schwert einen Beitrag zur Verteidigung Sorons leisten zu können. Leider wurde mir die Möglichkeit nicht vergönnt, denn die Festung fiel durch Verrat. Eine Waffe, gegen die weder ein Fedina noch ein Ordensritter gefeit ist.«

Sein Vater starrte ihn an, als wolle er ihn auffressen. Warum wußte der Herkyn ein gepflegtes Geplänkel nicht zu schätzen? Er hätte Andron nicht an den Hof nach Emessa schicken sollen, wenn er nicht in Kauf nehmen konnte, daß sich sein Sohn dort die Fähigkeiten und Vorgehensweisen eines zivilisierten Politikers aneignete.

Bisher war der Abend ganz so verlaufen, wie Grigor es geplant hatte. Lan-Kushakan Mariak war mit einem halben Dutzend seiner Offiziere in den Palast gekommen. Der Fedina hatte ein halbes Dutzend der wichtigeren, noch in Leigre befindlichen Adligen samt ihrer Ehefrauen beziehungsweise Konkubinen eingeladen. Außerdem war Andron mit zweien seiner jungen Freunde anwesend, jeder selbstverständlich in angemessen skandalöser Begleitung. Man hatte gegenüber den ›Trockenhosen‹, wie die Ordensmitglieder von den jungen Männern aus Androns Gefolgschaft genannt wurden, schließlich einen Ruf zu verlieren. Zusätzlich war der Burgomeister, der wichtigste Mann des Kaufmannsrates der Stadt, mitsamt seiner fetten Frau eingeladen worden, und zu guter Letzt durfte der Verkünder Troster Lassim nicht fehlen. Der oberste Kirchenmann Leigres stand der Frau des Kaufmannes im Leibesumfang in nichts nach und war politisch ein wichtiger Mann, was die Meinung des einfachen Volkes – und, noch wichtiger, der Kaufleute und kleinen Adligen in der Provinz – betraf.

»Ein Verrat«, führte Andron weiter aus, »der, wie sich später herausstellte, in enger Verbindung zu dem Dashino stand. Ich würde niemals einen Ordensbruder beschuldigen, wenn ich nicht konkrete Beweise hätte. Aber ...« Andron legte eine kleine Spannungspause ein. »... nicht ich, sondern der Dashino Kimbaren kam zu dem Schluß, daß die Ereignisse ihre eigenen Folgerungen mit sich bringen. Deshalb verstand er mich wohl so, als wolle ich einen Verrat Jadhrin Thusmars behaupten und meinte, darauf entgegnen zu müssen, daß ein Ordensmann eines Verrates erst gar nicht fähig sei.«

Rakos Mariak und Androns Vater starrten zusammen mit den restlichen Gästen den Dashino Kimbaren an. Das kernige Kinn des Bruders zitterte, seine stahlblauen Augen suchten verzweifelt nach Hilfe, und seine muskulösen Hände verkrampften sich in der Tischdecke. Andron hatte sich seinen Gesprächspartner mit Bedacht ausgesucht.

»Ich meinte nur ...«, stotterte der Dashino.

»Mein Lieber«, mischte sich Andron ein, »ich kann Euch ja verstehen. Aber es ist wie es ist. Der Dashino tauchte in Begleitung eines gesuchten Verbrechers, der schon früher der Zusammenarbeit mit den Isthakis verdächtigt wurde, in Soron auf. Er befand sich mitten im isthakischen Heer, als er von einem Zauberer der Gilde auf die Mauern der Festung teleportiert wurde. Die Isthakis hatten ihn schon auf der Klinge, hätten einfach nur zuzustechen brauchen ...«

Andron ließ die Worte auf der Zunge verklingen und fuhr dann fort: »In Soron angekommen, interessierte sich der Dashino plötzlich in – für einen Ordensbruder – ungewöhnlicher Weise für die Ni-Gahdira Sedryn, die seine Avancen durchaus freundlich aufnahm. Beide traten dann mit dem Plan an mich heran, die unter schweren Angriffen stehende Festung über obskure Geheimgänge aus alter Zeit zu verlassen. Dann weigerte ich mich, meinen Posten an der Seite des Ghanar Bran Carrol Fedina zu verlassen.« Andron seufzte. »Aber dieser tapfere Mann befahl mir, abzureisen und hier in Leigre Hilfe für die Festung zu suchen.«

Die ganze Gesellschaft hörte ihm zu. Andron genoß es. Er war für eine solche Aufmerksamkeit geboren. Sogar sein Vater schien bereit, ihn gewähren zu lassen.

»Ich brach also mit einem Leibwächter, dem Dashino, seinem fragwürdigen Begleiter, den er als Pfadfinder des Ordens ausgab« – ein Seitenblick zu Kimbaren –, »der Ni-Gadhira und ihrem Leibwächter auf, um die Festung zu verlassen. Über uns tobte ein besonders heftiger Angriff, der von den Verteidigern jedoch erfolgreich abgewehrt wurde. Unter der Festung wurde unsere Gruppe von plötzlich auftauchenden Eishexen angegriffen. Die Furien waren in großen Mengen ins Innere der Festung unterwegs. Sie töteten meinen Leibwächter und den der Dame Sedryn. Das letzte, was ich sah, bevor ich im Kampfgeschehen abgedrängt wurde, waren Jadhrin und die Ni-Gadhira, wie sie sich mit gesenkten Waffen mit der Anführerin der Hexen unterhielten.« Androns Stimme nahm einen schmerzerfüllten Tonfall an. »Ich konnte mit Hilfe des Lichtes Meridas fliehen. Draußen angekommen, sah ich in der von der brennenden Festung hell erleuchteten Nacht, wie Eishexen, aus dem Inneren kommend, die tapferen Verteidiger überwältigten. Ich will niemanden verdächtigen, aber ...« Andron zögerte. »Ich glaube, daß meine Geschichte zumindest Fragen aufwirft.«

Sofort setzte eine allgemeine Zustimmung unter Androns Begleitung und den anderen Adligen ein. Die fette Frau des Kaufmannes wedelte sich erregt mit einem Fächer Luft zu. Die Geschichte hatte sie regelrecht ins Schwitzen gebracht; morgen würden alle Pfeffersäcke in Leigre über die Verfehlungen der Tochter eines gewissen, ohnehin bei den meisten von ihnen in der Kreide stehenden Adelshauses unterrichtet sein. Und der Name der Familie Thusmar, der immerhin der scheinbar so erfolgreiche Feldherr im Norden angehörte, würde einen fahlen Beigeschmack bekommen. Und das in den Köpfen derjenigen, die ihre Lagerhäuser für seinen Nachschub leeren sollten.

Androns Vater hob anerkennend eine Augenbraue, strich sich über den Bart und bemerkte dann mit jenem besonderen Klang in seiner beeindruckenden Stimme: »Lan-Kushakan! Beim Lichte Meridas! Die Erlebnisse meines Sohnes sprechen wirklich eine besondere Sprache. Was wißt Ihr über diesen Dashino?«

»Viel zu wenig, ehrlich gesagt«, antwortete Rakos Mariak. »Er kam aus der Zentralprovinz in unser Kloster, übernahm einen Spähauftrag und fiel auf einer anschließenden Lagebesprechung sehr unangenehm auf. Erinnert Ihr Euch nicht mehr, Herkyn? Er war jener junge Mann, der versuchte, uns seine ganz besonderen strategischen Überlegungen nahezulegen und uns von unserer wichtigen Hilfsaktion in Thordam abzubringen.«

»Stimmt«, bestätigte der Provinzgouverneur daraufhin. Andron lächelte schüchtern in die Runde. Das lief alles ganz wunderbar. »Wir dachten damals, der junge Mann sei einfach ein wenig übereifrig, und beschlossen, seinen Eifer mit einem entsprechend wichtigen Auftrag in die rechte Richtung zu lenken. Vielleicht hätten wir seine Herkunft genauer überprüfen sollen, bevor wir ihn in den Norden schickten.«

»Beim Lichte Meridas! Ihr habt recht, Herkyn. Vor zwei Tagen sind mir Berichte aus der Zentralprovinz zu Ohren gekommen, daß es dort Zwischenfälle mit Spionen Isthaks gegeben habe, die als Ordensritter verkleidet waren. Ich muß mich in unserem Zentralkloster Andoran noch einmal genau über den jungen Mann erkundigen, der sich hier als Dashino Thusmar ausgab.«

Der Lan-Kushakan zögerte. Andron war gespannt, was jetzt kommen würde. Der hagere Mann mit der Glatze wirkte so, als denke er gerade scharf nach, als käme ihm etwas Wichtiges in den Sinn, das vielleicht zu furchtbar war, um es auszusprechen. Eine gute Darbietung! Andron war sicher, daß der Lan-Kushakan bereits genau wußte, was er gleich sagen würde. Und er glaubte auch richtig zu vermuten, um was es sich handelte.

»Da fällt mir ein«, hob Rakos Mariak wieder an, »der frischernannte Khaibar Bruder Dorama Thusmar, der unser Heer im Norden auf Soron zuführt, trägt den gleichen Familiennamen wie dieser Jadhrin.« Er ließ eine kleine Pause verstreichen. »Und auch er wies sich mit Schriftstücken und Insignien aus Emessa aus, um seine Autorität zu zeigen!« Der Lan-Kushakan sprang auf und verbeugte sich. »Meine Damen und Herren, entschuldigen Sie mich. Aber es gilt, so schnell wie möglich Kontakt mit Andoran aufzunehmen. Ich werde die Gilde um Hilfe bitten.« Mit diesen Worten rauschte er, gefolgt von seinen Brüdern, aus dem Saal.

Andron nickte bedächtig. Auch im Orden gab es wahre Spieler.

KAPITEL 8

26. Dembar 715 IZ

Kurz vor dem Nordtor der Stadtmauer Leigres

Die drei Reiter näherten sich im Licht der untergehenden Sonne der hoch emporragenden Stadtmauer. Die
Provinzhauptstadt Anxalois war vor einigen Jahrhunderten bereits mit einer wuchtigen Mauer aus dem
dunklen Gestein der Taisak Berge umgeben worden.
Mächtige Türme ragten in regelmäßigen Abständen
aus der Anlage heraus, die den gesamten Stadtkern
Leigres umgab. Am südlichen Rand des ummauerten
Gebietes waren die höheren Türme der Zitadelle zu erkennen, die den Bewohnern der Stadt als Fluchtpunkt
dienen konnte. Sie war auf einem kleinen Hügel erbaut
worden, unter dem sonst der träge Fluß Bärenwasser
dahinfloß, an dessen Ufer sich die jungen Adligen Leigres gern duellierten. Jetzt im Winter befand sich hier
nur eine von Schneeverwehungen überzogene Eis-
fläche. Die wenigsten der höchsten Wohnhäuser reichten über das Niveau der Stadtmauer hinweg, so daß
die einzigen weiteren, auf größere Entfernung sichtbaren Gebäude Leigres sich an einer Hand abzählen ließen. Da war zum einen der Glockenturm des Merida-
Tempels, einer großzügigen Anlage, von der aus die
religiösen Belange der Provinz verwaltet wurden. Daneben ragte der Dachgiebel des Burgohauses empor,
des Verwaltungssitzes der Stadt. Als nächstes konnte
der Reisende den Palast des Gouverneurs mit seinen
zahlreichen kleinen und größeren Türmen und Giebeln
erkennen. Am nordwestlichen Ende der Stadt erstreckte sich die schlanke Silhouette des Turmes der
Magiergilde hoch in die Luft, und die östliche Seite der
Stadt wurde von der massigen, schon sehr alten Klo-

sterfeste des Ordens beherrscht, deren Türme deutlich über der Stadt in den Himmel emporwuchsen.

Die von der Stadtmauer umgebene Fläche war mit der Zeit zu klein für die immer weiter wachsende Einwohnerzahl der Hauptstadt geworden. Deshalb fanden sich bereits eine Wegstunde vor den Stadttoren die ersten Hüttensiedlungen: kleine und größere Gruppen von Blockhäusern, in denen all jene lebten, denen das Leben in der Stadt selbst zu teuer, zu eng oder zu stinkend war. Hier fanden sich auch die Unterkünfte jener Menschen, die nur im Winter nach Leigre kamen, um Handel zu treiben oder sich die härteste Zeit in Anxaloi so angenehm wie möglich zu gestalten. Im Augenblick waren diese Hüttensiedlungen überlaufen von den Flüchtlingen aus den nördlichen Kampfgebieten, die vor einigen Wochen mit Furcht im Herzen und schrecklichen Geschichten über die Greueltaten der Isthakis auf den Lippen angekommen waren.

Zwischen den Hüttensiedlungen, die sich vor allem an den großen Straßen zur Stadt mehrten, befanden sich Dutzende von Bauernhöfen, jeweils umgeben von Feldern, die mit Hecken und Feldsteinen abgegrenzt waren. Diese zumeist von einer Palisade umgebenen Höfe wurden von Vasallen der Fedinas bewirtschaftet und bewohnt. Alles in allem lag um Leigre herum ein Gebiet, das im Sommer vor Lebendigkeit überquoll, im gegenwärtigen Winter aber eine trostlose, fast tote Stimmung verbreitete, die nur vom gelegentlichen Krächzen einer Krähe und dem Bellen eines hungrigen Hundes unterbrochen wurde. Die Menschen in den Hüttendörfern beeilten sich, wenn sie die Straße überqueren mußten, und schauten sich furchtsam um, denn mit den oft wilden und gesetzlosen Flüchtlingen aus dem Norden hatten Mord und Diebstahl zwischen den Hütten Einzug gehalten. Die Stadtwache kümmerte sich so gut wie gar nicht um die Hüttenbewohner, und die Gehöfte der Adligen wurden zwar von Söldnern bewacht, aber diese scherten sich nicht um gelegentliche nächtliche Hilfeschreie aus der Nachbarschaft.

Halbwegs zufrieden wirkten die Menschen nur in den zwei Lagern der Mammutjäger, an denen die Reiter vorbeigekommen waren. Die Barbaren hatten ihre Fellzelte kreisförmig aufgestellt, und Rudel großer Hunde streiften zwischen ihnen umher, so daß kein Eindringling unbemerkt herumlaufen konnte. Obwohl die Lager nur von Frauen und Kindern sowie von ein paar alten Männern bewohnt wurden, blieb das Gesindel ihnen fern. Die Stadtwache hatte auf den besonderen Befehl des Khaibars hin alle Übergriffe gegen die Lager aufs Härteste bestraft. Der Grund war klar: Die Männer dieser Stämme kämpften im Norden mit dem Khaibar gegen die Isthakis und würden sehr wütend werden, wenn ihren Frauen und Kindern in der Nähe Leigres etwas zustieße.

Während ihrer Reise hatten die drei Reiter immer wieder Menschen von dem Khaibar erzählen hören. Er war der mächtigste Kampfmagier des Ordens des Reinigenden Lichtes und handelte ganz im Auftrag des Kaisers und des Hohemeisters. Er hatte fast allein mehrere Schlachten gegen die Isthakis gewonnen und führte jetzt im Norden ein Heer, das schon bald die eroberte Festung Soron zurückgewinnen würde. Anschließend würde der Khaibar – er hieß Dorama Thusmar – nach Süden zurückkehren und den ausbeuterischen Praktiken der Fedinas ein Ende bereiten.

An diesem Punkt hatte einer der Reisenden die Erzähler meist unterbrochen und sich ganz genau nach dem Khaibar und seinem Aussehen und Namen erkundigt. Es war ein junger Mann, ein großer, schlanker Krieger, der von einer Frau, die ebenfalls ein Schwert trug, und einem krummbeinigen alten Mann begleitet wurde. Mit sichtlicher Aufregung hatte er nach dem

Khaibar gefragt und seine Begleiter bedeutsam angesehen. Diese hatten genickt, anschließend aber zur Weiterreise nach Leigre gedrängt.

So waren die Reiter, die offenbar schon seit einigen Tagen unterwegs gewesen waren, den Stadttoren langsam, aber sicher immer näher gekommen. Sie trugen die unauffällige, aber praktische Kleidung der Trapper aus dem Norden und saßen alle drei wie verwurzelt im Sattel. Ihre Gesichter, besonders das des grauhaarigen, alten Mannes, wiesen die Spuren vieler Anstrengungen und Belastungen auf, und in den hübschen Zügen der jungen Frau waren große, dunkle Augenringe und eine tiefe Traurigkeit zu erkennen. Alle drei waren bewaffnet und gerüstet, was ihnen von den wenigen Soldaten, die ihnen auf der Straße begegneten, des öfteren einen mißtrauischen Blick einbrachte.

Kurz vor den Stadttoren ergriff die Frau nach längerem Schweigen das Wort. »Also abgemacht. Wir sind Abenteurer von der Grenze und wollen im Gasthaus ›Zur wilden Katze‹ überwintern, bis die Lage im Norden wieder ruhiger ist. Wenn wir nach unseren Namen gefragt werden, bin ich Janna, du Lostik.« Sie wies mit dem Kopf in Richtung des älteren Mannes. »Und du«, ihre Züge wurden weicher, »bist Troimar. Alles richtig so?«

»Alles richtig. Genau so machen wir es. Und sobald wir außer Sichtweite der Torwachen sind, werden wir uns trennen. Ihr reitet zum Haus deiner Familie. Ich werde so schnell es geht zum Lan-Kushakan ins Kloster reiten. Er muß wissen, was wir in Harrané erfahren haben.«

»Und danach kommt Ihr auch in das Haus, wo wir uns dann wiedertreffen«, beendete der alte Mann die Unterhaltung. Das Stadttor war erreicht. Durch die offenstehenden Flügel wurden die letzten Menschen hineingelassen, bevor die Tore für die Nacht geschlossen wurden. Mit ausdruckslosen Gesichtern stiegen die Reiter ab und führten ihre Tiere auf das Tor zu.

Eine halbe Stunde später und um einige Silberstücke ärmer kamen der alte Mann und die junge Frau vor einem großen, aber ärmlich wirkenden Haus am Rande des Adelsviertels von Leigre an. Den ganzen Weg über waren sie in der Stadt mit den Folgen des Krieges konfrontiert worden. Zwar übernachtete niemand auf den Straßen – dazu war es zu kalt –, aber überall standen leere Handkarren und abgestellte Planwagen herum. Aus vielen Häusern schien noch Licht, und es war lauter als gewöhnlich. Die ärmeren Viertel der Stadt hatten einem Taubenschlag geglichen. Ungewöhnlich viele Leute waren auf den Straßen unterwegs gewesen, und die Zahl der Bettler schien sich fast verdoppelt zu haben. Erst als die beiden Reiter in die besseren Viertel der Stadt geritten waren, kehrte plötzlich die gewohnte Ruhe ein. Es schien eine Art unsichtbare Grenze zu geben, hinter die sich die Flüchtlinge nicht verirrten.

Die Frau stieg ab, reichte dem Mann die Zügel ihres Pferdes und klopfte an der großen Tür. Das Haus lag jetzt nach Einbruch der Dunkelheit in ruhiger Stille vor ihr. Sie konnte sich erinnern, diese Stimmung schon häufig gespürt und genossen zu haben. Die Zeit am Ende des Tages, in der kleine Mädchen darauf warteten einzuschlafen. Da oben in dem Zimmer im zweiten Stock hatte sie gelegen, eingekuschelt in ein dickes Daunenbettlaken, umgeben von ihren beiden Lieblingspuppen und dem Wissen, daß die dunkle Welt da draußen ihr nichts anhaben konnte, weil immer jemand da war, der auf sie aufpaßte.

Das war jetzt anders. Während sie darauf wartete, daß jemand auf ihr Klopfen hin öffnete, wappnete sie sich. Sie würde den Bewohnern des Hauses eine

80

furchtbare Nachricht bringen. Neuigkeiten von Geschehnissen, von denen sie nicht wußte, wie sie mit ihnen fertig werden sollte. Sie blinzelte, aber ihr Auge blieb trocken. Ihre Tränen waren auf dem Weg nach Leigre versiegt, irgendwann einfach an der Schulter ihres Freundes vertrocknet. Der Schmerz war noch da, aber er war jetzt in sie hineingebrannt, war zu einem Teil von ihr geworden. Und so wie sie selbst hatte lernen müssen, sich zurückzunehmen, ihre Gefühle nicht mehr so leicht dem Mißbrauch der Welt anzuvertrauen, so war sie auch nicht mehr in der Lage, ihren Schmerz herauszulassen und ihn der Nacht oder den Bewohnern dieses Hauses anzuvertrauen. Er war da. Sie wußte es, aber würde das ausreichen, um sich dem Kommenden zu stellen? Hatte ihre Umwelt nicht ein Recht darauf, eine verständliche Wut auf sie, die Verantwortliche, durch sichtbaren, spürbaren Schmerz zu befriedigen?

Celina wußte es nicht. Sie würde dem Haus und ihrem Vater, dessen Sohn sie auf dem Gewissen hatte, ohne Tränen gegenübertreten müssen.

Lichter erschienen hinter zwei Fenstern neben der Tür. Celina umklammerte das Schwert. Von ihm waren in den letzten Tagen immer wieder Kraft und Härte ausgegangen. Kraft und die immer wiederkehrenden Visionen vom Tod ihres Bruders, die sie jedesmal aufs neue erschütterten. Doch je mehr sie sich ihnen stellte, desto mehr stumpfte sie gegen das ab, was sie da sah. Sie verstand nicht alles, aber etwas an dem Schwert, etwas, das auf erschreckende Weise an die leidenschaftliche, innere Stärke ihres Bruders erinnerte, sagte ihr, daß es wichtig sei, das Gesehene festzuhalten. Das Schwert an ihrem Gürtel war das traditionelle Schwert der Lairds ihrer Familie, es hatte Fakors Blut gekostet. Es machte aus ihr eine gnadenlose Kriegerin; soviel hatte sich in den Scharmützeln, die sie auf ihrer Reise gegen isthakische Plündererbanden ausgefochten hatten, herausgestellt. Eine sehr gnadenlose Kriegerin!

Jadhrin hatte sie vor dem Schwert gewarnt. Er sagte, daß es sie verändere. Aber sie brauchte die Kraft, die kalte Wut gegen sich selbst, um aufrecht stehenzubleiben und ihrem Vater unter die Augen zu treten. Wenn dazu Visionen von magischen Ritualen der Eishexen, dem Sarkophag eines menschlichen Zauberers und die Bereitschaft zu gnadenlosem Töten gehörten, dann sollte es eben so sein.

Die Tür ging auf. Laternenschein fiel auf die Straße. Gotoll, der alte Majordomo ihres Vaters, erschien. Seine gebeugte Gestalt, verborgen unter einem schlotternden Nachthemd und seiner albernen, weißen Nachtmütze, wirkte um Jahre gealtert, seitdem Celina ihn vor ein paar Wochen das letzte Mal gesehen hatte. Doch auch sie war älter geworden.

»Bei Merida, die Ni-Gadhira!« Die Laterne fiel aus Gotolls Hand auf den Steinfußboden und zerschellte klirrend.

Zwei Stunden später saß sie mit ihrem Vater im Wohnzimmer des Stadthauses. Der Kamin war beheizt worden. Gotoll hatte persönlich die Dienerschaft aus den Betten gerissen und für Celina und ihren Gast ein Mahl vorbereiten lassen. Vorher hatte er ihren Vater geweckt, der Augenblicke später in einem Hausmantel die Treppe herunterkam. Ein dicker Verband war um seinen Kopf gewickelt, er wirkte alt, zerbrechlich, blaß und müde. Sie war ihm entgegengetreten und hatte einfach alles erzählt, was passiert war, nachdem sie Wayn dazu überredet hatte, mit ihr in den Norden abzureisen.

Sie hatte nicht viele Worte gemacht. Ihre Diener und die Wachmannschaft waren tot. Wayn war tot, und auch Fakor war tot.

Ihr Vater schwankte, als sie fertig war. Fakor war sein ganzer Stolz gewesen. Der Erbe der Sedryns. Sie stützte ihn, sonst wäre er die Treppe hinabgestürzt. Sie war allein mit ihm. Ihr Begleiter hatte gewußt, was sie zu erzählen hatte, und dafür gesorgt, daß die Dienerschaft verschwunden war. Sie war mit ihrem Vater in das Wohnzimmer gegangen, hatte ihn in den bequemen Lehnsessel am Kamin gesetzt und gewartet. Doch er war still geblieben. Eine Stunde lang hatte er nur dagesessen und sie angestarrt, einfach nur gestarrt. Sie hatte zu Boden gesehen. Alle Kraft des Schwertes hatte ihr im Angesicht des alten Mannes nichts genützt.

Irgendwann war Gotoll mit einem dampfenden Teller hereingekommen, der, kalt geworden, unberührt auf dem Tisch stand. Er war nicht wieder aufgetaucht, wußte von ihrem Begleiter sicher bereits das Wichtigste und respektierte das, was zwischen Vater und Tochter ausgesprochen werden mußte.

Doch Tobras Sedryn sagte nichts zu seiner Tochter. Er schwieg so lange, bis ihr klar war, daß sie allein mit ihrer Schuld bleiben würde.

Dann hatte er doch angefangen, etwas zu sagen. Er erzählte von Otos Tod – noch mehr Schuld –, von seiner Verletzung, von Fakors Aufbruch zum Heer, der Neuigkeit, daß Andron wieder in Leigre war, der Desertion und Entehrung ihres Bruders, der Schuld. Schließlich schilderte er Fakors Konfrontation mit Andron und seinen anschließenden Aufbruch in den Norden.

Auch Celina hatte nach seinen Worten nur schweigen können. Was sollte sie sagen? Sie mußte auch das ertragen.

Schließlich war sie aufgestanden und hatte ihm das Schwert hingehalten. Er war der Laird, er sollte es führen. Doch er hatte nur den Kopf geschüttelt! Ein alter Mann, der die Probleme der Welt in die Hände der Jüngeren abgab. Bei Merida! Celina konnte es nicht begreifen! Er war ihr Vater, ein Adliger, ein Laird. Wie konnte er das Schwert in ihren Händen lassen? Wie konnte er es annehmen und führen? Das Werkzeug des Todes, das ihren Bruder auf dem Gewissen hatte. Nein, es war gerecht, daß sie es an jedem weiteren Tag ihres Lebens bei sich trug. Eine Waffe, eine Erinnerung. Für sie allein gedacht.

Am Ende war alles Schweigen.

KAPITEL 9

26. Dembar 715 IZ

Klosterfeste des Ordens des Reinigenden Lichtes in Leigre

Jadhrin atmete auf, als er vom Pferd stieg. Vor ihm lag das Eingangstor des Klosters. Der große, von einem Bogen überspannte Torbereich war von verschiedenen Fackeln hell erleuchtet. Novizen mit Hellebarden über den Schultern gingen hin und her. Den jungen Brüdern mußte ziemlich kalt sein, aber es war nun mal Krieg, und deshalb wurde wahrscheinlich eine verschärfte Wachroutine aufrechterhalten. Über dem Eingang flatterten die Banner des Ordens, der Provinz Anxaloi, des Imperiums und, Merida sei es gedankt, auch die Standarte eines Lan-Kushakan. Rakos Mariak befand sich also in Leigre. Er würde Jadhrin helfen können. Nur er, denn niemandem sonst würde er vertrauen können. Wenn der Verrat des Provinzgouverneurs so groß war, wie Celina und er es aus dem Munde der Eishexenkönigin Lecaja gehört hatten, als sie Zeugen eines Empfangs in ihrem Thronsaal gewesen waren, dann konnte die Möglichkeit nicht ausgeschlossen werden, daß Grigor Fedina über Spione im Kloster verfügte. Er konnte nicht wissen, ob die Nachricht über ihre Flucht aus Harrané und das Wissen, über das sie verfügten, bereits in Leigre angekommen waren. Aber es würde ihn sehr wundern, wenn die Königin der Eishexen nicht über eine Nachrichtenverbindung zu dem Verräter verfügte, die es ihr erlaubte, kurzfristig mit ihm in Kontakt zu treten. Er mußte sehr vorsichtig sein. Vielleicht würde schon die Erwähnung seines Namens ausreichen, ihn in Gefahr zu bringen.

Gelassen marschierte er über den Vorplatz des Klosters auf die Wachen am Eingang zu.

»Seid gegrüßt, Novizen. Möge Euch das Licht Meridas an diesem kalten Abend Wärme spenden.« Jadhrin verbeugte sich und wartete.

Einer der Novizen wandte sich ihm zu. »Seid gegrüßt, Fremder. Merida sei mit dir. Was können wir für Euch tun?« Mit vorsichtigem Blick begutachtete der junge Bruder Jadhrins Schwert und die Rüstung unter seinem Gewand, die im Laternenschein matt schimmerte.

»Mein Name ist Bruder Martell Kolos«, entgegnete Jadhrin. »Ich bin Mitglied einer in Soron stationierten Einheit gewesen. Bei der Erstürmung der Festung gelang mir die Flucht, und nach langen Mühen konnte ich mich endlich bis hierher durchschlagen. Bitte bringt mich zum Lan-Kushakan. Ich muß ihm unbedingt Bericht erstatten.«

Seine Worte zogen die anderen Wachen geradezu magisch an. In wenigen Augenblicken war er von einem Kreis neugieriger, aber auch zögerlicher Novizen umgeben.

Jadhrin fragte sich, ob er lieber den Titel eines Offiziers hätte angeben sollen, um schneller an sein Ziel zu kommen. Aber Rokko hatte ihm strikt davon abgeraten. Es war unschätzbar gewesen, seine Pläne mit dem alten Pfadfinder besprechen zu können. Innerlich dankte Jadhrin Merida dafür, ihn wiedergetroffen zu haben.

Und unter welchen Umständen! Ohne ihn wären Celina und er wahrscheinlich niemals in Leigre angekommen. Nicht nur, daß er zusammen mit seinen Männern die Tiermenschen und die Hexe getötet hatte, die die beiden Flüchtlinge in der Hütte nahe Soron eingekreist hatten. Er hatte sie auf sicheren Pfaden zur Provinzhauptstadt gebracht, nachdem Jadhrin seine Kenntnisse mit ihm geteilt hatte.

Die Novizen um ihn herum sprachen darüber, was

sie mit ihm machen sollten, wobei sie seine Anwesenheit zunächst vergessen zu haben schienen. Jadhrin wunderte sich. Viele dieser Knaben, von nahem und im Licht betrachtet, waren kaum älter als vierzehn oder fünfzehn Sommer. So junge Novizen zur Wache einzuteilen, war eigentlich verpönt. Es mußte schlimm um die militärische Präsenz des Ordens in Leigre bestellt sein.

»Bitte Brüder, holt doch einen Hetnor, wenn ihr mir so nicht Einlaß gewähren wollt.« Jadhrin hob die Arme in einer beruhigenden Geste. Vielleicht konnte er diesen jungen Brüdern ein wenig auf die Sprünge helfen. Und tatsächlich – bei dem Wort ›Hetnor‹ waren plötzlich alle still, sahen sich an, und dann rannte einer eilig auf eine kleine Ausfallpforte in dem großen Tor zu. Jadhrin blickte die Novizen freundlich an, während diese ihn ebenfalls aufmerksam beäugten.

Lauter unverbrauchte, junge Gesichter. Jadhrin mußte unwillkürlich an das verknitterte Gesicht Rokkos denken, der im Augenblick wahrscheinlich zusammen mit Celina beim Stadthaus der Sedryns angekommen war. Der Mann war einfach unglaublich. Er schaffte es immer wieder, dem Tod ein Schnippchen zu schlagen.

Jadhrin hatte ihn bei seiner Reise nach Anxaloi vor dem Galgen gerettet. Rokko hatte damals noch anders geheißen; wie auch immer – der schmutzige Viehdieb hatte sich jedenfalls als der Bruder des Hetnors seiner Schwadron entpuppt. Also hatte er ihn mit einem kleinen Trick sozusagen als Pfadfinder zwangsrekrutiert. Als Jadhrin dann den Auftrag erhielt, Andron Fedina aus dem belagerten Soron herauszuholen, war Rokko derjenige gewesen, der Jadhrin und seine Männer sicher zur Festung begleitet hatte, und er war es auch, mit dem Jadhrin sich durch den Belagerungsring geschlichen hatte.

Rokko schien so viele unbekannte Facetten zu besitzen, daß Jadhrin immer wieder verblüfft war, wenn er eine weitere Seite des alten Mannes kennenlernte. Rokko war auch in der Festung Soron nicht unbekannt. Hier wurde seine Geschichte dann etwas schwammig. Unter den einfachen Soldaten der Festung war er fast so etwas wie ein Held, während die Offiziere ihn für einen Verräter hielten. Er schien hier eine Zeit lang als Kundschafter gegen die Isthakis gearbeitet zu haben, hatte dann aber fliehen müssen, weil man ihm eine Zusammenarbeit mit denselben nachweisen konnte.

Kaum im Inneren der Festung angekommen, hatte Rokko ihn in eine Kantine unterhalb der Festung geschleift. Jadhrin hatte keine Ahnung, was sich dort unten abspielte. Auf jeden Fall hatte das alles nichts, aber auch gar nichts mit irgendeiner Form militärischer Nahrungsaufnahme zu tun. Rokko hatte hier von einem alten Schmugglergeheimgang erfahren, durch den sie die Festung, zusammen mit dem Sohn des Provinzgouverneurs, wieder verlassen konnten.

Doch Jadhrin und seine Begleiter waren mitten in den Angriff der Eishexen hineingelaufen. Rokko wurde von ihnen getrennt, als er einige der Verfolgerinnen von Celina und ihm abgelenkt hatte. Jadhrin war davon ausgegangen, daß der Pfadfinder tot war.

Seine Gedanken an die vergangenen Geschehnisse wurden unterbrochen, als sich die Pforte im Tor des Klosters öffnete und der Novize mit einem Hetnor im Gefolge wieder herauskam.

Jadhrin nahm Haltung an: »Bruder Martell Kolos, melde mich aus Soron zurück!« brüllte er.

Der Hetnor baute sich vor ihm auf und musterte ihn. Das Gesicht des Mannes wies die Erfahrung vieler Feldzüge auf. Er war sehr alt, unter seinem Helm schauten graue Haare hervor. Wahrscheinlich war er zu alt für den aktiven Dienst in einem Winterfeldzug und mußte deshalb in den Klostermauern arbeiten. Der Hetnor musterte ihn scharf. Jadhrin war froh, zusammen mit Rokko sehr genau durchgesprochen zu haben, was er erzählen würde. Dadurch, daß er wirklich auf Soron gewesen war, dort mit den Ordensbrüdern zumindest am Rande zu tun gehabt hatte, als Dashino des Ordens über das Wissen aller notwendigen Einzelheiten verfügte und von Rokko viel über die allgemeinen Ereignisse in der Nähe der Festung erfahren hatte, sollte seine Geschichte wasserdicht sein. Nun, ob das zutraf, würde sich gleich herausstellen.

Der Hetnor nickte. »Ich bin Bruder Ewardor, folgt mir!«

Jadhrin überreichte die Zügel seines Pferdes einem der Novizen und schritt dem Hetnor hinterher, der eilig auf die Pforte ins Kloster zustapfte. Wahrscheinlich wollte er so schnell wie möglich wieder in seine warme Wachstube zurück. Nachdem Jadhrin durch die Pforte getreten war, folgte er dem Hetnor in einen kleinen Raum, der vom Innenhof des Klosters aus in einen Turm hineinführte. Der Hetnor setzte sich an den Tisch des spartanisch eingerichteten Raumes, der von einer großen Merida-Statue in einer Ecke und einem Waffengestell an einer Seitenwand beherrscht wurde.

»So, Ihr kommt also aus Soron?« Bruder Ewardor faltete seine Hände auf dem Tisch vor ihm. Jadhrin hatte das Gefühl, als würde das Gespräch mit Bruder Ewardor noch ein wenig andauern.

Mehr als eine Stunde später folgte Jadhrin zwei Brüdern in voller Rüstung durch die Flure des Klosters zu dem Turm, in dem sich die Zimmer des Lan-Kushakan befanden. Der Führer der Ordenstruppen in Anxaloi bevorzugte offenbar hoch gelegene Räumlichkeiten, denn Jadhrin hatte das Gefühl, schon kurz unter dem Dach des Turmes zu sein, als die beiden Brüder vor ihm anhielten und von der dunklen Wendeltreppe, über die sie emporgestiegen waren, in einen breiten Seitengang abbogen. Dort ging es noch einige Meter weiter, vorbei an Heiligenbildern, bevor um eine Ecke herum eine Tür auftauchte, vor der zwei Ritter Wache hielten.

Rokko und Jadhrin hatten lange darüber gesprochen, wieviel der Lan-Kushakan erfahren sollte. Der alte Pfadfinder hatte offenbar keine sehr gute Meinung von der Hilfsbereitschaft und strikten Kaisertreue der Ordensoffiziere. Jadhrin hatte sich aber durchgesetzt. Rakos Mariak sollte alles erfahren. Rokko hatte sich fügen müssen, schließlich war Jadhrin der Dashino und Rokko der Pfadfinder.

Unwillkürlich mußte Jadhrin daran denken, wie er Rokko wiedergetroffen hatte. Der Pfadfinder hatte Jadhrin und Celina zusammen mit einer Bande von Freischärlern, die er aus den Männern der ›Kantine‹ und anderen Flüchtlingen zusammengestellt hatte, vor den Tiermenschen gerettet. Der Pfadfinder war, nachdem die Eishexen ihn von Jadhrin und Celina abgedrängt hatten, durch die Keller zu seinen Freunden in der Kantine geschlichen. Zusammen hatten sie die Festung durch einen Geheimgang verlassen, den die Eishexen noch nicht entdeckt hatten. Die Männer hatten sich absetzen wollen, waren aber auf das Drängen Rokkos hin in der Nähe der Festung geblieben und hatten abgewartet. Der Pfadfinder hatte die Hoffnung nicht aufgeben wollen, Celina, Andron und Jadhrin wiederzusehen.

Rokkos Bande war einer Gruppe von Tiermenschen gefolgt, die von ihrer üblichen Patrouillen-Route abgewichen und sehr zielstrebig in die Hügel vor dem

Khaiman-Paß abgebogen waren. Das hatte Rokkos Neugierde erweckt. Und als er glücklicherweise in dem Ordensritter der Reinigenden Finsternis, den die Tiermenschen angriffen, Jadhrin wiedererkannte, hatte er beschlossen einzugreifen.

Einer von Jadhrins Begleitern beruhigte unterdessen die sofort aufmerksam gewordenen Wachen mit einem »Der Lan-Kushakan erwartet Bruder Martell, laßt uns rein, Brüder.«

Eine der Wachen klopfte an die hölzerne Tür, zögerte einen Augenblick und öffnete sie dann. Jadhrins Begleiter blieben stehen und bedeuteten ihm einzutreten. Ihre Aufgabe war erledigt.

Als er die Tür durchschreiten wollte, hielt ihn jedoch eine der Wachen auf: »Halt.«

Jadhrin blieb stehen. Was wollte der Bruder von ihm? Sein Schwert hatte er genauso wie seine Rüstung beim Hetnor lassen müssen. Er hatte auch nicht damit gerechnet, daß man ihn bewaffnet in die Nähe des Lan-Kushakan ließ, bevor seine Angaben zur Person überprüft worden waren.

Die Wache trat heran und begann ihn geübt abzutasten. Jadhrin zog die Augenbrauen hoch. Der Lan-Kushakan mußte ein sehr vorsichtiger Mann sein, wenn er seine Wache anwies, eine solch beleidigende Prozedur durchzuführen. So etwas war in Klostern des Ordens nicht üblich, und wenn man ihm nicht glaubte, daß er ein Ordensbruder war, dann hätte man ihn nie hier hinaufgelassen.

Als die Durchsuchung abgeschlossen war, trat die Wache zur Seite und ließ Jadhrin in den angrenzenden Raum eintreten.

Es war offensichtlich ein Planungs- und Besprechungszimmer. Rechts stand ein großer Kartentisch, ein weiterer Tisch mit einigen Stühlen an der linken Seite. Im Hintergrund war ein Altar des Merida-Glaubens zu sehen, hinter dem Einheitsfahnen und Schilde an der Wand hingen. In den beiden Seitenwänden befanden sich große, halb offenstehende Holztüren, die zu Alkoven führten, in denen sich mannsgroße Schießscharten befanden. Sie schienen irgendwann ihres Zweckes beraubt worden zu sein, denn sie waren jetzt durch große Butzenglasfenster verschlossen, hinter denen im Augenblick nur die dunkle Nacht zu sehen war. Tagsüber boten sie wahrscheinlich einen beeindruckenden Blick über die Stadt beziehungsweise auf der anderen Seite in die Umgebung Leigres. Der Raum erstreckte sich offenbar über zwei Stockwerke, denn hinter einem riesigen Kronleuchter, der mit Dutzenden von Kerzen eine angenehme Helligkeit verbreitete, war ein Balkon mit einem hölzernen Geländer zu sehen, der von dem Saal aus über eine Treppe zu erreichen war und von dem aus eine Tür in einen Nebenraum führte. Auf diesem Balkon stand der Lan-Kushakan.

Jadhrin erkannte die hagere Gestalt mit der Glatze und dem beeindruckenden Schnurrbart sofort wieder, obwohl er ihn erst einmal bei jener unglücklich verlaufenen Lagebesprechung unter dem Palast von Grigor Fedina gesehen hatte. Hoffentlich erinnerte sich der Lan-Kushakan nicht mehr so genau daran, wie Jadhrin es tat. Er war damals sehr unangenehm aufgefallen und hatte den obersten Ordensmann in Anxaloi mit Nachdruck gegen sich aufgebracht.

Jadhrin verbeugte sich. »Merida leuchte Euch, Lan-Kushakan.«

Rakos Mariak beugte sich über das Geländer nach vorn und musterte Jadhrin. Er trug ein weißes Gewand mit einem schwarzen Überwurf, auf dem das Symbol seines Ranges neben dem Wappen des Ordens auf seiner Brust prangte.

Jadhrin nahm Haltung an, als der Lan-Kushakan

die Treppe hinabstieg. Dieser war mit einem Schwert und einem Dolch bewaffnet, die beide in einem reichlich mit Gold beschlagenen Waffengürtel steckten.

»Ihr, ich kenne Euch!« Rakos Stimme klang überrascht. »Ihr seid doch dieser Dashino.«

Jadhrin spürte, wie die beiden Wachen hinter ihm näher traten, bereit, ihn niederzuschlagen, wenn er die kleinste unvorhergesehene Bewegung machte.

»Jawohl, Lan-Kushakan!« bestätigte Jadhrin. »Dashino Jadhrin Thusmar. Ich mußte einen falschen Namen benutzen, um unauffällig zu Euch zu gelangen. Ich fürchtete, mein wahrer Name könnte an die falschen Ohren gelangen.«

Der Lan-Kushakan war jetzt vor ihm angekommen. »Ihr seid es wirklich. Wie kann das sein, ich dachte, Ihr wärt tot!«

»Lan-Kushakan, bitte, ich werde alles erklären. Ich verfüge über wichtige Neuigkeiten, was die Pläne der Isthakis betrifft. Laßt mich Bericht erstatten. Es ist wirklich wichtig. Ich beschwöre Euch beim Lichte Meridas.«

Rakos Mariak fiel ihm ins Wort. »Schweigt, ich kann mir vorstellen, daß Ihr einige sehr interessante Dinge erlebt habt.« Sein Blick bohrte sich in Jadhrins Gesicht. Es schien, als fegte ihm in Windeseile ein ganzer Sturm von Gedanken durch den Kopf.

»Ist er durchsucht worden?« fragte er die hinter Jadhrin stehenden Wachen.

»Jawohl, Lan-Kushakan!«

»Noch einmal, sehr genau!«

Jadhrin fühlte einen Tritt in die Kniekehle, ging zu Boden und merkte, wie eine Schwertspitze plötzlich seinen Nacken bedrohte. Er beschloß, die Vorgänge abzuwarten. Das Verhalten des Lan-Kushakan war mehr als merkwürdig, aber er war im Augenblick nicht in der Lage, viel mehr zu tun, als den Dingen ihren Lauf zu lassen. Die zweite Durchsuchung war wirklich peinlich genau. Der Bruder über ihm hätte ihn auch gleich nackt ausziehen können. Einige ziemlich entwürdigende Augenblicke später war die Prozedur vorbei.

»Wartet draußen!« ertönte die Stimme des Lan-Kushakan. Kurze Zeit später wurde die Eingangstür geschlossen. »Steht wieder auf, Dashino Thusmar. Verzeiht die Prozedur, aber man verdächtigt Euch, ein Agent der Eishexenkönigin Lecaja zu sein und die Verantwortung für den Fall der Festung Soron zu tragen.«

Jadhrin fühlte sich wie von einem Hammer getroffen.

»Ich glaube, Ihr solltet mir jetzt Eure Darstellung der Dinge zu Ohren bringen. Sehr ausführlich und sehr detailliert. Euer Ankläger ist der Ni-Herkyn Andron Fedina, sein Wort wiegt schwer. Aber wir sind Ordensbrüder, und deshalb will ich zuerst Eure Worte hören, bevor ich ihm glaube. Außerdem habe ich eine eigene Meinung zu den Motiven und der Urteilsfähigkeit dieses jungen Mannes.« Er winkte Jadhrin zu dem Tisch an der Seite des Raumes. »Setzt Euch. Wollt Ihr etwas trinken?«

Jadhrin schüttelte benommen den Kopf. Das Gehörte erschütterte ihn. Er, des Verrats beschuldigt? Aber … Andron. Er war ein Fedina und mit hoher Wahrscheinlichkeit in die Pläne seines Vaters eingeweiht oder zumindest sein williges Werkzeug. Es war zu erwarten gewesen, daß er eine eigene, verfälschte Darstellung der Geschehnisse verbreiten würde, sobald er wieder in Leigre angelangt war.

Der Lan-Kushakan hatte sich eingeschenkt und setzte sich Jadhrin gegenüber an den Tisch. »Fangt an, Dashino.«

Jadhrin versuchte, seine Gedanken zu ordnen. Seine Geschichte war zu wichtig, um sie nicht zu erzählen. Der Lan-Kushakan war ein Offizier des Ordens, ein Bruder im Lichte Meridas. Er mußte ihm einfach glauben, auch wenn Jadhrin keine eindeutigen Beweise mitbrachte. Er mußte ihm einfach glauben!

Eine halbe Stunde später war Jadhrin bei seiner Rettung durch Rokko angekommen.

»Und dann seid Ihr in Begleitung dieses Rokko und der Ni-Gadhira nach Leigre gereist?« erkundigte sich der Lan-Kushakan, der Jadhrins Geschichte mit ruhigem Gesicht und gelegentlichen Zwischenfragen gelauscht hatte. Jadhrin war über die vollkommene Gelassenheit, mit der sein Zuhörer das Gesagte aufnahm, sehr erstaunt. Der Verrat des Gouverneurs Fedina schien den Lan-Kushakan fast weniger zu interessieren als die Einzelheiten von Jadhrins Aufenthalt in Harrané. Jadhrin hätte anhand der Reaktion des Lan-Kushakan nichts darüber sagen können, ob der Mann ihm glaube, ihn für einen Lügner oder auch einfach nur für einen guten Geschichtenerzähler hielt.

»Jawohl, Lan-Kushakan.« Jadhrin nickte.

»Also gut.« Rakos Mariak erhob sich. Jadhrin wollte ebenfalls aufstehen, doch der Lan-Kushakan bedeutete ihm sitzen zu bleiben. »Wie Ihr an meiner Reaktion sicher gemerkt habt, überraschen mich Eure Ausführungen nur zum Teil. Es ist bedauerlich, daß Ihr keine handfesten Beweise mitgebracht habt. Ich gehe davon aus, daß sich Euer Bericht aber mit dem der Ni-Gadhira Sedryn decken wird?« Die hagere Gestalt begann hinter Jadhrin auf und ab zu gehen.

Jadhrin drehte sich zu dem Lan-Kushakan um. »Sie ist jetzt bei ihrem Vater. Aber sie wird das Gesagte jederzeit bestätigen.«

»Gut.« Rakos musterte ihn noch einmal genau,

drehte sich dann um und trat zu der Treppe, die auf den Balkon führte. »Wartet hier. Ich muß einige Dinge überprüfen, bevor ich mich entscheide, wie weiter vorzugehen ist.«

Jadhrin blieb, plötzlich allein gelassen, erst einmal sitzen. Nach einigen Augenblicken hielt er es aber nicht mehr aus und begann, den Saal näher zu erkunden. Er warf einen kurzen Blick auf den Kartentisch. Langsam schlenderte er herum und kam schließlich zu den Alkoven, wo sich ein Blick auf den Innenhof des Klosters ermöglichte. Jadhrin ging an der Reihe der mit kleinen Sitzecken, Kartenschränken und eisernen Kerzenständern ausgefüllten Alkoven entlang. Beim letzten Alkoven angekommen, erregte eine kleine Bibliothek militärischer und religiöser Werke seine Neugier. Tief unter ihm schimmerte, von einer dichten Schneedecke überzogen, der Klosterhof durch die Nacht empor. Der Ausblick war wirklich beeindruckend. Vier oder fünf Schritte unter dem Butzenfenster verbreiterte sich der Turm. Ein steil abfallendes, ebenfalls schneebedecktes Dach führte weitere acht oder neun Schritte nach unten. Eine steinerne Gargyle dekorierte die Ecke, wo das Dach an die eigentliche Turmmauer stieß. Ein einsamer schwarzer Vogel saß auf dem Kopf der Statue und blickte in den Hof hinunter. Plötzlich breitete er die Flügel aus und ließ sich in die Tiefe fallen.

»Ah, hier seid Ihr.«

Jadhrin drehte sich um. Der Lan-Kushakan stand einige Schritte entfernt vor ihm. Er lächelte.

Dann warf er Jadhrin plötzlich einen kleinen Gegenstand zu. Instinktiv fing Jadhrin ihn auf. Das Ding war etwas mehr als fingergroß. Ein hölzerner Stab, aus dem ein metallener Stift hervorragte. Auf der anderen Seite befand sich ein kleines Loch in dem Stab, das vom Durchmesser her mit dem Stift übereinstimmte.

»Zieht an dem Stift!«

Jadhrin zog. Mit einer gleitenden Bewegung löste sich eine metallene Klinge aus dem Holzstab. Was sollte das?

Er blickte den Lan-Kushakan an. Der lächelte ihn weiterhin an, setzte dann plötzlich einen erschrockenen Gesichtsausdruck auf, zog blitzschnell sein Schwert und schrie: »Wache! Er hat eine Waffe! Wache!«

Sofort flog die Tür zum Saal auf, und die beiden Ordensritter kamen mit gezückten Schwertern vom Flur hereingerannt.

»Aber ...« Jadhrin schaute auf das Ding in seiner Hand. Wenn er den Stift an der Klinge in das Loch steckte, dann erhielt er ...

»Tötet ihn! Er ist ein Verräter!«

... einen Dolch!

Jadhrin wich in den Alkoven zurück. Die beiden Wachen hatten ihn entdeckt und kamen siegessicher auf ihn zu. Das Ding in seiner Hand war wirklich keine Bedrohung für einen gerüsteten Krieger. Er ließ es fallen.

»Nein, ich ... Lan-Kushakan.« Jadhrin war völlig verwirrt. Was geschah hier?

»Wehr dich nicht, Bruder, dann geht es schnell.« Damit versuchte eine der Wachen ihn zu beruhigen.

»Nein!« rief Jadhrin, drehte sich um und ergriff einen eisernen Kerzenständer, der in dem Alkoven Licht spendete. Er fuchtelte kurz damit herum. Einige der Kerzen lösten sich und fielen auf den mit Teppichen bedeckten Boden. »Nein!«

»Vorsicht, das fängt an zu brennen!« rief eine der Wachen, dann sprangen die beiden heran, offensichtlich gewillt, ihn schnell auszuschalten, bevor er weiteres Unheil anrichten konnte.

Jadhrin schlug mit dem Kerzenständer wild um sich,

trieb die Krieger einen Moment lang zurück. Das hatte keinen Sinn! Er drehte sich um und warf den Kerzenständer mit voller Wucht durch das zerberstende Fenster nach draußen. Kalter Wind fuhr herein und brachte das Feuer auf dem Teppich vor ihm zum Lodern.

Jadhrin sprang über den Fensterrahmen nach draußen, kam in einer Wolke aufstiebenden Schnees einige Schritte tiefer schmerzhaft auf dem Dach auf und begann mit rasender Geschwindigkeit auf den Rand zuzurutschen.

Im letzten Augenblick gelang es ihm, sich an der Gargyle festzuklammern. Während er versuchte, mit seinen im Freien baumelnden Beinen wieder auf das Dach zu gelangen, hörte er von oben Alarmrufe.

Er zog sich hoch und schaute sich um. Schräg rechts von ihm ragte ein überdachter Balkon aus dem Turm heraus. Jadhrin atmete tief ein und sprang. Mit viel Glück traf er auf dem hölzernen Dach auf, brach aber prompt durch den Schnee und die dünnen Holzschindeln, um sich mitten in einem Abort wiederzufinden. Er sortierte seine Gliedmaßen. Bis jetzt hatte er sich nur eine tiefe Schramme am Arm zugezogen, und an seinem Kopf rann Blut herunter. Er riß die Tür auf. Ganz gleich, was hier vorging; er würde sich nicht einfach umbringen lassen. Den Gang hinunterlaufend, versuchte er sich zu orientieren. Wenn es ihm gelang, den Turm zu verlassen und in die Hauptgebäude des Klosters zu gelangen, konnte er vielleicht eine Möglichkeit finden, über ein Dach oder etwas ähnliches die Anlage zu verlassen. Als er das Kloster betreten hatte, war ihm aufgefallen, daß an der linken Seite einige Wohnhäuser mit ihren Dächern fast an die Mauer des Klosters grenzten.

Er wußte zwar nicht, was nun aus ihm werden sollte, aber er mußte hier erst einmal heraus. So schnell es ging hastete er durch die Gänge des offenbar ziemlich verlassenen Klosters auf die nächste Abzweigung zu.

Rakos fluchte. »Bringt ihn her. Beim Lichte Meridas. Dieser Mann hat versucht, mich zu töten.«

Immer mehr Brüder stürmten herbei, teils bewaffnet und gerüstet, teils nur in Nachtgewändern. Sie teilten sich rasch zwischen denjenigen auf, die damit beschäftigt waren, den Brand im Planungsraum zu löschen, und denen, die versuchten, des Flüchtlings habhaft zu werden.

»Er ist aus dem Fenster gesprungen. Seht im Hof nach! Wenn Merida mit uns ist, dann liegt er mit zerschmetterten Knochen im Schnee. Wenn nicht, dann findet heraus, wo er geblieben ist.«

Durch das Chaos der Löscharbeiten an den Teppichen, dem überall herumwehenden Qualm und der Schreie der Hetnore, die ihre Männer zu Suchgruppen einteilten, schritt Rakos zu der Treppe, die in seine Privatgemächer führte. Um den Brand machte er sich keine Sorgen, die Einrichtung eines Klosters des Ordens wies nur wenig Brennbares auf. Schon die Teppiche im Saal unter ihm waren ein Zugeständnis an den Winter und die luftige Höhe. Die Brüder hatten die brennenden Teppiche bereits soweit weggeschafft, daß nicht mehr allzu viel passieren sollte.

Jetzt galt es abzuwarten. Dieser Jadhrin war findig und schlau. Das war bei seiner Erzählung deutlich geworden. Wenn wirklich alles der Wahrheit entsprach, was Rakos mit ziemlicher Sicherheit glaubte, dann hatte dieser junge Dashino Dinge getan und überlebt, die Rakos selbst dem gewieftesten Mitglied der Streiter nicht zugetraut hätte. Eine reizvolle Überlegung.

Rakos ließ sich in seinen Gemächern in einen bequemen Lehnstuhl fallen. Sollte der Junge ein Mitglied jener Organisation sein, die den Orden des Reinigenden Lichtes nach innen überwachte? Wenn dem so war, dann war Rakos vielleicht gerade auf einen ausgeklügelten Bluff hereingefallen und hatte den Streitern vielleicht den letzten Beweis geliefert, daß auch er ein Teil der in vollem Gang befindlichen Verschwörung war, die den ganzen Norden des Imperiums ins Chaos stürzen sollte. Erregt bedeckte er sein Gesicht mit den Händen. Er mußte nachdenken. Zuviel stand auf dem Spiel.

Bislang war der Junge anhand dessen, was er in Lecajas Thronsaal gehört hatte, davon ausgegangen, daß Grigor Fedina unter einem Vorwand die Macht in Thordam und Anxaloi an sich reißen und dann einen eigenen Staat ausrufen würde. Jadhrin hatte erzählt, daß die Eishexenkönigin im nächsten Jahr wiederum Grigor verraten würde. Sie ging davon aus, daß der Kaiser sich die Abspaltung der Nordlande nicht gefallen ließe. Der Sommer würde also einen Krieg mit sich bringen. Und Lecaja wollte im Winter die Früchte ernten.

Das war ein guter Plan seitens der isthakischen Fürstin. Ein wirklich guter Plan, wenn man wußte, daß Lecaja nicht nur auf Grigor Fedina setzte. Damit es keine unliebsamen Überraschungen gab, hatte sie zusätzlich Gespräche mit einem weiteren ambitionierten Mann in Anxaloi aufgenommen. Einem Mann, der damit zufrieden war, zum Statthalter von Lecaja in ihren neuen Besitzungen, den ehemaligen Nordprovinzen des Imperiums, aufzusteigen. Dieser Mann war er selbst. Rakos Mariak, Lan-Kushakan des Ordens des Reinigenden Lichtes, treuer Diener der Kirche Meridas und des Imperiums und dazu verdammt, auf ewig im abgelegenen Norden Scharmützel mit Tiermenschen und Eishexen zu kommandieren. Und das alles, weil es nur einen Hohemeister des Ordens geben konnte und der Nachfolger eines ausscheidenden Hohemeisters nur der Lan-Kushakan der Zentralprovinz sein durfte. In dem Augenblick, in dem Rakos nach Anxaloi versetzt worden war, hatte er alle Hoffnungen auf das höchste Amt im Orden aufgeben müssen.

Die Männer in Emessa hätten das nicht tun dürfen. Er verdiente es, eines Tages als Belohnung für seine treuen Dienste den Oberbefehl über das Heer des Ordens zu erhalten. Die mächtigste und gewaltigste Kriegsmaschine der Welt zum Sieg führen zu dürfen. Er verdiente es.

Als er über einen Mittelsmann davon erfahren hatte, daß sich ihm doch eine Gelegenheit bot, riesige Heere anzuführen und große, bedeutende militärische Siege zu erringen, da hatte er zugehört. Die Königin der Eishexen suchte einen menschlichen Heerführer, der ihre Truppen endlich genauso erfolgreich gegen das Imperium ins Feld führen konnte, wie der Verräter Fraiz Alkaldo es in den westlichen Territorien Isthaks mit seinem Orden der Reinigenden Finsternis tat. Rakos wußte, daß er Lecajas Wünsche würde erfüllen können, und dafür bekam er, was er wollte: das Kommando über ein wirklich großes Heer und die Gelegenheit, es in einem Feldzug anzuführen. Er hatte eingewilligt.

Und jetzt lief dieser Dashino mit dem Wissen um die ersten Abschnitte des Plans in seinem Kloster herum. Damit und mit dem Wissen, daß auch er, Rakos Mariak wahrscheinlich etwas mit dieser Verschwörung zu tun hatte. Etwas, daß nicht einmal Grigor Fedina ahnte, der glaubte, daß er Rakos widerstandslos in eine Separation hineinmanövrieren konnte. Dieser Fedina war doch wirklich zu dumm. Doch auch Rakos hatte einen Fehler gemacht.

Gleichgültig, ob der Dashino zu den Streitern in der Finsternis gehörte oder ob er allein war. Er konnte ihm sehr gefährlich werden, denn er wußte nicht nur von ihm. Er war der Großneffe jenes Dorama Thusmar, der als kaiserlicher Khaibar seinen Plänen im Norden der Provinz im Weg stand. Es galt, um jeden Preis zu verhindern, daß der Flüchtling sein Wissen weitergeben konnte. An wen auch immer.

Bei diesem Gedanken fiel Rakos ein, daß in der Erzählung des Dashinos noch andere Personen vorgekommen waren.

»Hah!« Jadhrin sprang zur Seite. Wenn die Lage nicht so ernst gewesen wäre, hätte er über die Bemühungen des jungenhaften Novizen vor ihm wahrscheinlich gelacht. Der Knabe stach mit seiner Hellebarde nach ihm, als sei Jadhrin eine unbewegliche Strohpuppe.

Beim nächsten Stich – da kam er schon – würde Jadhrin dem Jungen die Waffe wegnehmen – Dankeschön – und ihm mit dem Stielende einfach eins über den Schädel ziehen.

Der Novize ging mit einem Stöhnen zu Boden. Morgen würde der Junge mit einer ziemlichen Beule aufwachen, aber das mochte ihm eine Lehre sein, das nächste Mal seinen Helm nicht zu vergessen. Während der letzten Minuten hatte Jadhrin schon zweimal ähnliche Begegnungen gehabt. Einmal hatte er sich vor zwei älteren Brüdern versteckt, und das andere Mal hatte er zwei weitere Novizen mit schnellen Schlägen kampfunfähig machen können. Er wollte keinen der Brüder umbringen. Was auch immer es mit ihrem Lan-Kushakan auf sich hatte, sie konnte höchstwahrscheinlich nichts dafür. Jadhrin war vollkommen verwirrt, was den Lan-Kushakan betraf. Wenn Rakos Mariak Andron glaubte und Jadhrin für einen Verräter hielt – warum hatte er ihn dann nicht sofort gefangengesetzt, als Jadhrin unbewaffnet vor ihm stand und der Lan-Kushakan ihn erkannte?

Weshalb die Sache mit diesem seltsamen Messer? Es konnte eigentlich nur die Erklärung geben, daß Rakos Jadhrin nicht nur als Verräter vor ein Gericht stellen wollte. Er wollte, daß er sofort und ohne Verhandlung getötet wurde. Wenn ein verräterischer Attentäter aus den eigenen Reihen einen der ihren heimtückisch angriff, zögerten die meisten Brüder nicht lange. Jadhrin hielt sich nicht für blutgierig, aber auch er hätte unter solchen Umständen zuerst gehandelt und auf Antworten verzichtet.

Aber jetzt war keine Zeit zum Nachdenken. Er mußte sofort zu Celina und Rokko. Dann konnten sie beraten, was weiter zu tun war.

Jadhrin betrat einen Raum, der so aussah, als führe er in die richtige Richtung. Er mußte sich jetzt irgendwo im obersten Stockwerk des Seitenflügels des Klosters aufhalten. Irgendwo hinter diesen Mauern mußten die Dächer der Bürgerhäuser in der Nachbarschaft des Klosters zu finden sein. Er öffnete vorsichtig die erste Tür des Flures. Dahinter befand sich die kleine Zelle eines Bruders. Der Bewohner war wahrscheinlich ein Offizier, sonst hätte er nicht allein geschlafen. Und er war gerade nicht im Kloster, denn die kleine Truhe zum Aufbewahren seiner wenigen persönlichen Besitztümer stand offen, und das hölzerne Gestell, an dem sonst wahrscheinlich ein Kettenhemd hing, war leer, die Bettlaken waren ordentlich und glatt gefaltet, das mit hölzernen Klappen verschlossene Fenster war verriegelt. Wunderbar!

Jadhrin schloß vorsichtig die Tür hinter sich und entriegelte das Fenster. Dahinter war im schwachen Mondlicht tatsächlich der Umriß eines Hauses in kaum drei Schritten Entfernung zu erkennen. Was jetzt?

Fieberhaft nachdenkend sah sich Jadhrin in dem Raum um. Aber was konnte man von einer mönchisch eingerichteten Zelle schon erwarten! Eine Truhe, das Rüstungsgestell, ein Stuhl, ein Tisch, das simpel zusammengezimmerte Bett. Moment, das Bett! Jadhrin hatte selbst in einer solchen Zelle geschlafen. Das Bett bestand aus zwei Einzelteilen, mindestens zwei Schritt langen Brettern, auf die eine mit Stroh gefüllte Matratze gelegt wurde.

Er riß die Bettdecke und die Matratze zur Seite. Zwei Bretter. Sie waren stabil und wahrscheinlich gerade lang genug. Zuerst öffnete er die Fensterläden so weit wie möglich. Dann entfernte er eines der Bretter aus seiner Halterung und stellte es neben dem Fenster an die Wand.

»Hier, er war hier!« Vom Flur her waren undeutliche Schreie zu hören. Es wurde höchste Zeit.

Mit einem ohrenbetäubenden Klirren zersprang die teure Fensterglasscheibe des Kaufmannes in ihre Einzelteile.

»Was?« fuhr Solt Ansen aus seinem Schlaf empor. Gerade hatte der dicke Kaufmann von der Umarmung der schönen Sedrine geträumt, die in seinem Kontor die Schreibarbeiten erledigte. Jetzt fuhr plötzlich ein kalter Windhauch in sein Schlafgemach. Neben ihm schreckte seine beleibte Frau aus ihrem schnarchenden Schlaf empor und fing an, wie am Spieß zu schreien.

»Eeeiiiiggghhh!«

Etwas richtete sich unmittelbar vor seinem Bett auf. Der Kaufmann wurde unter seiner Schlafmütze blaß und krabbelte in seinem Bett rückwärts, bis er von der Wand aufgehalten wurde. Es war soweit, die Dämonen fielen über Leigre her, die Isthakis kamen!

»Eeeiiiiggghhh!« Seine Frau stellte unter Beweis, daß ihre Lunge unendliche Luftvorräte freisetzen konnte.

Der Schatten sprang auf das Bett. Es gab ein kurzes, dumpfes Geräusch, und plötzlich endete das Geschrei. Seine Frau sackte leblos zusammen.

»Tut mir leid«, sagte der Schatten. Solt klappte die Kinnlade herunter. Ein Mensch, ein Einbrecher, der gekommen war, um ihn seiner Ersparnisse zu berauben! Und er entschuldigte sich?

Er tastete nach dem Messer, das er für alle Fälle unter seinem Kopfkissen verborgen hatte. Wo kam der Dieb her? Niemand konnte die Fassade seines Hauses ins dritte Stockwerk emporklettern und ihm dann durch das Fenster hindurch geradewegs aufs Bett springen. Und das alles in nächster Nähe des Ordensklosters. Hier passierte doch nie etwas! Dazu respektierten die örtlichen Diebe die Macht des Ordens viel zu sehr.

Doch bevor er sich weiter Gedanken machen konnte, sprang der Schatten schon vom Bett. »Wie komme ich am schnellsten von hier ins Ostviertel?«

»Haltet Euch auf der Straße nach links, bis ihr auf den Marktplatz kommt, dann geht in die Goldgasse und immer geradeaus, bis ihr das Standbild des Herulenar erreicht, dort beginnt das Ostviertel. Es ist nicht allzu weit«, antwortete Solt bereitwillig, nur um sich dann zu fragen, warum er mit dem Einbrecher wie mit einem Kunden sprach. Er überlegte, ob er um Hilfe rufen sollte, erinnerte sich an das Schicksal seiner Frau und schwieg.

»Danke!« sagte der Schatten, machte die Tür des Schlafzimmers auf und verschwand.

Während Solt vorsichtig mit einer Hand nach der massigen Gestalt seiner Angetrauten tastete, ertönten plötzlich von oben, aus irgendeinem Fenster des

Klosters wahrscheinlich, laute Rufe, und der Schein einer Laterne fiel plötzlich auf die Scherben des Fensters.

»Hier, er hat ein Brett benutzt, um auf das Dach zu springen. Seht, dort unten, das Fenster ist kaputt. Da muß er sein.«

KAPITEL 10

26. Dembar 715 IZ

Stadthaus der Familie Sedryn in Leigre

Tobras, dem massigen, alten Laird Sedryn, fehlten ganz offensichtlich die Worte. Er hatte eine Tochter wiedergewonnen, aber einen Sohn und einen alten Freund verloren. Die Ehre seiner Familie war von dem Sohn der Fedinas noch weiter in den Schmutz getreten worden, als sie es ohnehin schon war. Sein Sohn würde Anxalois Adel als Deserteur in Erinnerung bleiben. Das Schwert seiner Familie, glanzvolles Erinnerungsstück an bessere Zeiten, war nun verflucht. Welcher Laird sollte es stolz an seiner Seite führen, nachdem es einen vom Blute der Sedryns getötet hatte? Ein Blick in die Augen seiner heimgekehrten Tochter zeigte ihm, daß auch sie nicht mehr das unschuldige junge Mädchen war, als das sie Leigre verlassen hatte. Was sollte nur aus seiner Familie werden?

Vielleicht war es am besten, sich einfach aufs Altenteil zu Oheim Terostar nach Gut Jargarde weit im Norden der Provinz zurückzuziehen. Wenn das Gut Jargarde überhaupt noch stand, sein Vater überhaupt noch am Leben war? Immerhin waren auch dort die Plünderer der Tiermenschen am Werke gewesen. Tobras hatte ausreichend viele Flüchtlinge gesprochen und bei seiner letzten Reise in den Norden mit eigenen Augen genug gesehen, um sich bewußt zu sein, daß nichts und niemand an der Nordgrenze im Augenblick sicher war.

»Celina.« Es war nicht mehr auszuhalten, seiner Tochter schweigend beim Leiden zuzusehen. »Celina, ich, ich weiß nicht ...« Tobras Sedryn war es nicht gewohnt, mit seiner Tochter über seine Gefühle zu sprechen, ihr gegenüber Verzweiflung und Trauer zuzugeben. Das hatte er zum letzten Mal beim Tod ihrer Mutter getan. Damals hatte er das weinende kleine Mädchen in die Arme genommen und ihr tröstend über den Kopf gestrichen, während er beruhigende Worte flüsterte, obwohl ihm selbst deutliche Nässe in den Augen stand.

Celina schaute empor. »Vater.«

»Ach mein Kind.« Mit einem Ächzen stand Tobras auf, seine Kopfwunde machte ihm zu schaffen. »Es ist alles nicht mehr zu ändern. Du warst jung, der kleine Fedina hat deine Unerfahrenheit schamlos gegen dich ausgenutzt, sonst wärst du nicht auf die Idee gekommen, Wayn zu diesem Unternehmen zu überreden.« Es tat gut, seine Wut und seine Suche nach einem Verantwortlichen in Richtung des kleinen Fedina-Wiesels zu lenken.

Celina schaute ihn an. »Aber«, begann sie dann, »es ist meine Schuld. Ich hätte nicht …«

»Nein!« Tobras trat auf seine Tochter zu und schüttelte sie. »Nein, das ist es nicht. Dieses miese kleine Schwein und seine Sippe, die sind schuld. Überleg doch nur! Wenn sie uns nicht an die Isthakis verkauft hätten, wären auch die Tiermenschen nicht über die Grenze gegangen. Es hätte keinen Überfall gegeben, Wayn wäre nicht tot, Fakor kein Deserteur, er wäre noch am Leben!« Nach und nach wurde Tobras Stimme immer lauter. »Nur dieser machtgierige Fedina trägt die Verantwortung.« Wieder schüttelte er heftig seine Tochter, die alles kraftlos geschehen ließ. »Nur er!«

Er riß Celina an seine Brust und drückte sie. Warum fing sie denn nicht an zu weinen, wie früher? Warum sagte sie nichts, sondern stand nur still da? Er drückte sie immer fester an seinen Bauch.

»Wir müssen etwas tun, der Herkyn muß aufgehalten werden!«

Celina befreite sich gewaltsam aus seinen Armen. »Vater, du tust mir weh!« Mit vor Feuchtigkeit schimmernden Augen schaute sie zu ihm empor. »Jadhrin ist doch schon bei Rakos Mariak. Er wird uns weiterhelfen.«

Tobras stockte, überlegte kurz und begann dann mit erhobener Faust im Zimmer herumzulaufen. »Mariak! Mariak! Das ist doch auch nur einer von den hohen Herren. Aber vielleicht bringt es ja trotzdem etwas. Mir wäre es lieber, diese ganze Brut vor der Klinge zu haben und sie der Reihe nach abzuschlachten. Beim Lichte Meridas. Ich bin ein Sedryn, ich lasse doch nicht irgendwelche Jungen aus dem Süden meine Kämpfe ausfechten!« Tobras schnaufte und ballte die Fäuste.

Unwillkürlich huschte der Anflug eines Lächelns in Celinas Gesicht. So war ihr Vater, immer bereit, wie ein wilder Stier auf jede Schwierigkeit zuzustürmen. Seine Wut schien ihm zu helfen, den Schmerz zu überwinden. Celina hoffte, daß diese Leidenschaft noch lange anhielt, damit er die Ereignisse bewältigen konnte. Sie selbst empfand wenig von der heißen Gefühlsstärke, die offenbar durch das Blut der Sedryn-Männer floß. Fakor war in dieser Beziehung wie sein Vater gewesen. Sie konnte sich nur in der Gefühllosigkeit des Schwertes ein wenig Vergessen verschaffen. Nur zeitweiliges Vergessen – niemals Täuschung über die wahre Schuldige. Einzig in der Gesellschaft Jadhrins war es ihr möglich, mit ihrer Schuld zu leben, die sich in seiner Gegenwart nicht ständig in den Vordergrund drängte.

Ihr Vater fand andere Wege. »Ich werde ihn fordern. Ganz genau! Ich werde das kleine Wiesel mit meiner Klinge so demütigen, daß er nie wieder daran denken wird, eine Frau zu entehren. Und dann werde ich ihn töten. Und anschließend nehme ich mir den Alten vor. Ich werde sie alle umbringen, ihnen ihren Palast über dem Kopf anzünden. Beim Lichte Meridas! Ich bin doch kein wehrloser Bauer! Ich bin ein Sedryn. Stolz sei Sedryn's Blut!« schrie er aus vollem Halse und schnappte nach Luft.

Celina begann sich zu fragen, ob ihr Vater gerade dabei war, seine geistige Klarheit zu verlieren.

Da ertönte ein zögerndes Klopfen an der Tür. Celina und Tobras sahen erst sich an, dann zur Tür. Es klopfte wieder.

»Was ist?« brüllte Tobras.

Die Tür flog auf. »Aber, das geht doch nicht!« rief ein empörter Gotoll, und Jadhrin stürmte in den Raum, Rokko unmittelbar hinter sich. Er knallte Gotoll, der mit weiteren Einwänden auf den Lippen folgen wollte, die Tür vor der Nase zu.

»Was ...?« Celina war vollkommen überrascht.

Jadhrin war ganz außer Atem. »Ich ...«, keuchte er, »ich ... der Lan-Kushakan ... sie glauben, ich sei ein Verräter ... Andron!«

Tobras mischte sich ein. »Was geht hier vor? Ich denke mal, mein Herr, daß Ihr der Mann seid, der meine Tochter bei ihren Abenteuern begleitete. Ich bin Tobras Sedryn, Laird-Gadhir der Sedryn Familie. Darf ich um Euren Namen bitten!« donnerte er mit merklicher Entrüstung über das plötzliche Auftauchen eines blutenden Kerls in zerrissenen Kleidern mitten in seinem Kaminzimmer.

Er wurde aber nur eines kurzen Nickens gewürdigt. »Dashino Jadhrin Thusmar.« Dann wandte sich der Neuankömmling wieder seiner Tochter zu. »Der Lan-Kushakan hat mich eines Mordversuchs an ihm bezichtigt. Er warf mir ein Messer zu und rief dann nach den Wachen.«

»Bei der dunklen Abwesenheit Meridas!« fluchte Rokko, der gerade dabei war, die Kratzer in Jadhrins Gesicht und an seinen Gliedmaßen zu untersuchen. »Er gehört dazu!«

Tobras hatte Schwierigkeiten, den Vorgängen zu folgen. »Wie… dazu?«

»Zu der Verschwörung.« Jadhrin atmete langsam ruhiger. »Ich kann es zwar eigentlich nicht glauben, aber das ist die einzige Erklärung. Der Lan-Kushakan erzählte mir von den Vorwürfen, die Andron über mich verbreitet. Angeblich habe ich Soron verraten. Doch zuerst hörte sich Mariak meine Erzählung zu Ende an, fragte mich genau über alles aus, was wir erlebt hatten und was wir wissen.« Jadhrin schüttelte wütend den Kopf. »Ich habe nichts gemerkt. Er hat mich vollkommen getäuscht. Nach der Befragung ging er fort. Als er wieder kam, warf er mir zuerst eine getarnte Waffe zu und rief dann nach den Wachen.«

»Er wollte, daß sie dich sofort töten, ohne daß viele Fragen gestellt werden. Du solltest nicht vor ein Gericht gestellt werden, wo du hättest aussagen können.« Rokko klang ganz ruhig. »Hast du ihm von uns erzählt?«

»Deswegen bin ich doch nach meiner Flucht aus dem Kloster so schnell wie möglich hierher gekommen. Wir müssen weg!« Jadhrin schaute wild von Celina zu Rokko und Tobras. »Er weiß, wo ihr seid.«

»Was meint Ihr, weg? Was soll das alles bedeuten?« Tobras wußte überhaupt nicht mehr, was er von der ganzen Sache zu halten hatte.

»Vater, es tut mir leid«, wandte sich Celina an ihn. »Aber die beiden meinen, daß hier wahrscheinlich bald Ordenskrieger auftauchen werden, die davon ausgehen, daß Jadhrin versucht hat, den Lan-Kushakan umzubringen, und daß er sich hier mit seinen Komplizen trifft.« Celina sah ihrem Vater in die Augen. »Sie werden uns alle umbringen wollen. Vielleicht auch dich, weil ich deine Tochter bin.«

»Das wagen sie nicht! Ich bin das Oberhaupt der Familie Sedryn. Wenn der Orden so gegen den Adel vorgeht, dann hat das politische Folgen! Das traut sich auch Rakos Mariak nicht.«

Rokko betrachtete das mehr als sechs Fuß große Bollwerk adliger Anständigkeit und meinte: »Ich sattle schon mal die Pferde und mache mir Gedanken, wie wir aus der Stadt herauskommen.«

»Ich packe mir ein paar Sachen zusammen«, erklärte Celina. »Vater, vielleicht kannst du ja sagen, daß wir gar nicht hiergewesen sind.«

Sie ging auf den Flur. Tobras folgte ihr. »Aber Kind, du kannst doch jetzt nicht so einfach wieder gehen. Wir werden das gemeinsam durchstehen. Ich bin der Laird Sedryn, sie werden mir nichts tun.«

Jadhrin kam hinter ihm aus dem Raum. Er hatte sich den Teller mit dem längst kalt gewordenen Mahl gegriffen, das für Celina gedacht gewesen war, und knabberte munter an einer Hühnerkeule. Er schaute sich neugierig um und ging dann auf einige Waffen zu, die an der Wand des Flurs aufgehängt waren. Tobras schaute ihn entgeistert an. War dieser dürre Junge denn völlig verrückt? Kam hierher, verfolgt von seinen eigenen Brüdern, nahm ihm seine Tochter wieder weg und ...

Erneut klopfte es, diesmal sehr laut und an der Eingangstür.

Die Menschen im Flur erstarrten. Draußen erklangen Hufgetrampel, Pferdeschnauben und das Klirren von Metall.

»Aufmachen! Im Namen des Lan-Kushakan! Wir suchen einen Mörder!«

Jadhrin schnappte sich ein halbwegs brauchbar aussehendes Schwert von der Wand. Celina rannte zu ihrem Rucksack, der im Flur stand, und Tobras tat einige zögernde Schritte in Richtung Tür.

»Aufmachen oder wir schlagen die Tür ein! Hier ist der Orden des Reinigenden Lichtes!« Die Stimme hinter der Tür wurde immer lauter. »Macht die Tür sofort auf!«

»Was fällt euch ein!« Tobras brüllte zurück. »Dies ist mein Haus, und ihr werdet nicht in dieser Form hier hereinkommen.«

Zur Antwort war der Einschlag einer Axt in der Tür zu hören. Tobras fuhr zurück.

»Vater!« rief Celina. »Wir müssen fort!«

Gotoll kam mit einem Speer aus der Küche, gefolgt vom Pferdeburschen, der eine nagelbesetzte Keule trug. Tobras blickte sich verwirrt um. Hinter ihm stand seine Tochter, das Schwert des Herulenar in ihrer Hand. Sie wirkte kampfbereit; neben ihr lief dieser Jadhrin ebenfalls mit blanker Klinge in Richtung des Hofs den Flur hinunter. Von jenseits der offenstehenden Tür war Pferdeschnauben zu hören.

Eine Axtklinge brach plötzlich knirschend durch die Vordertür. Tobras eilte zur Wand und griff ebenfalls nach einer Axt. Diese Hunde würden dafür büßen, ihn in seinem eigenen Haus anzugreifen. Mit wehendem Hausmantel fuhr er herum. Die Tür zerbrach in ihre Einzelteile. Sie war ohnehin recht wurmstichig gewesen.

»Vater!« schrie Celina hinter ihm. »Du kannst sie nicht aufhalten. Flieh mit uns.«

Ein gerüsteter Ordenskrieger drängte sich mit Axt und Schild durch die Reste der Tür. Gotoll griff ihn mit dem Speer an. Der Krieger fing den schwachen Stich mit seinem Schild spielend ab, trat vor und ließ die Axt blutspritzend durch die Nachtmütze des Majordomo fahren. Gotoll ging lautlos zu Boden.

Celina schrie: »Vater!«

Der Ordenskrieger in der Tür machte einem zweiten Platz und griff den Stallburschen an, der zurückstolperte, seine Keule fallen ließ und in die Knie ging. Die Axt fuhr wieder abwärts.

Tobras stockte der Atem. Es würde keine Gefangenen geben, keine Verhandlung, kein Recht. Der zweite Bruder, der durch die Tür gekommen war, rannte auf ihn zu, hinter ihm erschien bereits ein dritter.

»Vater!« Celinas Stimme erklang vom Hof.

Tobras holte aus und schleuderte dem anstürmenden Ritter die Axt mitten ins Gesicht. Der Bruder hatte nur seine Kettenkapuze übergezogen, seinen Vollhelm hatte er zu Hause gelassen. Wahrscheinlich hatte er gedacht, daß der sowieso nicht gebraucht wurde, wenn es darum ging, ein paar Spione Isthaks umzubringen.

Der Mann fiel zu Boden, der Stil der Axt ragte aus seinem Gesicht in die Luft.

Tobras drehte sich um und lief so schnell er konnte auf den Hof. Hinter sich hörte er die Schritte der Ordensritter.

»Hinterher!« rief jemand. »Dort, auf dem Hof! Paßt auf, sie haben Pferde!«

Tobras gelangte nach draußen und stürmte mit seinen Hauspantoffeln schlitternd über den mit festgetretenem Schnee bedeckten Hinterhof seines Hauses. An der Tür wartete Jadhrin. Celina und Rokko saßen bereits im Sattel und hielten jeweils ein Pferd neben sich am Zügel. Tobras drehte sich um. Hinter ihm waren die Schritte eines gepanzerten Mannes immer näher gekommen. Der Ordenskrieger tauchte in der Tür auf, das Schwert erhoben.

»Sie wollen mit ...«, schrie er, bevor Jadhrin um die Ecke trat, ihm den Knauf seines Schwertes gezielt auf die Nase knallte – und er bewußtlos umfiel.

Tobras rannte zu einem der Pferde und zog sich ächzend in den Sattel. »Nicht über die Straße, Celina! Dort wimmelt es von Ordenskriegern zu Pferde. Hier entlang!« Tobras trieb sein Pferd mit wilden Tritten an und lenkte es auf den mannshohen Bretterzaun zu, der

114

das Sedryn-Grundstück vom Innenhof eines Nachbar-
hauses trennte.

Mit lautem Wiehern brach das Pferd durch die Barriere. Während er durch den Ziergarten seines Nach-
barn ritt – das hatte er schon immer tun wollen, denn
ein Gärtchen aus den Südprovinzen hatte hier im Norden nichts verloren –, rief Tobras aus vollem Halse:
»Folgt mir!«

Jadhrin, auch aufgesessen, Rokko und Celina sahen
sich verwundert an. Dann trieben sie ihre Pferde an.
Als die ersten Ordenskrieger auf dem Hof erschienen,
blieb ihnen nur, durch die Trümmer des Gartenzaunes
hinter ihren Opfern herzustolpern.

KAPITEL 11

27. Dembar 715 IZ

*Eine kleine Hütte am Rande des
Armenviertels von Leigre*

Jenseits der Stadtmauern dämmerte der Tag. Im Armenviertel Leigres wurde der neue Morgen allerdings nur durch das Krähen einiger Hähne und die eiligen Schritte der nächtlichen Arbeiter des Viertels angekündigt, die sich vor dem Kommen des Lichtes in ihre Behausungen zurückzogen. Die großen Ratten, die während der Dunkelheit ungestört im Unrat auf den Straßen herumgestöbert hatten, zogen sich in ihre Verstecke zurück. Ihr Revier wurde jetzt von den langsam erwachenden Straßenhunden übernommen. Am Rande des Viertels ragte ein kleiner Tempel der Merida-Kirche empor. Der Bau war offensichtlich mitten in der Fertigstellung des Daches unterbrochen worden, was dem Gotteshaus ein wenig den Anschein einer Ruine verlieh. Ein Eindruck, der auch durch die fehlenden Fenstergläser und die nackte, steingraue Fassade unterstrichen wurde, bei der die ansonsten bei Merida-Tempeln übliche sonnengelbe Bemalung fehlte. An die steinerne Wand des Tempels gelehnt, befand sich eine schlichte, hölzerne Hütte, aus deren geschlossenen Fensterläden eine Andeutung von Kerzenlicht hervorlugte.

»Es waren also Eishexen, und sie standen im Kreis um einen Sarkophag herum, auf dessen Deckplatte das Relief eines menschlichen Zauberers zu erkennen war?« Die Stimme des Priesters war konzentriert und beruhigend, gewohnt, mit Menschen zu sprechen, die verzweifelt oder verwirrt waren.

»Ja«, antwortete Celina. »Das konnte ich genau erkennen. Es war, als läge der Zauberer ganz aus Stein gehauen mitten auf seinem Grab. Er hatte einen Stab in der Hand. Mit der anderen Hand hielt er einen ganzen Stapel Schriftrollen umklammert, die auf seiner Brust ruhten. Und auf dem Ärmel seines Gewandes hatte der Steinmetz ganz deutlich das Zeichen der Magiergilde eingemeißelt.« Sie hatte diese Vision aus den letzten Augenblicken Fakors jetzt schon so häufig gesehen, daß sie in der Lage war, auch Einzelheiten auszumachen. »Und dann war da eine Eishexe auf diesem Bogen, hoch über mir ... über Fakor ...«, sagte sie zögernd. »Sie schrie und raufte sich die Haare, als die Hexen unter ihr starben. Irgendwann gab es dann diese Flammensäulen, dort, wo die Hexen gewesen waren, und keine von ihnen hat sich zur Wehr gesetzt, als sie starben. Sie wirkten wie in Trance.« Die Adlige schwieg. Sie wußte selbst, wie seltsam sich ihre Geschichte anhören mußte. Sie konnte nur von den Visionen beim Tod ihres Bruders, die ihr das Schwert des Herulenar vermittelt hatte, erzählen. Auch ihr fiel es schwer, sich das als etwas vorzustellen, das wirklich geschehen war.

Doch die anderen Menschen in der kleinen Hütte hörten ihr genau zu. Niemand verzog ungläubig das Gesicht. Rokko nickte bedächtig und stopfte sich eine Pfeife. Ihr Vater kniff die Augen zusammen. Es war ihm förmlich anzusehen, wie er vergeblich versuchte, die Bedeutung dieser Bilder zu verstehen. Jadhrin blickte sie nur mit diesen Augen an, aus denen immer soviel Zuneigung sprach. Zuneigung und Liebe. Etwas, das sie seit dem Tod ihres Bruders nur in sehr kleinen Mengen zurückgeben konnte. Und dann war da der Priester ...

Vokter Kinnen war ein kleiner, freundlicher Mann mit wenig Haaren auf dem Kopf und einem ständig wissenden Lächeln. Er strahlte deutlich aus, daß man mit allen Problemen der Welt zu ihm kommen konnte. Tobras hatte seine Tochter und ihre Begleiter zu Priester Vokter gebracht. Celina kannte den kleinen Mann ebenfalls, wenn auch nur flüchtig. Er zählte zu den wenigen engen Freunden ihres Vaters, die keine ehemaligen Berufssoldaten oder Saufkumpane aus den Adelshäusern Anxalois waren. Vokter und Tobras verband schon seit sehr langer Zeit eine besondere Form von Respekt. Celina wußte, daß Tobras für gewöhnlich niemanden ernst nahm, der nicht mit einem Schwert umgehen konnte oder jemanden, der mit einem Schwert umgehen konnte, unter den Tisch zu trinken imstande war. Bei Vokter Kinnen war das anders. Tobras hatte Vokter kennengelernt, als sie sich in die gleiche Frau verliebt hatten. Niemand hatte es jemals ausgesprochen, aber Celina glaubte, daß es ihre Mutter gewesen war.

Damals war Vokter ein junger Adliger aus dem Hause Konnen gewesen, einer Familie, die einige kleine Dörfer am Südrand der Provinz besaß. Vokter, dessen Familie im Verhältnis zu den Sedryns sehr reich war, hatte eine Erziehung in der Hauptstadt des Reiches genossen und sich dort ein großes Wissen angeeignet. Er war zu einem Gelehrten geworden, jemandem, den man in den rauhen nördlichen Provinzen des Imperiums selten traf und wenn, dann begegnete man ihm meistens mit Verachtung und Mißtrauen. Dieser Mann hatte Celinas Vater trotz ihres konkurrierenden Werbens um die Hand jener Edeldame jedoch so beeindruckt, daß die beiden enge Freunde wurden.

Vor langer Zeit, als Celina noch klein gewesen war, hatte sich Vokter aus Celina nicht bekannten Gründen dazu entschlossen, seinen Titel aufzugeben und sich ganz dem Dienst an Merida zu verschreiben. Er hatte seinem jüngeren Bruder die Herrschaft über seine

Güter übergeben und war nach seiner Priesterweihe in die kleine Hütte gezogen, in der er auch jetzt noch lebte. Dort hatte er sich ganz seinen Studien und der Fürsorge für die Menschen im Armenviertel Leigres gewidmet.

Zu diesem Mann hatte Tobras sie und ihre Freunde gebracht. Eine gute Wahl, denn im Armenviertel konnte man sich hervorragend verstecken. Die Stadtwache von Leigre kam selten hierher und kannte sich kaum genug aus, um aus dem ständig im Wandel begriffenen Gewirr von Hütten und Bretterbuden – und manchmal, im Sommer, sogar nur Zelten – wieder herauszufinden. Das Armenviertel war nicht einmal besonders groß. Sein Wachstum wurde innerhalb der begrenzten Fläche, die von der Leigrer Stadtmauer umgeben wurde, stark gehemmt. Aber hier lebte trotzdem fast ein Drittel der Gesamtbevölkerung der Stadt auf engstem Raum zusammen. Vokter kannte sich hier bestens aus und wurde für seine Arbeit respektiert, denn die Kirche Meridas galt gewöhnlich als nicht unbedingt bereit, den Ärmsten der Armen im Imperium ihre Hilfe angedeihen zu lassen.

Neben der Möglichkeit, sich hier vor ihren Verfolgern zu verstecken, hatte sich Tobras Wahl aber noch unter einem weiteren Gesichtspunkt als klug erwiesen. Nachdem Vokter mit behutsamen Fragen herausgefunden hatte, warum Tobras plötzlich mit seiner Tochter und zwei Fremden bei ihm aufgetaucht war und sich für ein paar Tage verstecken wollte, hatte er genauso vorsichtig seine unerwarteten Gäste dazu gebracht, ihm ihre ganze Geschichte zu erzählen.

Rokko hatte Jadhrin davon überzeugt, einen weiteren Menschen in die Vorgänge einzubeziehen, obwohl er zuerst Bedenken gehabt hatte. Der alte Pfadfinder hatte von dem Armen-Priester von Leigre gehört und kannte viele Leute, die dem kleinen Mann ihr Leben anvertraut hätten. Außerdem mochte Priester Vokter alles mögliche sein, aber er war ganz bestimmt kein Freund der Fedinas, die für den größten Teil des Elends in seinem Wirkungsbereich verantwortlich waren. Und er war auch nur begrenzt ein Freund der oberen Mitglieder der Merida-Kirche in der Provinz, die sich nach seiner Auffassung viel zu wenig um die wirklich Bedürftigen kümmerten.

Also hatten Jadhrin, Celina und Rokko im Laufe der vergangenen Nacht erneut ihre Geschichte erzählt. Vokter hatte zugehört, genickt, als Celina auf die charakterlichen Schwächen der Familie Fedina im allgemeinen und besonderen hingewiesen hatte, und sich auch Jadhrins Bestürzung über den wahrscheinlichen Verrat des Lan-Kushakans angehört. Er hatte vergeblich versucht, Celinas Kühle zu erweichen, und er hatte tröstende Worte für Tobras gefunden. Auch Rokko war in Form einer Flasche guten Uisges und etwas Tabak für seine Pfeife versorgt worden. Dann hatte sich Vokter noch einmal nach den Visionen Celinas erkundigt. Er hatte sie gebeten, alles ganz genau zu schildern, jede noch so unbedeutend erscheinende Kleinigkeit zu erwähnen.

Widerwillig hatte sie ihm den Gefallen getan. Nach und nach hatte sie alles erzählt, was ihr einfiel. Sie hatte von den seltsamen Stimmen gesprochen, die während der Bilder hin und wieder als Erinnerung Fakors zu hören waren. Sie waren unverständlich, aber vorhanden gewesen. Celina erklärte Vokter, wie das Schwert sie dazu brachte, mit unglaublicher Wildheit und Kraft zu kämpfen und wie es ihr den Schrecken vor ihrer eigenen Schuld nahm. Vokter hatte ihr aufmerksam zugehört und dann war er wieder und wieder auf die Vorgänge am Sarkophag in der unterirdischen Grabkammer zurückgekommen. Jetzt schien er endlich zufrieden zu sein.

»Ich glaube, ihr seid auf etwas gestoßen, das bedeutend wichtiger ist als der Verrat des Herkyn und des Lan-Kushakan«, sagte Vokter nach einem Augenblick des Schweigens.

»Wichtiger?« Jadhrin klang empört. »Was sollte wichtiger sein?«

»Was meinst du damit, Vokter?« Tobras warf Jadhrin einen strengen Blick zu. Ihm war die Nähe zwischen diesem jungen Mann und seiner Tochter durchaus aufgefallen. Dieser Thusmar hatte gut auf sie aufgepaßt – hoffentlich hatte er sich dabei nicht irgendwelche Freiheiten herausgenommen.

Rokko ließ nur seine Pfeife sinken und starrte den Priester an.

»Das Grab des Magiers. Wenn ich mich nicht sehr täusche, könnte es einen wichtigen Schatz bergen. So wichtig, daß das Schicksal des Imperiums davon abhängen könnte, in welche Hände er fällt.«

»Wie meint Ihr das, Priester? Drückt Euch klarer aus«, forderte Jadhrin. »Wir haben wirklich schon genug Sorgen, da können wir uns nicht mit rätselhaften Andeutungen befassen.«

Vokter lächelte sein ewig wissendes Lächeln und breitete die Hände aus. »Sicher, Dashino, sicher. Mir ist durchaus bewußt, daß auch wegen der anderen Geschehnisse dringend etwas geschehen muß. Aber ehrlich gesagt ist mir im Augenblick einfach völlig schleierhaft, was dies wohl sein sollte. Fällt Euch vielleicht etwas Klügeres ein?«

Jadhrin schaute ihn an. »Wir müssen jemanden finden, der uns hilft, und da fällt mir jetzt nur einer ein. Mein Großonkel Dorama. Er ist der Senior-Kampfmagier des Ordens und wurde zum kaiserlichen Khaibar ernannt. Damit ist er der höchste Befehlshaber in der Provinz. Die Armee und auch die Ordenstruppen müssen ihm gehorchen.«

121

»Sicher habt Ihr recht, mein lieber Dashino. Doch Ihr müßt bei all Eurer gerechtfertigten Empörung bedenken, daß Euer Onkel zwar die Vollmachten hat, aber Grigor Fedina und Rakos Mariak verfügen über die Truppen. Das Heer des Khaibars steht weit entfernt im Norden und kämpft gegen die Isthakis. Die Verräter haben ihre besten Truppen augenblicklich zwar auch in Thordam stehen, aber trotzdem kontrollieren sie die Lage in Leigre mit den hier verbliebenen Männern. Fragt Euch doch einmal: Wem werden die Kämpfer im Ernstfall folgen? Einem in Emessa ernannten Fremden oder ihren gewohnten Befehlshabern, die ohne klare Beweise des Verrats beschuldigt werden? Ich glaube, Ihr könnt Euch die Frage selbst beantworten, nicht wahr?«

Jadhrin nickte.

»Auf jeden Fall sollten wir allerdings dem Khaibar unser Wissen um die Verräter mitteilen. Er muß alles erfahren, das ist sicher richtig.« Vokter nickte Jadhrin zu. »Was haltet Ihr davon, wenn Ihr gleich einen Brief aufsetzt, in dem Ihr alles noch einmal zusammenfaßt.« Er wandte sich an Rokko. »Ich glaube, Euer wildniserfahrener Begleiter ist der geeignete Mann, um das Heer des Khaibars in den Weiten der Taiga zu finden.«

Rokko seufzte und meinte: »Das Heer finden. Ja, das kann ich schon.« Dann sah er zu Jadhrin. »Manchmal denke ich, daß Ihr mich lieber in der Grube gelassen hättet. Ich wäre diesen Hilfswächtern in Kryghia schon entkommen.«

Bevor Jadhrin antworten konnte, fuhr Vokter fort. »Das wird uns zunächst aber wenig nützen. Dazu ist der Khaibar zu weit weg. Wir können auch wenig gegen die beiden Verräter unternehmen. Also warum sollen wir uns nicht erst einmal mit meiner Vermutung beschäftigen?« Vokter stand auf. »Wenn ich recht habe, dann wird es unerläßlich sein, so gut wie möglich über alle Hintergründe Bescheid zu wissen. Wenn ich mich irre, dann haben wir keinen Nachteil und die Gewißheit, wichtige Faktoren in dieser Geschichte nicht sträflicherweise übergangen zu haben.«

Seine Zuhörer starrten ihn mit finsteren Gesichtern an.

»Vokter?« Tobras stand auf und trat neben seinen Freund, der an die verschlossenen Fensterläden getreten war und durch einen Spalt nach draußen spähte. »Kannst du dich nicht klarer ausdrücken? Mir ist völlig unklar, was du uns nun eigentlich sagen willst, und wir haben zur Zeit alle nicht die rechte Geduld für ungenaue Andeutungen.«

Der Priester drehte sich um und sah seinen alten Freund an. Dann wandte er sich an Jadhrin: »Ihr werdet bereits als Attentäter und Verräter gesucht. Und ich war immer schon gespannt darauf, was sich in der Bibliothek von Marakas dem Chronisten so alles finden würde. Was haltet Ihr also von einem kleinen Betrugsmanöver?«

»Betrug? Wen soll ich betrügen?« erkundigte sich Jadhrin ungeduldig.

»Die Magiergilde.«

KAPITEL 12

27. Dembar 715 IZ

Armenviertel von Leigre

Die Tatsache, daß es nur noch drei Tage bis zum Leuchtfest waren, wurde im Armenviertel Leigres gut verborgen. Im Rest der Stadt begannen die Bürger wie üblich damit, die Girlanden und Lampions zu befestigen, die zusammen mit einem Laternenumzug und ausgedehnten Feierlichkeiten in den Tempeln der Stadt den Winter vertreiben und Meridas Leuchten dabei helfen würden, sein Licht wieder über die ganze Welt zu verbreiten. Es wurde geputzt, Fassaden wurden geschrubbt, und alles mögliche wurde unternommen, um die Städte des Imperiums so schön wie möglich aussehen zu lassen. Obwohl Leigre gerade unter der Last der Flüchtlinge aus dem Norden ächzte, viele Familien ihre Mitglieder irgendwo in den Kampfgebieten wußten und der Winter seine Anwesenheit durch meterhohen Schnee auf den Straßen kund tat, gaben sich die Einwohner trotzdem Mühe, ein schönes Leuchtfest für die Stadt vorzubereiten. Nicht so im Armenviertel. Hier waren die Menschen das ganze Jahr hindurch vor allem mit ihrem Überleben beschäftigt, einer Tätigkeit, die im Winter das Doppelte an Anstrengung erforderte. Hinzu kam, daß, von wenigen Ausnahmen abgesehen, die Kirche Meridas noch nie viel Aufwand betrieben hatte, um die geistliche Bedeutung der winterlichen Wiederkehr des Lichts unter den ärmsten Bürgern des Imperiums zu verbreiten. Eine verständliche Vorgehensweise aus der Sicht der Kirchenoberen, wie Rakos Mariak fand. Unter den Armen gab es weder politische Macht noch reichliche Spenden, die den Interessen der Kirche hätten dienstbar gemacht werden können.

Es gab jedoch andere Talente, die nur hier zu finden waren. Talente, auf die Rakos gelegentlich zurückgriff, wenn es galt, Wege zu gehen, die die Ordensritter unter seinem Kommando nicht freiwillig gehen würden. Wege, von denen die anständigen Seelen in ihren Rüstungen und auf ihren Schlachtrössern ferngehalten werden mußten. Rakos erinnerte sich an seine eigene Zeit als Dashino. Wenn er nicht jederzeit fest davon überzeugt gewesen wäre, für eine gerechte Sache zu kämpfen, dann hätte er vielleicht so manches Mal keinen selbstmörderischen Angriff auf einen überlegenen Feind angeführt.

Jeder Mann hatte seinen Zweck. Die Ritter waren ein sehr scharfes Schwert auf dem Schlachtfeld. Dolche für die dunklen Gassen einer Stadt fand man an anderen Stellen.

Rakos näherte sich gerade einem Ort. Es war einige Stunden nach Einbruch der Dunkelheit, und die engen Gassen des Viertels bestanden nur aus Schatten. Hier und da leuchtete etwas Schnee im Mondlicht. So entstand gerade genug Beleuchtung, um eine Andeutung der vielfältigen scheinbaren und wirklichen Gefahren wahrzunehmen. Kleine Bewegungen im Augenwinkel, unerklärbare Geräusche; das war alles, was Rakos von den Bewohnern des Viertels wahrnahm.

Doch auch hier gab es Regeln. Und eine der Regeln lautete, daß man immer ein leichteres Opfer fand als einen einsamen Krieger mit einem großen Schwert an der Seite und dem massigen Umriß eines Rüstungsträgers. Rakos hatte sich die Kapuze seines dunklen Mantels tief ins Gesicht gezogen und trug darunter einen Schal, der nur seine Augen frei ließ. Niemand würde erkennen, daß es sich bei dem einsamen Mann um den gefürchteten Lan-Kushakan Rakos Mariak, einen der besten Schwertkämpfer der Provinz, handelte. Aber für die geübten Augen um ihn herum waren seine

Bewegungen, die Art, wie er sich von den dunklen Nischen an den Seiten fernhielt, wie seine Hand nie vom Knauf seines Schwertes wich, Beweis genug, daß hier jemand unterwegs war, mit dem man sich besser nicht anlegte.

Nachdem er einen weiteren Tunnel durchquert hatte, der dadurch entstanden war, daß die oberen Stockwerke zweier gegenüberstehender Häuser sich berührten, kam ein kleiner Innenhof in Sicht. Eine Reihe erleuchteter Fenster und leise Musik waren alles, was darauf hinwies, daß sich hinter der unauffälligen Tür in dem baufälligen Gebäude eine Kneipe mit dem bezeichnenden Namen *Loch* befand. Auf dem Schild, das einmal an der leeren Metallstange über der Tür gehangen hatte, war wahrscheinlich ein anderer Name zu lesen gewesen. Vielleicht *Zum blauen Hans* oder ein ähnlich sentimentaler Ausdruck der zum Scheitern verurteilten Hoffnung eines Bewohners des Viertels, sich mit einer halbwegs anständigen Tätigkeit aus dem Sumpf um ihn herum herauszuwühlen. Die abgelegene Lage der Kneipe war ihm wahrscheinlich als gute Möglichkeit erschienen, den schlimmsten Übeln des Viertels aus dem Weg zu gehen. Doch genau die Lage in einem Hinterhof, einer scheinbaren Sackgasse, die eigentlich nur zu finden war, wenn man wußte, wohin man wollte, hatte eben jene Übel angelockt, die der Besitzer hatte vermeiden wollen.

Das schlimmste dieser Übel trug auch einen Namen: der Thainer.

Man erzählte sich im Viertel, daß der Thainer – sein richtiger Name war unaussprechbar – die Kneipe gesehen, das alte Schild heruntergerissen, den empörten Vorbesitzer umgebracht und sie zu seinem Hauptquartier gemacht hatte. Fortan hieß die Kneipe *Loch* und war zu einem der schlimmsten Orte des Viertels geworden. Rakos ging über den Hof zur Eingangstür und klopfte. Links von ihm in einer Ecke schlugen gerade zwei Kerle einen dritten zusammen, während unter einer kleinen Schneewehe rechts von ihm zwei mit Eis überzogene Beine hervorragten.

Die Tür öffnete sich, und ein Schwall unfaßbar schlechter Luft, unverständlichen Stimmengewirrs und etwas, das man nur mit viel gutem Willen als das Spiel einer kleinen Gruppe von Blasinstrumenten bezeichnen konnte, kam dem Lan-Kushakan entgegen. Die beiden riesigen Knochenbrecher hinter der Tür kannten ihn schon. Sie wußten, wohin er wollte, und der eine öffnete bereitwillig eine kleine Seitentür, die ihn ins erste Stockwerk des Hauses brachte. Früher hatten die beiden versucht, ihn zu durchsuchen, bevor sie ihn die Treppe hinaufgehen ließen. Ein unverschämtes Vorhaben: Rakos würde niemals dulden, daß solche Kretins ihn abtatschten oder ihm seine Waffen fortnahmen. Diese Auffassung hatte er den beiden Halborks auch drastisch verdeutlicht, mit dem Erfolg, daß sie sich fortan alle Mühe gaben, ihn so schnell wie möglich zu Diensten zu sein, wenn er das *Loch* besuchte.

Rakos stieg eine enge Treppe empor. Er wußte, daß ihn unsichtbare Augen mit Fingern an den Abzügen von Armbrüsten beobachteten. Der Thainer war zwar ein Barbar, aber er schützte seinen Besitz gekonnt, das mußte man ihm lassen. Am Ende der Treppe klopfte Rakos noch einmal und ging, nachdem ihm die Tür von einer atemberaubend gutaussehenden, atemberaubend knapp angezogenen und mit Sicherheit auch atemberaubend gefährlichen Frau geöffnet worden war, einen kurzen Flur entlang. Hinter den offenstehenden Türen der Zimmer, die er auf seinem Weg passierte, spielten sich verschiedene Vorgänge aus dem Buch der unaussprechlichen Sünden ab, das jungen

Novizen der Merida Kirche nur unter Aufsicht älterer Brüder gezeigt wurde.

Überall waren Bewaffnete zu sehen, die den Neuankömmling genau begutachteten. Der Thainer war weder der einzige noch der mächtigste Bandenchef im Viertel, aber nach Rakos Dafürhalten war er bei weitem der skrupelloseste. Deshalb hatte Rakos ihn zu seinem Gewährsmann im Viertel auserkoren. Eine Wahl, die dadurch unterstützt worden war, daß der Thainer tatsächlich von jener gleichnamigen Inselkette vor der Küste des Imperiums stammte. Er war irgendwo gefangengenommen worden, ausgebrochen und hatte sich dann in den Norden durchgeschlagen. Der Mann hatte eine Menge Eigenschaften: Zuneigung für das Imperium gehörte nicht dazu. Das ließ ihn einen Teil der Aufträge, die ihm von Rakos zugedacht wurden, mit genau der Teilnahmslosigkeit abwickeln, die der Lan-Kushakan erwartete.

Die Wachen ließen ihn nicht aus den Augen, hielten ihn aber auch nicht auf, als er genau auf das ›Dienstzimmer‹ des Thainers zuging. Sie wußten nicht, wer Rakos war. Aber sie wußten, daß es sich bei dem großen Mann, der immer nur vermummt bei ihnen auftauchte, um jemanden handelte, der mit viel Geld um sich warf. Eine Tatsache, die ihn bei ihrem Vorgesetzten sehr beliebt machte. Wer darüber hinaus versucht hatte, seine Gefährlichkeit an dem Besucher unter Beweis zu stellen, der lebte jetzt nicht mehr, was wiederum bei den anderen Schergen des Thainers eine Menge Respekt geschaffen hatte.

Als Rakos schließlich vor der richtigen Tür ankam, trat eine der dort postierten Wachen zur Seite und klopfte an. »Besuch, Thainer!« meldete er Rakos Anwesenheit nach drinnen weiter. Als ob der Thainer nicht schon längst über seinen Besuch Bescheid wußte!

»Mach schon«, knurrte Rakos. »Ich hab's eilig.« Hastig wurde die Tür aufgestoßen.

»Komm rein!« ertönte von drinnen eine tiefe Baßstimme, die auch zu einem Walroß hätte passen können.

Rakos trat ein. Der Raum vor ihm war recht klein. Es gab zwei Hintertüren und keine Fenster. Auf einem erhöhten Podest lümmelte sich der Thainer herum. Gute sieben Fuß groß, von Kopf bis Fuß tätowiert und mit etlichen metallenen Schmuckstücken in Nase, Augenbrauen und Ohren. Er trug trotz des draußen herrschenden Winters nur eine knappe schwarze Lederhose. Seine langen Beine hatte er über die Lehnen seines fellbedeckten Sessels gelehnt. Seine bloßen Füße baumelten in der Luft.

An den Wänden des Raumes flegelten sich vier bewaffnete Halsabschneider der übelsten Sorte herum. Schräg hinter dem Thainer befand sich ein kleiner Schreibtisch, an dem ein blasser kleiner Kerl mit dünnen Haaren eifrig irgendwelche Papiere bearbeitete. Neben der Tür war eine knapp bekleidete, bewaffnete Frau damit beschäftigt, Wein in einige teuer aussehende Gläser einzuschenken.

»Was willst du?« fragte er Rakos, der instinktiv zusammenzuckte. Der Thainer durfte sich in seinem Haus solche Freiheiten erlauben.

»Ich habe einen Auftrag.«

»Hmmh«, meinte der Riese und betrachtete seine narbige Hand. »Um was geht's?«

»Drei oder vier Personen. Ein alter Mann, Tobras Sedryn heißt er. Seine Tochter Celina. Ein Ordenskrieger namens Jadhrin Thusmar und sein Pfadfinder, einer, der Rokko heißt.«

Bei der Erwähnung des letzten Namens zog der Thainer eine Augenbraue hoch, lehnte sich vor und strich sich das lange schwarze Haar aus der Stirn, das ihm fast bis auf die Knie fiel. »Rokko ist in der Stadt? Prächtig. Mit dem habe ich sowieso eine Rechnung offen.«

»Freut mich, wenn Euch Eure Arbeit Spaß machen wird. Aber nehmt diese Leute nicht auf die leichte Schulter. Sie sind gefährlich.«

Der Thainer stand auf und setzte ein wölfisches Grinsen auf. Er reckte sich und offenbarte gewaltige Muskelpakete. Einer der Kerle an der Wand nahm ein Schwert samt Waffengurt von einer Halterung hinter ihm und warf es dem Thainer zu, der es achtlos auffing und an seiner Hüfte fest zuschnallte.

»Ich bin auch gefährlich.«

Rakos versuchte, unbeeindruckt auszusehen. Etwas an dem Mann wirkte übermenschlich. Seine Züge waren zu hartkantig, seine Muskeln zu gewaltig, als daß er sterblichen Eltern entsprungen sein konnte. Aber angeblich sahen alle thainischen Krieger so aus, die auf Raubzügen von ihren Inseln aus regelmäßig die Küste des Imperiums heimsuchten. Es war jedoch sehr wichtig, sich durch die Körperlichkeit dieses Mannes nicht beeindrucken zu lassen. Der Thainer war wie ein Raubtier: Zeigte man ihm gegenüber Angst, wurde man zur Beute.

»Paßt trotzdem auf. Diese Leute haben sich aus vielen gefährlichen Situationen gerettet.«

»Pah!« lachte der Riese. »Wo finde ich sie?«

»Das weiß ich nicht, deshalb bin ich ja hier.« Rakos mußte sich selbst daran erinnern, daß der Mann vor ihm nicht wußte, welche Möglichkeiten seinem Gegenüber gewöhnlich zur Verfügung standen. »Ich habe sie aus den Augen verloren.« Der Thainer war davon überzeugt, daß Rakos eine Art Kaufmann mit vielseitigen Interessen war.

Die Ritter, die Rakos zum Haus der Sedryns geschickt hatte, waren mit der Nachricht zurückgekehrt, daß der gesuchte Verräter in dem Haus gewesen war. Nachdem es Gegenwehr gegeben hatte, brachten sie vorsichtshalber die gesamte Dienerschaft um. Man konnte ja nicht wissen, ob sich nicht weitere Diener Isthaks unter den Hausangestellten verborgen hielten. Die Ritter des Kommandos stammten aus seiner persönlichen Leibwache und waren wegen ihrer bedingungslosen Bereitschaft ausgesucht worden, Rakos Auslegung des Merida-Glaubens und seiner Erfordernisse als Gesetz zu betrachten. Leider nicht wegen ihrer Intelligenz. Während sie die Dienerschaft niedermachten, waren Jadhrin und seine Begleiter, zu denen sich offenbar der Laird Sedryn gesellt hatte, durch die Hinterhöfe der Nachbarschaft entkommen. Die Stadt verlassen hatten sie nicht, so viel wußte Rakos. Aber von den toten Dienern konnte er nun nicht mehr erfahren, wohin sie vielleicht geflüchtet waren. Eine weitere Durchsuchung der Stadt mit Hilfe seiner Ritter kam nicht in Frage. Die Brüder ließen es dafür einfach an der notwendigen Finesse ermangeln. Sie hätten entschieden zu viel Aufmerksamkeit erregt. Immerhin waren sie hinter einem Vertreter des Anxaloier Adels her. Einem unbeliebten zwar, aber das konnte sich ändern, wenn die Häuser anderer Adliger und reicher Bürger von rabiaten Ordenskriegern durchsucht wurden.

Also hatte sich Rakos sofort nach Einbruch der Dunkelheit auf den Weg ins Viertel gemacht, um geeignetere Spürhunde auf die Fährte der Flüchtlinge zu setzen.

»Wenn sie noch in der Stadt sind, werden meine Männer sie finden.« Der Thainer, der eine metallbeschlagene schwarze Lederrüstung angelegt hatte, schaute sich zu seinen Leuten um, die sich ebenfalls aufbruchsfertig machten. »Nicht wahr, Männer?«

Allgemeine Zustimmung wurde geäußert.

»Na gut«, meinte Rakos, »dann komme ich morgen nacht wieder, um mir ihre Köpfe abzuholen. In Ordnung?«

»Geht klar. Vergeßt nicht, das Gold mitzubringen.« lachte der Thainer, während er den Raum durch eine der Hintertüren verließ.

KAPITEL 13

28. Dembar 715 IZ

*Der Merida Tempel am Rande des
Armenviertels von Leigre*

»Merida leuchte unserem Vorhaben. Verzeih uns, daß wir die Gesetze Deines Landes übertreten, doch wir tun es auf dem Pfad Deines Leuchtens, einzig aus dem Bestreben heraus, Deinen Dienern im Kampf gegen die Finsternis beizustehen. Deshalb schenke uns Dein Licht und Deine Kraft. Merida leuchte uns!« Mit einer letzten Verbeugung vor dem Altar beschloß Priester Vokter sein Gebet.

Jadhrin öffnete die Augen. Er hatte es lange vermißt, einer Messe Meridas beizuwohnen. Er war ein Ordenskrieger und sollte auch ohne die Messe im Lichte wandeln, doch es tat gut, den Riten beizuwohnen. Dabei wurde einem bewußt, daß es jenseits der Probleme, die manchmal so unüberwindlich erschienen, eine Macht gab, für die es sich zu kämpfen lohnte. Eine übergeordnete Macht, die überall auf der bekannten Welt ihren Dienern Kraft spendete, um kleine und große Probleme zu bewältigen.

Der ärmlich eingerichtete Tempel wurde durch seine zahlreichen Öffnungen gerade von einer Andeutung des ersten Morgengrauens erhellt, dem richtigen Zeitpunkt, um sich Meridas Segen für ein Unternehmen zu holen, das auf den ersten Blick wie ein grober Verstoß gegen alle Gebote des Glaubens wirkte.

Priester Vokter hatte ihnen von einer einige Stunden von Leigre entfernten Ruine erzählt. Es handelte sich um die Reste des Turms von Marakas, dem Chronisten. Dies war laut Vokter ein vor einem Jahr unter rätselhaften Umständen ums Leben gekommener Magier, der in einem einsamen Turm, nicht allzu weit von Leigre entfernt, gelebt hatte. Er war in Fachkreisen als einer der berühmtesten Chronisten der letzten beiden Jahrhunderte bekannt gewesen, obwohl die Öffentlichkeit nie viel von ihm gehört hatte. Aber die, so hatte Vokter mit einem schmunzelnden Seitenblick auf Tobras Sedryn gemeint, interessiere sich ja sowieso meistens eher dafür, wie viele Heldentaten ein Mann begangen hatte: ob Krieger oder Magier, das sei gleichgültig, bemerkte er, es zähle nur, wie viele Feinde man umzubringen imstande sei.

Dieser Marakas jedenfalls habe in seinem Turm eine sehr umfangreiche Bibliothek besessen – Vokter war zu seinen Lebzeiten selber einige Male dort gewesen –, die angeblich bei dem Brand, der Marakas das Leben gekostet hatte, vernichtet worden war. Durch Zufall hatten einige Abenteurer vor zwei Monaten herausgefunden, daß die Bibliothek bei dem Brand doch nicht zerstört worden war. Die Magiergilde war auf die Abenteurer, die versuchen wollten, in der Ruine vergessene Schätze zu plündern, aufmerksam geworden und hatte sie vertrieben, bevor sie die dort befindlichen Schätze plündern konnten. Man hatte damit begonnen, die Bücher abzutransportieren, nachdem in einem langwierigen Prozeß alles auf magische Fallen hin untersucht worden war. Angeblich hatte es auch Ärger anderer Art gegeben, über den aber nichts näheres bekannt wurde. Dann jedoch war der Abtransport unterbrochen worden, als der Winter einbrach und der Krieg gegen die Isthakis begann. Auf jeden Fall befand sich der größte Teil der Bücher im Turm. Die Gildenmagier, die zum Heer einberufen worden waren, hatten nur eine kleine Wachmannschaft zurückgelassen.

Hier, so hatte Vokter seinen staunenden Zuhörern versichert, bestand eine gute Möglichkeit, etwas über das rätselhafte Magiergrab unter dem Elfenspitz herauszufinden. Er hege den starken Verdacht, daß dort ein Schatz verborgen sein könnte, über den man in Gelehrtenkreisen seit vielen Jahren munkelte. Seine Existenz sei häufig bestritten worden, aber es gab auch viele kluge Köpfe, die fest davon überzeugt waren, daß es den Schatz gab. Die Vermutungen gingen bisher allerdings immer in die Richtung, daß der Schatz, wenn überhaupt, tief im Süden des Imperiums zu finden sei. Celinas Beschreibung ließ dies in Vokters Augen allerdings zweifelhaft erscheinen. Es bestand die Möglichkeit, daß Fakor das Versteck des Schatzes gesehen hatte, bevor er starb. Die anwesenden Eishexen paßten zu dieser Vermutung, denn wenn der Schatz dort lag, dann würden auch die Feinde aus dem Norden alles unternehmen, um seiner habhaft zu werden.

Jadhrin und Celina hatten Vokter gedrängt, endlich damit herauszurücken, um was es sich nun eigentlich bei diesem Schatz handele.

»Habt Ihr schon von den Formeln des Gwydior gehört, einer in den Kriegen gegen das Volk der Elfen verlorengegangenen Sammlung von Schriftrollen, auf denen sich der Schlüssel zur mächtigsten elfischen Magie befand?« hatte der Priester daraufhin gefragt.

Die anderen hatten verneint, aber Jadhrin war aus allen Wolken gefallen. Ja, er hatte davon gehört. Sein Großonkel Dorama, eben der Mann, der jetzt ein Heer auf Soron führte, hatte eigentlich vorgehabt, sich auf die Suche nach diesen Formeln zu begeben.

Nun war es Vokter, der vollkommen überrascht war. Sollte auch der Khaibar die Formeln des Gwydior dort vermuten? Die Zusammenhänge würden immer deutlicher in Meridas Licht treten, so hatte er gemeint, nachdem eine Weile lang alle durcheinander gesprochen hatten. Noch mehr wichtige Informationen, die der Khaibar dringend erhalten müsse. Der Priester hatte bei diesen Worten Rokko einen bedeutsamen Sei-

135

tenblick zugeworfen, der nur schicksalsergeben genickt und etwas über »ständig die Welt retten« gemurmelt hatte. Sein Plan, sich in der Bibliothek dieses
Marakas umzusehen, hatte der Priester anschließend
erklärt, erschiene ihm jetzt noch wichtiger und sinnvoller.

Jadhrin pflichtete ihm bei. Wenn es sich bei diesem
Grab mit den auf dem Deckel abgebildeten Schriftrollen nicht nur um Zierrat, sondern wirklich um einen
Hinweis auf die Formeln des Gwydior handelte, galt
es, soviel wie möglich darüber herauszufinden. Wenn
das in diesem ausgebrannten Turm möglich war, dann
mußten sie eben dorthin gehen. Jadhrin war außerdem sicher, daß zusätzliche Informationen über die
Hintergründe seinen Großonkel milde stimmen würden. Zwar konnte er nichts für den Verlauf der ganzen
Entwicklung, aber wenn er an das Gespräch zurück-
dachte, das er kurz vor seiner Abreise mit seinem
Großonkel geführt hatte, dann fühlte sich Jadhrin
doch unsicher. Höchstwahrscheinlich würde es seinem älteren Verwandten nicht gefallen, wie sich Jadhrins Aufstiegsmöglichkeiten in Anxaloi in letzter
Zeit entwickelt hatten. Er hatte also Vokters Vorhaben
unterstützt.

Vokter hatte das Argument hinzugefügt, daß das
Pflaster in Leigre für seine Gäste auf die Dauer auch zu
heiß werden könnte. Warum also nicht ein wenig aufs
Land ziehen? Er hätte auch schon eine Idee, wie sie
sich unter den Augen der Magiergilde ein wenig in der
Bibliothek umschauen könnten. Bei diesen Worten
hatte ein diebisches Vergnügen in seinen Augen ge-
leuchtet, das Jadhrin bei einem Mitglied des Klerus
doch ein wenig seltsam vorgekommen war. Der Kirchenmann zeigte Interessen und Begierden, wie Jadhrin sie noch nie vorher bei einem einfachen Priester
Meridas entdeckt hatte. Andererseits schien Priester

Vokter auch insgesamt ein ungewöhnlicher Mann zu sein.

Rokko hatte sich gestern zunächst ein wenig in der Stadt umgehört und ein paar Dinge erledigt. Er meinte, daß er vielleicht etwas über den genauen Aufenthaltsort von Doramas Armee herausfinden könnte. Dann war er gegen Mittag in einer Verkleidung aus der Stadt geschlichen und mit einem langen Brief an Jadhrins Großonkel im Gepäck nach Norden aufgebrochen.

Rokko war kurz vor seinem Aufbruch seltsam zufrieden mit sich gewesen. Er hatte eine leichte Uisge-Fahne gehabt. Aber noch seltsamer war das kurze Aufglühen des Rubins an Celinas Schwert gewesen, als der Pfadfinder wieder in der Hütte des Priesters aufgetaucht war. Keiner von ihnen hatte jedoch gewußt, was dies bedeuten mochte.

Jadhrin hatte sich nicht lange unterreden wollen, sondern Rokko zum Aufbruch gedrängt. Die Zeit lief ihnen davon, und der Dashino wußte beim besten Willen nicht mehr, was er gegen den drohenden Verrat Grigor Fedinas und Rakos Mariaks tun sollte, wenn ihm nicht die Hilfe seines Großonkels zuteil wurde.

Noch heute würden Tobras, Celina, Vokter und Jadhrin versuchen, Leigre im Schutze einer Gruppe von Fallenstellern zu verlassen. Priester Vokter hatte den gestrigen Tag damit verbracht, geheimnisvoll zu tun und ebenfalls ein Schriftstück aufzusetzen. Die Fallensteller waren Freunde des Priesters, die bei ihren Familien überwinterten. Er hatte sie gebeten, für sich und drei Begleiter eine unauffällige Abreise vorzubereiten. Wozu die Männer gerne bereit gewesen waren, denn Vokter war immer für sie und ihre Familien dagewesen. Sie würden morgen zu einem spontanen Jagdausflug aufbrechen und vier zusätzliche Personen auf ihren Schlitten mitnehmen. Von diesen Leuten hatte Vokter sich auch Kleidung, Vorräte und alles andere geborgt, was sie für ihr Unternehmen brauchen würden. Vor all diesen Vorbereitungen hatte der Priester allerdings einige Kisten geöffnet und lange in den Stapeln von Pergamenten herumgesucht, die in ihnen zum Vorschein gekommen waren.

Am nächsten Morgen waren sie schließlich auf das Drängen des Priesters zu einem letzten Gebet in dem Tempel zusammengekommen. Tobras und Jadhrin hatten sich dem Gebet gerne angeschlossen, nur Celina hatte erst überzeugt werden müssen, daß es ihr guttäte, sich ein wenig Besinnung und den Segen Meridas zu holen. Jetzt war die Andacht beendet, und die Fallensteller mußten in wenigen Minuten auftauchen, um sie abzuholen.

Da knirschten hinter ihnen auch schon Schritte im harschen Schnee, der sich unter dem Loch in der Tempeldecke angesammelt hatte. Jadhrin verneigte sich noch einmal. Es war Zeit aufzubrechen.

Die Schritte beschleunigten sich, und eine Waffe wurde aus ihrer Scheide gezogen. Jadhrin dachte nicht lang nach, sondern zog seine eigene Klinge und ergriff sie mit beiden Händen. Tatsächlich tauchte gleich hinter ihm ein Schatten auf. Jadhrin drehte seinen Kopf über die Schulter – in den letzten Wochen hatte er aufgehört, sich über Mißverständnisse Gedanken zu machen, wenn es um plötzlich auftauchende Angreifer ging – und rammte das Schwert dem Heranrennenden in den Bauch. Der ging mit einem lauten Schrei zu Boden, als hinter ihm auch schon der nächste herankam.

Während Jadhrin einen Keulenhieb parierte, verschaffte er sich ein Bild über die Lage. Er hatte keine Ahnung, warum dies so war, aber ein Dutzend heruntergekommener Gestalten stürmte aus allen Richtungen den Tempel. Tobras und Celina kämpften bereits mit dolchschwingenden Gegnern, während Priester

138

Vokter mit erhobenen Händen den Fluch Meridas auf die Eindringlinge hinabrief.

»Merida! O säe Furcht in die Herzen deiner Feinde! Laß sie von der Angst vor dem Lichte kosten, nimm ihnen Zuversicht und Stärke!« schrie er lauthals heraus.

Jadhrin entwaffnete den Tölpel und schlug ihn mit einem schnellen Hieb nieder. Seit wann hatte er auch Straßenräuber auf der Liste seiner Feinde? Oder ging es hier gar nicht um ihn?

Todesschreie aus der Richtung Celinas bewiesen ihm, daß seine Freundin bereits mit ihren Gegnern fertig geworden war, und – weitere Schreie – ihrem Vater wahrscheinlich schon zur Seite stand. Seitdem sie dieses Schwert trug, kämpfte Celina wie eine Berserkerin. Jadhrin war froh, sie auf seiner Seite zu haben, machte sich allerdings auch Sorgen, ob dieses rätselhafte Schwert des Herulenar ebenfalls darüber Bescheid wußte.

Die übrigen Angreifer hatten offensichtlich gemerkt, daß Jadhrin und die anderen keine leichte Beute waren, und standen abwartend in einem Halbkreis um sie herum. Priester Vokter rief den Zorn des Lichts an. Jadhrin war gespannt, welche Wirkung seine Gebete erzielen würden.

Jetzt tat sich etwas. Die Angreifer traten zurück, blickten in Richtung Eingang. Celina und der schweratmende Tobras nahmen Positionen rechts und links von Jadhrin ein. Ein Verwundeter stöhnte irgendwo zwischen den umgeworfenen Bänken des Tempels leise vor sich hin. Sollten die Fallensteller auftauchen – und sich die Lage in Wohlgefallen auflösen? Die verbliebenen fünf Kerle sahen nicht so aus, als würden sie sich mit einer Übermacht anlegen. Doch statt der erwarteten Hilfe betrat eine kleine Gruppe von Männern den Tempel. Voran ging ein wahrer Hüne in einem

Pelzmantel, unter dem eine Lederrüstung zu sehen war. Überall in seinem Gesicht blinkte Metall, und auf seinen Händen und Wangen waren Tätowierungen zu erkennen. Er trug ein riesiges Breitschwert und schwang es mit einem breiten Grinsen im Gesicht hin und her.

Dahinter kamen, einem Rudel Hunde nicht unähnlich, vier Kerle vom Typ ›gerissener Straßenkämpfer‹ herein, die sich um ihren Anführer scharten. Die fünf anwesenden Schurken glichen neben diesen Männern eher ungefährlichen Ratten und wichen bereitwillig zurück, um den stärkeren Neuankömmlingen Platz zu machen.

»Du!« Der Riese wies mit seinem Schwert auf Jadhrin. »Ich habe gehört, du bist gefährlich. Laß uns mal sehen, wie gefährlich!«

Er kam langsam näher. Jadhrin sah sich um. Celina konnte sich offenbar kaum beherrschen, denn das Schwert zitterte in ihrer Hand, während der Rubin im Knauf matt leuchtete. Tobras warf beunruhigte Blicke zwischen dem Schwert und dem Gesicht seiner Tochter hin und her. Priester Vokter betete noch immer.

Jadhrin schwang sich den Mantel von den Schultern, hob seine eigene Klinge in einem beidhändigen Griff empor und widmete seine ganze Aufmerksamkeit dem Hünen. Der blieb auf drei Schritte Entfernung vor ihm stehen, lachte ihn an und sagte: »Kleiner, ich werde mir deine Eingeweide um den Hals hängen! Deine Mutter wird deine Hoden erhalten, und deine Freundin kommt zu meinen Huren!«

Jadhrin stutzte. Der Kerl gab nicht nur verwirrende Beleidigungen von sich, sondern sah auch irgendwie fremdartig aus. Nun, er konnte ihn auch mal etwas reizen.

»Was bist du denn für einer? Hat deine Mutter deinen Vater mit einem Ochsen verwechselt?« Jadhrin fand, das war schon ziemlich starker Tobak, wenn der Kerl einer von der Sorte war, die auf Beleidigungen der Mutter des Gegners versessen waren.

Der Hüne lachte jedoch nur wieder sein wieherndes Verachtungslachen und nahm den Pelzmantel von den Schultern, wobei eine Rüstung sowie tätowierte und äußerst muskulöse Arme zum Vorschein kamen.

Eine Stimme rief: »Mach ihn fertig, Thainer!«

Jadhrin kniff die Augen zusammen. Der Kerl konnte wirklich von den Inseln stammen. In seiner Ausbildung in der Zentralprovinz hatte er einige Male an Feldzügen gegen Räuberbanden aus Thain teilgenommen, die plündernd in den Küstenregionen unterwegs waren. Damals hatten die Kerle aber irgendwie kleiner gewirkt. Vielleicht weil Jadhrin im Sattel eines großen Schlachtrosses gesessen hatte und den barbarischen Kriegern meist nicht viel näher gekommen war, als seine Lanze lang war.

Jetzt fing der Thainer an, mit dem Schwert über seinem Kopf hin und her zu wirbeln, was nicht nur die Luft zum Pfeifen brachte, sondern auch seine Muskeln ziemlich beeindruckend zur Geltung kommen ließ.

»Merida verdamme Deine Feinde, raube ihnen die Zuversicht, lasse sie furchtsam fliehen!« war Priester Vokter hinter ihm noch einmal zu hören, bevor Schweigen über das Innere des Tempels hereinbrach.

»Sei vorsichtig!« hörte Jadhrin jetzt plötzlich einen der Begleiter seines Gegners rufen.

»Paß auf, er hat ein Schwert!« ließ sich ein anderer mit Furcht in der Stimme vernehmen.

Jadhrin lächelte. Merida half den Seinen, Priester Vokter war offensichtlich ein wahrhaftig gläubiges Mitglied des Klerus, und als solches konnte er auf eine Antwort hoffen, wenn er Merida anrief.

Jadhrin griff an. Wie erwartet wich der Thainer mit

erschrockenem Gesicht zurück, ließ sein Schwert fallen und öffnete den Mund.

»Hah!« rief Jadhrin und fuchtelte mit seiner Klinge in der Luft herum. Im nächsten Augenblick drehte sich der Thainer um und lief so schnell er konnte auf den Ausgang zu. Auch von seinen Männern war kurze Zeit später nichts mehr zu sehen.

Jadhrin drehte sich um und nickte Vokter dankbar zu.

KAPITEL 14

28. Dembar 715 IZ

*Einige Stunden Wegstrecke von
Leigre entfernt, in der Nähe der Ruine des Turms
von Marakas, dem Chronisten*

»Nein, Priester.« Der alte Bauer schüttelte den Kopf.
»Ich weiß nicht genau, ob sich bei der Ruine auf dem
Hügel viele Männer der Magiergilde befinden. Ein
paar schon. Aber die meisten sind zu Beginn des Krieges abgezogen.« Während er verlegen mit seinem
Stock im Schnee herumkratzte, strich sich der Mann
mit der Hand über den fleckigen Mantel. »Also viele
sind es wohl nicht mehr, denke ich. Der Wirt klagt
schon, daß so wenige kommen, um bei ihm zu trinken.«

»Danke, mein Freund.« Priester Vokter nickte dem
Mann noch einmal freundlich zu. Dann wandte er sich
an seine Begleiter. »Ist doch wunderbar. Höchstwahrscheinlich haben sie nur einen alten Bibliothekar und
zwei, drei Gehilfen zurückgelassen.«

Die drei Männer und die junge Frau machten sich im
Schein der langsam untergehenden Sonne wieder auf
den Weg.

»Keine Wachen?« fragte Tobras, als sie das kleine
Gehöft hinter sich gelassen hatten.

»Wenn, dann höchstens sehr wenige zur Abschrek-
kung von Räubern und zum Schutz vor wilden Tieren.
Die Magiergilde behütet ihre Geheimnisse gut, aber sie
setzt nur ungern fremde Söldner ein. Und da die meisten ihrer eigenen Truppen irgendwo damit beschäftigt
sein werden, Magier vor den Unbilden des Krieges zu
schützen, werden sie nur sehr wenige Männer dort gelassen haben. Die Bücher des Marakas sind zwar für

Gelehrte sehr bedeutsam, aber so wertvoll sind sie nun auch wieder nicht.«

Während seine Männer den alten Kerl ein wenig vermöbelten, blickte der Thainer der Gruppe hinterher, die sich durch ein kleines Tal langsam einer Ruine näherte, die dort auf einem Hügel zu sehen war. Der armselige Steinhaufen war offensichtlich niedergebrannt worden. Aber es schien dort jemand zu wohnen, denn eine dünne Rauchsäule stieg hinter den ausgebrannten Steinmauern in die Höhe.

Der Bauer hatte zuerst widerwillig, dann sehr fügsam erzählt, daß sich die vier Reisenden nach der Ruine und ihren Bewohnern, offensichtlich Dienern der Magiergilde, erkundigt hätten. Der Thainer hatte keine Ahnung, was seine Opfer dort wollten. Es war ihm auch vollkommen gleich. Er wartete nur darauf, daß diese Leute Rast machten. Dann würde er zuschlagen.

So eine Schlappe wie in dem Tempel würde es nicht noch einmal geben. Hier draußen würde der schwache Gott des Priesters ihnen nicht wieder beistehen können. Seine Männer hatten dem Thainer erklärt, daß die Diener dieses Merida in der Lage wären, ihren Feinden unheimliche Angst einzuflößen und selbst die tapfersten Krieger in die Flucht zu schlagen. Also war ihre Flucht – und, wie sie vorsichtig hinzufügten, auch der überraschende ›Rückzug‹ des Thainers – auf diese Magie zurückzuführen. Magie! Angewandt von einem kleinen alten Mann, der in einem heruntergekommenen Tempel hauste und den Schwachen und Kranken half. Bei ihm zu Hause gab es so etwas nicht. Da waren Schamanen an ihrer Stärke und ihrer Nähe zu den Geistern sofort zu erkennen. Und die Dorgapriester sorgten ebenfalls dafür, daß man sie auch äußerlich respektieren konnte. Ein Mann mußte

144

sich doch auf sein Auge verlassen können, wenn er sich seine Feinde aussuchte! Aber jetzt wußte der Thainer Bescheid, es würde kein zweites Debakel geben. Er freute sich schon darauf, den Kopf des Priesters zu nehmen und sich mit dem jungen Mann im Duell zu messen. Obwohl der Kampf durch den feigen Priester entschieden worden war, hatte der Mann in dem Tempel bewiesen, daß er zu kämpfen verstand.

In der kommenden Nacht würde sich herausstellen, wie gut.

»Seid gegrüßt, meine Freunde!« Priester Vokter lächelte breit, als er sich der kleinen Gruppe näherte, die aus dem notdürftig gegen die Kälte abgedichteten Raum hervorgetreten war. Das Innere des Turms war durch einen heftigen Brand ausgehöhlt worden. Ein dunkler, mit Planen gegen den Schnee zugehängter Eingang führte über eine steinerne Treppe in den ehemaligen Keller des Gebäudes, und einige stehengebliebene Innenmauern waren zu einer Behausung abgedichtet worden.

Die Männer waren offenbar bereits durch eine Wache gewarnt worden, denn sie erwarteten die Neuankömmlinge im Hof, zwischen den Mauerresten des Turms.

»Seid ebenfalls gegrüßt. Wer seid Ihr, wenn ich fragen darf? Vielleicht wißt Ihr es nicht, aber Ihr befindet Euch auf dem Besitz der Magiergilde von Anxaloi!« erklärte der Anführer der Gruppe, ein älterer Mann, der sich auf einen Stab stützte. Hinter ihm standen zwei junge Männer mit blassen Gesichtern, die fast furchtsam hinter dem Rücken des Älteren Schutz zu suchen schienen. Sie waren in einfache graue Mäntel mit dem Zeichen der Magiergilde gehüllt und unbewaffnet. Rechts von der kleinen Gruppe standen zwei ergraute

Söldner in Kettenhemden, die geladene Armbrüste in den Händen trugen.

»Mein Name ist Priester Vokter. Ich komme aus Leigre und bin ein alter Freund des verblichenen Marakas.« Der Merida-Kleriker trat vor. »Diese beiden Herren sind mein alter Freund Laird-Gadhir Tobras Sedryn und Jadhrin Thusmar, ein Ritter aus Emessa. Diese reizende Edeldame ist die Tochter des Gadhir Sedryn, die Ni-Gadhira Celina Sedryn. Die drei Edlen begleiten mich auf meinem kleinen Ausflug, teils aus Unternehmungslust, teils um mich vor den Gefahren der winterlichen Straßen zu schützen.«

Seine drei Begleiter verneigten sich. Jadhrin und Celina warfen sich einen Blick zu. Der Entschluß, ihre wahren Namen zu benutzen, war nicht ganz leicht gefallen. Aber, so hatte sich der Priester am Ende durchgesetzt, Meridas Licht leuchte den Wahrhaftigen; je weniger Lügen, desto besser. Sie seien mit einem ehrenhaften Ziel aufgebrochen, und dies gelte es nicht durch Lügen zu beschmutzen, die sich vermeiden ließen. Es sei schon schlimm genug, daß er, ein Priester des Merida, Ausflucht zu einer notwendigen Verdrehung der Wahrheit nehmen müsse, um ihr Vorhaben zum Gelingen zu bringen. Er könne das vertreten, da die Umstände nun einmal so seien, wie es sich ergeben habe. Aber jede vermeidbare Unwahrheit müsse vermieden werden.

Der Magier entspannte sich sichtlich. Die Neuankömmlinge schienen wirklich keine Räuber zu sein. Die Kleidung der Adligen wirkte zwar nicht unbedingt edel, und gewöhnlich hätte er erwartet, daß die noblen Damen und Herren auf Pferden reisten, statt sich zu Fuß durch den Schneematsch auf den Straßen zu quälen. Aber andererseits handelte es sich laut Aussage des Priesters ja um Sedryns. Und wenn er von einem Adelsgeschlecht erwartete, in Lumpen herumzulaufen und wie Bauern zu Fuß zu reisen, dann von Mitgliedern der Sedryns. Auch jemand, der bei denen einheiraten wollte – und danach sahen die Blicke, die sich der junge Herr und die Ni-Gadhira zugeworfen hatten, ganz unbedingt aus –, nannte wohl kaum ein nennenswertes Vermögen sein eigen. Das sollte helfen, wenn sich die Wächter am Turm Gedanken über den heruntergekommenen Zustand dieses ›Ritters‹ aus Emessa machten. Die Bewohner der Nordmarken neigten dazu, jeden Menschen, der aus der Zentralprovinz kam, für zumindest sehr wohlhabend zu halten. Der Magier war nicht hier, um sich über das Äußere fremder Reisender Gedanken zu machen. Er sollte die Ruine bis zum nächsten Sommer bewachen, wenn die Bibliothek sorgfältig katalogisiert und nach Leigre gebracht werden würde.

»Schön. Mein Name ist Ingam. Ich bin Bibliothekar der Magiergilde, und dies sind meine Gehilfen und meine Söldner. Darf ich noch einmal fragen, was Euch zu so fortgeschrittener Stunde hierher führt? Für eine Übernachtung würde ich wirklich den Bauernhof im Tal empfehlen. Wir haben nur sehr wenig Platz in unserem notdürftigen Domizil.« Mit einem entschuldigenden Lächeln wies der Magier in den kleinen Innenraum hinter sich.

»Ja. Aber ehrlich gesagt kommen wir auch weniger wegen eines Schlafplatzes, und wir hoffen, heute abend wieder abreisen zu können. Wartet bitte einen Augenblick.« Der Priester kramte in seinen Taschen herum und zog dann ein zusammengerolltes Pergament hervor. »Dies ist ein Brief von Marakas. Er bestätigt mir hier, daß ich ihm das wertvolle vierbändige Werk des Doikal Dummron über die Metamorphose des Goblins geliehen habe.« Er hielt dem Magier das Schriftstück unter die Nase, das er gestern aufgesetzt hatte. »Hier, seht Ihr sein Siegel, seine Unterschrift? Ich habe mir gedacht, daß ich den Besuch meines alten Freundes Gadhir Sedryn nutze und in seinem Schutz die Reise von Leigre zu diesem abgelegenen Turm unternehme. Immerhin ist die Metamorphose ein wichtiges Spätwerk des Dummron, und ich möchte nicht das Risiko eingehen, daß die Magiergilde die vier Bände im Frühling vielleicht irrtümlich mit abtransportiert.«

»Hmmh.« Der Magier las das Schriftstück, das in einer krakeligen Handschrift geschrieben und mit einem etwas undeutlichen Siegel versehen war, genau durch. Dann reichte er es an einen seiner Gehilfen weiter.

»Ich meine«, hob Priester Vokter erneut an, »Ihr könnt Euch sicher vorstellen, wie froh ich war zu hören, daß die Bibliothek meines Mitgelehrten Marakas bei seinem tragischen Tod doch nicht zerstört wurde. Ich habe mir schon seit Wochen vorgenommen, einmal hier herauszukommen und die Bände abzuholen.« Dann schloß er in gewinnendem Tonfall seinen Vortrag: »Ja, und nun bin ich endlich hier.«

Der Magier war sichtlich unzufrieden, rang sich aber schließlich zu einem gebrummelten: »Na gut, das Schriftstück stammt ohne Zweifel von der Hand des Marakas, das Siegel stimmt wohl auch. Ich denke«, ein letzter Blick zu seinen Gehilfen, die mit säuerlichen Gesichtern nickten, »da werden wir Euch wohl am besten hinunterführen. Es ist alles ein wenig durcheinander. Wir konnten erst einen Teil katalogisieren. Ihr werdet Euch wohl selbst umschauen müssen. Das könnte einige Zeit dauern.«

»Oh, das macht gar nichts.« Priester Vokter verstrahlte sein freundlichstes Lächeln. »Wir haben Zeit mitgebracht.«

»Gut«, nickte der Magier. »Mein Gehilfe Servit wird Euch alles zeigen und Euch Gesellschaft leisten. Laternen sind unten.« Dann drehte er sich um und winkte den Rest seines Gefolges in ihre Behausung zurück. »Wir werden hier oben warten, wenn Ihr nichts dagegen habt. Da unten ist es nachts doch recht kühl.«

Der Priester und seine Begleiter äußerten vollstes Verständnis und bedauerten, morgen schon in Leigre zurückerwartet zu werden, weshalb sie die Gastfreundschaft des Magiers leider nicht in Anspruch nehmen könnten. Sie seien froh, die Suche nach den Büchern so schnell wie möglich beginnen zu können.

Bevor er verschwand, drehte sich der Magier noch einmal um. »Servit, du paßt auf und sagst Bescheid, wenn die Herrschaften abreisen wollen. Hast du verstanden?«

Servit nickte und antwortete: »Ich weiß Bescheid, Meister.« Dann hob er die Plane über der Kellertreppe an und erklärte: »Ich werde mal besser vorgehen. Es ist recht dunkel da unten.«

»Nein, wie interessant. Ihr habt also wirklich ganz allein dieses riesige Werk kopiert?« fragte Celina. Sie hoffte, daß ihr Gesichtsausdruck durch das etwas schummrige Laternenlicht verborgen wurde.

»Jawohl. Und dabei ist mir nur zweimal der Kiel ausgerutscht. Wißt Ihr, es ist alles nur eine Frage der Grifftechnik.« Servit holte aus seiner Gürteltasche mit geübten Bewegungen seine Schreibfeder heraus. »Hier, so muß man anfassen, die beiden Finger hierhin, den Daumen dorthin. Und nie zu fest drücken, sonst ermüdet der Griff zu schnell.« Der Gehilfe machte einige schwungvolle Bewegungen in der Luft.

Celina fragte sich, ob es eigentlich Männern schon in die Wiege gelegt wurde, ihre jeweiligen Tätigkeiten immer als das Zentrum der Welt zu betrachten. Der junge Gehilfe mit dem leicht trüben Blick vor ihr hätte, statt seine Künste mit dem Federkiel vorzuführen, auch mit einem Schwert herumfuchteln können. Sein

Gesichtsausdruck unterschied sich kaum von dem der jungen adligen Fechter, die ihr während ihres kurzen Gastspiels in der Szene von Leigre auf ähnliche Weise von ihren Duellheldentaten erzählt hatten.

»Habe ich Euch eigentlich schon davon erzählt, daß mein Meister mich in die Kunst der Kapitalen einführte …«

Celina schüttelte den Kopf. »Nein, wie interessant!« heuchelte sie. Warum konnte Servit nicht wenigstens ein richtiger Zauberlehrling sein? Darauf wäre sie wirklich einmal neugierig gewesen. Den Ausführungen eines Schreibergehilfen zu lauschen war jedoch bestenfalls zum Einschlafen geeignet. Sie beneidete Vokter und Jadhrin schon fast darum, sich durch die Unmengen von Einzelblättern, Folianten und Pergamentrollen hindurchwühlen zu müssen, die sie in der Bibliothek vorgefunden hatten. Aber einer hatte den Gehilfen nun einmal ablenken müssen. Sogar ein Langweiler wie Servit hätte sonst schnell bemerkt, daß sich die Besucher durchaus nicht nur mit den Einbänden der Bücher in der Bibliothek befaßten, sondern in so manches historisches Werk sogar sehr genau hineinsahen. Sie hatte sich für diese Aufgabe angeboten, da sie Bücher nie besonders reizvoll gefunden hatte. Wenn sie nur geahnt hätte, auf was sie sich einließ!

»… seht Ihr diese winzige Nuance, wenn man die nicht genau trifft, dann geht der ganze Gesamteindruck verloren.« Servit hatte sich gerade eines der Bücher gegriffen und zeigte ihr die aus seiner Sicht besonders aufregenden Stellen mit seinem Federkiel.

Celina gab ein langgezogenes »Ahaaa!« von sich. Schon mehr als drei Stunden, hoffentlich fanden die anderen bald etwas!

Endlich war es dunkel genug geworden. Dieser verfluchte Schnee warf auch dann überflüssig viel Licht zurück, wenn der Mond scheinbar überhaupt nicht zu sehen war. Das Heranschleichen hatte lange gedauert. Aber der Thainer wollte kein zweites Mal zu leichtsinnig vorgehen. Seine Opfer waren gewarnt. Wer wußte schon, ob sie Wachen aufgestellt hatten. Und außerdem gab es noch andere Leute in der Ruine.

Der Thainer kletterte vorsichtig auf den Rand der Mauer und ließ sich auf der anderen Seite wieder hinunter. Seine gebirgige Heimat hatte ihn schon in frühester Jugend mit den Fähigkeiten versorgt, die städtische Diebe sich erst mühsam aneignen mußten. Rechts und links von ihm waren seine besten Männer ebenfalls dabei, über eine der niedrigeren Außenmauern in das Innere der Turmruine einzusteigen. Jenseits der Mauer drang Licht aus einer kleinen Hütte, errichtet aus stehengebliebenen Innenmauern über einem Loch im Boden, das wohl in einen Keller führte. Der Thainer winkte. Zwei seiner Männer bewegten sich zu dem Kellerloch und richteten, nachdem sie in Deckung gegangen waren, Armbrüste auf die Öffnung. Wer dort herauskam, war tot.

Dann schlich der Thainer mit den verbliebenen fünf Männern auf die Hütte zu.

»Hier«, flüsterte Priester Vokter, »ich glaube, da ist etwas. Hört mal zu.«

Jadhrin beugte sich zu dem Kleriker hinüber, der im Halbdunkel angestrengt blinzelnd mit dem Finger über die Stellen fuhr, die er gerade flüsternd vorlas. Irgend jemand sollte mal eine Methode erfinden, dachte Jadhrin, wie man auch leise lesen konnte.

Hoffentlich beschäftigte Celina den Schreiberling noch immer. Tobras sorgte für alle Fälle im Eingangsbereich des Kellers dafür, daß sie nicht überrascht wurden. Er tat sehr beeindruckend so, als sei er eingeschlafen. Ein passendes Verhalten für einen Landadligen in einer Bibliothek: Der Aufpasser hatte schon geraume Zeit nicht mehr zu ihm hingesehen. Celinas Vater gab sogar ein leises Schnarchen von sich ...

»... begab es ich im Jahre sechshundertzweiundsechzig nach Gründung unseres großen Imperiums im Turme mit dem Namen Elfenspitz auf seiner kaiserlichen Hoheit Festung Soron, gelegen am Fuße des Khaiman Passes, dessen Verlauf vor der Stadt der Eishexen endet, daß Algrim der Weiße, Magier im Range eines Gildenmeisters der Elften Hierarchie, aus den Südlanden stammend und mit einem lebenslangen Beinleiden geplagt, seine Augen zu seinem letzten Schlafe schloß.«

Das klang interessant. Jadhrin sammelte sich.

»Algrim der Weiße wurde entgegen normaler Sitten und Vorgehensweisen nicht in den Katakomben der Festung zur Einkehr ins Licht aufgebahrt. Ihm widerfuhr auf eigenen Wunsch eine gesonderte Behandlung. Es wurde ihm unter dem Elfenspitz ein Grabmal errichtet, so daß seinem Ich für alle Ewigkeit die Möglichkeit genommen ward, sich unter den Gerechten im Leuchten Meridas zu versammeln.« Vokter zögerte. »Hier hat jemand etwas dazugeschrieben: Ich, Fornet Barnas, Verkünder von Anxaloi, beuge mich dem Wunsch der Meister der Gilde und dem ausdrücklichen Willen des Verstorbenen. Mögen seine Überreste also unter den Feinden des Glaubens verbleichen. Sein heldenhaftes Leben hätte einen besseren Abschluß verdient. In stillem Widerspruch: Fornet Brancas.« Der Priester deutete auf ein wächsernes Siegel am Rand der Seite. »Verkünder Brancas hat es sich wohl nicht nehmen lassen, seinen Widerspruch zu Pergament zu bringen.«

»Daß dieser Algrim allein begraben sein wollte, sein Körper nicht dem Lichte Meridas preisgegeben, ist wirklich ungewöhnlich. Meint Ihr nicht?« Jadhrin fand die Vorstellung, allein für alle Ewigkeit in den seltsamen Kellern unter dem Elfenspitz zu verrotten, ziemlich abwegig. Er würde freiwillig nicht so enden wollen.

»Psst«, mahnte Priester Vokter zur Ruhe. »Es geht noch weiter.« Er las vor: »So wurde Algrim dem Weißen ein Sarkophag aus Stein gemeißelt, sein Antlitz, zusammen mit Stab und Robe, der Nachwelt verewigt.«

»Und ein dicker Stapel Formeln … Den hat Celina jedenfalls gesehen«, mischte sich Jadhrin ein, erntete aber nur einen mahnenden Blick des Vorlesers.

»Dieser Steinsarg wurde alsdann in die tiefsten Keller verbracht, vorbei an den Wächtern der Elfen, hinein in die Finsternis des vergessenen Volkes. Dorthin, wo niemals das Licht Meridas schien. Dazu wurden mächtige Arkanien der Gildenmeister benötigt, die den Trauerzug vor den verderblichen Einflüssen der Wächter schützten, da die Trauernden sonst von Tod und Wahnsinn bedroht gewesen wären. Vergessen von aller Erleuchtung, sollte der Steinsarg für immer in diesen Katakomben ruhen, zusätzlich bewacht von den drohenden Wächtern des Elfenvolkes. So war es der Wille Algrims des Weißen, so geschah es aus Dankbarkeit für seinen lebenslangen heroischen Kampf für das Imperium, hier in der Provinz Anxaloi am dreiundzwanzigsten Jurnos des Jahres sechshundertzweiundsechzig nach Gründung unseres großen Imperiums.«

Tobras Schlaf war, Merida sei Dank, nur leicht. Als alter Soldat wußte er, wie man sich Ruhe verschaffte, ohne wirklich auf Wache einzunicken. Außerdem schlief ein Mann in seinem Alter nicht mehr so tief wie einer der jungen Spunde, die heute waffenschwingend durch die Gegend liefen und mit ihren Heldentaten prahlten. Deshalb hatte er nichts dabei gefunden, ein wenig zu dösen. Die anderen waren wohl noch längere Zeit in der Bibliothek beschäftigt. Die Gildenmitglieder schienen den Betrug mit dem gefälschten Brief geschluckt zu haben, den Vokter von Vorlagen aus seiner Korrespondenz mit Marakas angefertigt hatte. Und die beiden altersschwachen Greise mit den Armbrüsten sahen nicht so aus, als würden sie Ärger suchen. Warum sich also unnötige Sorgen machen? Und beim Durchsuchen der Bücher konnte er ohnehin nicht helfen, dazu waren seine Fähigkeiten im Lesen nicht gut genug und seine Augen in dieser Dunkelheit nicht mehr bereit, die teilweise wirklich viel zu klein geschriebenen Buchstaben zu entziffern. Also, was blieb ihm schon, als ein wenig Kraft für den morgigen Tag zu sammeln?

Doch die Stufen, auf denen er saß, waren unbequem, und es war zugig. Wer sollte dabei wohl zu einem Mützchen voll gesunden Schlafes kommen?

Dann war da dieses Geräusch gewesen. Beim Lichte Meridas! Sollten die Magier sich erkundigen wollen, was ihre Gäste so lange trieben, dann würde er sie abwimmeln.

Tobras stand auf, ruckelte an seinem Schwertgürtel herum und brachte seine von der unbequemen Lage steifen Gliedmaßen wieder in Bewegung. Mit einem ächzendem Stöhnen stieg er die Treppenstufen empor.

»Beigegeben wurde dem Meister der Elften Hierarchie seine Robe, behandelt mit dem Schwerttrutzbann der niedrigen Arkanität. Sein Stab, von ihm selbst versehen mit dem nicht erklärbaren Zauber, dessen Wirkung an die alten Zeiten der Kriege gegen die Elfen gemahnte und dessen Aura den Unwillen der Kirche in vermerkter Weise erregte. Außerdem beigegeben wurden seine Schuhe, verzaubert mit dem Ritual der eiligen Reise im Range der dritten Arkanität. Hinzu kamen die Originalformeln der von eigener Kunst erforschten Sprüche des Meisters, ganz gemäß der Tradition der Gilde.«

»Na, das war wohl nichts, Onkel Dorama«, gab Jadhrin leise von sich. »In dem Sarkophag liegen seine eigenen Formeln, nicht die der Elfen.«

»Wartet«, zischte Priester Vokter, »hier ist ein weiterer Anhang zu der Notierung. Diesmal in der Handschrift von Marakas. Da kam jemand … Ein Besucher bei der Grabschließung.«

Etwas fiel schwer die Treppe hinunter und kam mit einem hörbaren Aufprall am Fuße der letzten Stufe zum Stillstand. Jadhrin sprang auf. Da lag Tobras. Zwei im Halbdunkel der Laternen, die kaum bis zur Treppe reichten, nur undeutlich zu erkennende Dinge ragten aus seiner Brust.

Celina war näher dran. Sie schrie: »Vater!« und stürzte zu der stillen Gestalt auf dem Boden. »Nein, bei Merida, nein! Vater!«

Jadhrin sprang auf und zog sein Schwert. »Was?«

Priester Vokter blickte verwirrt von dem Buch auf, in dem er die letzten Zeilen gelesen hatte.

Servit schaute sich ebenfalls mit fragendem Gesichtsausdruck um.

Celina wurde still und blickte nach oben. Sie stand auf und zog ihr Schwert. Der Rubin begann sofort tiefrot zu glühen.

Bei Celina und ihrem Vater angekommen, sah Jadhrin die Armbrustbolzen und das Blut. »Nein, geh da jetzt nicht hoch, die erwischen dich.« Er versuchte soviel Nachdruck wie möglich in seine Stimme zu legen. Hoffentlich verstand das Schwert in Celinas Hand, was er sagte; sie selber war nicht mehr in der Lage, viel wahrzunehmen. Ihre Augen waren weit aufgerissen, ihre Lippen zitterten, ihr ganzer Körper bebte.

Jadhrin schaute sich verzweifelt um. Was sollte er nur tun? Es schien keine anderen Ausgänge zu geben – nur Bücher und zwei verschüchterte Gelehrte. Jadhrin schnappte sich den einen: »Servit! Was soll das? Warum greifen uns deine Leute an?«

»Ich, ich weiß nicht, warum ...« Servit wimmerte leise vor sich hin. »Bitte, bitte, tut mir nichts, ich kann doch nichts dafür ...« Jadhrin stieß den Schreibergehilfen zur Seite. Der Mann war keine Hilfe.

Celina stieg langsam die Treppe empor.

»Celina, bleib hier!« Jadhrin lief so schnell er konnte hinter der Frau her, die er liebte.

Celina ging unbeirrt weiter. Jeden Augenblick mußte sie das Schußfeld der Armbrüste erreichen. »Bei Merida!« Jadhrin warf sich mit einem langen Hechtsprung in Celinas Beine und brachte sie so zu Fall. Gerade rechtzeitig, wie das Geräusch auf Stein aufprallender Bolzen über ihnen bewies.

»Jetzt!« Jadhrin rappelte sich auf und eilte die letzten Stufen an die Oberfläche empor. Celina, die ihr Schwert schon gegen ihn erhoben hatte, sah ihm mit unbeweglichem Gesicht nach, war dann aber ebenfalls auf den Beinen und überholte ihn schon beinahe, als er endlich Gelegenheit bekam, sich ein Bild von der Lage zu machen.

Aus dem Inneren der Hütte drangen Schreie. Sonst war eigentlich alles ruhig, nur einige Schritte vor ihm waren zwei Kerle zu sehen, die hinter kleinen Steinhaufen eifrig herumhantierten. Celina rannte bereits auf den einen der beiden zu. Jadhrin folgte ihr, schwenkte zu dem zweiten Mann ab, der gerade auf die Beine kam, bevor Jadhrins Schwert seinem Leben ein Ende bereitete. Eine Armbrust fiel zu Boden. Neben ihm war schon längst ein Todesschrei erklungen.

Celina rannte über den hellen Schnee im Inneren der

Turmruine auf die Behausung des Magierbibliothekars und seiner Männer zu. Im Eingang der Hütte tauchte ein dunkler Schatten auf und stürmte auf Celina zu. Metall blitzte, prallte klirrend aufeinander, dann drehte sich Celina plötzlich. Ihr Fuß traf den Mann im Nacken – woher kannte sie solche Sachen? –, der stolperte zurück. Im Schwung drehte sich Celina weiter, stach den Mann in den Hals und stürmte auf die Hütte zu, aus der sich zwei, nein drei weitere Gestalten gelöst hatten. Einer rannte auf Celina zu. Der Mann trug zwei Kurzschwerter.

Ein anderer näherte sich Jadhrin mit einem langen Säbel in der Hand. Ein dritter, Jadhrin glaubte den großen Thainer von vorgestern wiederzuerkennen, trat zunächst zur Seite und rief dann in die Hütte: »Macht Schluß, es geht weiter.«

Celinas Klinge begann mit hellem Klirren auf die beiden Kurzschwerter zu treffen.

Dann war auch Jadhrins Gegner heran. Der Mann wußte, was er tat. Leicht gebückt, den Säbel locker vorgestreckt, kam er näher. Schweigend griff Jadhrin an. Es hatte keinen Sinn, auf weitere Kampfteilnehmer zu warten. Sein erster Schlag wurde mühelos pariert, der zweite auch. Plötzlich fuhr die Linke seines Gegners nach vorn. Jadhrin konnte gerade noch den Kopf zur Seite bewegen, da schrammte etwas schmerzhaft über seine Wange. Der Kerl hatte plötzlich ein dünnes Stilett in der linken Hand. Jadhrin griff wieder an. Parade, und dann kam wie erwartet das Stilett. Jadhrins eigene freie Hand fuhr empor, ergriff den Arm des Gegners, zog ihn seitlich abwärts an sich vorbei, nutzte den Schwung des Stichs.

Der Gegner kam aus dem Gleichgewicht, etwas, was im Kampf gegen einen in Andoran geschulten Ordenskrieger tödlich enden konnte und es in diesem Falle auch tat.

Jadhrin wischte sich das Blut aus dem Gesicht. Ihre Gegner waren keine einfachen Schläger; das waren Männer, die für gewöhnlich siegreich aus ihren Kämpfen hervorgingen. Und das nicht etwa, weil sie an Gerechtigkeit und Ehre glaubten ... Jadhrin bückte sich nach dem Stilett: Ein kleiner Trick auf seiner Seite konnte nicht schaden.

Celina beschäftigte jetzt zwei Männer. Keiner von ihnen trug ein Kurzschwert. Wie machte sie das nur?

»Schnapp dir die Armbrust und schieß die Kleine ab!« meldete sich jetzt der große Anführer der Bande zu Wort, während er auf Jadhrin zukam. Er trug nur eine ärmellose Lederrüstung und eine Lederhose. Sein massiges Breitschwert flog pfeifend durch die Luft, während er es eindrucksvoll herumwirbelte. »So, mein Junge. Ich glaube, wir haben noch eine Rechnung offen.«

Jadhrin schwieg und griff an. Sein Hieb wurde blitzschnell und mit erschreckender Leichtigkeit zur Seite gefegt.

»Das kann ich besser!«

Jadhrin ging stöhnend in die Knie. Noch so ein Schlag von oben, und entweder seine Arme oder seine Klinge würden zerbrechen. Er trat ein paar Schritte zurück. Von Celinas Seite aus ertönte ein Todesschrei.

»Mach schon, Atz!« knurrte der Thainer.

»Gleich, gleich«, kam die Antwort aus der Dunkelheit hinter Jadhrin. Er mußte etwas tun.

Der Thainer hatte sich in Stellung gebracht. Den rechten Fuß vorgestreckt, hielt er seine Klinge locker nach unten, streckte die Linke aus und winkte Jadhrin lässig heran. Was glaubte der, wer er war? Auf den Straßen Leigres konnte der Kerl seine Gegner damit vielleicht beeindrucken. Jadhrin griff an. Die folgende Parade war etwas, was ihn allerdings beeindruckte, die nächste auch und die übernächste und dann der Gegenangriff erst recht.

Keuchend wich Jadhrin zurück.

»Hilfe, Hilfe!« Die Stimme von Servit war plötzlich zu hören, wie sie sich rasch entfernte. »Helft uns! Räuber, Diebe, Mörder!«

»O Merida!« war vom Kellerausgang her dann das Fluch-Gebet von Priester Vokter zu hören. »Merida bringe Furcht in die Herzen deiner Feinde.«

»Atz!«

»Weiß Bescheid«, kam die Antwort. Eine Sehne surrte, etwas schlug in weiches Fleisch, und Vokter war still. Statt dessen fiel eine zerberstende Laterne die Stufen der Steintreppe herunter.

»Diesmal hilft dir dein kleiner Gott nicht!« triumphierte der Thainer.

Jadhrin griff wieder an. Sein erster Schlag wurde wie immer leicht pariert, doch diesmal wich der Ordenskrieger nicht zurück, um erneut auszuholen, sondern kam weiter an den Thainer heran. Jadhrin schob ein Bein zwischen die seines Gegners, hakte es hinter einer Kniekehle ein und warf sich gegen den Thainer, der seinen Schwertknauf bereits auf Jadhrins Schädel niedersausen ließ. Der Thainer stolperte, fiel hin, der Schwertknauf prallte mit erschütternder Wucht auf Jadhrins Schulter. Sein Schwert entglitt ihm, aber Jadhrin rollte sich über seinen Gegner ab, kam wieder halb auf die Füße, ergriff mit der Linken das Stilett seines ersten Gegners und stach es durch den Unterarm des Thainers in eine darunter liegende Holzbohle, während er sich schon vor dem nächsten Schwerthieb in Sicherheit brachte. Dem Thainer machte es offenbar nichts aus, im Liegen zu kämpfen. Es war aber schon etwas anderes, dabei auf eine Holzbohle festgenagelt zu sein.

Ein fast tierischer Schmerzensschrei drang aus der

Kehle des am Boden liegenden Riesen. »Ich hack dich klein.«

Schon wieder schlug der Thainer zu, doch Jadhrin war auf den Beinen, trat ihm das Schwert aus der Hand, fing die hochwirbelnde Klinge mit der Linken auf und stieß sie in das Herz seines Gegners. Die emporgereckte Pranke des Thainers öffnete sich noch einmal, wie um Jadhrin schließlich doch zu zerquetschen, und fiel dann zur Seite.

Jadhrin blickte auf. Celina hatte gerade ihren letzten Gegner niedergestreckt, aber Atz, der Mann an der Armbrust zielte bereits auf ihren ungeschützten Rücken. Der Dashino handelte instinktiv. Er ergriff das Stilett im Arm des Thainers, zog es heraus und warf es nach dem Mann. Es richtete keinen Schaden an, aber der Mann wurde abgelenkt, der Schuß ging daneben, und als er Celina auf sich zurennen sah, drehte sich Atz um und lief in die Dunkelheit davon. Celina verfolgte ihn mit schweigender Beharrlichkeit.

Jadhrin dachte für sich noch, daß Atz besser seinen Frieden mit Merida machen sollte, als auch schon ein Todesschrei aus der Dunkelheit ertönte.

»Dashino!« stöhnte jemand vom Kellereingang her. Qualm drang herauf, durch die zu Boden gefallene Laterne mußte dort ein Feuer ausgebrochen sein.

»Priester Vokter, beim Licht!« Jadhrin stürzte zu dem am Boden liegenden Priester. Der Körper des Klerikers wurde vom Schein der brennenden Bibliothek in grausiger Weise beleuchtet. Vokter würde sterben, das war dem Ordenskrieger sofort klar. Der Bolzen steckte in seiner Lunge, Blutblasen waren um seinen Mund zu sehen.

»Dashino!« Die Stimme des Priesters brach bereits. »Ich hatte recht ... Stein darin verborgen ... der Besucher, es war eine ... sie hat ... eine Falle. Sagt ihm, er solle den Zauber der Versteinerung aufheben ... Sie sind da! Verborgen auf dem Sa ...« Mit einem letzten Husten hauchte der Priester sein Leben aus. Jadhrin ließ den Kopf des Toten zu Boden sinken und versuchte sich die Worte einzuprägen.

»Vater ...« Celina stand neben Jadhrin. Blutbespritzt, die Klinge in der Hand. Ihr Gesicht starr, vom Flackern der Flammen unter ihr entstellt. »Vater.«

Jadhrin wußte nicht, was er sagen sollte.

KAPITEL 15

30. Dembar 715 IZ

Nördliches Anxaloi

Die Höhlen der Drei Fuchs Sippe waren zum Feldlager der Armee geworden – zu einem engen, rauchigen, aber immerhin einigermaßen warmen Feldlager. Gannon wußte den Schutz, den die Höhlen vor dem Winter boten, der draußen das Land in seinem eisigen Griff hielt, wirklich zu schätzen. Die Höhlen lagen zwei Tagesmärsche von Soron entfernt: weit genug, um vor Überfällen durch isthakische Stoßtrupps einigermaßen sicher zu sein. Mit dem Pferd war ein einzelner Mann in knapp vier bis fünf Tagen in Leigre. Eine Nachschubkarawane brauchte durch den tiefen Schnee mindestens das Doppelte an Zeit. Mindestens! Wenn er das seinem Kommandanten nur begreiflich machen könnte. Aber die nach Leigre geschickten Boten waren gestern zurückgekehrt, und von dem erwarteten Nachschub fehlte jede Spur.

»Gannon, wir sind nun schon seit neun Tagen in diesen Höhlen. Das dauert mir alles viel zu lange, beim Lichte Meridas.« Doramas Faust schlug auf den Klapptisch, so daß das Durcheinander aus Karten, benutztem Geschirr und Schreibgerät, das das kleine Geviert bedeckte, erbebte.

»Khaibar, Ihr habt ja recht. Aber was sollen wir tun? Im Augenblick können wir uns gerade so versorgen, aber auch nur, weil alle Krieger der Mammutjäger draußen auf der Jagd sind. Wenn wir so nicht wenigstens das Nötigste an Vorräten bekommen würden, wären wir schon alle verhungert. Die paar Lieferungen, die uns seit der Schlacht aus Leigre erreicht haben,

sind vollkommen unzureichend. Wir müssen warten.«
Gannon ging in der von Kerzen notdürftig erleuchteten Höhle auf und ab. »Immerhin haben sich die Männer ein wenig erholen können, bis auf die Jäger. Aber
wie Zweischlag-Aedwyn berichtete, wird das Wild in
dieser Gegend bald verschwunden sei.«

»Gannon! Aber ich würde trotzdem lieber heute als
morgen aufbrechen. Doch ohne Vorräte können wir die
Festung nicht belagern. Der Sinn einer Belagerung ist
schließlich der, daß die Verteidiger hungern sollen,
nicht die Angreifer. Aber trotzdem, wir müssen etwas
unternehmen. Die Zeit verstreicht, Gannon. Ich habe
dir ja schon gesagt, wie wichtig es ist, daß wir vor die
Tore von Soron gelangen.«

Gannon nickte. Das hatte der Khaibar wirklich schon
getan, schon sehr oft.

Dorama blickte finster über das gewaltige Riech-
organ hinweg, das ihm den Beinamen ›Alter Habicht‹
eingebracht hatte, zu seinem alten Freund hinüber, der
ihm bei diesem Feldzug als persönlicher Adjutant zur
Seite stand. So stellten sie es jedenfalls gegenüber den
anderen Offizieren dar, die Gannon wegen seiner
nichtadligen Herkunft und seines geringen Ranges
nicht als einen der ihren anerkannten. Sie hätten sich
persönlich beleidigt gefühlt, wenn sie gewußt hätten,
wieviel Wert Dorama auf die Meinung des Hetnors
legte.

»Die wissen doch ganz genau, wo wir sind. Ich persönlich habe die Boten losgeschickt. Und die Anxaloier
haben alle gesagt, daß diese Höhlen der Drei Fuchs
Sippe in Leigre als Narka-Hügel bekannt sind. Man
weiß dort, wo sie liegen und wie sie zu finden sind.
Die wissen es! Warum ist der Nachschub noch nicht
da?«

Gannon seufzte. »Die Boten haben bei ihrer Rückkehr berichtet, daß Herkyn Fedina wieder in der Stadt

ist. Er könnte versucht sein, sich Zeit mit der Organisation des Nachschubs zu lassen und Euch so zu einer Umkehr zu zwingen. Wenn Ihr erst einmal wieder in Leigre wärt, hätte er die Gelegenheit, Euch um Euer Kommando zu bringen.«

»Ich weiß, ich weiß.« Dorama stand auf. »Wie kann der Mann nur so kurzsichtig sein! Sieht er denn nicht, was hier oben passiert? Wenn das so weitergeht, dann werde ich wirklich nach Soron reisen, und dann kann er mal erleben, wozu ein Dorama Thusmar im Range eines Khaibar in der Lage ist.«

Gannon verzog das Gesicht. Dorama war manchmal wirklich sehr hitzig.

»Ich vermute, er wird die Lage so sehen, daß wir ihm mit unserem Sieg erst einmal den Rücken freigemacht haben, damit er seine Hilfsaktion gegen die Isthakis in Thordam durchführen kann. Er denkt wahrscheinlich, daß wir unsere Pflicht getan haben und jetzt nach Hause kommen sollen. Die Boten berichteten, daß er in Leigre verbreiten läßt, daß unser Feldzug gefährlich sei. Wir würden sozusagen schlafende Hunde wecken. Die Isthakis an der Nordgrenze würden sich, wie jedes Jahr im Frühling, wieder zurückziehen. Niemand bräuchte sich Sorgen zu machen. Solange er jedoch Euren Feldzug unterstützen müsse, könne er den Feind nicht aus Thordam zurückwerfen, wo die wirkliche Bedrohung stattfinde.«

»Ich weiß, ich weiß«, brummelte Dorama noch einmal. »Er versucht mich als ruhmsüchtigen alten Mann darzustellen, der aus eigenen Zielen das Leben seiner Männer in einem unnötigen Winterfeldzug verheizt.« Dorama ballte die Fäuste. »Aber ich weiß es, wir müssen Lecaja Soron wieder abnehmen. Sonst wird dieser Provinzgouverneur im nächsten Winter die Eishexen in seinem Palast tanzen sehen. Und nicht nur Leigre, der ganze Norden wird untergehen.«

Gannon hob die Augenbrauen und blickte zur Decke. Jetzt würde wieder die Aufzählung der furchtbaren Konsequenzen folgen, die es gäbe, falls sie Soron nicht zurückeroberten. Dorama war ein Khaibar, der Senior der Kampfmagier des Ordens und sein Freund, er folgte ihm bedingungslos. Aber manchmal fragte er sich doch, ob der Bran Thusmar nicht ein wenig übertrieb und die Feldzüge dieser Zeit lieber jüngeren Männern überlassen sollte, während er in seinem Zimmer in Andoran seinen bedeutsamen Forschungen nachging.

Rokko blickte mit zusammengekniffenen Augen über die Schneelandschaft hinweg. Er hatte sich vor seinem Aufbruch in Leigre umgehört. Da war es ein offenes Geheimnis gewesen, daß das Heer des Khaibars in den Narka-Hügeln in einem von Mammutjägern bewohnten Höhlensystem lagerte. Rokko kannte die Drei Fuchs Sippe und war selbst schon in den Höhlen gewesen. Das Ziel seiner Reise stand also bereits fest, das erleichterte einiges. Er hatte wenig Lust, allein in der Nähe von Soron herumzusuchen, bis er das Heer gefunden hatte. Der Khaibar konnte unmöglich wirklich einen Belagerungsring um die Festung errichtet haben. Rokko hatte sich erzählen lassen, über wie viele Männer Jadhrins Großonkel verfügte. Wenn er mit denen vor der Festung auftauchte, würde die Südhexe herauskommen und ihn wie einen Hund verjagen.

Also hatte er schon damit gerechnet, die Umgebung Sorons nach dem Heer absuchen zu müssen. Im schlimmsten Fall hatte es eine Schlacht gegeben, und der Khaibar war irgendwo in den Weiten der Taiga untergetaucht.

Der kluge Entschluß, in den Narka-Hügeln zu lagern, erleichterte Rokkos Aufgabe sehr. Er hatte sich ohne große Schwierigkeiten aus Leigre geschlichen und in der Nähe der Stadt auf einem Adelsgut eine schöne, starke Anxaloier Stute gefunden – genau das richtige Pferd für eine Winterreise. Langes, dichtes Fell und starke Beine, die auch durch tiefen Schnee laufen konnten.

Trotzdem war die Reise weder besonders angenehm noch gemächlich verlaufen. Rokko hatte sich beeilt, so gut es ging. Für Außenstehende fast ein bißchen verwunderlich, dachte er manchmal während der einsamen Stunden im Sattel. ›Rokko der Viehdieb‹, im imperialen Auftrag unterwegs. Sein Ziel: den Verrat höchster Stellen aufzudecken und den drohenden Untergang des Reiches abzuwenden. Seine häufig zwielichtigen Freunde aus der Unterwelt des gesamten Imperiums und aus jenen Kreisen, die immer mal wieder versucht waren, ihren eigenen Gewinn über das Schicksal des Imperiums zu stellen, wären ziemlich verblüfft gewesen. Sie hätten sich an seiner Stelle wahrscheinlich schon längst abgesetzt oder Jadhrin und Celina für eine saftige Belohnung an den Herkyn oder den Lan-Kushakan verkauft. Warum sollte man sich so mächtige Feinde machen?

Unwillkürlich mußte er grinsen. Mächtigen Gegenspielern stand er nicht zum ersten Mal gegenüber. Im Auftrag des Kaisers zu handeln, bedeutete eben, sich regelmäßig mit den wichtigsten Männern des Imperiums anzulegen. Gut, sein Auftrag in Kryghia war nicht unbedingt so wichtig gewesen. Aber dieser fette kleine Verwalter und seine Geschäftspartner hatten sich mit ihren Viehdiebstählen entschieden zu weit vorgewagt. Man hatte in Emessa beschlossen, jemanden darauf anzusetzen. Und weil Rokko bei seinen Vorgesetzten nie besonders hoch im Kurs gestanden hatte, war er für gewöhnlich derjenige, dem solche Aufträge übertragen wurden. Dann war aber so ziemlich alles schiefgegangen, und er hatte sich von diesem jungen Burschen retten lassen müssen. Ziemlich peinlich.

Andererseits hatte er so eine Gelegenheit gefunden, mal wieder etwas Zeit mit seinem ahnungslosen jüngeren Bruder zu verbringen. Gannon wußte nichts von der eigentlichen Tätigkeit, der Rokko nachging. Er hielt ihn für einen leichtlebigen kleinen Gauner, dessen Herz aber nicht allzu weit aus dem Lichte seines geliebten Merida entschwunden war.

Rokko hatte beschlossen, bei dem Dashino und seinen Männern zu bleiben. Die Viehdiebe waren zwar noch nicht überführt, aber wie gesagt, der Auftrag war tatsächlich auch nicht so wichtig. Außerdem schien dieser Dashino bereit, einen ziemlichen Aufstand zu verursachen, wenn er einfach wieder verschwunden wäre. Das hätte auch für Gannon nicht gut ausgesehen, dem zuliebe der Dashino sich überhaupt erst für den ihm unbekannten Viehdieb eingesetzt hatte. Man sollte unnötigem Aufsehen immer aus dem Weg gehen. Das war eine der ersten Regeln seines Berufes. Also hatte Rokko gute Miene zum bösen Spiel gemacht und war bei der Schwadron geblieben, die Dashino Jadhrin so zielsicher von einem unangenehmen Auftrag in den nächsten führte.

Nun, es war eine gute Entscheidung gewesen. Seine Vorgesetzten in Emessa waren bereits im Groben über die Vorgänge informiert und hatten Rokkos Vorgehen gebilligt. Es hatte zwar einiges an Aufregung gegeben, als er sich nach so langer Zeit über die magische Verbindungsstelle in Leigre wieder gemeldet hatte, aber der Vorgesetzte hatte ihm persönlich sein Einverständnis gegeben, weiter an der Sache dranzubleiben.

KAPITEL 16

Neujahrstag, 716 IZ

Emessa, Reichshauptstadt

Bran Josek Sheben, oberster Khaibar des Kaisers, haßte es, an Feiertagen zu arbeiten. Ein Mann sollte auch genügend Zeit für seine Familie haben. Wenn das nicht mehr ging, wozu dann die ganze Mühe? Er nahm einen Schluck des klaren Wassers, das er hatte kommen lassen. Er war gestern nacht sehr lange wach gewesen und hatte viel getrunken. Heute morgen aus den Armen seiner Frau in sein Amtszimmer im Palast zu kommen, hatte ihn echte Überwindung gekostet. Doch die Nachricht war ohne Zweifel dringend, und sie kam von jemandem, der gestern genauso lange gefeiert hatte wie er selber. Die Feierlichkeiten zum Jahreswechsel im kaiserlichen Palast waren aber wirklich jedesmal wieder ein Anlaß, von dem man am liebsten gar nicht nach Hause gehen wollte.

Doch jetzt galt es, sich zu konzentrieren. Der Mann ihm gegenüber, ein unauffälliger Mittfünfziger mit kurzem Haarschnitt und einem verkniffenen Mund, blickte ihn bereits seit geraumer Zeit sehr streng an.

»Seid Ihr fertig, Khaibar?« Die Stimme des Mannes war kaum mehr als ein leises Flüstern, doch sie brachte deutlich die Ungeduld des Sprechers zum Ausdruck.

Der Bran strich sich das dunkle Haar aus der Stirn. »Ja. Nun kann es keinen Zweifel mehr geben. Fedina hat es wirklich getan. Aber daß der Lan-Kushakan mitmischt, das wundert mich doch.«

Das Gesicht seines Gegenübers blieb regungslos. Nun, es gehörte wohl zum Beruf des Mannes, keine Gefühle an den Tag zu legen, wenn andere Menschen in der Nähe waren. Vielleicht hatte der Mann, ein nur selten in der Öffentlichkeit erscheinender Onkel seiner kaiserlichen Majestät Berill XII., aber auch gar keine Gefühle.

»Doch«, fuhr Josek fort, »es ist wohl so. Euer Mann berichtet ja von ziemlich eindeutigen Vorkommnissen. Ich werde die Mobilisierung der Truppen forcieren.«

»Das ist unbedingt notwendig. Wir müssen in der Lage sein, operativ die Herrschaft in Anxaloi zu übernehmen und zumindest bis zum Rest des Winters auch die Isthakis aus der Provinz fernzuhalten. Da dürfte ein beeindruckendes Heer notwendig sein.«

»Überlaßt diese Dinge ruhig mir, Hauskanzler. Es ist nicht so einfach, mitten im Winter ein Heer aufzustellen, das in der Lage ist, möglichst schnell nach Anxaloi zu marschieren. Aber trotzdem werden sich die ersten Einheiten schon bald in Marsch setzen. Allerdings sollten wir vielleicht auch den Hohemeister über die neuesten Entwicklungen in Kenntnis setzen, damit er seinen Heerführer instruiert. Es wäre unschön, wenn ich mich in Anxaloi mit den Ordenstruppen anlegen müßte, die eigentlich zu meiner Unterstützung mitgekommen sind. Ihr wißt schon, es könnte sein, daß Rakos Mariak behauptet, das Kaiserheer führe ein Komplott gegen die Ordenstruppen im Schilde.«

»Sicher, ich habe meinem Kollegen bei den Streitern bereits alles Notwendige zukommen lassen. Es würde mich nicht wundern, wenn bei Eurer Ankunft in Anxaloi der Lan-Kushakan bereits einem tragischen Unfall zum Opfer gefallen wäre«, erwiderte der Hauskanzler, der im kaiserlichen Apparat für die Erledigung delikater Angelegenheiten jener Art zuständig war, bei der die Ehre des Kaisers leiden würde, wenn er auch nur von ihnen wüßte.

Das führte nach Joseks Ansicht zwar dazu, daß die Hauskanzler manchmal bereit waren, ihre Pflichten und Befugnisse etwas zu weit auszudehnen. Es gewährleistete aber im Regelfall auch, daß die erwähnten delikaten Aufgaben mit der notwendigen Könnerschaft angegangen wurden.

»Ja, die Streiter haben ihre eigenen Methoden«, äußerte Josek seine Gedanken. »Ich denke zwar, daß ein ordentlicher Prozeß manchmal der unbedingten Wahrung des goldenen Rufs des Ordens vorzuziehen wäre, aber das ist wohl auch nicht meine Sache.«

»Was gewiß eine zutreffende Schlußfolgerung sein dürfte«, bemerkte sein Besucher flüsternd. »Ich kann also davon ausgehen, daß der Aufbruch des Heeres beschleunigt wird?«

»Allerdings«, antwortete der Khaibar, während er sich fragte, wie sich die Stimme des Hauskanzlers wohl anhörte, wenn er nicht flüsterte. »Ich werde noch heute einen Flugdrachen mit Instruktionen zu Khaibar Thusmar schicken. Wie in dem Brief steht, weiß er wahrscheinlich schon von dem Verrat, aber er muß warten, bis wir in der Provinz sind, bevor er versucht, gegen den Herkyn und den Lan-Kushakan vorzugehen.« Josek mußte lächeln. »Mein alter Freund Dorama kann manchmal etwas stürmisch werden, wenn ihn jemand ärgert. Und im Augenblick könnte er Schwierigkeiten haben, gleichzeitig die Verräter auszuschalten und die Isthakis in Schach zu halten.«

»Gut.« Der Hauskanzler erhob sich. »Ich werde dafür sorgen, daß Herkyn Henron die anxaloiischen Truppen in seinem Land nicht aus den Augen läßt. Ich glaube zwar nicht, daß die beiden den Befehl zur Machtübernahme geben werden, bevor sie wieder in Thordam sind, aber man kann ja nie wissen.«

Josek erhob sich ebenfalls. »Ich wünsche Euch einen schönen Neujahrstag.« Er begleitete seinen Besucher zum Ausgang.

»Mir fällt gerade noch etwas ein«, sagte der Hauskanzler, als er dem Khaibar zum Abschied die Hand schüttelte. »Dieses bemerkenswerte Interesse Eures Freundes an diesen Formeln, das in diesem Bericht erwähnt wird. Ich werde es für alle Fälle den Streitern melden müssen. Wir wollen doch nicht, daß unser einzig treuer Heerführer in Anxaloi den Versuchungen verbotener Magie zum Opfer fällt.«

Der Khaibar nickte. »Nein, sicher nicht.«

Zwei Tage später, am 2. Jantir, gab der Khaibar den Befehl zum Aufbruch. Sein Stab stand hinter ihm in Wartestellung. Offiziere, Ordonanzen, eine Gruppe von fünf Gildenmagiern und drei Klerikern der Merida-Kirche, alle beritten, betrachteten schweigend die Parade.

Auch das Heer war vollständig beritten, denn Eile würde von größter Bedeutung sein. Es waren bereits Boten an der Marschroute unterwegs, die bei den Provinzverwaltungen für reibungslosen Nachschub sorgen sollten. Örtliche Magier und Pioniere waren im Einsatz, um die Straßen freizuhalten.

Während Bran Sheben die Männer auf dem großen Paradefeld vor den Toren Emessas an sich vorbeireiten ließ, hing der Khaibar warmen Gedanken an seine Familie nach, die er nun erneut für längere Zeit nicht zu sehen bekommen würde. Die Parade und das Nachdenken über seine Frau und die Kinder waren eine Art persönliche Tradition. Er verabschiedete sich bei der Gelegenheit gewissermaßen auch im Herzen von ihnen, bis er sie wiedersah, denn im Feld konnte er es sich nicht leisten, allzu oft an sie zu denken.

Die ersten Kolonnen der Adligen Lanzenreiter aus Emessa ritten an ihm vorbei, gefolgt von mehreren Schwadronen adliger Sturmreiterei. Dann kamen die wesentlich unsicherer im Sattel sitzenden Männer der beiden Regimenter adliger Schützen, die er kurzerhand auf Pferde gesetzt hatte, damit sie das

Marschtempo durchhielten. Nach einer kurzen Pause folgten dann die beiden Schwadronen Ordensmeister und die Abteilungen der Ordensritter, die der Hohemeister aus Andoran für den Feldzug zur Verfügung gestellt hatte. In der Luft waren zwei Flugdrachen unterwegs, riesige Echsen mit mattgrün schimmernden Schuppen, die sich auf großen Flügeln in der Luft hielten, deren Auf- und Abbewegungen eher an Fledermäuse erinnerten als an Vögel. Die Flugdrachen verschwanden bereits außer Sichtweite. Die Tiere konnten nicht so lange in der Luft bleiben, wie die Reiterei auf den Pferden unterwegs war. Sie kamen aber wesentlich schneller voran und würden am vorgesehenen Lagerplatz auf den Rest des Heeres warten. Der dritte Flugdrache sollte eigentlich in diesem Augenblick in Anxaloi ankommen. Sein Reiter brachte die kaiserlichen Befehle zu Dorama und teilte ihm, soweit es notwendig war, die Absichten des Oberkommandos mit.

Josek war sehr froh, dem Kaiser die drei Flugdrachen abgerungen zu haben. Sie würden ihm unentbehrliche Dienste bei der Aufklärung in der Taiga Anxalois leisten und stellten auch hervorragende Möglichkeiten dar, im Notfall auf schnelle Transportmittel umzusteigen. Seine Majestät Berill XII. hatten ein wenig gezögert, denn Seine Majestät beabsichtigten im kommenden Frühling in eigener Person einen kleinen Feldzug gegen die Orks zu unternehmen. Und Seine Majestät wußten zu solchen Gelegenheiten immer gern ein paar Flugdrachen in der Luft über sich.

»Khaibar«, hatten Seine Majestät gesagt, »bringt Unsere Echsen heil zurück. Ohne jeden Kratzer, nicht wahr?«

Josek seufzte. Manchmal war es schwer, seinem Kaiser treu zu dienen.

Hinter den vorbeigezogenen Ordenstruppen folgte ein langer Troß aus Maultieren und Packpferden, der

172

das an Vorräten transportierte, was dem Heer nicht in den Provinzen zur Verfügung gestellt wurde. Im Troß befand sich auch eine Anzahl gut bewachter Tiere, die jene Mineralien trugen, nach deren Verzehr die Flugdrachen in der Lage waren, ihren tödlichen Flammenodem einzusetzen.

In Kryghia würde eine Abteilung berittener Bogenschützen aus der Ostmark Provinz Darilea zu seinem Kommando stoßen. Diese Truppen, insgesamt fast 1200 Reiter und 400 Infanteristen, sollten zusammen mit den Kaisertreuen in Anxaloi genügen, um die Krise in der Nordmark zu bereinigen.

Zur Abenddämmerung desselben Tages kam ein panisch schreiender Kundschafter der Mammutjäger in die Höhlen der Drei Füchse Sippe gerannt.

»Böser Himmelsgeist! Kommen uns holen! Landen hier, sein furchtbar, groß wie Mammut, wild wie Eber! Ahnen mögen uns beschützen!«

Die herbeigelaufenen Männer strömten nach draußen, um sich davon zu überzeugen, was den Mann so erschreckt hatte. Und tatsächlich: Am Horizont näherte sich deutlich ein großer, dunkler Umriß, der gerade einen furchtbaren, krächzenden Schrei ausstieß.

Gannon, der unter den Männern stand, kannte dieses Geräusch und murmelte leise: »Besuch aus Emessa. Jetzt bin ich aber mal gespannt.«

Sein neben ihm stehender Bruder Rokko, der am selben Nachmittag in den Höhlen der Drei Füchse Sippe angekommen war, nickte. »Ja, das könnten sehr reizvolle Neuigkeiten werden. Außerdem dürfte damit unser Transportproblem gelöst sein.«

Gegen Mitternacht des 2. Jantir betrachtete Rakos noch einmal das Gesicht des Attentäters. Es war ein junger Mann aus den Reihen der Dienerschaft gewesen, der sich lautlos an das Bett des Lan-Kushakan geschlichen hatte. Er war wohl durch das aufgebrochene Fenster hereingekommen, das im Planungszimmer im höchsten Turm des Klosters vorgefunden worden war, wo es nach dem Rauch der verbrannten Teppiche roch. Von dort aus war der Junge über die Treppe auf den Balkon und in die Schlafgemächer des Lan-Kushakan gekommen. Wie ein Schatten war er über Rakos Bett aufgetaucht. Nur die Tatsache, daß Rakos eher zufällig noch nicht in seinem Bett gelegen hatte, sondern von einem der Fenster des Raumes aus in die Nacht hinausgestarrt hatte, war dafür verantwortlich, daß er noch lebte und der Attentäter tot war.

Rakos hatte den Mann erst einmal liegen lassen. Er würde ihn selbst im Morgengrauen nach draußen schaffen und dort unter Schnee begraben. Keiner seiner Leute sollte wissen, daß ein weiteres Attentat auf den Lan-Kushakan mißlungen war. Für das aufgebrochene Fenster würde er sich eine Erklärung einfallen lassen. Aber von diesem Mann durfte niemand etwas wissen, denn die Waffe, durch die Rakos hatte sterben sollen, war ein Rachedolch gewesen. Jenes typische Instrument mit dem auf der Klinge eingeätzten Zeichen der Streiter, das zur Bestrafung von Verrätern innerhalb des Ordens verwendet wurde. Als Rakos es in der Hand des Toten entdeckt hatte, war ihm schwindlig geworden. Wenn die Brüder im Kloster den Dolch gesehen hätten, wäre das sehr unangenehm geworden.

Sie wußten es! Und sie hatten ihm bereits einen der ihren auf den Hals geschickt. Rakos hatte in den letzten Jahren viel Mühe darauf verwendet, mögliche Agenten der Streiter fernzuhalten, sie in Soron zu stationieren oder dafür zu sorgen, daß sie unauffälligen Unfällen zum Opfer fielen. Doch das hatte scheinbar nichts genutzt. Die Streiter wußten es!

Er würde sich darum kümmern müssen, daß Grigor

Fedina ihre gemeinsamen Pläne so schnell wie möglich zum Abschluß brachte. So lange mußte er einfach zusehen, daß er überlebte. Wenn die Dinge erst einmal weiter fortgeschritten waren, würde es ihm immer leichter fallen. Als erstes wollte er damit beginnen, nicht mehr in seinem Zimmer zu schlafen, sondern in der kleinen Geheimkammer im Wandschrank, von der nur er wußte.

Die Lage wurde immer unübersichtlicher. Offenbar war es auch diesem Dashino Jadhrin und seinen Begleitern gelungen, Leigre unbemerkt zu verlassen. Von dieser Seite drohte Gefahr. Zwar wurde Jadhrin Thusmar öffentlich als Verräter gesucht, aber was war, wenn er jemanden fand, der ihm seine Darstellung der Geschichte glaubte? Immerhin war der Thainer auf seiner Spur, denn er hatte mit seinen besten Männern kurz vor dem Jahresende die Stadt verlassen. Er war aber noch immer nicht zurückgekehrt, was sich jedoch auf den Schneesturm zurückführen ließ, der gerade über Leigre und Umgebung tobte. Selbst wenn er seine Beute zur Strecke gebracht hatte, würde er abwarten, bis das Wetter sich besserte, bevor er sich auf die Rückreise machte, um von Rakos seine Belohnung einzufordern.

KAPITEL 17

4. Jantir 716 IZ

Palast des Gouverneurs in Leigre

Jadhrin und Celina hatten sich mit den Kleidungs-
stücken, Vorräten und Waffen der Mörderbande des
Thainers frisch ausgerüstet. Dann hatten sie mit den
Pferden der Angreifer, die sie in der Nähe an einem
Baum angebunden vorgefunden hatten, so rasch wie
möglich die Umgebung der Ruine verlassen.

Während sie davongeritten waren, kamen auch bereits die ersten Bauern der Umgebung, angelockt von
den dichten Rauchwolken und dem Feuerschein, der
aus der brennenden Bibliothek schlug. Celina hatte
nach dem Tod ihres Vaters stundenlang geschwiegen.
Jadhrin hatte versuchen wollen, sie zu trösten, mit ihr
zu sprechen. Aber sie hatte ihn nur mit einem Ausdruck angestarrt, der ihn betreten wegsehen ließ. Die
ganze Zeit über hatte sie das Schwert des Herulenar
festgehalten, dessen Rubin ununterbrochen in schwa-
chem Rot schimmerte.

Jadhrin war überzeugt, daß ihre seltsame, kalte Ruhe
nur mit dem Schwert zusammenhängen konnte. Er
mußte sie von dieser Waffe trennen! Sie verlor immer
mehr von der Celina, die für ihn die Welt bedeutete,
seitdem er sie in Leigre zum ersten Mal gesehen hatte.
Aber was würde passieren, wenn er ihr die Klinge
wegnähme? Immer angenommen, er wäre überhaupt
dazu in der Lage! Celina hatte in den letzten Wochen
so viel Schreckliches erlebt. Wie sollte sie damit umgehen? Das Schwert schien sie zu beruhigen und ihr
Kraft zu geben. Als sie es, nachdem sie einige Stunden
von der Ruine entfernt waren, vor jetzt knapp sieben
Tagen weggesteckt hatte, war sie beinahe vom Pferd

gefallen. Sie hatte gezittert und gewimmert und lange Zeit leise geweint. Jadhrin hatte sie dazu gebracht abzusteigen und sie, froh, endlich etwas tun zu können, im Arm gehalten.

In den folgenden Tagen hatte sie begonnen, ihr Schwert immer häufiger ohne Anlaß herauszuziehen. Dann saß sie einfach da, während die Tränen in ihrem Gesicht trockneten, und starrte mit abwesendem, unbewegtem Gesichtsausdruck die Klinge an.

Jadhrin wußte nicht, was er tun sollte. Also ließ er sie zunächst einmal gewähren. Denn bei ihrem bevorstehenden Unternehmen war es besser zu wissen, daß sie eine gefährliche Kriegerin war, als sich damit auseinanderzusetzen, daß er sie in ihrem jetzigen Gemütszustand auf ein mehr als gefährliches Unternehmen mitnahm. Ein Unternehmen, daß, wie Jadhrin fand, mit großer Sicherheit mit ihrer beider Tod enden würde.

Ein kleiner Teil von Jadhrin wollte das Schwert auch gerade deshalb in ihren Händen lassen, weil sie nur so in der Lage zu sein schien, ihn zu begleiten. Denn wenn man es genau nahm, war eigentlich sie es, die für ihre augenblickliche Lage verantwortlich war. Sie hatte mit dem Schwert in der Hand vor ihm gestanden und gefordert, daß jetzt endlich jemand handeln mußte. Die Familie Fedina mußte aufgehalten werden. Die Verräter müßten sterben!

Jadhrin hatte verwirrt gefragt, was sie damit meine. Ihre Antwort war sehr eindeutig gewesen: »Ich werde Grigor Fedina töten. Wenn ich ihn erwische, auch seinen Balg. Beide sind Verräter. Ich bin sicher, daß es der Gouverneur war, der uns die Morder hinterhergeschickt hat. Ich werde nach Leigre gehen und ihn töten.« Sie hatte gezögert und in fast gezwungenem Tonfall hinzugefügt: »Bitte, Jadhrin, komm mit. Hilf mir.«

Was hätte er tun sollen? Wie hätte er diesem gequälten Tonfall nicht Folge leisten können? Auch wenn er davon überzeugt war, daß ihr Vorhaben von vornherein zum Scheitern verurteilt war. Er wollte bei ihr bleiben. Das bißchen tun, was er tun konnte. Also hatte er nur kurz versucht, ihr den wahnsinnigen Plan auszureden, und sich dann in sein Schicksal gefügt.

Jadhrin war von sich selbst überrascht. Was war aus dem jungen Offizier des Ordens geworden, der voller guter Vorsätze aus Andoran in den Norden aufgebrochen war? Er war entschlossen gewesen, seinen Aufstieg voranzutreiben und die Vorstellungen seiner Familie, insbesondere die Großonkel Doramas, über Heldentaten und Ruhm zu befriedigen. Und nicht zu vergessen, er wollte all das tun und gleichzeitig am Leben bleiben, um die Früchte seiner Taten zu genießen.

Jetzt war er dabei, wie ein Meuchelmörder nachts in den Palast des Gouverneurs eben jener Provinz einzubrechen, für deren Schutz er eigentlich hatte kämpfen wollen. Seiner Laufbahn würde das kaum nützen.

Aber er mußte sich jetzt auf andere Sachen konzentrieren. Vorsichtig zog er sich weiter an dem Seil hoch, das er kurz vorher an einem mit Tuch umwickelten Enterhaken über die Mauer geworfen hatte, die den Garten des Palastes umgab. Auf der Mauerkante angekommen, preßte er sich erst einmal flach gegen den Stein. Nachdem er sicher war, daß keine Wachen in der Nähe waren, zupfte er ein paarmal an dem Seil, um Celina, die im Mauerschatten wartete, zu zeigen, daß sie nachkommen konnte.

Die Nacht war von feuchter, schwerer Kälte erfüllt, die sich auf der Haut niederzulassen schien, um besser in die Körper darunter eindringen zu können. Es hatte in den letzten Tagen noch einmal einen heftigen Schneesturm in der Umgebung Leigres gegeben, und deshalb war alles mit einer dichten, geschlossenen Oberfläche aus weißem Schnee bedeckt. Der Sturm hatte Celina geärgert, weil sie ihn in einem kleinen Dorf in der Umgebung der Provinzhauptstadt hatten abwarten müssen. Jadhrin war froh gewesen. Celina und er mußten sich erholen und wieder etwas Kraft tanken, wenn sie auch nur eine kleine Möglichkeit haben wollten. Und der Sturm würde ihre Verfolger aufhalten, was auch nicht schlecht sein konnte.

Nach einigen Augenblicken näherte sich Celina. Ihr Umriß wurde von einem hellgrauen Mantel verborgen. Jadhrin hatte für sie beide solche Kleidungsstücke erstanden, denn die dunkle Kleidung, die sie darunter trugen, würde sie in der schneebedeckten Umgebung des Gartens zu auffällig sein lassen.

Unter dem Mantel war Celina wirklich kaum wiederzuerkennen. Ihre schwarze Männerkleidung, die dem kleinsten der Mörder gehört hatte, verschluckte das wenige Licht, das es in der wolkenverhangenen Nacht überhaupt gab. Ihr Gesicht war mit Kohle geschwärzt, ihre Haare waren unter einem eng um ihren Kopf gewickelten Tuch verborgen. Das Schwert des Herulenar trug sie auf dem Rücken, und zwei Wurfdolche, ebenfalls aus den Beständen der Mörder, steckten in ihrem Gürtel. Mindestens eine weitere Klinge war an ihrer Kleidung verborgen. Die seltsame Veränderung seiner Freundin wirkte sich auch auf ihre Bereitschaft aus, Waffen zu tragen.

Als sie neben ihm auf der Mauer lag, holte Jadhrin das Seil ein und ließ es auf der anderen Seite herunter. Er selbst war wahrscheinlich bereits auf kurze Entfernung kaum von der Frau neben ihm zu unterscheiden. Unter dem Mantel ebenfalls ganz in Schwarz und Grau gekleidet, trug auch er sein Schwert auf dem Rücken, einen Dolch im Gürtel und das Stilett, das ihm selbst beinahe zum Verhängnis geworden wäre, in einer besonderen Scheide unter seinem Ärmel. Daneben hatte er eine handliche kleine Keule dabei, denn im Gegensatz zu Celina hatte er nicht vor, jede ahnungslose Wache, die ihnen begegnete, auch gleich umzubringen. Er hatte seiner Begleiterin mit aller Deutlichkeit klarzumachen versucht, daß die Soldaten in dem Palast an dem Verrat und den Übeltaten ihres Herrn nicht schuld waren und deshalb nicht einfach so umgebracht werden durften. Celina hatte genickt. Jadhrin hoffte, daß ihr Nicken auch bei dem Schwert angekommen war.

Vorsichtig schlichen sie durch den gepflegten Garten mit seinen kleinen, zugefrorenen Fischteichen und Heckenlabyrinthen auf den großen, dunklen Umriß des eigentlichen Palastgebäudes zu. Sie waren beide noch nicht in den abgelegeneren Räumlichkeiten des Fedina-Domizils gewesen. Deshalb wußten sie auch nicht, wo sich die Privatgemächer des Herkyn befanden. Das Gebäude vor ihnen sah groß genug aus, daß sie stundenlang darin herumirren konnten, bevor sie auf das Schlafgemach Grigor Fedinas stießen. Wenn sich der Gouverneur überhaupt dort befand. Es war zwar mitten in der Nacht, aber wer wußte schon, wie lange der Mann für gewöhnlich wach blieb. Nun, sie hatten sich überlegt, daß sie einfach den erstbesten, der ihnen über den Weg lief, fragen würden. Hoffentlich war der Mann oder die Frau zur Zusammenarbeit bereit. Celina und ihr Schwert erschienen ihm im Augenblick sehr ungeduldig.

Sie erreichten die große Veranda des Palastes, auf der im Sommer manchmal die berüchtigten Nachtigallen-Feiern der Fedinas stattfanden. Celina hatte sie erwähnt, als sie besprachen, von wo aus sie in den Palast eindringen wollten. Die Patrouille, die im Garten unterwegs war, hatten sie vor wenigen Augenblicken die Veranda überqueren sehen. Die Männer würden in den nächsten Minuten nicht wieder auftauchen. Mit eiligen Schritten huschten sie im Schatten der Treppengeländer, die zu der Veranda emporführten, weiter und gelangten an eines der mit dicken Holzklappen verschlossenen Fenster. Jadhrin holte eine Brechstange aus dem kleinen Beutel, den er unter dem Mantel auf dem Rücken trug. Die Bande des Thainers war wirklich überraschend gut ausgerüstet gewesen. Er klemmte die Eisenstange unter den Fensterladen und drückte. Nach kurzer Zeit war ein Knirschen zu hören, dann brach etwas aus dem Holz, und der Fensterladen schwang mit dem leisem Quietschen lange nicht bewegter Scharniere zur Seite hin auf. Die beiden Gestalten unter den hellen Mänteln beeilten sich, hinter einer Reihe von Statuen auf der Veranda in Deckung zu gehen, und erstarrten. Hatte der entstandene Lärm die Aufmerksamkeit der Wachen erregt?

Eine Stunde zu Pferd entfernt schreckte ein Rudel Rehe plötzlich auf, als ein wilder Schrei an ihre Ohren drang. Für einige Augenblicke zuckten die Lauscher der Tiere wild, dann verwandelte sich die Ruhe der nächtlichen Nahrungssuche in dem verschneiten Wald in eine wilde Flucht.

Der Schrei kündigte das Kommen eines gefährlichen Räubers an, soviel war klar. Auch wenn das eigentliche Geräusch den Rehen nicht bekannt war, setzten uralte Fluchtinstinkte mit Macht ein. Augenblicke später rauschte in niedrigem Flug auch bereits ein großer Schatten über das panisch auseinanderspringende Rudel hinweg, erneut mit einem lauten Schrei verkündend, daß die Rehe sich glücklich schätzen sollten, diese Nacht überleben zu dürfen.

Sie hatten Glück gehabt. Celina stieg durch das Fenster, das von Jadhrin mit seinem Mantel eingestoßen und dann geöffnet worden war, in den dahinter liegenden Raum ein. Die Fedina-Wachen waren fast sträflich unaufmerksam. Ihr Herr würde nur leider keine Gelegenheit mehr haben, sie dafür zur Rechenschaft zu ziehen. Mit grimmigem Lächeln schlich Celina hinter Jadhrin her. Das Schwert in ihrer Hand gab ihr Ruhe und den Willen zum Töten. Wahrscheinlich leuchtete der Rubin bereits, sie hatte den Knauf jedoch so dick mit Stoff umwickelt, daß kein Lichtschein nach draußen drang. Trotzdem, sie spürte, wie das Schwert jede ihrer Bewegungen unterstütze, wie es ihr zeigte, wie sie aufzutreten hatte, damit kein Geräusch verursacht wurde. Das Schwert oder besser das, was sich in dem Schwert befand, zeigte ihr, welche Ecken in dem Raum und dem anschließenden Flur sie im Auge behalten mußte, weil dort vielleicht eine Gefahr lauerte. Es schien ihre Sinne zu schärfen, wenn auch nicht so, daß sie in der Dunkelheit sehen konnte. Nein, es war eher so, daß sie mit all ihren Sinnen ihre Umgebung viel intensiver wahrnahm, als sie es jemals für möglich gehalten hatte. Sie wußte nicht, was die Veränderung in dem Schwert bewirkt hatte. Früher hatte es nie eine solche Wirkung auf seine Träger gehabt, das wußte sie von ihrem Vater, der es selbst im Kampf geführt hatte. Erst seitdem es ihren Bruder durchbohrt und Celina es aus seiner Leiche gezogen hatte, schien es über diese Fähigkeit zu verfügen, seine Trägerin in eine tödliche Kämpferin zu verwandeln, vor der sogar Jadhrin zurückschreckte. Erschreckend eigentlich. Der Mann, dem sie als einzigem echte Gefühle entgegenbrachte, vielleicht der einzige lebende Mensch, der ihr etwas bedeutete, hatte Angst vor ihr. Zwar nur dann, wenn sie das Schwert in der Hand hielt, aber im Augenblick war das häufig der Fall.

Sie hörte eine Tür schlagen und drückte sich blitzschnell an die Wand. Jadhrin tat es ihr gleich. Ihre

Mäntel hatten sie unter einem Schrank im Raum hinter der Veranda zurückgelassen. Jetzt verschmolzen sie mit den schwarzen Schatten an der Wand.

Schritte kamen um eine Ecke herum näher, der Schein einer Laterne war zu sehen. Celina eilte über den Flur zu der Ecke, um die die Laternenträger gleich biegen würden. Jadhrin ging hinter einer Ritterrüstung in Deckung. Ein Mann tauchte auf: ein Soldat. Celina riß ihn mit Schwung um die Ecke, preßte ihn an die Wand und hielt ihm das Schwert an die Kehle. Er würde ihr verraten, was sie wissen wollte – oder auf schreckliche Art sterben. Hatte sie das gerade gedacht? Egal, sie zischte ihrem Opfer ein deutliches »Keinen Ton!« zu.

Jadhrin hatte den Begleiter ihres Gefangenen mit einem gezielten Hieb seiner Keule zur Strecke gebracht. Der Wächter hatte so sehr auf seinen Kameraden und die dunkle Gestalt gestarrt, die ihn so plötzlich angegriffen hatte, daß er die zweite gar nicht bemerkt hatte, die ihn von der Seite her ansprang. Er war lautlos zu Boden geglitten, Jadhrin hatte ihm sogar die Laterne abgenommen, bevor sie ihm aus den Händen fiel. Er löschte sie und stellt sie zur Seite.

»Wo ist der Herkyn?« Celina preßte die Klinge tief in das Fleisch des Mannes, damit er sich der Ernsthaftigkeit ihrer Frage bewußt wurde.

Mit erschrockenen Augen starrte der Mann sie an.

»Wo?« Blut floß über ihre Hand.

»Im Bankettsaal, im obersten Stockwerk, er ißt gerade ...« Der Mann verstummte. »Was wollt Ihr?« fragte er dann.

»Ist er allein?« drängte Celina.

»Ich ...« Ein Blick in ihre Augen mußte ihn davon überzeugt haben, daß er seinen Tod ansah. »Nein, er hat einen Gast, ich weiß nicht, wer es ist. Wirklich!« Jadhrins Keule beförderte den Mann ins Reich des Schlafes.

Celina sah ihn wütend an.

»Wir wissen, was wir brauchen, oder nicht?« flüsterte Jadhrin beruhigend. »Laß uns die beiden zur Seite schaffen und eine Dienstbotentreppe suchen, da kommen wir am besten nach oben.«

Trotz der Kälte um ihn herum glühte Dorama vor Zorn. Er brannte förmlich darauf, die Verräter zur Rede zu stellen. Und er hatte in seiner sträflichen Menschenfreundlichkeit angenommen, daß es sich bei den Männern nur um grenzenlos dumme Trottel handelte, die ihren eigenen Ruhm über das Wohl ihrer Schutzbefohlenen und jegliche Vernunft stellten. Aber jetzt wußte er Bescheid! Dieser Rokko hatte ihm alles erzählt, und der Bote aus Emessa, der vor zwei Tagen auf dem Flugdrachen angekommen war, bestätigte und ergänzte die Geschichte.

Dorama hatte eine Stunde lang wütend herumgeschrien. Diese Verräter setzten bedenkenlos das Schicksal des ganzen Imperiums aufs Spiel und gefährdeten Tausende von Menschenleben. Sie würden seinen heißen Zorn zu spüren bekommen. Sie würden begreifen lernen, was es bedeutete, einen Mann gegen sich aufzubringen, der über die Macht der Arkanisko Ferusio, der Feuermagie, gebieten konnte. Wahrhaftig, sie würden es begreifen lernen, hatten ihn seine Männer beschwichtigt und ihn gebeten, ruhigzubleiben und abzuwarten.

Doch das kam nicht in Frage! Er würde diese Männer höchstpersönlich bestrafen: Sie würden glauben, daß das Heilige Feuer Meridas gekommen sei, um sie zu holen. Auch wenn die Befehle aus Emessa ihn zur Zurückhaltung aufforderten, konnte er nicht warten. Außerdem befand sich da unten irgendwo auch sein Großneffe Jadhrin. Er hatte den Jungen schon tot geglaubt. Aber er lief offenbar herum, und das in Begleitung einer jungen Frau, die ein Schwert ihr eigen nannte, welches die Antwort auf alle Fragen Doramas bedeuten konnte. Er würde nicht untätig abwarten, bis die beiden vielleicht von den Schergen der Verräter getötet wurden und das Schwert in die falschen Hände geriet. Befehle hin oder her. Er war Bran Dorama Thusmar, Senior der Kampfmagier des Ordens, kaiserlicher Khaibar. Wenn es Konsequenzen geben würde, weil er sich eigenmächtig über die Befehle aus Emessa hinweg gesetzt hatte, dann würde er sich eben damit auseinandersetzen, wenn es soweit war. Jetzt würde er handeln!

Der Bankettsaal wurde von einem Dutzend Kerzenständern erleuchtet. An dem langen Tisch saßen nur drei Personen. Einige Diener warteten unauffällig in kleinen Nischen, haargenau so plaziert, daß sie den Herrschaften jeden Wunsch von den Augen ablesen konnten. Die acht Schritt lange Tafel war mit reichlichen Mengen gebratener Hähnchen und Hühnerschenkeln beladen, alles auf teurem Silbergeschirr angerichtet. Wertvolle Karaffen enthielten teure Südmarkweine, und dazwischen standen Schalen mit Kartoffeln und anderen Sachen aus der überquellenden Speisekammer des Palastes.

Durch die geöffneten Vorhänge vor den hohen Fenstern des Bankettsaales bot sich zur einen Seite ein herrlicher Blick auf die Dächer Leigres, erhellt von gelegentlich erleuchteten Fenstern, und auf der anderen Seite war eine geräumige, schneebedeckte Dachterrasse zu sehen, die, durch zwei große Türen zu erreichen, im Sommer für Festessen im Freien genutzt wurde. Im Augenblick stand das fast fünfzehn Schritt im Geviert messende Quadrat jedoch verlassen, und nur der unberührte Schnee glänzte im schwachen Mondschein. Andron schaute zwischen seinem Vater und dem Lan-Kushakan hin und her. Die beiden starrten sich seit ge-

185

raumer Zeit wütend an und bissen schweigend in ihre Hähnchenkeulen. Wie schon gestern abend war der Rakos Mariak mit seinem Gefolge beim Palast aufgetaucht und hatte eine sofortige Besprechung gefordert. Andron war dabei gewesen, als der Lan-Kushakan unten im Planungszimmer sehr rüde und sehr unhöflich gefordert hatte, daß sein Vater endlich den Befehl zum Losschlagen in Thordam geben sollte. Rakos hatte anscheinend Beweise, daß Herkyn Henron jeden Augenblick seine Separation verkünden würde. Angeblich hatte er auch schon Maßnahmen in die Wege geleitet, um die anxaloischen Truppen, die in seinem Land standen, zu überwältigen.

Irgend etwas Handfestes konnte der Lan-Kushakan aber nicht vorweisen. Und so hatte ihn Androns Vater darauf verwiesen, daß er erst die Lage in der eigenen Provinz geklärt haben wolle. Das Heer dieses Khaibars lagerte unkontrolliert irgendwo im Norden, und das Risiko, daß der alte Heißsporn Soron angriff, sich eine blutige Nase holte und verfolgt von wütend gewordenen Eishexen nach Leigre geflohen kam, sei zu groß.

Rakos Mariak war daraufhin sehr wütend geworden, hatte rumgeschrien, seinen Vater beschimpft und lauter leere Drohungen ausgestoßen. Andron war etwas enttäuscht gewesen. Er hatte den alten Glatzkopf immer für einen ziemlich ausgefuchsten Politiker gehalten, nicht ganz so ausgefuchst wie sein Vater und natürlich auch nicht so ausgefuchst wie Andron selber. Aber immerhin doch ziemlich fuchsig. Diese Szene gestern abend war jedoch so erniedrigend für alle Anwesenden gewesen, daß Andron Rakos von nun an nie wieder für voll nehmen konnte. Wie konnte man sich nur so vergessen?

Meine Güte, dachte Andron, dem Mann war sozusagen die Zornesröte ins Gesicht gestiegen, er hatte ganz ekelhaft geschwitzt und ständig herumgeflucht. Und

so etwas vor all den niedrigen Offizieren im Planungsraum. Andron mußte beim Gedanken daran sein Lachen hinter dem parfümierten Taschentuch verbergen,
mit dem er sich gerade den Mund abwischte.

Und dann die Geschichte heute abend! Kam der
Mann, nachdem er gestern wutentbrannt mit seinen
›Trockenhosen‹ abgerauscht war, doch heute schon
wieder zum Palast. Diesmal mit wenig Gefolge und
dem Wunsch, die gestrigen Ereignisse noch einmal in
kleinem Kreise zu besprechen. Blaß sah er heute aus,
der gute Rakos, als hätte er in der letzten Nacht nicht
geschlafen. Er war auch viel ruhiger gewesen. Also
hatte Androns Vater eingewilligt, sich erneut mit dem
Lan-Kushakan zu unterhalten. Er hatte die Köche wieder in die Küche scheuchen lassen, damit sie ein
abendliches Mahl bereiteten. Vorher, hatte Grigor vorgeschlagen, könne man die verschiedenen Ansichten ja
noch einmal bei einem Glas Wein besprechen.

Andron hatte nicht dabeisein dürfen, was ihm aber
nur recht gewesen war. Er war nicht so begierig darauf, das entwürdigende Benehmen des Ordensbruders
noch einmal zu erleben. Wahrscheinlich wollte sein
Vater Rakos die Schande ersparen, vor einem Dritten
um Vergebung bitten zu müssen. Das wäre vielleicht
etwas gewesen, was Andron mit Interesse verfolgt
hätte: ein Ordenskrieger, der um Vergebung winselt. Er
träumte manchmal nachts von einem ganz bestimmten
Bruder, den er gern in einer ähnlichen Lage sehen
wollte, bevor er ihm eigenhändig die Klinge ins Herz
stieß. Aber Andron war erst später beim gemeinsamen
Essen erwünscht. Na ja, es gab auch anderes zu tun. So
hatte er einige amüsante Stunden mit einer hubschen
neuen Magd verbracht, die er zum Aufräumen in die
Bibliothek des Palastes bestellt hatte, in der sich in
einem abgelegenen Winkel eine beeindruckende
Sammlung erotischer Literatur aus Emessa befand.

Nach einem ausführlichen Bad und dem Anlegen neuer Kleidung hatte er sich schließlich im Bankettsaal eingefunden, wo sein Vater und Rakos in eine heftige Diskussion verwickelt gewesen waren, die aber rasch beendet wurde, als er eintrat. Andron war sich nicht sicher, ob er vielleicht beleidigt darüber sein sollte, wie wenig ihn sein Vater in die Staatsgeschäfte einband.

»Aber meine Herren!« Andron beschloß, seinem Vater einmal zu beweisen, wie geschickt er Konversation machen konnte. »Warum so schweigsam? Sollten wir uns nicht ein Vorbild an den ehemaligen Besitzern dieser Schenkel nehmen und uns ein wenig über die Kleinigkeiten des Alltags austauschen?« Genüßlich schwenkte er einen Hühnerschenkel hin und her. »Sagt, Lan-Kushakan, ist es bei Euch im Kloster auch so kalt wie in unserem Palast? Wir können jeden Winter aufs neue Teppiche in beliebiger Menge auslegen, es hilft alles nichts. Ihr habt ja immerhin vielleicht den einen oder anderen Kampfmagier im Haus, der mit seiner Feuermagie Eure Flure etwas aufheizen kann.«

Rakos wurde ein wenig blasser, als er ohnehin schon war, und rammte sein Tischmesser mit voller Wucht in das halbe Hähnchen vor ihm. »Ja, es ist auch recht kühl«, antwortete er mit angespannter Stimme.

Sein Vater sah mit überraschtem Blick herüber. Ja, Vater, dachte Andron, ich bin manchmal von durchschlagender Wortgewandtheit. Er schenkte sich etwas Wein nach.

»Manchmal denke ich, wenn wir die verdunkelten Isthakis endgültig besiegen könnten, dann würden wir auch weniger kalte Winter erleben. Laßt uns einen Toast auf den Sieg über unsere Feinde aussprechen! Was meint Ihr, Vater, Lan-Kushakan?«

Der Ordenskrieger stand ruckartig auf und blickte mit ausdruckslosem Gesicht, aber, wie Andron fand, mit ungeschickterweise zitterndem Kinn um sich, fast so, als suche er eine Fluchtmöglichkeit. Dann sagte der Lan-Kushakan: »Verzeiht, Herkyn. Aber ich brauche dringend frische Luft und werde mal kurz auf die Terrasse treten.«

»Nur zu, mein lieber Lan-Kushakan.« Auf einen Wink Grigors eilte ein Diener zu einer der Terrassentüren, öffnete sie, und der Ordensmann ging, ohne sich umzudrehen, nach draußen, während ein Schwall kalter Luft in den Saal flutete.

»Was hat er denn?« erkundigte sich Andron. »Will er nicht anstoßen?«

Sein Vater sah ihn wieder mit diesem Blick an, von dem Andron nie wußte, ob er Bewunderung oder Verzweiflung enthielt.

Jadhrin schaute noch einmal vorsichtig um die Ecke. Er lag ganz flach auf dem Boden und konnte so gerade eben die vier Wachen vor der Tür erkennen. Voll gerüstete Ritter des Herkyn! Die würden nicht einfach auszuschalten sein.

»Wie viele?« zischte Celina.

Jadhrin hob vier Finger.

Sofort sah er Celinas Stiefel an sich vorbeilaufen. Der dunkle Schal, den sie um ihren Kopf getragen hatte, fiel neben ihm zu Boden.

Jadhrin schloß seine Augen. Das konnte doch wohl nicht wahr sein! Er richtete sich auf, blieb aber hinter der Ecke.

Vom Flur her hörte er überraschte Rufe. »Heh da! Bleib stehen!« Dann das Trampeln gerüsteter Männer. »Was machst Du hier? Nimm die Arme hoch, damit wir deine Hände sehen können.« Dann folgte zweimal das Geräusch von Stahl, der über eine Rüstungsplatte schrammte, gefolgt von zwei gurgelnden Schreien.

Jadhrin stürzte um die Ecke. Celina lief bereits an den beiden in Blutlachen am Boden liegenden Rittern vorbei auf die beiden anderen vor der Tür zu. Die riefen schon lauthals Alarm.

»Was geht da vor?« Grigor sprang auf. Durch die massiven Eingangstüren drangen gedämpfte Rufe. Alarm? Hier im Palast? Etwas prallte gegen die Eingangstür.

Andron hatte gerade etwas über viel zu empfindliche Ordensmänner sagen wollen, die die Klöster ihrer Bruderschaft vielleicht häufiger verlassen sollten, um sich mit den Gepflogenheiten unter Ehrenmännern ein wenig mehr vertraut zu machen, klappte seinen Mund aber wieder zu. Er stellte seinen Weinkelch mit verärgertem Gesichtsausdruck ab. Konnte man hier nicht einmal in Ruhe etwas Konversation treiben?

Celina focht in einer blitzschnellen Abfolge von Paraden und Attacken mit ihrem Gegner. Jadhrin hatte den zweiten übernommen, was auch gut war, denn nachdem ihr Überraschungsvorteil dahin war, bewies der Ritter vor ihr recht eindrucksvoll, daß er nicht umsonst zur persönlichen Leibwache des Gouverneurs gehörte. Er trug einen Plattenküraß mit Oberschenkelschutz sowie einen Helm, was ihn vor den paar leichten Treffern, die Celina bisher hatte anbringen können, effektiv geschützt hatte. Wichtiger war aber noch, daß er über einen Schild verfügte. Das verschaffte ihm einen gewaltigen Vorteil, denn Celina mußte all seine Angriffe mit ihrem Schwert parieren, während er die ihren mit dem Schild ablenkte, was auf die Dauer seinen Schwertarm schonte und Celinas doppelt so schnell ermüden ließ. Doch die Wildheit und Geschicklichkeit, die ihr durch das Schwert verliehen wurde, stellten ebenfalls einen Vorteil dar. Und so war es jetzt sie, die die Initiative im Kampf auf ihrer Seite hatte.

Doch das konnte sich schnell ändern. Beide Ritter brüllten aus vollem Halse nach Unterstützung, und

Celina war sicher, daß mitten im Palast der Fedinas eben diese nicht allzu lange auf sich warten lassen würde. Sie wußte selbst nicht, warum sie die vier Wachen angegriffen hatte.

Jadhrin und sie waren einem Diener gefolgt, der eine Platte voller Hühnerschenkel vor sich her getragen hatte. Er kam wohl aus der Küche und schien bei einem Festessen aufwarten zu wollen. Also waren sie ihm über die Dienstbotentreppe gefolgt und schließlich an jene Ecke gelangt, um die herum der bewachte Eingang zu erkennen gewesen war. Dort mußte der verhaßte Grigor mit seinem Gast bei seinem Festmahl sitzen.

Als Jadhrin ihr dann gezeigt hatte, daß sich nur vier Gegner vor ihr befanden, hatte sie plötzlich gedacht: »Nur vier, die schaffe ich. Sie werden leichtsinnig sein, wenn sie überraschend nur eine einzelne Frau auftauchen sehen.«

Jadhrin parierte, sprang seinen Gegner an und trat ihm auf sein Knie, das mit einem hörbaren Knacken brach. Dieser Oberschenkelschutz war einfach zu kurz, das wußte Jadhrin aus seiner Ausbildung, wo man ihm durchaus auch beigebracht hatte, wie er sich mit imperialen Kämpfern der verschiedensten Waffengattungen am schnellsten auseinandersetzen konnte. Jadhrin ließ seinen Schwertknauf auf den Schädel des Mannes niedersausen, der vor ihm zu Boden ging. Celina kämpfte einige Schritte weiter mit der letzten Wache. Sie hatte den Mann schon etwas in Richtung des Flures zurückgedrängt, wo ein verschlossenes Fenster und eine alte Ritterrüstung im Schein der Deckenbeleuchtung des Flures zu erkennen waren. Brauchte sie seine Hilfe? Ganz gleich, zwischen Schmerzensschreien rief der Ritter so oft er konnte um Hilfe. Der Mann mußte zum Schweigen gebracht werden!

Da öffnete sich die Tür, vor der die Wachen gestanden hatten, und mit gezogenem Schwert kam Grigor Fedina heraus. Er trug eine enge schwarze Hose mit einem breiten Gürtel. Zusammen mit den schwarzen Schaftstiefeln sah er fast etwas gequetscht aus, denn die obere Hälfte seines Körpers wurde von einem weiten weißen Hemd mit langen, rüschenbesetzten Ärmeln und einem aufgebauschten Kragen umhüllt. Seine langen schwarzen Haare wirbelten herum, als er sich umblickte und die Szene in sich aufnahm.

»Na, wenn das nicht Celina Sedryn ist«, ließ er seine wohltönende Stimme vernehmen.

Celina fuhr herum, als sie die Stimme des verhaßten Gouverneurs hörte, und kam sofort ins Straucheln, als ihr Gegner die Ablenkung ausnutzte.

»Paß auf!« rief Jadhrin und rannte auf den Herkyn zu. »Ich übernehme ihn.«

»Oh«, meinte Grigor und ging in Ausfallstellung, wobei er seine schlanke höfische Klinge anhob. »Freiwillige vor.« Ein belustigtes Flackern tauchte in seinen tiefliegenden Augen auf, und ein bösartiges Grinsen spielte um die Lippen über seinem wie immer vollendet gestutzten Kinnbart.

Im nächsten Augenblick kreuzten Jadhrin und er die Klingen. Nach einem ersten Austausch wich der Herkyn ein paar Schritte zurück. Er atmete tief durch, wischte sich den Schweiß von der Stirn und sagte: »Andoraner Schule, wenn ich mich nicht irre? Sollte sich vielleicht ein gewisser Dashino unter der Vermummung verbergen? Ihr habt Euer Glück ja auch schon an Rakos vergeblich versucht. Glaubt Ihr, daß Ihr bei mir erfolgreicher seid?«

Jadhrin riß sich den Schal vom Kopf. Das Ding behinderte ihn nur.

»Laßt es uns herausfinden, Verräter!« Mit diesen Worten stürzte er sich mit Schwung auf den Herkyn und trieb ihn mit einer wilden Angriffsserie ins Innere des Bankettsaales. Dort war Andron aufgestanden und gerade im Begriff, der Quelle des Trubels vor der Tür auf den Grund zu gehen. Vor Angst geradezu gelähmte Dienstboten verkrochen sich in den Wandnischen und verließen dann durch die offene Tür fluchtartig den Raum.

Andron warf die Hände in die Luft und zog seine Klinge.

»Thusmar!« Seine Stimme klang fast nach freudiger Überraschung. »Daß ich Euch noch einmal vor die Klinge bekomme! Wir haben da wohl eine kleine Rechnung offen.«

Jadhrin, der gerade Grigor vor sich her durch den Saal trieb, erübrigte nur ein kurzes: »Einen Augenblick bitte.«

Der Provinzgouverneur wehrte sich mit Geschick und Erfahrung. Jadhrin mußte ihm neidlos zugestehen, daß er trotz seines erkennbaren Übergewichts ein recht guter Schwertkämpfer war. Doch genauso klar war, daß er den Herkyn früher oder später besiegen würde. Das wußte auch Grigor, dessen Gesicht einen leicht gehetzten Ausdruck annahm und der bezeichnenderweise auf die sonst bei den Duellen in Leigre üblichen spitzen Bemerkungen verzichtete.

Ihm fehlte ganz einfach der Atem. Sein Gesicht wurde immer röter und röter. Jadhrin wäre siegessicher gewesen, wenn da nicht die akute Gefahr bestanden hätte, daß Andron sich jeden Augenblick einmischte, um seinem Vater zu helfen. Der kleine Fedina hatte aber zunächst offenbar keine Lust dazu und marschierte mit neugierigem Gesichtsausdruck neben den Kämpfenden her, während er kluge Bemerkungen von sich gab.

»Vater, das war zu hoch. Ihr müßt tiefer zielen.« Mit einem Stich seiner eigenen Waffe verdeutlichte er das Gesagte an einem imaginären Gegner. »Ja, schon besser ... Schöne Parade, das muß man Euch lassen, Dashino. Ihr mögt ein elender Prinzipienreiter sein, der anderen Männern beständig ihren Spaß mit den Damen verderben muß. Wahrscheinlich weil Euch diese Art der Freuden völlig unbekannt ist. Aber Kämpfen könnt Ihr, das muß man Euch lassen.« Er stockte. »Oh, Oh, Oh! Das war aber ganz schön knapp, Vater, das hätte auch Euer Ende sein können.«

»Verdunkelt! ... Andron ... was ...«, keuchte der Herkyn, »machst du ... da? Hilf ... mir gefälligst!«

»Aber Vater. Euch? Besiegen? Sagt nicht, daß so etwas überhaupt möglich ist.« Androns Stimme nahm einen schneidenden Tonfall an, den er damit unterstrich, daß er seine Klinge durch die Luft sausen ließ, während er weiter neben den Kämpfern herschritt, die sich kreuz und quer durch den Raum schlugen.

»Andron, du miese kleine ... Hilf mir jetzt endlich!« Grigors Stimme nahm einen verzweifelten Tonfall an. Immer häufiger kamen Jadhrins Klinge oder Schwertspitze seinem weißen Rüschenhemd so nahe, daß sich bereits hier und da rote Blutspuren abzeichneten. »Ich werde dir dermaßen den Hintern versohlen, wenn du jetzt nicht sofort ...« Der Herkyn stolperte und fiel beinahe über einen Stuhl zu Boden. »Lan-Kushakan! Rakos!« begann er dann in Richtung Terrasse zu rufen.

Jadhrin, der den Herkyn weiter bedrängte, während er versuchte, Andron dabei nicht aus den Augen zu lassen, mußte unwillkürlich zögern. Rakos Mariak war in der Nähe. Dann wurde es wirklich Zeit, daß Celina ihren Gegner besiegte. Höchste Zeit, denn sein Duell mit dem Herkyn dauerte zwar erst ein oder zwei Minuten, aber jederzeit konnten die ersten Wachen auf die Alarmrufe des Ritters herbeieilen. Die ...

Die plötzlich aufgehört hatten! Und tatsächlich, schon im nächsten Augenblick ertönte ein haßerfülltes: »Andron Fedina, kommt her und sterbt!«

»Wer ruft?« Androns Stimme hatte einen belustigten Tonfall, als er sich mit erhobenem Schwert zur Tür umdrehte. »Oh, die Ni-Gadhira Celina Sedryn! Und so, sagen wir einmal, wutgezeichnet. Wirklich, meine Liebe, wenn ich Euch einmal raten darf: Schwarz ist nicht Eure Farbe, etwas Gesichtspuder könnte auch nicht schaden, von Euren Haaren will ich jetzt mal gar nicht sprechen. Ihr habt sehr nachgelassen, meine Dame. Ich glaube, in diesem Zustand würde ich Euch nicht ein zweites Mal als Opfer für einen meiner kleinen Späße in Erwägung ziehen.« Andron lachte.

Jadhrin erfuhr nicht so genau, was hinter ihm passierte. Schwerter prallten aufeinander, und fast sofort hörte das Lachen auf. Andron gab plötzlich Laute der Anstrengung und des Erschreckens von sich.

Wächter auf den Mauern Leigres gaben Alarm. Etwas Großes, Dunkles war in hohem Tempo über ihre Köpfe hinweggerauscht. Es hatte im Vorbeifliegen einen Schrei ausgestoßen, der für einen Augenblick ihren Herzschlag hatte aussetzen lassen. Während sie ihre Vorgesetzten riefen und sich fragten, was über sie hinweggeflogen war, ertönte ein langgezogener Hornstoß über der Stadt. Ein Ton, wie ihn Leigre noch nie gehört hatte. Bürger wachten verwirrt auf und entzündeten ihre Nachttischkerzen. Ein löchriger Teppich aus Lichtern erschien in den Häusern der Stadt. Aus dem Schlaf gerissene Hunde bellten. Die Menschen in den Hütten der Flüchtlinge drängten sich näher aneinander und blickten sich furchtsam um. Doch die Besonneneren unter den Offizieren der Stadtwache begannen bereits, ihre Männer wieder zu beruhigen. Sie hatten das Hornsignal erkannt. Es bedeutete keine Gefahr.

Jadhrins Gegner war am Ende seiner Kraft. Jeden Moment würde sich die Gelegenheit bieten, ihm die

Klinge in den Körper zu stoßen und ihn auszuschalten. Der Herkyn schien vollkommen ausgepumpt. Er keuchte, schwitzte und war trotz der kühlen Temperaturen im Raum so erhitzt, daß sein Kopf mit der Halbglatze vollständig eine rote Farbe angenommen hatte. Jadhrin wußte es einfach nicht: Sollte er ihn töten oder nur kampfunfähig machen?

Die Entscheidung wurde ihm abgenommen.

Der Herkyn hatte sich in den letzten Sekunden immer näher zu dem Terrasseneingang bewegt. Wahrscheinlich wollte er dort hinaus, weil Rakos Mariak, nach dem er die ganze Zeit gerufen hatte, sich dort irgendwo befand. Gerade als er begann, sich mit hektischen Paraden durch die Öffnung nach draußen zurückzuziehen, blieb der Herkyn plötzlich stehen. Er stockte, blickte Jadhrin überrascht an. Aber auch der konnte nur verblüfft auf die Schwertspitze blicken, die sich, umgeben von einem rasch größer werdendem roten Fleck in der Brust des Provinzgouverneurs abzeichnete.

»Ich …«, begann Grigor. Das Stück Metall, das aus seiner Brust hervorragte, wurde zurückgezogen. Blut schoß hervor. Dann röchelte der Herkyn noch einmal und sackte wie ein nasser Sack zu Boden.

»Andron, der Verräter hat Euren Vater erstochen!« Rakos drängte sich über die Leiche hinweg in den Raum und griff Jadhrin mit frischer Kraft an. Jetzt war es an dem jungen Dashino zurückzuweichen. Der hochgewachsene, hagere Glatzkopf vor ihm war ein Ordenskrieger; ein Mann, der die Bewegungen und Kampftechniken, die Jadhrin anwandte, Zeit seines Lebens selbst eingeübt hatte. Er kannte das Turmash, jenes morgendliche Ritual aus Schwertkampftechnik und Meditation, und hatte es in letzter Zeit wesentlich öfter ausführen können, als es seinem jüngeren Gegner möglich gewesen war.

Für Jadhrin sprach nur sein geringeres Alter, das ein gewisses Maß an körperlicher Überlegenheit mit sich brachte. Doch Jadhrin hatte die letzten Minuten bereits in heftigem Kampf verbracht, während Rakos völlig ausgeruht war.

»Vater!« meldete sich Andron zu Wort, nur um im nächsten Augenblick ein überraschtes »Aua!« auszustoßen und die Schwertspitze anzustarren, die gerade auf der Höhe seines Herzens seinen rechten Arm durchbohrte. Hinter ihm holte Celina erneut aus.

Gleichzeitig tauchten plötzlich Bewaffnete in der Flurtür auf und drängten in den Raum. Alles passierte jetzt gleichzeitig. Die Terrassentüren flogen auf, von einem plötzlichen Windstoß zur Seite gestoßen. Die mit Speeren und Hellebarden ausgerüsteten Wachen drängten Celina von Andron ab, kurz bevor sie ihm den Todesstoß versetzen konnte. Rakos nutzte die Gelegenheit und entwaffnete Jadhrin, der plötzlich mit großen Augen auf die Terrasse hinter dem Lan-Kushakan starrte.

Andron rannte schreiend und nach einem Medikus verlangend aus der Tür auf den Flur, während ein Offizier der Fedina-Leibwache die Anweisung gab: »Ich will sie lebend!«

Rakos wollte gerade weiter auf den wehrlosen Jadhrin eindringen, als eine laute Stimme hinter ihm brüllte: »Noch eine Bewegung, Mann, und Ihr seid des Todes, im Namen Meridas! Ihr habt verloren.«

Rakos fuhr mit erhobenem Schwert herum, bereit, sich auf den plötzlich aufgetauchten Neuankömmling zu stürzen. Die Leibwachen, kurz davor, Celina mit ihren langeren Waffen niederzuknüppeln, wichen angsterfüllt zurück.

Jadhrin flüsterte etwas, das für niemanden verständlich war.

Celina hob erneut ihre Waffe, nutzte die Gelegenheit

und rannte von den Wachen fort auf die Terrasse und Rakos zu. Rakos, der überrascht innegehalten hatte, spürte die Bewegung, fuhr herum und sah Celina. Dann merkte er, daß auch der Sprecher in der Tür die heranstürmende junge Frau überrascht anblickte.

Er beschloß, die Möglichkeit zu nutzen, und sprang den Mann in der Terrassentür an. Doch das war ein Fehler.

Aus dem langen Stab des Mannes löste sich ein flackernder Flammenstrahl und traf Rakos mitten in die Brust. Der Lan-Kushakan wurde von dem Strahl erfaßt, von den Beinen gerissen und mit voller Wucht durch den Raum aus der offenstehenden Flurtür herausgeschleudert.

Jadhrin rief: »Großonkel!«

Celina hielt überrascht inne und blickte dem entschwundenen Lan-Kushakan hinterher, bevor sie sich zu Grigor Fedina hinabbeugte. »Er ist tot«, sagte sie mit zitternder Stimme.

Die Leibwachen kamen langsam wieder näher.

»Legt Eure Waffen nieder! Ihr seid alle verhaftet!«

Der Neuankömmling trat vor. Hinter ihm schob sich ein großer, geschuppter Echsenkopf durch die Tür. Von draußen ertönte eine laute Stimme. »Der Drache ist gefüttert! Wenn ihr näher kommt, dann lasse ich ihn Feuer spucken!«

Die Echse in der Terrassentür öffnete ihr Maul so weit, daß der daneben stehende Kampfmagier des Ordens leicht hineingepaßt hätte. Im Inneren des Mauls waren Dutzende von Zähnen zu erkennen, die alle, leicht nach innen gebogen, mühelos die Länge von Schwertern erreichten. Eine grünliche Wolke, in der ein bedrohlicher Schwefelgeruch mitschwang, waberte zwischen den Zähnen hervor. Dahinter war ein dunkles Glühen in den Tiefen des Rachens des Flugdrachens auszumachen.

Der Reiter des Drachen, der weiter hinten in einem Sattelgestell auf dem grüngeschuppten Rücken der Riesenechse saß, rief erneut: »Ihr habt mich gehört!«

Die Leibwachen zögerten. Der Offizier erstarrte. Er wußte, daß das Vieh vor ihm einer der kaiserlichen Flugdrachen von jener Eliteeinheit sein mußte, die vor kurzer Zeit von Kaiser Berill XII. ins Leben gerufen worden war. Die Drachen lebten in einem Gebirge in der Zentralprovinz und konnten, wenn man den Berichten glauben durfte, Feuer spucken, wenn sie vorher mit bestimmten Steinen gefüttert worden waren. Ein Blick in den Rachen des Ungetüms, das offenbar gerade eben auf der Dachterrasse des Palastes gelandet war, reichte ihm, um jedes Wort über die schreckliche Wirkung dieses Flammenodems zu glauben, das er von einem Kameraden aus Emessa gehört hatte.

Der neben dem Kopf stehende Kampfmagier des Ordens trat weiter in den Raum und rief dann: »Ich bin Bran Dorama Thusmar, Khaibar im Auftrag Seiner kaiserlichen Majestät. Ich führe das Heer, das eure Provinz im Norden schützt, während eure Herren sich hier mit Verrat und Völlerei beschäftigen. Ab jetzt hört hier alles auf mein Kommando. Ich habe Beweise und imperiale Siegel. Und jetzt werdet Ihr die Waffen niederlegen. Sonst muß ich meine Worte sehr drastisch unterstreichen!« Bei seinen letzten Worten erschienen einige kleine flammende Kugeln um das obere Ende seines Stabes. Sie kreisten zwar nur in unregelmäßigen Mustern in der Luft herum, aber die Leibwachen duckten sich trotzdem eingeschüchtert unter ihre Helmvisiere.

Andron hatte den Worten des Kampfmagiers vom Flur aus gelauscht. Er war stehengeblieben, als die verkohlte Gestalt des Lan-Kushakan hinter ihm gegen die Flurwand geprallt war. Es wurde Zeit, sich abzusetzen!

So schnell es sein schmerzender Arm zuließ, rannte er zu seinen Gemächern. Es galt, einige Toilettenartikel und Kleidungsstücke einzupacken. Während er durch die sich langsam mit den Stimmen der erwachenden Palastbewohner füllenden Flure rannte, überlegte er, was er nun tun sollte.

Vielleicht war es das beste zu versuchen, unauffällig nach Thordam zu gelangen und die dortigen Fedina-Haustruppen aufzusuchen. Technisch war er jetzt der Laird-Fedina und der vorläufige Provinzgouverneur. Ein schmerzverzerrtes Lächeln breitete sich über Androns wohlgeformte Züge aus. Er war der Provinzgouverneur – jedenfalls so lange, bis der Kaiser einen anderen ernannte. Daraus mußte sich doch etwas machen lassen!

KAPITEL 18

7. Jantir 716 IZ

Festung Soron, Kellerräume tief unter dem Elfenspitz

Shanfrada war sehr zufrieden mit sich. Vor kurzem noch war es ihr so vorgekommen, als hätten sich alle Mächte des Schicksals verschworen, um ihr bei der Verwirklichung ihrer Pläne im Weg zu stehen. Sie hatte eine sehr entwürdigende Audienz bei der Südhexe hinter sich gebracht, wo sie mit schlimmsten Konsequenzen bedroht worden war, falls es ihr nicht gelänge, endlich meßbare Fortschritte zu erzielen. Die Südhexe hatte ihr prophezeit, daß sie vielleicht schon bald als Anführerin einer Bande gelangweilter Tiermenschen an der Grenze zu den Stammesgebieten der Orks enden würde. Eine grauenhafte Vorstellung. Shanfrada wußte, daß Schwestern, die zu solchen Kommandos eingeteilt wurden, für gewöhnlich in den Bäuchen ihrer Untergebenen landeten.

Doch so weit würde es nicht kommen, war sie doch dem Geheimnis um die seltsamen Vorgänge bei der Unterbrechung des Rituals auf die Spur gekommen. Als sie den Leichnam des menschlichen Kriegers durch einen Nekromanten hatte befragen lassen wollen, war dieser, ebenfalls ein Mensch, wahnsinnig geworden, während er in Begleitung einiger Furien in die Keller unter dem Elfenspitz hinabgestiegen war. Das hatte sie darauf gebracht, sich ernsthafter mit den Geschichten über die Geister uralter Elfen zu befassen, die angeblich die Räumlichkeiten hier unten bewachten. Die Elfen – jenes Volk, das einst den Herrscher Isthaks, den Eisdämon Xeribulos Dan Hurrorcon, in sein Gefängnis verbannt hatte – waren in Isthak nicht unbekannt. Doch sie galten als längst nicht mehr bedrohliche Gefahr, denn die Menschen hatten das Reich der Elfen vor vielen Jahrhunderten vernichtet und die Elfen waren geflohen oder hatten sich versteckt.

Deshalb hatte sich Shanfrada nicht näher mit den Geistergeschichten befaßt, als sie ihr Vorhaben begann. Das war ein Fehler gewesen. Es schien tatsächlich eine unbekannte Anzahl von Geistern zu geben, die in den Kellern unter dem Elfenspitz darauf warteten, jeden Menschen in den Wahnsinn zu treiben, der sich hier hinab verirrte. Shanfrada hatte einige menschliche Sklaven in der Begleitung von Furienkriegerinnen in die Keller geschickt. Die Sklaven waren allesamt verrückt geworden, hatten etwas von Stimmen in ihrem Kopf gemurmelt, bevor sie begannen, ihre eishexischen Wächterinnen anzugreifen – und prompt getötet wurden. Die Eishexen hatten entweder gar nichts oder nur ein undeutliches Flüstern gespürt, das auch bei höchster Konzentration nicht verständlich wurde.

Nach einigen Tagen und mehr als einem Dutzend dem Wahnsinn zum Opfer gefallener Sklaven hatte Shanfrada herausgefunden, daß die Elfen nur in einem bestimmten Raum ihren Einfluß ausüben konnten. Der entsprach ziemlich genau dem Grundriß des Elfenspitzes und den Kellergeschossen unter dem Gebäude. Doch unter diesen Ebenen gab es weitere Keller, Räumlichkeiten, die nicht von den Elfen erbaut worden waren. Hierher konnten die Elfen offenbar nur dann gelangen, wenn sie sich bereits im Geist irgendeines tumben Menschen eingenistet hatten. Shanfrada hatte keine Ahnung, wer diese Räumlichkeiten erbaut hatte. Es war ihr auch gleich. Wichtig war nur, daß sich knapp unter den Elfenkellern bereits im Bereich der tieferen Keller der Raum mit dem Grabmal befand.

Die Ereignisse bewiesen, daß die Elfengeister zu verhindern versuchten, daß jemand das Grab öffnete. Das erschwerte zwar einiges, aber es bewies Shanfrada eindeutig, daß sie auf der richtigen Spur war. Sie suchte Schriftrollen, auf denen sich das Wissen der alten elfischen Magier befand. Lag es da nicht auf der Hand, daß elfische Geister versuchten, sie aufzuhalten?

Die Formeln des Gwydior stammten aus einer Zeit, als das Elfenvolk ungeheuer mächtig gewesen war. Seine Magie, verdichtet in einem magischen Schwert, das über die Kräfte des Feuers und der Luft gebot, hatte es einem elfischen Helden ermöglicht, den mächtigen Eisdämon im Kampf zu besiegen.

Wenn sie erst einmal über dieses Wissen verfügte, würde sie ihre eigenen Künste der kalten Magie des Eises, die in jedem Sommer an Macht verloren, mit der Macht der elfischen Zauberei des Feuers und der Luft verbinden. Dann würde sie niemanden mehr fürchten müssen. Vielleicht würde sich statt Shanfrada die Südhexe bei den Tiermenschen wiederfinden, mit denen sie Shanfrada bedroht hatte. Es bestand sogar eine weitere winzige Möglichkeit, die Macht der Schriftrollen einzusetzen, die so phantastisch war, daß Shanfrada gar nicht darüber nachdenken konnte, ohne zu spüren, wie ihr Blut schneller floß und sich ihre Haare wie von selbst zu bewegen begannen. Die Elfen waren es gewesen, die einst ihren Meister gebannt hatten, und die ihn nach seiner Befreiung aus dem Bann so schwer verletzt hatten, daß seit langer Zeit in Xeribodai jeden Tag unzählige Seelen geopfert wurden, um den Dämon am Leben zu erhalten. Rhagai, der Statthalter des Eisdämons und der unumstritten mächtigste Mann in Isthak, war ein Halbelf. Seine Magie stammte nicht nur aus seinem Wissen über die Kräfte des Eises, sondern er verwendete das Wissen seiner elfischen Vorfahren. Nur so konnte er durch seine Rituale seinem Bruder, dem Eisdämon, helfen, nicht seinen Verwundungen zu erliegen, sondern weiter am Leben zu bleiben.

Shanfrada seufzte. Vielleicht war es möglich, mit

203

dem Wissen aus den Schriftrollen den verwundeten Eisdämon Xeribulos, der auf seinem Lager in Xeribodai dahinsiechte, zu heilen! Welche Belohnung würde der Hexe zuteil werden, die dies ermöglichte?

Entschlossen wandte sich Shanfrada dem Menschen zu, der an die Wand des Raumes gekettet worden war. Man konnte den Wahnsinn, der ihn ergriffen hatte, deutlich erkennen. Er warf seinen Schädel hin und her, so heftig, daß ihm bereits das Blut von den Schläfen rann. Seine Augen traten hervor, und er stieß unverständliche, gutturale Schreie aus.

»Aber mein Kleiner, was regst du dich denn so auf?« Sie strich mit einem ihrer langen Fingernägel über die Brust des Mannes und hinterließ dabei eine blutige Kratzspur. »Es ist sinnlos, hörst du? Das gilt übrigens auch für Euch, Elf. Ich weiß, daß Ihr da seid, also versucht erst gar nicht, mich zu täuschen.«

Ihre Furien hatten den Menschen in die Keller unter dem Elfenspitz begleitet und abgewartet, bis einer der Elfengeister von ihm Besitz ergriffen hatte. Dann hatte eine von ihnen einen Spruchkristall angewendet, in dem sich ein eigens von Shanfrada entwickelter Bannzauber befand. Durch den Bann wurde der elfische Geist an den Körper des Menschen gefesselt. Er konnte erst heraus, wenn der Mensch starb. Die Furien hatten den Menschen sodann in Shanfradas Gemächer gebracht und ihn an die Wand gefesselt.

Im Augenblick versuchte der Elfengeist noch, sie über seine Anwesenheit im unklaren lassen. Das würde sich bald ändern. Der Geist fühlte jetzt alles, was der Mensch fühlte. Shanfrada war sehr gespannt, wie ein seit Jahrhunderten totes Geistwesen auf körperlichen Schmerz reagierte.

»Skl'takan Doiss'ftie' ain.« Shanfrada begleitete ihre Worte mit einigen verwirrenden Gesten.

Sofort erstarrte der Mensch, seine Haut überzog sich

an einigen Stellen mit einer Rauhreifschicht. Ihr Opfer sollte sich nicht durch allzu heftige Schläge seines Kopfes gegen die Wand umbringen. Der Geist wußte wahrscheinlich, daß er den Körper würde verlassen können, wenn er dessen Leben beendete. Daher rührten auch die Selbstverstümmelungsversuche. Jetzt war der Körper des Menschen jedoch soweit abgekühlt, daß er sich nicht mehr bewegen konnte. Shanfrada vollführte weitere Gesten über dem schlaff von der Wand hängenden Mann. Sie zog die Kälte aus einigen Stellen am Körper des Mannes heraus. Dort konnte er jetzt wieder Schmerzen verspüren. Dann ging sie langsam zu ihren Instrumenten. Sie war nicht die beste Folterexpertin in Soron, aber für ihre Zwecke sollte es reichen. Es ging ihr ja nur darum, von dem Elfen zu erfahren, wie man in den Raum mit dem Sarkophag kam und warum er und die anderen das Grabmal mit solchem Nachdruck bewachten. Wenn sie Glück hatte, wußte der Geist im Körper des Menschen vielleicht zu berichten, wie man den Schutzzauber über dem Sarkophag aufheben konnte.

KAPITEL 19

9. Jantir 716 IZ

*Planungsraum unter dem Palast des
Gouverneurs von Anxaloi*

Eine ungewöhnliche Gruppe von Personen hatte sich
um den großen Kartentisch im Planungsraum unter
dem Palast versammelt. Bereits die Wachen vor der
Tür waren neu. Sie trugen nicht mehr den gewohnten
schwarzen Greif der Leibwachen der Familie Fedina
auf ihren Uniformen, sondern einfache Waffenröcke
mit dem Abbild des Löwen der Nordmark. Es waren
junge Männer mit hartem Gesichtsausdruck, die vor
wenigen Tagen zur Stadtwache Leigres gehört hatten
und nun dazu ausersehen waren, den vorübergehen-
den Herrscher der Provinz zu schützen.

»Wir müssen nun sehr genau überlegen, wie wir
unsere geringen Kräfte am sinnvollsten einsetzen.«
Während Dorama sprach, blickte er sich aufmerksam
um.

Die Männer um ihn herum gehörten nicht mehr in
erster Linie – wie über lange Jahre hinweg üblich – zur
Familie Fedina. Vor dem Metallgitter, das vor magischen Lauschangriffen schützte, standen nun andere
Offiziere. Teilweise sahen sie so aus, als gehörten sie in
den Ruhestand, teilweise waren sie so jung, daß man
sie eigentlich nicht bei einer Stabsbesprechung erwartet hätte.

»Hier, zwei Tagesmärsche von Soron entfernt«, Do-
rama zeigte mit seinem Feldherrnstab auf eine auf der
Karte aufgemalte Gruppe von Hügeln, »steht meine
Armee.«

Zwischen den adligen Kommandeuren mit den
Wappen der unbedeutenderen Familien Anxalois be-

fanden sich weitere Männer, häufig ungepflegte Kerle mit zuviel Bartwuchs und Säufernasen, die in heruntergekommene Uniformen gehüllt waren. Männer, die beim Strammstehen lächerlich ausgesehen hätten, deren lässige Haltung, angelehnt an Mauervorsprünge, Stuhlkanten oder die wenigen Säulen, die die Raumdecke abstützten, jedoch ein unerschütterliches Vermögen zum Ausdruck brachte, eine Bereitschaft, sich mit den Widrigkeiten des Militärlebens auseinanderzusetzen und sie zu überleben. Diese Männer trugen die Uniformen der Provinzarmee. Es waren unterbezahlte Berufssoldaten von der Grenze, die sich jahrelang mit Unterversorgung und mangelnder Unterstützung durch die Fedina-Familie herumgeplagt hatten. Kurz nachdem die Veränderungen im Palast an die Öffentlichkeit gedrungen waren, hatten sich überraschend viele dieser Männer zum Dienst gemeldet. Angeblich waren sie alle nur knapp den Invasionstruppen der Isthakis entronnen, die die unterbesetzten und schlecht ausgebauten Grenzbefestigungen ohne große Probleme überrannt hatten. Dorama vermutete zwar, daß diese Männer schon länger in Leigre weilten und sich nur noch nicht gemeldet hatten, um nicht weiterhin als Schlachtopfer und Sündenböcke für die Fedinas hinhalten zu müssen. Aber ihm sollte es recht sein, denn er hatte erfahrene Offiziere mehr als nötig.

Doramas Zeigestock wies nun auf eine andere Stelle an der Grenze Anxalois zu Thordam. »Dort wird Herkyn Andron Fedina wahrscheinlich mit seinen Truppen über die Grenze gehen.«

Die letzte Gruppe der Anwesenden wurde von Dashinos und anderen Offizieren des Ordens gebildet. Sie standen eng beisammen, gelegentlich von den anderen mit neugierigen Blicken gestreift. In den letzten Tagen hatte es eine Menge Gerüchte über den angeblichen Verrat ihres ehemaligen Vorgesetzten gegeben.

Der Raum war hell erleuchtet worden, damit für jeden der Kartentisch klar erkennbar war. Hier befand sich, ebenfalls für alle gut sichtbar, auch der neue Oberbefehlshaber Anxalois mit seinen engsten Vertrauten und starrte mit finsterer Miene auf die Karte, während er mit seinem Zeigestock hin und her fuhr.

»Und wir sind hier in Leigre.« Der Zeigestock tippte ungeduldig auf den farbig ausgemalten Häuschen auf der Karte herum. »Hier«, die Spitze des Stocks fuhr nach links auf das Gebiet der Provinz Thordam, »kommt Andron mit den Fedina-Haustruppen und den Ordensrittern, die sich von ihm haben überzeugen lassen, daß wir hier in Leigre die Verräter sind.« Der Khaibar überschlug die klar erkennbaren Mißverhältnisse zwischen den Figürchen, die seine eigenen Truppen und die der Armee darstellten, die wahrscheinlich in den nächsten Tagen von dem Sohn des getöteten Gouverneurs Grigor Fedina über die Grenze Anxalois geführt wurde.

Unwillkürlich mußte Dorama noch einmal über die Ereignisse der letzten Tage nachdenken. Rokko, Gannons Bruder, hatte ihm über den Verrat von Grigor Fedina und die wahrscheinliche Verwicklung des Lan-Kushakan Rakos Mariak in diesen Verrat berichtet. Daraufhin hatte er sich sofort mit dem Flugdrachen nach Leigre aufgemacht, um die beiden zur Rede stellen. Ein Besuch in der Provinzhauptstadt hatte ihm schon länger auf den Nägeln gebrannt. Er wollte die Herren Gouverneur und Lan-Kushakan persönlich fragen, warum ein kaiserlicher Khaibar so wenig von der Provinzregierung unterstützt wurde, daß er einen Angriff gegen die Feinde des Imperiums abbrechen mußte.

Direkte Beweise für den Verrat fehlten zwar, doch warum hätte sein junger Verwandter Jadhrin sich die ganze Geschichte ausdenken sollen? Und abgesehen davon war Dorama froh gewesen, daß der Junge, in den er und die Familie so große Hoffnungen gesetzt hatten, noch lebte. Er wollte ihn unbedingt persönlich befragen, denn entweder war sein Großneffe völlig verrückt geworden, oder er hatte sich um das Schicksal des Imperiums in ungeahntem Ausmaße verdient gemacht.

Als Dorama über Leigre aufgetaucht war, hatte er dem Drachenreiter befohlen, gleich auf der geräumigen Dachterrasse des Palastes zu landen. Dort hatten sich die einzigen hell erleuchteten Fenster befunden. Dorama hatte schon immer eine Schwäche für dramatische Auftritte gehabt und bei dem Gedanken, mitten in ein Festmahl oder eine andere Feier des Gouverneurs hineinzuplatzen – samt Flugdrachen aus den Ställen des Kaisers und Vorwürfen des Hochverrats –, hatte er unwillkürlich in seinen Bart grinsen müssen.

Dann war alles ziemlich durcheinander gegangen. Der Herkyn Fedina lag tot am Boden. Rakos Mariak schien gerade dabei zu sein, Jadhrin abzustechen und griff unvorsichtigerweise und mit einem fatalen Ergebnis sogar Dorama an, als dieser ihn zum Innehalten aufforderte. Diese Celina Sedryn mit ihrem erstaunlichen magischen Schwert war auch zugegen gewesen. Beide, Jadhrin und die Frau, sahen so aus, als ob sie mit den finstersten Absichten in den Palast eingebrochen wären.

Dies schien auch die Palastwache zu glauben, die drauf und dran gewesen war, die beiden zu überwältigen. Dorama hatte sich mit seinem Siegel als kaiserlicher Khaibar ausgewiesen und die Kontrolle über das Chaos an sich gerissen.

In den ersten paar Augenblicken war seine Autorität wohl hauptsächlich durch die Anwesenheit des Drachen beglaubigt worden, dessen Kopf neben Dorama in den Raum hineinsah und dessen tödlicher Feuerodem die zögernden Wachen jederzeit in Aschehäufchen hätte verwandeln können.

Zuletzt war es gleich. Der Atmar der Palastwache hatte Dorama gehorcht. Im Beisein der Wache hatte der Khaibar Jadhrin und Celina über die Vorgänge befragt, die zu der mehr als unerquicklichen Lage eines durchbohrten Herkyn und eines verkohlten Lan-Kushakan geführt hatten. Da der einzige andere Zeuge, Andron Fedina, zunächst nirgendwo zu finden gewesen war, hatten die nervös zu dem Flugdrachen blickenden Wachen der Darstellung der beiden Einbrecher glauben müssen und sich auf die Suche nach Andron gemacht.

»Kann mir jemand sagen, wie lange es dauern wird, bis Andron hier ist und ob wir ihm außer diesem armseligen Häufchen weitere Truppen entgegenstellen können?« Dorama zeigte wieder auf die Figurengruppe bei Leigre und blickte sich fragend um. Wenn alles einigermaßen gutging, würden die vorhandenen Truppen zwar durchaus ausreichen, aber es konnte nicht schaden herauszufinden, ob nicht insbesondere die Adligen irgendwo noch ein paar Kompanien verborgen hielten, die sie in den jetzigen Auseinandersetzungen, sei es aus finanziellen oder auch aus politischen Gründen, nicht ins Feld schicken wollten.

Die Männer blickten sich unsicher an. Dann trat ein älterer Adhil vor. Dorama glaubte, daß es sich um Laird Atoras Furyn handelte.

»Er kann mit seinen schnellsten Truppen schon in drei oder vier Tagen vor Leigre stehen. Weitere Truppen werden wir kaum zusammenbekommen. Das Fedina-Kontingent des Kaiserheeres wird praktisch komplett von Andron kommandiert. Ein kleinerer Teil, vor allem Fußtruppen, steht bei Eurem Heer im

Norden. Die Leibwache des Herkyn hat sich nach Bekanntwerden der Ereignisse ebenfalls zu Andron auf den Weg gemacht. Die kaiserlichen Abteilungen der anderen Familien stehen entweder bei Euch im Norden, sind dünn als Verteidigungslinie gegen isthakische Plünderer in der Taiga nördlich von Leigre verteilt oder befinden sich bereits hier in Leigre. Die meisten Abteilungen des Provinzheeres wurden entweder in den ersten Wochen des Winters von den Isthakis überrannt oder stehen bei Euren Männern. Ein kleiner Rest hält sich hier in Leigre oder bei den Adelstruppen in der Taiga auf. Die Haupttruppen des Ordens waren in Thordam und sind entweder dort geblieben oder mit Andron auf dem Weg hierher. Der Rest gehorcht Eurem Befehl im Norden oder hier in der Klosterfestung von Leigre. Die Stadtwehr von Leigre steht voll unter Waffen und ist uns loyal ergeben. Sie stellt ja auch«, der Adhil wies mit seinem Finger auf die Karte, »den größten Teil unserer Streitkräfte vor Ort. Auf die anderen Stadtwehren Anxalois können wir nicht bauen. Die werden jeweils dort bleiben, wo sie sind und ihre Familien beschützen. Bleiben die Mammutjäger, aber deren verfügbare Krieger sind bereits alle bei Eurem Heer im Norden.« Der Laird Furyn hob die Hände. »Alles in allem: Wir müssen mit dem auskommen, was wir haben, und das ist zuwenig, wenn Andron wirklich das gesamte Aufgebot, das sich in Thordam befand, unter seinen Befehl bringen konnte und damit vor Leigre auftaucht.«

»Also können wir schon mal eins feststellen«, resümierte Dorama. »Keinesfalls dürfen wir uns auf eine Feldschlacht mit dem Ni-Herkyn Fedina einlassen. Es muß einen anderen Weg geben, um ihn zu entkräften. Und zwar so schnell wie eben möglich.« Dorama atmete tief durch und blickte in die Runde. »Denn, meine Herren, eines könnt Ihr mir glauben. Jeder Tag, den die Eishexen ungestört in Soron verbringen, birgt eine gewaltige Gefahr in sich.«

Die Männer brachen in unterdrücktes Gemurmel aus.

»Davon sprecht Ihr des öfteren, Khaibar«, meldete sich dann Atoras Furyn zu Wort. Der alte Laird lehnte sich, auf seine faltigen Hände gestützt, auf den Kartentisch und blickte Dorama aus seinen von dunklen Tränensäcken untermalten Augen fragend an. »Dürfen wir, mit Verlaub, erfahren, was Ihr damit meint?«

Dorama hatte gehört, daß der Adhil vor kurzem einen Sohn verloren hatte. »Glaubt mir, Adhil, wenn ich Euch das genaue Ausmaß der Gefahr schildern könnte, würde ich es tun. Aber ich kann es nicht. Ich kann Euch jedoch bestätigen, daß mir Neuigkeiten bekannt sind, wonach sich die Isthakis in Soron auf der Suche nach einer alten Waffe aus längst vergangenen Zeiten befinden. Ihr alle wißt, daß sich unter der Festung uralte, teils unerforschte Ruinen befinden. Dort vermuten die Isthakis ihr Ziel. Alles, was ich darüber weiß, legt nahe, daß sich dort tatsächlich etwas befindet, was sich als Waffe gegen das Imperium nutzen läßt. Die Erlebnisse meines Neffen Dashino Jadhrin Thusmar und seiner Begleiterin, der Gadhira Celina Sedryn, bestätigen all diese Vermutungen. Ihr seid noch nicht vollständig über alles informiert, meine Herren. Doch ich bitte Euch, vertraut mir und glaubt mir, daß Eile das höchste Gebot der Stunde ist.«

Die versammelten Adligen und Offiziere nickten und schwiegen wieder.

Es hatte ein wenig gedauert, sie alle vom Verrat des Herkyn Fedina und des Lan-Kushakan zu überzeugen. Aber Dorama hatte es nach einigen Tagen tiefer Gespräche geschafft. Die Fedinas waren weder bei den kleineren Adelsfamilien Anxalois noch bei der Provinzarmeeführung sonderlich beliebt. Die sichtbare

Unterstützung, die Dorama seitens des Kaisers besaß, und Androns hastige Flucht nach Thordam hatten schließlich den Ausschlag gegeben. Dorama war im Augenblick der anerkannte Oberbefehlshaber der weltlichen Truppen der Provinz. Auch die Truppen des Ordens in der Stadt gehorchten ihm. Was sollten sie auch sonst tun?

Der Lan-Kushakan Mariak war zwar immer ein tadelloser Offizier des Ordens gewesen, doch sein unvermuteter Angriff auf den Senior-Kampfmagier des Ordens wurde von Zeugen bestätigt. Und was noch viel wichtiger war: Durch unerklärliche Umstände war in der Leiche Rakos Mariaks, die im Keller des Klosters aufgebahrt lag, ein Richtdolch der Streiter in der Finsternis aufgetaucht. Danach war sich Dorama der Loyalität der Ordenstruppen sicher gewesen. Er baute sogar darauf, daß die Brüder, die im Augenblick Andron folgten, zu ihm überliefen, wenn sie glaubhaft von der Existenz des Richtdolches überzeugt werden konnten.

Jadhrin, der die ganze Zeit über schweigend neben seinem Großonkel gestanden hatte, meldete sich zu Wort. »Vielleicht können wir eine Lösung jenseits des Schlachtfeldes finden.«

Bei diesen Worten schlug Celina Sedryn, die der Besprechung im Hintergrund ebenfalls beiwohnte, mit der Faust an das Gitter vor der Wand. »Was soll das heißen? Du willst doch nicht etwa mit ihm verhandeln?«

Alle Anwesenden blickten die junge Frau an, die sich nach vorn drängte und dabei jeden, der ihr im Weg stand, rücksichtslos zur Seite schob.

»Niemand will mit Andron verhandeln«, erklärte Jadhrin begütigend.

»Aber er kommt mit überlegenen Streitkräften geradewegs auf uns zumarschiert und behauptet, daß wir

in einem großangelegten Komplott seinen Vater umgebracht, den Lan-Kushakan getötet und die Macht an
uns gerissen hätten«, mischte sich Dorama ein. »Und
deshalb, meine liebe Gadhira, werde ich mir anhören,
was er zu sagen hat, und ihn dann auffordern, seine
Truppen unter mein Kommando zu stellen und sich
selbst einer ordentlichen Anklage und Gerichtsver-
handlung zu unterwerfen. Ich werde nicht blind einen
Krieg mit ihm beginnen. Das nützt nur den Isthakis.«
Dorama musterte die wütende Celina genau. Sie hatte
wirklich vor, den guten Andron höchstpersönlich aufzuspießen. Er fragte sich, wieviel von ihrer Wut wohl
durch das Schwert des Herulenar erzeugt wurde. »Ihr
werdet Euch jetzt zurückhalten. Der Ni-Herkyn ist ein
Adliger des Imperiums, gleichgültig welche Anklagen
gegen ihn erhoben werden und egal was er Euch ange-
tan hat. Er wird den Gesetzen des Imperiums entsprechend behandelt. Glaubt mir, wenn er schuldig ist,
dann werde ich, beim Lichte Meridas, auch dafür sorgen, daß er seiner Strafe nicht entgeht. Und jetzt mischt
Euch nicht weiter in diese Besprechung ein.«

Dorama, der ein langes Gespräch mit Jadhrin und
Celina hinter sich hatte und sehr genau über Androns
Rolle bei den Ereignissen dieses Winters Bescheid
wußte, verstand die junge Adlige. Aber er würde es
nicht dulden, daß sie mit ihrer Wut die Möglichkeit
zunichte machte, die Androns Rückkehr an die Spitze
eines kampfkräftigen Heeres bot. Der junge Ni-Herkyn hielt sich für sehr schlau. Er wollte die Schuld an
den Vorgängen Jadhrin, Celina und Dorama in die
Schuhe schieben. Indem er die Verratsvorwürfe gegen
sie richtete, machte er sich bei seinen Männern in
Thordam gegen gleichlautende Anschuldigungen, die
aus Leigre gegen ihn erhoben wurden, unangreifbar.
Er brauchte nur zu erklären, daß es sich um billige
Versuche der Verräterbande handele, ihn bei seinen

kaisertreuen Truppen anzuschwärzen. Sobald er Dorama aus Leigre vertrieben und dort seine Macht wiederhergestellt hatte, so glaubte er wahrscheinlich, brauchte er nur darauf zu warten, bis ihn der Kaiser zum neuen Provinzgouverneur ernannte. Gewöhnlich hätte er damit auch durchkommen können, denn wen, außer einen Fedina, sollte man in Emessa schon ernennen?

Androns Familie gehörte mehr als die halbe Provinz. Als ältester Sohn Grigors war er der Nachfolger, und wenn Andron Anxaloi im nächsten Sommer von allen Isthakis säuberte, würden sich damit auch alle Verratsvorwürfe erledigen.

Alles in allem kein schlechter Plan. Aber der Ni-Herkyn war eben nicht über alle augenblicklichen Entwicklungen auf dem laufenden und würde womöglich eine ziemliche Überraschung erleben.

Doch dazu brauchte Dorama etwas Zeit, bevor es zu einer Entscheidung kam.

»Also«, begann er, hielt dann aber inne.

Celina stand mit wütendem Gesicht vor ihm. Ihre grünen Augen funkelten ihn mit kalter Wut an. Sie schien kurz davor, ihn mit ihrem Schwert anzugreifen, doch Jadhrin stand bereits neben ihr, bereit, sie aufzuhalten, wenn sie ihre Waffe zog.

Dorama atmete tief durch und zwang sich, ruhig zu bleiben. Er hatte Gelegenheit gehabt, sich die Waffe Celinas genauer anzusehen. Deshalb hatte er eine gewisse Vorstellung davon, was gerade in ihr vorging. Sonst hätte er ein solches Verhalten nicht geduldet: sich seinen Befehlen zu widersetzen! Und das vor den versammelten Offizieren!

Mit einem scharfen Blick und einem Wink des Kopfes brachte er Jadhrin dazu, Celina sehr schnell, wenn auch behutsam, aus seinem Blickfeld zu entfernen.

»Also«, hob er erneut zu sprechen an, »obwohl wir eigentlich keine Zeit haben, werden wir uns die Zeit nehmen, dem Ni-Herkyn einen Boten zu schicken, der ihm unsere Forderungen überbringt. Warten wir zunächst einmal ab, wie er darauf reagiert.«

KAPITEL 20

12. Jantir 716 IZ

Die Verbindungsstraße von Leigre nach Thingstedt.
Eine Tagesreise von Leigre entfernt

Andron fühlte sich großartig. Niemals hätte er erwartet, daß es soviel Spaß machen würde, Herkyn und Provinzgouverneur zu sein. Sein Vater hatte immer nur von Verantwortung, Problemen und alltäglichen Scherereien gesprochen. Wenn das hier Scherereien waren, dann wollte Andron gern jeden Tag Scherereien haben. Vielleicht war sein verblichener Vater einfach nicht der richtige Mann gewesen, um die Stellung eines Provinzgouverneurs und Heerführers mit dem angemessenen Format ausfüllen zu können. Vielleicht war es an der Zeit gewesen, daß er durch einen jüngeren Mann abgelöst wurde.

»Herkyn! Die Truppen stehen bereit!« Der junge Ritmar der Greifen, der adligen Lanzenreiter der Fedinas, legte vor ihm eine Ehrenbezeugung wie aus dem Lehrbuch hin. Andron liebte es.

»Gut, gut«, murmelte er und versuchte den Eindruck zu erwecken, sich gerade mit wichtigen Schlachtplänen beschäftigt zu haben. Er räkelte sich auf dem bequemen Stuhl in seinem geräumigen Zelt. Beim Lichte, sein Vater hatte zumindest gewußt, wie man einen Feldzug angenehm gestaltete.

»Herkyn«, meldete sich der Greifenritmar wieder zu Wort. Andron, der gerade einen weiteren Schluck Wein genießen wollte, blickte unwillig empor. Was wollte der Mann noch von ihm? Es war viel zu früh am Morgen, um aus dem bequemen Pelzhausmantel seines Vaters in eine Rüstung zu schlüpfen. Die Sonne stand doch höchstens seit einer Stunde am Himmel, und der

217

gestrige Ritt zum vorgesehenen Schlachtfeld hatte bis tief in die Nacht gedauert. Andron hatte längst rasten wollen, aber seine Ghanare, Bran Etwar Fedina und Gadhir Limar Fedina, hatten ihn zusammen mit dem Oberbefehlshaber der Ordenstruppen Kushakan Foidester eindringlich bedrängt, sich vom Feind nicht das Schlachtfeld aufzwingen zu lassen, sondern es selber zu bestimmen. Also war er brummelnd weitergeritten. Und jetzt, nach kaum vier Stunden Schlaf, sollte es schon wieder weitergehen? Schliefen diese Soldaten denn nie?

»Was gibt es denn noch, mein Guter?« Andron wedelte mit seinem Weinkelch herum. Er beschloß, den jungen Offizier ein wenig durcheinanderzubringen. »Ja, ich habe alle Offiziere gemeint, als ich ankündigte, daß wir bei unserer Ankunft in Leigre im Palast zusammenkämen, um mal eine richtig ausschweifende Festlichkeit zu veranstalten. Dazu gehören selbstverständlich auch die jungen Ritmare meiner Greifenreiter. Die Damenwelt soll schließlich nicht nur mit den alten Herrn aus der Heeresleitung meines Vaters, Merida leuchte ihm durch die Dunkelheit, zusammentreffen.«

Der Ritmar sah ihn verständnislos an. Andron lächelte milde. Diese Soldaten ... Wenn es nicht gerade darum ging, anderen eine Waffe in den Körper zu stoßen, waren sie wirklich ungemein begriffsstutzig.

»Herkyn, die Ghanare lassen fragen, wann Ihr auf dem Schlachtfeld einzutreffen gedenkt.«

Mit einem müden Seufzer stellte der junge Heerführer seinen Weinkelch zur Seite. »Ist es wirklich schon soweit? Die Feinde sind auch schon alle da?« Er stand auf und schlurfte mit hängenden Schultern hinter einen Vorhang, dorthin, wo sich sein Bett und seine Rüstung befanden. Dann war nur noch ein ernüchtertes: »Diener! Kleidet mich an!« zu hören.

Der Ritmar schaute sich nervös um. Die Schlacht würde wahrscheinlich erst in einer halben bis dreiviertel Stunde beginnen, aber seine Vorgesetzten hatten ihm eingeschärft, nicht ohne den Herkyn zurückzukommen. Die beiden Ghanare der Fedina-Haustruppen, die den Hauptteil des Heeres bildeten, hatten es sich scheinbar in den Kopf gesetzt, in kürzester Zeit aus dem Sohn Grigor Fedinas einen brauchbaren Feldherrn zu machen.

Geraume Zeit später tauchte Andron in voller Rüstung neben Ghanar Bran Etwar auf. Der frischgebackene Herkyn hatte sichtlich Mühe darauf verwandt, angemessen beeindruckend auf dem Schlachtfeld zu erscheinen. Er saß auf einem großen schwarzen Schlachtroß, das von einem ganz in hellblau gekleideten Pagen am Zügel geführt wurde, und seine Rüstung – an vielen Stellen aufwendig vergoldet – war auf Hochglanz poliert worden. Auf seinem Umhang prangte der Löwe Anxalois neben dem Greifenwappen der Fedinas. Ein schmaler goldener Stirnreif – verdächtig an eine Krone erinnernd, aber knapp unter der gesetzlich dem Kaiser vorbehaltenen Breite bleibend – hielt sein mattschimmerndes Haar zurück, das ihm frei den Rücken herunterwallte. Sein edles Kinn hoch erhoben, musterte er die angetretenen Truppen. Dabei ruhte seine Linke auf dem Knauf seines Schwertes, während er die Rechte in die Hüfte gestützt hatte.

Der Ghanar Bran Etwar musterte ihn mit hochgezogener Augenbraue. Er selber trug seine eisengraue Schlachtrüstung, dazu einen dicken Wollmantel und hielt einen Feldherrnstab in der Hand, den er bei Androns Ankunft zögernd betrachtete, dann aber seinem Lehnsherrn hinüberreichte.

»Danke.« Andron nahm den Stab entgegen. »Wo ist Ghanar Gadhir Limar?«

»Er ist unten bei der Infanterie, Herkyn. Prüft noch

219

einmal alles und will auch von dort seine Befehle geben. Wir glauben, daß dies sinnvoller ist, weil wir dem Feind an Fußvolk leicht unterlegen sind.«

Andron schaute sich um. Der Offiziersstab hatte sich auf einer kleinen Anhöhe schräg hinter der Linie seiner Truppen eingefunden.

»Na, das wollen wir doch gleich einmal sehen«, meinte Andron. Es war wichtig, seinen Untergebenen zu jeder Zeit klarzumachen, daß alle Entscheidungen und Einschätzungen letztlich immer vom Oberbefehlshaber getroffen wurden. Einer der wenigen sinnvollen Ratschläge seines Vaters. Andron blinzelte, aber irgendwie war ihm der Morgen noch viel zu hell. Die Sonne stand furchtbar tief, und der Schnee warf das Licht auf gräßliche Art und Weise zurück.

»Ein Fernsichtglas!« forderte er. Sofort setzte sich eine Ordonanz mit dem Ruf nach einem Glas für den Feldherrn auf den Lippen in Bewegung.

Auch ohne magische Sehhilfe konnte Andron von hier aus, dem Verlauf der Straße folgend, den größten Teil des Aufmarschgebiets zumindest grob überblicken. Gleich vor ihm erstreckte sich eine mehr als tausend Schritte lange, halbwegs freie Fläche. Nur gelegentliche Schneeverwehungen, ein paar hohe Dornenbüsche und die halbverfallene Ruine eines alten Adelssitzes oder eines größeren Bauernhofes ragten aus der durchgehend weißen Fläche hervor. Im Osten, dort, wo seine zukünftige Hauptstadt lag, wurde das Aufmarschgebiet von dichtem Tannenwald begrenzt. An dieser Stelle befand sich, von hier aus nur als dunkle Masse zu erkennen, die Schlachtreihe des Gegners. Rechts von dem nur wenig beeindruckend aussehenden Heer standen im Norden hier und da kleinere Grüppchen von Nordmark-Birken, die ihre kahlen Stämme, umgeben von kleinen Buschgruppen, in den kalten Morgen reckten. Im Westen, hinter der

220

Anhöhe, auf der Andron sich befand, lagen ebenfalls tiefe Wälder, einige weiter entfernte flache Hügel und das Lager seines Heeres. Vor der Anhöhe wartete das Heer, das Andron hierher geführt hatte und das ihn wieder in den Palast von Leigre bringen sollte, den er so schmählich flüchtend verlassen hatte. Der Süden wurde ebenfalls von lichten Fichtenwäldchen beherrscht. Eine gewöhnliche, langweilige Nordmarklandschaft eben. Andron war wirklich fest entschlossen, etwas gegen diese ganzen Bäume zu tun. Er hatte die unendliche Taiga schon während seiner Flucht von Soron nach Leigre hassen gelernt, und jetzt hatte er endlich die Macht, seiner Abneigung auch Taten folgen zu lassen.

Ein junger Soldat reichte Andron eines der Ferngläser hoch, die von der Magiergilde verzaubert und den Feldherrn des Imperiums zur besseren Fernsicht übergeben wurden. Andron hob es an sein Auge und überblickte langsam das Aufmarschgebiet der Gegenseite. Ein immer breiter werdendes Lächeln umspielte nach wenigen Augenblicken seine schön geschwungenen Lippen.

»Das ist alles?« fragte er dann. »Damit wollen die uns davon abhalten, diese Verräterbande gefangenzunehmen und ihrer gerechten Strafe zuzuführen?«

»Es scheint fast so«, bestätigte Kushakan Foidester, der herangeritten war, nachdem er Andron auf dem Feldherrnhügel erblickt hatte.

Andron strahlte den Ordensritter begeistert an. Er mochte Foidester. »Seid gegrüßt, Kushakan!« Andron wandte sich dem Neuankömmling zu. »Ich hoffe, Ihr hattet eine angenehmere Nacht als ich.« Dann blickte er Ghanar Bran Etwar an. »Warum macht Ihr Euch Gedanken über überlegenes Fußvolk? Habt Ihr denn nicht gesehen, was uns da gegenübersteht?«

Der ältere Ghanar wollte sich rechtfertigen: »Her-

kyn, gewiß sind sie uns unterlegen. Aber der Khaibar ...«

Andron unterbrach ihn. »Sagt Kushakan, wie schläft
ein Ordenskrieger vor so einer Schlacht? Zwackt Euch
die Unruhe beim Gedanken daran, imperialen Soldaten vielleicht das Leben nehmen zu müssen?«

»Nein, Herkyn. Meridas Licht gewährt den Seinen
immer einen ruhigen Schlaf. Wir Krieger des Ordens
kämpfen im Licht und töten im Licht, gleichgültig wer
sich uns entgegenstellt.« Der Kushakan musterte Androns prächtige Gewandung mit einem mißbilligenden
Blick, den Andron ihm beinahe sehr übel genommen
hätte.

»Tatsächlich!« rief er statt dessen. »Das ist wahrhaft
eine reizvolle Betrachtungsweise.«

Andron würde sich hüten, den Kushakan gegen sich
einzunehmen, solange ihre Differenzen nur modischer
Natur waren. Der Ordenskommandant unterstützte
Androns Anspruch auf den Gouverneurstitel von
Anxaloi bedingungslos. Er glaubte fest daran, daß Ja-
dhrin Thusmar und auch sein Verwandter, der Khaibar
Dorama Thusmar, ein von langer Hand vorbereitetes
Komplott in die Tat umgesetzt hatten.

Andron hatte keine Ahnung, wie er darauf kam.
Aber der Tod Rakos Mariaks schien ihn wie ein Stein-
schlag getroffen zu haben, und er ging wie ein wüten-
der Hund auf jeden los, der es wagte, Zweifel an der
Richtigkeit eines Feldzuges gegen Leigre anzumelden.
Leute, die solche Einwände vorbrachten, so hatte er
sofort ausgerufen, machten sich der Begünstigung des
Hochverrats schuldig. Andron hatte ihn herumtoben
lassen. Jede Form von Unterstützung war in den ersten
Stunden seiner Ankunft beim Stab des Heeres in Thordam sehr wichtig gewesen.

Es hatte dort viele Offiziere gegeben, die erst einmal
zu besonnenem Vorgehen aufgerufen hatten und sehr

genau wissen wollten, was eigentlich vorgefallen war, bevor sie die Hauptstadt ihrer Heimatprovinz angriffen. Diese Männer hatten es zwar nicht laut ausgesprochen, aber Andron wußte, daß sie vor allem deshalb zögerten, weil die Neuigkeiten von ihm kamen.

Er war der Sohn seines Vaters, der rechtmäßige Nachfolger Grigor Fedinas, doch er hatte nicht bei allen Männern in der Heeresleitung den Ruf, der ihm gebührte. Andron war sich darüber im klaren, daß viele Offiziere ihn für einen verzogenen, verweichlichten Frauenhelden hielten, der nichts vom Krieg verstand.

Nun, vielleicht verstand er nichts von verschwitzter Unterkleidung, blutbespritzten, verbeulten Rüstungen, entstellenden Verwundungen, Hunger, Müdigkeit und all den anderen Dingen, auf deren Erleben sich diese ›Soldaten‹ etwas einbildeten. Dafür besaß er Raffinesse und eine zivilisierte Skrupellosigkeit, die es ihm erlaubte, mit all diesen harten Kriegern so zu verfahren, wie er es für nötig hielt.

Nach ein paar Tagen waren alle, die nicht für ihn waren, den Einheiten zugeteilt, die in Thordam zurückblieben. Ein kurzes Gespräch Herkyn Henrons, des Gouverneurs von Thordam, mit einem zutiefst trauernden Andron hatte gewährleistet, daß diese, nun dem Herkyn Henron unterstellten Truppen sich im Augenblick mit dem Befehl, einen Gegenangriff vorzubereiten, daran machten, die isthakische Grenze zu überschreiten. Andron rechnete eigentlich nicht damit, einen der Zweifler wiederzusehen. Der Rest des Heeres stand nun auf seiner Seite.

Andron hob erneut das Fernglas, um seine Truppen zu überblicken, die unter ihm in einer langgezogenen Schlachtlinie angetreten waren.

Das waren vor allem die Haustruppen der Fedinas. Deren Offiziere wußten, sollte es sich als wahr herausstellen, daß ihr Laird Verrat am Imperium geübt hatte, daß die Familie Fedina all ihre Macht und Güter verlieren würde. Sie unterstützen Andron, weil eine schnelle Bereinigung der Lage dem Kaiser in Emessa nichts anderes übriglassen würde, als die Fedinas in Anxaloi an der Macht zu lassen, solange sie sich nicht in offener Rebellion befanden. Die Ordenstruppen in seinem Heer folgten vor allem Kushakan Foidester, der von dem Gedanken an Rache an den Mördern seines Vorgesetzten beseelt war. Der Mann war so fanatisch, daß Andron schon darüber nachdachte, ob der verstorbene Rakos für Foidester nicht mehr als nur ein Vorgesetzter gewesen war. Man hörte so einiges über das Leben der Brüder in den frauenlosen Klöstern.

Die wenigen Abteilungen des Provinzheeres, die das Aufgebot Grigors nach Thordam begleitet hatten, fielen jetzt entweder gerade in Isthak ein oder wurden von Offizieren befehligt, die nach einer großzügigen Zuwendung aus der Armeekasse seines Vaters auch dann bereit gewesen wären, Andron zu folgen, wenn er sich als Orkhäuptling entpuppt hätte.

»Wir werden sie einfach in den Schnee reiten. Oder was meint Ihr, Kushakan?« wandte er sich beifallheischend an Foidester. Das Heer unter ihm war nicht nur zahlenmäßig gut doppelt so stark wie das seiner Feinde, unter Androns Truppen befanden sich auch fast nur Einheiten, die Elitestatus besaßen oder aus erfahrenen Veteranen zusammengesetzt waren. Seine Feinde hingegen konnten eigentlich nur den Abschaum der anxaloischen Armee ins Feld führen.

Androns Truppen würden die kommende Schlacht gewinnen. Dann würde er die Macht in Leigre übernehmen, das Heer nach Norden führen und Soron zurückerobern. Danach würde ihn der Kaiser vielleicht sogar als Helden auszeichnen müssen; seine Machtstellung in Anxaloi wäre jedenfalls unangreifbar, und von den Vorwürfen des Verrats würde niemand mehr sprechen.

Bereits jetzt, erst wenige Tage nach seinem Auftauchen in Thordam, hatte Andron mit allen wichtigen Kommandeuren seines Heeres zumindest ein kurzes Gespräch geführt und ein geschickt geflochtenes Netz aus Versprechungen, dem Wissen über kleinere und größere Geheimnisse und der Überreichung großzügiger Geschenke gewoben, das ihm nun die völlige Kontrolle über die Truppen gewährleistete. Vor allem bei den Gesprächen mit den Atmars des Provinzheeres waren einige sehr reizvolle Einzelheiten über die adligen Offiziere herausgekommen. Er hatte verschiedene Männer kennengelernt, die ihm sehr nützliche Dienste erweisen konnten, solange er sie nur angemessen bezahlte, etwas, was sein Vater wohl sträflich vernachlässigt hatte. Der alte Mann mochte ja ein brauchbarer Politiker gewesen sein, aber er hatte völlig veraltete Vorstellungen davon, wie man die zur Verfügung stehenden Möglichkeiten richtig nutzen konnte. Androns Aufenthalt in der Zentralmark hatte ihn nicht nur viel über die feine Lebensart gelehrt, er hatte auch einiges darüber erfahren, daß Politik ein bedeutend härteres und schmutzigeres Geschäft sein konnte, als die meisten Kriege es waren. Als Politiker sah man einfach nur viel besser aus. Aber das würden die Nordmark-Raufbolde um ihn herum schon noch lernen.

Andron ritt einige Schritte vor seine Offiziere und setzte sich im Sattel für eine kleine Ansprache an den Stab zurecht. Er hoffte, daß die im Osten stehende Sonne ein gutes Licht auf ihn warf.

»Wir werden«, begann er, »heute gegen imperiale Soldaten ins Feld ziehen. Soldaten, die von einer kleinen Gruppe von Verrätern belogen und gelenkt wurden. Denkt daran. Aber denkt auch daran, daß es von einem raschen und eindeutigen Sieg abhängt, wie schnell wir die tödliche Gefahr beseitigen können, die den Fortbestand unserer Provinz, wenn nicht des ganzen Imperiums bedroht. Also kämpft hart und kämpft schnell. Je schneller ihr den gegnerischen Kommandostab gefangennehmen könnt, desto schneller können wir aufhören, unschuldige Soldaten des Imperiums zu töten.« Andron breitete die Arme aus. »Ich bitte euch, meine Herren, versucht im Auge zu behalten, daß es uns vor allem darum geht, die Verräter Dorama und Jadhrin Thusmar und ihre Freunde unschädlich zu machen. Laßt euren gerechten Zorn nicht an den Bauern aus, die sie ins Feld führen.«

Andron lenkte sein Pferd herum und richtete den Feldherrnstab nach Osten. »Wer mir als erster den Kopf eines der beiden Thusmars bringt, der bekommt ein prächtiges Lehen von vier reichen Dörfern aus meinen eigenen Domänen!« Dann senkte er den Feldherrnstab.

Rechts und links galoppierten bereits junge Fedina-Offiziere, die so schnell wie möglich zu ihren Einheiten gelangen wollten, um sich den Preis nicht entgehen zu lassen.

»Ist das klug?« fragte über das Hufgetrampel hinweg die Stimme von Ghanar Bran Etwar. »Dorama Thusmar ist ein geschickter Mann. Das hat er schon bewiesen, als er mit einem ähnlich zusammengewürfelten Heer die Isthakis schlug.«

Andron winkte ab. »Ghanar, ich bitte Euch. Glaubt Ihr ernsthaft, er könnte das da unten aufhalten?« Er wies mit seinem Feldherrnstab auf die Kavallerieschwadronen, die sich in vollem Galopp auf die feindlichen Linien zubewegten. »Dieser Khaibar mag ja die Isthakis mit dem geschlagen haben, was mein Vater nicht mit nach Thordam nehmen wollte. Aber die Einheiten, die uns dort gegenüberstehen, hat selbst Dorama nicht mit in den Kampf gegen die Isthakis nehmen wollen. Also wirklich, Ghanar. Lehnt Euch zurück, entspannt Euch, genießt die Vorstellung!« Andron lachte unbeschwert und ließ sein Pferd ein wenig herumtrippeln. »Oh, kommt schon, Etwar, macht nicht so ein mißmutiges Gesicht.«

Der Ghanar lächelte gezwungen. Er würde noch sehr lange mit diesem Irren mit der jugendlichen Frohnatur auskommen müssen. Das Schicksal der Fedinas hing davon ab. Er versuchte sich auf die Schlacht unter ihnen zu konzentrieren.

Der Sohn seines Cousins hatte recht. Die paar Männer, auf die gerade der Sturmangriff zurollte, reichten auf keinen Fall aus, um die Reiterei ernsthaft aufzuhalten. Wenn Dorama Thusmar nicht noch eine ganz besondere Karte im Ärmel hatte, würde der Sturmangriff erst vor den Toren Leigres zum Halten kommen. Aber das war es ja eben … Alles in Ghanar wehrte sich dagegen, daß ein so erfahrener Mann wie der Senior-Kampfmagier des Ordens sich aus einer befestigten Stadt herausbewegen sollte, nur um sein Heer in eine sichere Niederlage zu führen. Da stimmte doch irgend etwas nicht! Doch was sollte das sein, beim Lichte Meridas?

Die leichte Reiterei des Ghanar hatte gestern nacht die Wälder in der Umgebung des Schlachtfeldes durchkämmt. Da gab es keine Truppen, die vielleicht einen Hinterhalt hätten durchführen können. Sicher, nicht alle Kundschafter waren schon wieder zurückgekehrt. Und einige hatten auch Feindkontakt mit den Spähern Doramas gehabt und sich zurückgezogen. Aber der Ghanar war sich ganz sicher, daß sich in den Wäldern um das Schlachtfeld herum keine Streitmacht befand, die das Ergebnis hätte abwenden können.

Es gab nicht den kleinsten Hinweis darauf, daß etwas scheitern könnte. Der Ghanar blickte wieder auf die Ebene, die vor ihm lag. Die Reiter brauchten nur noch etwa fünfhundert Schritte zu überwinden, dann war die Sache entschieden. Er hob sein eigenes Fernglas, um die Reaktion des Feindes zu beobachten, senkte es aber sofort wieder.

Weshalb standen die so unbeeindruckt herum? Die waren ja nicht mal ansatzweise in der Lage, einen Kavallerieangriff aufzufangen.

Einige laute Schreie waren plötzlich über dem Donnern Hunderter von Hufen im Schnee zu hören. Der Ghanar zuckte zusammen und blickte sich erschrocken um. Auch der Herkyn, der ganz in der Nähe begeisterte Anfeuerungsrufe ausgestoßen hatte, hielt inne.

Zwei dunkle Punkte kamen hoch am Himmel, nur schwer erkennbar durch das Gegenlicht der tiefstehenden Sonne, von Osten her in Sicht. Etwar riß das Fernglas empor. Die beiden Flecken am Himmel näherten sich mit hoher Geschwindigkeit und wurden im Sichtkreis des Fernglases immer größer. Es waren Flugdrachen! Der Ghanar ließ das Fernglas wieder sinken. Flugdrachen! Das konnte nur eines bedeuten!

»Flugdrachen!« rief auch Andron neben dem Ghanar mit Entsetzen in der Stimme. »Zwei! Wieso zwei?«

Er hatte ja selbst miterlebt, daß es diesem Dorama offensichtlich gelungen war, an eines dieser Tiere heranzukommen. Er war damit auf der Dachterrasse des Palastes in Leigre gelandet. Aber da vorn näherten sich zwei Drachen, gingen in eine leichte Kurve und flogen unmittelbar an der Linie der Kavallerie entlang, die sie offenbar noch gar nicht bemerkt hatte. Das änderte sich schnell, als die Drachen knapp vor den ersten Reitern ihren Feuerodem in die Luft spuckten. Fast augenblicklich löste sich der Kavallerieangriff in Chaos auf.

Pferde brachen aus, stiegen auf, warfen ihre Reiter ab oder bockten einfach wild durch die Gegend. Andere Reiter rissen ihre Tiere herum und versuchten, selbst von panischer Angst erfüllt, in die Wälder zu entkommen. Die folgenden Reihen ritten von hinten mit voller Wucht in das Durcheinander vor ihnen hinein. Pferde gingen samt Reitern zu Boden, prallten aufeinander ...

Es war furchtbar. Der Angriff versiegte wie eine Welle zur Ebbe an einem langgezogenen Strand. Irgendwann bemerkten die wenigen Reiter, die auf den Feind zuhielten, daß sie plötzlich allein waren, und brachen den Angriff ab. Die hinteren zügelten ihre Pferde ebenfalls, unwillig, die Tiere über die Körper der vor ihnen herumliegenden und durcheinanderlaufenden Kameraden hinwegzutreiben.

Einer der Drachen flog kreuz und quer über der Reiterei hin und her, blies seinen feurigen Atem in die Luft und sorgte, wo immer er auftauchte, für eine Verschlimmerung des heillosen Durcheinanders am Boden. Gleichzeitig schien sich der Reiter auf dem Rücken des Drachen hinunterzubeugen und den Männern am Boden etwas zuzurufen.

Das andere Ungeheuer hielt geradewegs auf den Feldherrnhügel zu. Andron hatte das unbedingte Gefühl, daß sich hier eine sehr unangenehme Entwicklung anbahnte. Der Drache wurde rasch größer. Seine Flügelspannweite mußte mehr als zwölf Schritt betragen. Die Zähne in seinem Rachen waren groß wie Schwerter, und dieses rote Glimmen, ganz tief hinten in seinem Rachen, war furchtbar. Andron gab seinem Pferd die Sporen. Herkyn hin oder her, Gouverneur, Titel und alles, was nützte einem das, wenn man Drachenfutter wurde?

So schnell er konnte, ritt Andron die Anhöhe hinunter und die Straße nach Westen entlang, doch wie schnell sein Pferd ihn auch davontrug, der Flügelschlag hinter ihm – dann über ihm – wurde immer lauter. Andron schloß die Augen. Gleich würde alles vorbei sein.

»Halt! Im Namen des Kaisers, hier spricht Khaibar Bran Sheben!« erklang plötzlich von oben eine Stimme. Gleichzeitig überholte der Drache Andron und stieß einen dieser furchtbaren Schreie aus. Androns Pferd wieherte in Todesangst, brach zur Seite aus, kam prompt durch irgendein unter dem Schnee verborgenes Hindernis am Straßenrand ins Straucheln, ging mit voller Wucht zu Boden und schleuderte Andron samt Rüstung einige Schritte weiter in eine Schneewehe.

Für ein paar Augenblicke sah der Herkyn nur Sterne. Alles um ihn herum war weiß, naß und gab nach. Etwas Kaltes drang in seinen Mund, als er schreien wollte. Er begann sich wieder zu orientieren und festzustellen, wo oben und wo unten war. Langsam ordnete er seine Gliedmaßen: Es schien alles gutgegangen zu sein. Sein Kopf war halb unter dem Schnee begraben. Er konnte nichts sehen, alles war still. Vielleicht hatte er Glück gehabt, und der Drache war weitergeflogen. Vorsichtig drehte er sich um und hob den Kopf aus der Schneewehe heraus.

Unmittelbar vor sich sah er das Gesicht des Drachen. Andron fuhr erschrocken zurück. Das Ding stank schlimmer als alles, was er in seinem Leben jemals gerochen hatte. Er überlegte schon, ob er sich totstellen sollte – vielleicht fraßen diese Ungetüme nur lebendige, zappelnde Beute –, als er wieder die Stimme hörte.

»Kommt da heraus, Mann!«

Andron zögerte. Eine Stimme? Der Drache war es nicht gewesen. Also ein Mensch, ein Reiter. Da fiel ihm wieder ein, daß er auch vorhin schon einmal zum Anhalten aufgefordert worden war. Von wem noch mal? Sein Kopf schmerzte, als er versuchte, sich zu erinnern.

»Ich sagte: Steht auf! Hier spricht Khaibar Bran Sheben. Im Namen des Kaisers. Seid Ihr Andron Fedina?«

Andron nickte. Er konnte nicht mehr als diesen riesigen, monströsen Schädel mit der grünen geschuppten Haut und diesen schrecklichen, mitleidlosen gelben Raubtieraugen vor sich erkennen.

»Ihr steht unter Arrest. Gegen Euch wird der Vorwurf des Verrats erhoben. Kommt, beim Lichte Meridas, jetzt aus dem Schnee heraus und steigt zu uns in den Sattel. Wir müssen zum Schlachtfeld zurück, damit Ihr Eure Armee aufhalten könnt, bevor ein Unglück geschieht.«

Andron versuchte, sich aufzurappeln, fiel aber erst einmal kraftlos wieder um. »Meine Beine, sie wollen noch nicht so ...«

Er wurde unterbrochen. »Wenn Ihr jetzt nicht sofort hochkommt, dann lasse ich den Drachen Euch ins Maul nehmen und Euch so zurücktragen.«

Andron stand blitzschnell auf den Beinen und stakste, durch den Schnee torkelnd, aus der Reichweite des riesigen Mauls. Er versuchte einen klaren Kopf zu bekommen. Wer auch immer da auf dem Drachen saß – er hatte den Namen schon wieder vergessen –, sprach mit ihm. Und wenn er mit ihm sprach, dann wollte er ihn zumindest nicht gleich umbringen. Das mußte einen Grund haben, und das wiederum bedeutete, daß Andron einen Hebel hatte, an dem er ansetzen konnte. Solange noch Worte im Spiel waren und nicht schlichte Gewalt, hatte er auch eine Möglichkeit. Er würde schon herausfinden, was der Mann auf dem Drachen von ihm wollte. Und dann würde Andron ihm ein bißchen mehr anbieten, wenn er dafür wiederum etwas bekäme. Eine Hand für die andere. Politik. Es war alles Politik.

KAPITEL 21

23. Jantir 716 IZ

Die Festung Soron

Die Sonne stieg im Osten gerade zögernd über die Spitzen der Taisak-Berge herauf. Noch blieb sie eine Ahnung gleißender Punkte, verborgen hinter den hochgelegenen Bergkämmen und Gipfeln. Doch die Landschaft, ganz unter einer dichten Schneedecke verborgen, wurde schon ausreichend beleuchtet, um den Fernblick eines kalten Tages im Hochgebirge genießen zu können. Unter dem Schatten des mächtigen Obun erstreckten sich die Umrisse der Festung Soron. Hoch oben, an den Hang des Berges geschmiegt, befand sich der Neue Bergfried, das Zentrum der Festungsanlage, mit seiner weitläufigen Architektur aus kleinen und größeren Türmen, Anbauten, Schanzen und Verteidigungsplattformen. Dieser riesige Komplex allein konnte im Ernstfall eine kleine Armee beherbergen, denn er war weiträumig unterkellert.

Verbunden mit dem Neuen Bergfried, und zwar durch eine breite und sehr hohe Mauer, erhoben sich weiter den Hang hinunter zwei große Türme, die miteinander ebenfalls durch eine gewaltige Mauer verbunden waren, in der sich ein großes Torhaus befand, daß andernorts für sich allein als komplette Festung gezählt hätte. Das Gelände in dem so gebildeten Innenhof fiel recht steil ab; nur ein breiter, mit Stufen versehener Weg führte durch das Torhaus ins Innere des Neuen Bergfriedes. Frischer Schneefall in der gestrigen Nacht hatte dafür gesorgt, daß ein unberührter weißer Teppich den Innenhof bedeckte. Über diesem hochgelegenen Abschnitt der Festung lag eine fast friedliche Ruhe, nur winzige Punkte, die auf den zahlreichen Verteidigungsplattformen unentwegt hin und her liefen, bewiesen, daß man sich dort kampfbereit machte.

Die älteren Teile der Festung, deutlich unterscheidbar durch den zum größten Teil wesentlich wuchtigeren und schlichteren Baustil und die fast schwarzen Steine, aus denen die Gebäude und Mauern errichtet worden waren, boten sich dem Auge des Betrachters wesentlich unruhiger dar. An der nördlichen, dem Khaiman-Paß zugewandten Seite des unteren Festungshofs erhob sich der Elfenspitz. Die höchsten Stockwerke des grazilen Gebäudes erreichten beinahe das Niveau der wesentlich höher am Berghang gelegenen Zinnen und Dächer des Neuen Bergfriedes. Die besonders schlanke Architektur des Turmes blieb in ihrer einzigartigen Fremdartigkeit eine ewige Erinnerung daran, daß die menschlichen Baumeister des restlichen Soron sich mit ihren plumpen Bauwerken nur auf den Resten einer älteren elfischen Festung ausgetobt hatten.

Im Verlauf der Mauer folgte an der nordwestlichen Ecke der Festung der Alte Bergfried. Dieses älteste von Menschenhand errichtete Bauwerk lag an der über den Paß führenden Straße, auf der sich seit vielen Jahrhunderten Armeen von Isthak ins Imperium und vom Imperium in das Reich der Eislords bewegt hatten. Der Alte Bergfried hockte wie ein wuchtiger, schwarzer Klotz unter der Festung und diente auch als Torhaus für den unteren Teil Sorons. An dem Bauwerk waren überall die Spuren alter und frischer Kämpfe zu erkennen, die es im Laufe der Jahrhunderte und auch erst in letzter Zeit um die Kontrolle des Festungstores gegeben hatte.

Weiter der leicht gebogenen Westmauer der Festung folgend, gelangte der Beobachter zur Bastion des Ordens des Reinigenden Lichtes, die bei der Eroberung

der Festung ebenfalls stark in Mitleidenschaft gezogen
worden war. Zwischen diesen beiden Anlagen befanden sich die Reste einer Eisrampe, die von den Isthakis
errichtet worden war, um ihre Truppen auf das Niveau
der Verteidigungsanlage hinaufzubringen. Die Bastion
des Ordens schützte die südwestliche Ecke der Festung und stellte für sich eine eigene, abgeschlossene
Burganlage dar. Von der Bastion aus mündete die Ost-
mauer, etwas weniger stark als die dem Paß zuge-
wandte, in den Südturm des oberen Verteidigungsbe-
reichs.

Der gesamte untere Bereich bot ein wildes Durcheinander von schmutzigem, zertrampeltem Schneematsch, nur gelegentliches Weiß leuchtete aus den Ab-
stufungen von Braun und Schwarz hervor, die sich um
das Zeltlager der Tiermenschenhorde konzentrierten,
die den Innenhof der unteren Anlage als Wohnstätte
nutzte. Die wenigen ausgebrannten Ruinen des kleinen
Dorfes, das sich einst im Innenhof befunden hatte,
waren kaum noch zu erkennen. Die Häuptlinge der
Tiermenschen hatten sich hier ausgebreitet, und ihre
Behausungen aus Fellen und Lederplanen bedeckten
die einstigen Häuser der Menschen wie ein pelziger
Ausschlag. Der Hof glich einem Ameisenhaufen, überall liefen Tiermenschen, Schneebarbaren und die größeren Umrisse kleiner Gruppen von Tierberserkern
durcheinander.

Auch die Verteidigungsplattformen der Anlage
boten ein gemischtes Bild. Während sich auf den
Mauern hauptsächlich Tiermenschen tummelten,
schienen die Kommandeure der Festung die wichtigsten Bereiche nicht den undisziplinierten Wesen
aus den Eishöhlen von Norgal anvertrauen zu wollen. Der Alte Bergfried wurde von mehreren hun-
dert Skelettkriegern verteidigt, die unter der Kontrolle von Nekromanten gerade dabei waren, in lan-

gen Kolonnen ihre Stellungen hinter den Zinnen zu beziehen.

In der Ordensbastion waren die schwarzbemantelten Umrisse von Rittern des Ordens der Reinigenden Finsternis zu erkennen, die in einer passenden Parodie auf den Orden der Merida Kirche die Anlagen zu bemannen begannen. Sie wurden unterstützt von Bogenschützen aus dem Volk der Schneebarbaren, die ebenfalls in Stellung gingen, um jeden Angreifer mit einem tödlichen Pfeilhagel zu überschütten.

Jenseits der Festungsmauern erstreckte sich eine weiträumige Ebene, wo der Khaiman-Paß in die von ausgedehnten Taiga-Wäldern bedeckten, südlichen Regionen der Provinz Anxaloi mündete. Die schneebedeckte Fläche wurde von kleinen Wäldchen begrenzt, die sich in einiger Entfernung im Norden an die Ausläufer der Taisak-Berge schmiegten, im Süden den Anfang einiger kleinerer Hügel markierten und im Osten die Straßen flankierten, die vom Khaiman-Paß aus nach Leigre im Süden beziehungsweise entlang des Taisak-Massivs zur Festung Askar und schließlich nach Thorwall, der nördlichsten Stadt des Imperiums, führten.

Auf dieser Ebene hatte sich das Heer des Imperiums versammelt und begann unter Hörnerklängen, Trommelschlägen und den heiseren Rufen der Offiziere seinen Angriff auf die Festung. Die Heeresleitung hatte einen sofortigen Sturm befohlen. Niemand wollte eine lange Belagerung, die jederzeit die Gefahr in sich barg, daß die Angreifer schutzlos einem aufkommenden Schneesturm ausgeliefert waren. Also waren die Einheiten, die gerade erst gestern in Sichtweite der Mauern Sorons angekommen waren, vor dem ersten Morgengrauen aus den Zelten geholt worden. Sie befanden sich noch im Feldlager, das im Schutz der Wälder eine halbe Stunde Marsch von der Festung entfernt lag, hatten im ersten Licht der aufgehenden Sonne ausreichend Verpflegung für einen Tag erhalten und sich die Reden des Feldherrn angehört. Die Offiziere hatten ihre genauen Befehle erhalten und ihre Männer überprüft. Nun gingen die für den ersten Sturm vorgesehenen Truppen in ihre Angriffsstellungen unterhalb der Festung.

Dorama wandte sich an seinen alten Freund Bran Josek Sheben. »Ich mache mich jetzt auf den Weg. Die Männer warten schon.«

»Viel Glück, Dorama«, entgegnete Josek und überprüfte noch einmal den Sitz seiner Rüstung. »Vergiß nicht, daß du dich nicht nur um das Grab kümmern darfst. Du mußt die Brüder auch unbedingt in die Festung hineinbringen. Die Hexen werden sich zwar gegen einen Angriff von unten abgesichert haben, aber wenn wir es nicht schaffen, Truppen durch diese unterirdischen Anlagen ins Innere Sorons zu schleusen, wird der heutige Tag sehr viel mehr Menschenleben kosten als nötig.«

Dorama nickte. »Du kannst dich auf mich verlassen.«

Bran Josek Sheben zählte schon lange zu seinen Freunden. Der jüngere Mann und Dorama hatten viele gemeinsame Feldzüge erlebt und wußten, was sie aneinander hatten. Zwar war Dorama nun ebenfalls in den Rang eines Khaibar aufgestiegen, aber nach der Ankunft des Bran Sheben hatte er sofort das Oberkommando über seine Truppen an diesen abgegeben. Er war fast ein wenig froh, sich wieder unmittelbarer auf seine Spezialität, die Kampfmagie, und die Suche nach den Formeln konzentrieren zu können. Außerdem war Josek bei weitem länger kaiserlicher Khaibar, und damit gebührte ihm als Dienstälterem ohnehin das Kommando.

Dorama bebte beim Gedanken an die kommenden Stunden vor Aufregung. Es galt zwar auch, eine Schlacht zu gewinnen, aber er würde zugleich in die Nähe der von ihm gesuchten Formeln gelangen. Dorama hatte von Rokko, Celina und Jadhrin ein ziemlich genaues Bild der geheimnisvollen Keller unter dem Elfenspitz und der dort versteckten Grabkammer erhalten. Celina und Jadhrin würden versuchen, die Stelle wiederzufinden, wo sie Fakor Sedryn, Celinas toten Bruder, gefunden hatten. Von dort aus hoffte Celina, gelenkt durch die Visionen, die sie durch das Schwert des Herulenar erhalten hatte, jenen Geheimgang zu finden, durch den Fakor in den Raum mit dem Sarkophag gelangt war, und in dem sich das Grab Algrims des Weißen befinden mußte. Und dort, so hoffte Dorama, würde er auch die Formeln des Gwydior finden, die den Magiern des Ordens ein unvorstellbar mächtiges Wissen eröffnen würden.

Sein Ziel war klar. Er würde dafür sorgen, daß der Hauptteil der ihm unterstellten Truppen von unten in die Festung Soron eindrang und die von außen angreifenden Männer unterstützte. Dann würde er den Sarkophag finden, die Formeln bergen, in Sicherheit bringen und sich schließlich dem Kampf gegen die Isthakis anschließen.

Dorama fühlte sich lebendig wie lange nicht mehr. Diese Schlacht würde die größte und wichtigste Tat seines Lebens werden. Danach konnte er sich wirklich zur Ruhe setzen, die Formeln auswerten und die Früchte seines Wirkens jüngeren Männern überlassen.

Celina, Jadhrin, Rokko, sechzig Ordensritter, zwanzig Ordensmeister und zwei Hundertschaften aus dem Anxaloier Provinzheer warteten an einer geheimen Stelle in den südlichen Hügeln bereits auf ihn. Bei ihnen befanden sich etwas mehr als zwei Dutzend Freischärler, die sich in Soron gut genug auskannten,

237

um die Ordensritter durch die labyrinthischen Gänge zu führen. Alle außer den Ordensmitgliedern waren mit reichlichen Vorräten hochprozentigen Uisges versorgt worden. Eine in einer Schlacht zwar bedenkliche, aber unumgängliche Vorsichtsmaßnahme gegen die Elfengeister in den Kellern, die anscheinend Menschen in den Wahnsinn führen konnten, aber keine Macht über Eishexen besaßen.

Der alte Kampfmagier bestieg sein Pferd und galoppierte von dem Hügel, von dem aus Josek die Schlacht lenken würde, hinunter auf den Rand des Tannenwaldes zu, der die Hügelkette südlich Sorons bedeckte. Dort warteten bereits Samos und Arien, seine beiden Leibwächter, Gannon und Boros Hame, ein weiterer Kampfmagier des Ordens, auf ihn. Dorama hatte, da er in den Kellern unter der Festung mit einer größeren Anzahl von Zauberinnen der Eishexen rechnete, weitere magische Unterstützung gefordert und auch erhalten.

Der alte Magier erreichte die Wartenden. »Los geht's!« rief er bereits auf einige Entfernung. »Macht euch fertig!« Kurze Zeit später war die kleine Gruppe im Wald verschwunden. In einem Tausendschritt Entfernung würde der Kampfmagier die wartenden Soldaten antreffen. Dort befand sich ein Einstieg, der sie laut den Aussagen der Freischärler unauffällig in die Keller unter dem Elfenspitz führen sollte. Die Ortskundigen hatten den Tunnel bewußt so gewählt, daß er möglichst weit von allen Gängen und Einstiegen entfernt war, die, wie bekannt war, von den Eishexen genutzt wurden.

Kurz nachdem Dorama sich außer Sichtweite entfernt hatte, näherte sich Andron dem Feldherrn. Der Herkyn Fedina galt offiziell als Teil der Heeresführung. Im Heer war verbreitet worden, daß es sich bei der beinahe begonnenen Schlacht um ein tragisches Mißverständnis gehandelt habe. Andron sei nach dem plötzlichen Tod seines Vaters aus Vorsicht nach Thordam zu dem dortigen Heer geflohen. Dort habe er von den Vorwürfen des Verrats gegen ihn selbst, seinen Vater, den Provinzgouverneur Grigor Fedina und den Lan-Kushakan Rakos Mariak erfahren, die in Leigre kursierten. Da er selber von einem Verrat weder wußte, geschweige denn daran beteiligt war, hatte er annehmen müssen, daß es sich bei den Vorgängen um ein Komplott handelte. Deshalb sei er mit der Absicht, die angeblichen Verräter unter der Führung des Khaibars Dorama Thusmar zu verhaften und die Vorgänge genau zu untersuchen, nach Anxaloi zurückgekehrt. Nur das plötzliche Auftauchen des Khaibars Bran Sheben mit dem Heer aus der Zentralmark hatte die gefährliche Lage beruhigt. Andron waren die Beweise für die Verfehlungen seines Vaters vorgelegt worden. Er hatte sie schweren Herzens akzeptiert, seine eigene Unschuld klargestellt und tat jetzt alles, um die Verfehlungen seines Vaters wiedergutzumachen.

Das war zumindest die Geschichte, die von Khaibar Bran Sheben und Andron öffentlich vertreten wurde. Sie war weit von jeder Realität entfernt. Andron saß nur deshalb nicht in einem Kerker in Leigre, weil er nun mal der Herkyn Fedina und damit das Oberhaupt der Familie war. Der Laird Fedina war ein seniler Greis, der sein Leben auf einem abgelegenen Gut der Familie in Kryghia vergeudete. Andron war der einzige Mann, dem die Fedina Truppen wirklich treu und bereitwillig ins Feld folgen würden. Das wußte Khaibar Bran Sheben, und Andron seinerseits wußte, daß er es wußte. Also hatte man sich darauf geeinigt, die Vorwürfe gegen Andron zunächst unter den Tisch fallen zu lassen. Sie wurden ohnehin nur von Celina Sedryn, seiner verschmähten Geliebten, und Jadhrin Thusmar, ihrem jetzigen Buhlen, vertreten. Dafür sollte Andron sich mit seinem Heer an einem Feldzug gegen Soron beteiligen. Andron hatte selbstverständlich eingewilligt; alles war besser, als weiterhin dem Drachen in die Augen zu starren. Es gab bei dieser Entwicklung schließlich jede Menge Möglichkeiten. Bis es nach dem Krieg in Leigre zu einer Verhandlung über seinen angeblichen Verrat kam, konnte viel geschehen. Er konnte sich mit dem Khaibar Bran Sheben anfreunden, den beiden Belastungszeugen konnte etwas zustoßen – man zog ja schließlich in den Krieg –, und Andron konnte im Kampf gegen die Isthakis vielleicht ein paar Orden einsammeln. Gleichzeitig wäre er in der Lage, einige gute Beziehungen zu knüpfen und ein wenig Ränke zu schmieden, die ihm später zugute kommen würden.

»Mein lieber Khaibar, ich glaube, wir werden es den Isthakis heute so richtig zeigen. Unser vereintes Heer dürfte mit den Truppen in der Festung leicht fertig werden«, wandte Andron sich an den Khaibar, der ihn aber zunächst überging und angestrengt durch sein Fernglas sah.

»Ich weiß nicht, Herkyn«, brummte der Bran schließlich eine Antwort, »wir haben kaum Belagerungsgerät, und ein unvorbereiteter Sturm auf die Mauern ist immer eine blutige Angelegenheit, da braucht es tapfere Soldaten.« Seine Stimme klang abwesend, als wäre er in Gedanken woanders und wüßte gar nicht genau, mit wem er sprach.

»Die stehen Euch ja mit den Fedina-Haustruppen zur Verfügung.« Andron wußte, daß der Khaibar aus Emessa ihn nicht mochte und ihm die Absprache nicht gefiel, die er mit ihm getroffen hatte. Aber Bran Josek Sheben hatte sie nun mal selbst vorgeschlagen. Der Khaibar aus der Hauptstadt des Imperiums wußte genau, daß er die Truppen der Fedinas brauchte. Sie stellten die beste Infanterie in der Provinz Anxaloi dar, und in dem Heer, mit dem der Bran aus Emessa hierher geeilt war, befanden sich fast nur Kavalleristen, Männer, die für den Sturm auf eine befestigte Mauer nicht viel taugten.

»Ich muß allerdings anmerken«, ergänzte er, »daß ich es fraglich finde, ob für diesen ersten, besonders verlustreichen Angriff nicht eine Abteilung der Provinzarmee empfehlenswerter gewesen wäre.« Andron verdächtigte den Khaibar, ganz bewußt die Fedina-Truppen für die erste Welle eingeteilt zu haben, um Androns Rückhalt in der Armee zu schwächen.

»Nun, seht am besten selbst.« Die Stimme des Khaibar klang gepreßt, als habe er wirklich Schwierigkeiten damit, den Soldaten beim Sterben zuzusehen.

Andron war überrascht. Eine solche Charakterschwäche hätte er bei einem erfolgreichen Heerführer wie dem Khaibar nicht erwartet. Er nahm das angebotene Fernglas und blickte hindurch. Sofort befand er sich ganz nahe am Geschehen. Sein Blick schweifte über die Formationen aus großen Infanterieblöcken der Provinzarmee hinweg, neben denen die Haufen der Mammutjäger auf ihren Einsatz warteten. Das Zentrum der imperialen Armee griff gerade die verhältnismäßig schwache Südmauer an. Vor den Infanterieeinheiten befanden sich die langgestreckten Linien der Adligen Schützen, die versuchten, die Mauerkronen von Tiermenschen zu säubern. Außerdem sollten sie das Feuer der Schneebarbaren unterbinden, die einen furchtbaren Blutzoll unter den Fedina Infanteristen forderten. Diese waren gerade dabei, mit langen Sturmleitern die Mauer zwischen Ordensbastion und Südturm der Neuen Festung anzugreifen.

Andron war mehr als froh, nicht dort unten an dem Angriff teilnehmen zu müssen, entrang sich aber trotzdem ein markiges »Zeigt es ihnen, Männer. Ich bin bei euch!«, um dem Khaibar zu bedeuten, wie wenig ihn das Blutbad unter den Truppen seines Adelshauses beeindruckte.

Westlich der imperialen Armee wartete ein umfangreiches Kontingent aus Reitern des Kaiserheeres, zum Teil aus Emessa und zum Teil aus Anxaloi stammend. Diese Einheiten sollten den Angriff auf die Südmauer vor Ausfällen der Gargylenreiterinnen und finsteren Ordensritter schützen, die der Südhexe für solche Unternehmungen zur Verfügung standen.

»Gebt mir das Fernglas zurück«, forderte der Khaibar, nachdem Andron eine Zeitlang schweigend durch die lange Röhre gestarrt hatte.

»Wann startet die zweite Welle?« erkundigte sich der junge Herkyn schließlich mit leicht trockener Stimme. Er war dem Schicksal, diesen Angriff in eigener Person zu befehligen, nur sehr knapp entronnen. Der Khaibar hatte ihn dazu einteilen wollen.

Wahrscheinlich wollte er damit das Problem seines weiteren Umgangs mit dem Sohn des verräterischen Gouverneurs lösen. Doch Andron hatte sich mit der ihm angeborenen Eleganz herausgeredet und sich statt dessen für ein Kommando bei der zweiten Angriffswelle empfohlen. Der junge Fedina-Adlige hatte das Bedürfnis, sich selbst für diesen genialen Schachzug zu gratulieren.

Die zweite Welle hatte eine wesentlich bedeutendere Aufgabe bei der Eroberung der Festung als die Männer, die da unten an der Südmauer verbluteten. Hier ein Kommando ausgeübt zu haben, würde Andron in den kommenden Wochen politischer Messerstechereien in der Provinzhauptstadt von Nutzen sein. Außerdem konnte Andron auf diese Weise wesentlich näher bei den von ihm bestochenen Provinzheeroffizieren bleiben.

Das war in vielerlei Hinsicht ein Vorteil. Denn nicht

zuletzt rechnete Andron im Augenblick jederzeit damit, einem tragischen Attentat angeblicher isthakischer Spione zum Opfer zu fallen. So wäre er an des Khaibars Stelle jedenfalls vorgegangen. Deshalb fühlte er sich bei den Offizieren des Provinzheeres im Moment noch sicherer als in den Reihen seiner eigenen Familie. Die Fedina-Adligen folgten ihm, weil er der Sohn seines Vaters war, die Männer aus der Provinzarmee, weil er ihnen einen Preis bezahlt hatte, den im Augenblick niemand in der Provinz überbieten konnte.

Den Khaibar so weit zu bringen, Andron mit dem Kommando über die Einheiten der zweiten Welle zu betrauen, war also eine echte Meisterleistung seiner überragenden politischen Fähigkeiten gewesen. Um so mehr, als er fast unmenschliche Selbstbeherrschung hatte aufbringen müssen, um das Geschrei und die ständigen infamen Beleidigungen der kleinen Sedryn zu ignorieren, die bei der Lagebesprechung gestern nacht dabeigewesen war. Die kleine Zicke war offensichtlich fest davon überzeugt, Andron höchstpersönlich für ihr miserables kleines Leben verantwortlich zu machen. Sie suhlte sich derart in Selbstvorwürfen, ihren Vater und Bruder und alle möglichen anderen unwichtigen Menschen auf dem Gewissen zu haben, daß sie eine Gelegenheit, jemand anderen mit ihrer Verantwortlichkeit zu bewerfen, nicht verstreichen lassen konnte.

Es war wirklich kaum auszuhalten gewesen, was diese ungebildete Landpomeranze alles veranstaltet hatte. Aber Andron hatte ihr nicht den Gefallen getan und seine Klinge gezogen. Zum einen hatte er selbst schon erlebt, wie gefährlich die kleine Furie war, zum anderen hätte es auch keinen guten Eindruck auf den Khaibar gemacht, dem Andron so dringlich den Eindruck vermitteln wollte, ein guter Junge zu sein. Der

Mann sollte denken, daß Andron nur dem Imperium dienen wolle, um die Verfehlungen seines Vaters wiedergutzumachen, und daß er nie in der Lage wäre, einem imperialen Bürger, dazu einer adligen Dame, etwas anzutun.

Andron kicherte. Wenn der Khaibar wüßte, wozu Andron Fedina alles fähig war, würde er ihn sofort in Ketten legen lassen.

Diese Besprechung war wirklich zu einer echten Geduldsprobe ausgeartet. Vor allem, weil der Khaibar Celina mit kaum unterdrücktem Grinsen so lange hatte gewähren lassen, bis sie Andron anzuspucken begann. Erst dann hatte er sie von diesem Jadhrin aus dem Zelt schaffen lassen. Andron konnte jetzt noch spüren, wie ihm beim Gedanken an die erlittene Schmach das Herz pochte. Aber er würde seine Rache schon noch bekommen.

»Herkyn! Herkyn, hallo, hört Ihr mich?« Der Khaibar wedelte mit dem Fernglas vor Androns Gesicht herum.

Der junge Adlige fuhr zusammen. »Entschuldigt bitte«, seufzte er, »aber ich war in Gedanken bei meinen Männern, die dort unten auf mich warten.«

»Na, dann setzt Euch mal in Bewegung, würde ich sagen. Der Angriff auf die Südmauer wird einige Zeit dauern, bevor er Wirkung trägt. Erst dann kann die zweite Welle loslegen. Aber bis dahin solltet Ihr schon lange bei Euren Truppen sein und sie in Stellung bringen.« Der Khaibar schaute wieder durch sein Glas auf den laufenden Angriff.

Andron fühlte sich entlassen. Er wendete sein Pferd.

»Ach, Herkyn.« Andron hielt wieder an. Was wollte der Khaibar denn jetzt noch?

»Khaibar?« Andron stoppte das Tier.

»Ich sollte Euch vielleicht mitteilen, daß ich beschlossen habe, daß Ihr den Angriff auf den Alten

Bergfried selber führen sollt. Eine hervorragende Gelegenheit, Eurer Familie etwas von dem verlorenen Ansehen zurückzugeben. Die Dashinos der Ordenstruppen wissen schon Bescheid.«

Andron schluckte. Damit hatte er nicht gerechnet. Doch was sollte er jetzt tun? »Zu Befehl, Khaibar! Es wird mir ein Vergnügen sein!« bestätigte er den Befehl.

Dann riß er sein Pferd herum und lenkte es zu seinen Leibwächtern, mit denen er sich über Seitenpfade, die von der Festung aus nicht einsehbar waren, durch die bewaldeten Hügel auf den Weg machte, um zu den Einheiten zu stoßen, die für die zweite Welle vorgesehen waren. Was hatte der Khaibar sich jetzt wieder einfallen lassen? Den Angriff persönlich anführen?

Die zweite Welle war gestern nacht in Stellung gegangen, nachdem die Mammutjäger einige Stunden vor Mitternacht versichert hatten, daß die Kundschafter der Südhexe ausgeschaltet seien. Zum Beweis hatten diese Wilden wie immer einen Stapel Köpfe vor dem Zelt des Feldherrn errichtet. Ein Vorgehen, das bei den Truppen aus der Zentralmark einiges an Befremden ausgelöst hatte, in der Nordmark aber zu den ganz gewöhnlichen Vorkommnissen gehörte, wann immer Mammutjäger im Kampf auf Schneebarbaren im Dienste Isthaks trafen.

Zur großen Verblüffung seiner Leibwächter, die aus den Reihen der Fedina-Kampfsklaven ergänzt worden waren, brach Andron in lautes Fluchen aus, während er durch den zertrampelten Schnee der Waldpfade zu den ihm unterstellten Einheiten ritt.

Sein Kommando bestand aus Ordenstruppen und ausgesuchten Einheiten des Provinzheeres. Er hatte den Auftrag, in dem Augenblick anzugreifen, in dem die Südhexe irgendwo Reserven in Bewegung setzte, um auf den wachsenden Druck des imperialen Angriffes an der Südmauer zu reagieren. Meldereiter würden Andron, dessen Männer jetzt alle außer Sicht der Festung waren, Bericht erstatten, sobald die Reserven der Südhexe irgendwo gebunden waren. Dann würden Mitglieder der Magiergilde Stellungen einnehmen, von denen aus sie die hochgelegenen Verteidigungsplattformen des Alten Bergfriedes einsehen konnten. Sie würden dort Dimensionstore erschaffen; deren Gegenstücke entstünden vor den wartenden Ordenskriegern von Androns Kommando. Alsdann würden diese die Tore durchschreiten und den Alten Bergfried und damit das Tor zum unteren Teil der Festung erobern.

Andron hatte eigentlich erwartet, erst dann an der Spitze einer letzten Einheit in die Festung einzurücken, wenn die Kämpfe sich bereits zum Neuen Bergfried hin verlagert hatten. Jetzt sollte er plötzlich als einer der ersten den Alten Bergfried stürmen. Nach seinem Dafürhalten ein entschieden zu risikoreicher Einsatz. Er würde sich eine Methode überlegen müssen, dem Befehl des Khaibars aus dem Weg zu gehen. Es war zwar wichtig, den Mann mit Heldenmut im Kampf gegen die Isthakis zu beeindrucken, aber Andron hatte keinesfalls vor, ein toter Held zu werden.

Sobald der Alte Bergfried – unter wessen Kommando auch immer – erobert war, würden von dort aus die Festungstore geöffnet werden, und die Männer des Provinzheeres könnten in die Festung eindringen, den unteren Innenhof mit dem Lager der Tiermenschen besetzen und den Verteidigern der Südmauer in den Rücken fallen. Die Reiterei, die jetzt noch zur Absicherung gegen Ausfälle der Isthakis diente, würde sie dabei unterstützen. Irgendwo in dieser Phase hatte er eigentlich vorgehabt, den Boden Sorons zu betreten.

Sobald die untere Festung in den Händen des Impe-

riums war, würden die Einheiten, die durch die Keller-
geheimgänge vorstießen, hoffentlich so weit sein, den
Angreifern auch beim Überwinden des zweiten oberen
Torhauses zu helfen und den Kampf in den Neuen
Bergfried zu tragen.

Als Reserve und schnelle Eingreiftruppe fungierten
die Flugdrachen aus Emessa, die überall dort einge-
setzt werden sollten, wo der Plan ins Stocken geriet.
Zusätzlich war die Beschwörung von mindestens zwei
Feuerelementaren geplant, sollte irgendwo wirklich
Not am Mann sein. Der Khaibar hatte eigentlich vor,
die dazu befähigten Kampfmagier des Ordens als
Schutz vor eventuellen Angriffen der Eishexen-Zaube-
rinnen, Schwarzmagier und Nekromanten in der Festung zurückzuhalten. Bei dieser Aufgabe sollten die
Kampfmagier von Mitgliedern des Klerus der Merida-
Kirche unterstützt werden, die sich dem Heer ange-
schlossen hatten.

Während er durch den Wald zur Ausgangsposition
der zweiten Welle ritt, dachte Andron fieberhaft darüber nach, wie er diesem geradezu selbstmörderischen
Anliegen des Khaibars aus dem Weg gehen konnte.
Der Mann hatte es anscheinend wirklich darauf abgesehen, Andron auf dem Schlachtfeld sterben zu lassen.
Erst wurden die Fedina-Haustruppen an der Südmauer verheizt. Dann das hier!

Aber zuletzt war alles vielleicht auch nur eine Frage
des richtigen Zeitpunktes, überlegte Andron, als vor
ihm die ersten Vorposten seiner Truppen auftauchten.
Niemand würde wohl erwarten, daß er als erster
durch das Dimensionstor schritt. Er würde einfach ein
bißchen warten. Sollten doch zuerst ein paar von den
kampfeswütigen Ordensbrüdern hindurchgehen, die
immer mit ihrer Opferbereitschaft für Meridas Licht
angaben. Wenn die erste Plattform freigekämpft war,
würde schließlich auch Andron durch das Dimen-

sionstor treten. Es mußte doch möglich sein, die Kämpfe im Alten Bergfried sozusagen aus der zweiten Reihe zu erleben. Hin und wieder ein paar Verwundete abzustechen, damit die eigene Klinge auch ein wenig blutbefleckt aussah, Andron kannte das Spiel. Und wenn das Festungstor im Alten Bergfried dann offenstand und der Angriff auf den Innenhof begann, würde er aufpassen, nicht voreilig in den Innenhof hinabzusteigen. Er konnte den Angriff des Provinzheeres genauso gut aus der Sicherheit des Alten Bergfriedes befehligen. Das gäbe ihm die Möglichkeit, die Festung schnell wieder zu verlassen, sollte etwas schiefgehen.

Andron schloß sich der wartenden Gruppe von Offizieren des Ordens und des Provinzheeres an. Die meisten der Ordenskrieger kannte er nicht näher, aber unter den Atmaren und Strondoren des Provinzheeres waren einige, die er bereits in seinem Zelt empfangen hatte.

Andron mußte unwillkürlich kichern, unterdrückte das Geräusch jedoch. Er würde diesen Tag überleben und nach Leigre auf seinen Thron zurückkehren. Die Ordensbrüder brauchten aber nichts von seiner guten Laune zu ahnen. Andron vermutete, daß sie von ihrem Senior-Kampfmagier den besonderen Auftrag erhalten hatten, auf ihn aufzupassen. Der alte Khaibar und seine Gefolgschaft waren einfach nicht davon abzubringen, ihn für einen Verräter zu halten. Sollten sie doch! Diese schlichten Gemüter ahnten doch nicht im mindesten, welche Pläne Andron bereits wieder in Gang gesetzt hatte. Sie glaubten, er sei nun ungefährlich, ein unter ständiger Aufsicht stehendes, notwendiges Übel, das der Bran Josek Sheben im Heer nur so lange duldete, bis der Feldzug vorbei war und er Androns Unterstützung beziehungsweise die Fedina-Truppen nicht mehr brauchte. Auch die Versuche des

Khaibars, Andron mit den gefährlichsten Kommandos zu betrauen, hingen gewiß mit den Umtrieben der Familie Thusmar und ihres sedrynschen Anhängsels zusammen. Aber er würde sie alle ausmanövrieren und überleben.

Die ganze Bande sollte sich besser Gedanken darüber machen, wie sie selbst diesen Tag überstünde!

KAPITEL 22

23. Jantir 716 IZ

Grabkammer Algrims des Weißen

»Schneller, wenn ihr nicht endlich schneller arbeitet, dann werde ich euch die Haut abziehen!« Shanfrada ließ die Peitsche auf den Rücken der Tiermenschen niederknallen, die vor ihr damit beschäftigt waren, sich mit Spitzhacken und Hämmern durch die Steintür zu schlagen. Das Problem war, daß sie höchstpersönlich solche Mengen von Betäubungsmitteln an die Tiermenschen verfüttert hatte, daß sie es wahrscheinlich gar nicht mehr spüren könnten, wenn sie ihre Drohung wirklich wahrmachte. Aber sie wollte nicht riskieren, daß die Tiere vielleicht für die mentale Kontrolle durch die Elfengeister empfänglich waren.

Sie drehte sich um und wandte sich an die hinter ihr stehende Furienanführerin: »Wie ist die Lage?«

»Der Angriff der Menschen hat begonnen, Shanfrada Lanai.« Die Kriegerin senkte den Kopf, als sie mit der wütenden Zauberin sprach. »Sie bedrängen in großer Zahl die Südmauer der unteren Festung, doch die Tiermenschen können sie dort bestimmt noch geraume Zeit zurückhalten.«

»Ich hoffe, du hast recht«, fauchte Shanfrada. »Das hier«, sie wies auf die arbeitenden Tiermenschen, »ist zu wichtig.«

Respektvoll verneigte sich die Kriegerin und zog sich in sichere Entfernung von der Zauberin zurück. Shanfrada trug wie immer ihren langen Mantel aus Dämonenhaut über dem Geflecht aus Lederstreifen, das ihren Körper hauptsächlich deshalb umgab, weil sie einen Platz brauchte, um ihre Waffen und Ausrüstung zu befestigen. Schutz gegen die Unbilden der

250

Witterung oder schamhafte Verhüllung ihres muskulösen, hellblauen Fleisches boten die ledernen Bänder
keineswegs. Die Augen der Zauberin strahlten ihre
Wut und Ungeduld in tiefstem Rot hinaus, und es war
keineswegs sicher, daß sie die Peitsche in ihrer Hand
nur gegen die arbeitenden Tiermenschen benutzen
würde. Sogar die Schülerinnen Shanfradas, die vor einigen Tagen aus Harrané eingetroffen waren und ihre
Meisterin seitdem überallhin begleiteten, waren einige
Schritte zurückgewichen, um der Peitsche aus dem
Weg zu gehen.

Shanfrada warf der Furie einen langen Blick hinterher und wandte sich dann wieder den Tiermenschen
zu. Innerlich hätte sie aufheulen können vor Wut.
Sollte sie tatsächlich so kurz vor der Erreichung ihres
Ziels aufgeben müssen?

Die Befragung des im Körper eines Menschen gefangenen Geistes hatte viel zu lange gedauert. Tag um Tag
hatte Shanfrada all ihre beträchtlichen Künste darauf
verwandt, dem Elfengeist so viele Schmerzen zu bereiten, daß er ihr endlich alles verriet, was sie wissen
wollte. Nach einigen Tagen hatte sie sogar weitere Fol-
terexpertinnen hinzugezogen, doch offenbar konnte
sich der Geist vor den schlimmsten Auswirkungen der
Folter schützen und gab nur wenige brauchbare Antworten.

In der Zwischenzeit hatte sie vor lauter Ärger bereits
zum zweiten Mal befohlen, einige der aus Harrané
angekommenen Schülerinnen sollten sich in den Grabraum hinablassen, um dort erneut ein Ritual zur Auf-
hebung des Schutzzaubers zu beginnen. Diese Methode würde nochmals viel Zeit kosten, vielleicht zuviel.
Denn die Entwicklungen, die der Südhexe von Saidra
Mantana aus Harrané mitgeteilt worden waren, wiesen
darauf hin, daß schon sehr bald ein menschliches Heer
vor der Festung auftauchen konnte. Nun, die Vermu-

tungen hatten sich als richtig erwiesen! Das Heer war vor der Festung aufgetaucht, und das Ritual war noch nicht einmal zur Hälfte vollendet. Also hatte sie ihre Schülerinnen wieder abgezogen. Die Schülerinnen wurden an anderer Stelle gebraucht.

Immerhin hatte Shanfrada von dem Elfengeist erfahren, daß er und seine Brüder und Schwestern, die eigentlich auf ewig dazu verdammt waren, als Geister unter dem Elfenspitz umzugehen und so viele Menschen wie möglich in den Wahnsinn zu treiben, vor vielleicht fünf Dutzend Jahren Besuch von einer mächtigen Zauberin ihres Volkes erhalten hätten. Die Zauberin der Elfen habe die lange Reise aus Iconessa zum Elfenspitz auf sich genommen, um eine Bitte an die Geister ihrer vor so langer Zeit verstorbenen Brüder und Schwestern zu richten.

Der Geist hatte den von ihm beherrschten Körper des Menschen blutige Tränen weinen lassen, als er von der Bitte berichtete. Die Geister der elfischen Krieger und Verteidiger Sorons sollten die Bewachung eines menschlichen Grabmals übernehmen. Sie sollten die sterblichen Überreste eines Mannes aus dem Volk beschützen, das damals das Elfenreich ins Verderben gestürzt hatte! Unfaßbar! Der Mund des Menschen hatte einen langanhaltenden, gequälten Schrei ausgestoßen, als er davon berichtete. Die Toten unter dem Elfenspitz haßten die Menschen noch weit mehr, als es Shanfrada tat. Das Grab eines Menschen zu schützen! Unvorstellbar! Der Körper litt sichtlich mehr unter dem Gedanken an diese Bitte als unter Shanfradas Folter.

Doch die elfische Zauberin, eine mächtige Fürstin in Iconessa, hatte nicht locker gelassen. Sie hatte den Geistern versprochen, daß sie nach einer Zeitspanne von weiteren drei Jahrhunderten erlöst sein sollten, wenn sie ihr diesen Wunsch erfüllten.

Shanfrada wußte nicht, warum das Volk der Elfen

seine Toten hier unten herumirren ließ, wenn es doch offenbar in der Macht elfischer Zauberinnen stand, die Geister von ihrem Schicksal zu befreien.

Auf jeden Fall waren die Geister schließlich auf das Angebot eingegangen. Sie waren schon so lange Zeit unter dem Elfenspitz gefangen, daß bereits die Aussicht auf ein Ende dieser Existenz ihnen alles wert gewesen wäre, gleichgültig wie lange sie noch darauf warten mußten und wie sehr ihnen ihre Aufgabe zuwider war. Eine Überlegung, die Shanfrada demnächst einem der Nekromanten im Heer mitteilen wollte. Vielleicht konnte der den Geistern ja ein ähnlich verlockendes Angebot machen, wenn sie sich auf die Seite des Eises schlugen.

Nach den Verhandlungen mit den Geistern hatte die Elfenzauberin einen zusätzlichen Schutzzauber auf das Grabmal gelegt, der die entsprechenden Vorkehrungen der menschlichen Magier unterstützte und verstärkte. Sie habe sogar an dem eigentlichen Begräbnis teilgenommen – eine für den gefangenen Geist unfaßbare Ehre für einen toten Menschen. Durch diese Äußerungen des Elfengeistes wußte Shanfrada nun immerhin ohne Zweifel, daß sie auf der richtigen Spur war. Warum hätte eine Zauberin aus Iconessa sich wohl sonst zum Begräbnis von Algrim dem Weißen einfinden sollen? Es konnte ihr nur darum gehen, dafür zu sorgen, daß das Wissen um die Elfenmagie, das dem Verstorbenen zur Verfügung gestanden hatte, auf alle Ewigkeiten gut bewacht wurde. Im ersten Augenblick war Shanfrada sogar erschrocken gewesen. Hatte die Elfin vielleicht die Formeln wieder mit in den Süden genommen? Doch warum hätte sie dann die Bewachung des Grabes veranlassen sollen? Nein, das alles konnte nur bedeuten, daß die gesuchten Schriftrollen sich in dem Sarkophag neben dem Kadaver des Menschenzauberers befinden mußten.

Was der gefolterte Geist ihr jedoch nicht verraten hatte, war, wie man den Schutzzauber der Elfin aufhob und wie man in die Grabkammer gelangen konnte, ohne sich von dem Laufgang hoch über dem Sarkophag hinabzulassen!

Shanfrada ballte ihre Fäuste und schlug ein paarmal auf die Tiermenschenrücken ein. Es war so ärgerlich! Sie hatte wirklich alles mit dem menschlichen Körper getan, was ihr eingefallen war. Aber der Elfengeist hatte bestenfalls ein wenig gestöhnt! Fast so, als wolle er sich über sie lustig machen. Zu guter Letzt hatte sie sogar einen menschlichen Nekromanten herbeizitiert, der versuchen sollte, den Geist zu befragen. Doch der hatte ihr erklärt, daß er nur dann versuchen konnte, sich dem Geist zu nähern, wenn er vorher den Bann löste, der den Geist in dem Körper hielt. Shanfrada hatte ihn wieder weggeschickt. Es war klar, was passieren würde, wenn der Geist nicht mehr an den halbtoten Körper des kältegelähmten Menschen gefesselt war.

Als gestern die Nachricht eingetroffen war, daß sich das erwartete menschliche Heer nur wenige Stunden von Soron entfernt befand, hatte sie die Geduld verloren und den Menschen, der an die Wand ihres Gemachs gekettet war, in eine Eisstatue verwandelt. Sollte der Geist doch auf ewig darüber nachdenken, ob ein wenig Mitarbeit nicht klüger gewesen wäre.

Endlich! Mit einem lauten Geheul wies einer der Tiermenschen im Gang vor ihr auf ein Loch, in dem seine Spitzhacke steckte, rüttelte an dieser, zog sie wieder heraus und offenbarte so, daß die Hacke durch die Wand in einen Freiraum dahinter gestoßen war, aus dem das Licht brennender Kerzen und leises Gemurmel in der Sprache der Eishexen zu hören war.

»E'fac!« seufzte Shanfrada. Sie hatte es geschafft. Shanfrada drängte sich durch die stinkenden Fellkörper nach vorn und blickte durch die Öffnung. Dahinter waren ausschnitthaft der Sarkophag und die Rücken von dreien ihrer Schülerinnen zu erkennen.

»Shanfrada Lanai!« Die Eishexenzauberin fuhr herum.

Hinter ihr stand eine Furie. »Shanfrada Lanai!« begann sie erneut, offensichtlich vom raschen Laufen völlig außer Atem. »Es sind Menschen in den Kellern. Sie sind durch uns unbekannte Eingänge vorgedrungen und nicht mehr weit von hier entfernt. Wir versuchen sie aufzuhalten so gut es geht, aber es sind welche von den Ordensrittern und auch mindestens ein Zauberer des Ordens dabei.«

Shanfrada fühlte, wie ihr Herz beinahe stehenblieb. War das möglich? So knapp vor dem Ziel aufgehalten zu werden, das durfte doch einfach nicht wahr sein. Bei den Mächten des Eises, das durfte einfach nicht wahr sein! Und dann ein Magier. Shanfrada war bereit, darauf zu wetten, wer dieser Magier war.

»Haltet sie auf, um jeden Preis! Und tötet den Zauberer! Wer mir seinen Kopf bringt, erhält einhundert Sklaven aus meinem persönlichen Besitz!« wies sie die Furie an. »Und dann schickt noch mehr Kriegerinnen hier herunter. Sie sollen diesen Raum bewachen. Schnell!«

Die Botin beeilte sich davonzukommen. Shanfrada scheuchte die Tiermenschen von der Wand zurück. Es war keine Zeit mehr für langwieriges Buddeln und Hacken. Wenn die Menschen einen Weg gefunden hatten, eine größere Anzahl von Truppen durch unbekannte Tunnel in die Keller der Festung einzuschleusen, und wenn sie auch wußten, wie sie sich gegen die Kräfte der Wahnsinn bringenden Elfengeister schützen konnten, dann war Soron die längste Zeit in isthakischer Hand gewesen. Sie mußte jetzt handeln!

Und endlich konnte sie auch handeln, denn nun

wußte sie, daß sie an der richtigen Stelle angelangt war. Die anderen Versuche hatte sie abgebrochen, nachdem die Tiermenschen stundenlang vergeblich versucht hatten, irgendwohin durchzubrechen. In der näheren Umgebung befanden sich mehrere jeweils drei Schritt tiefe Löcher in den Wänden der Gänge und Räume, die ihre Fehlschläge anzeigen. Fehlschläge, die sie jedesmal vor Wut hatten aufheulen lassen. Doch am Ende hatte sich ihr Versuch, einfach auszuprobieren, ob sie auf Bodenniveau in den Raum mit dem Sarkophag eindringen konnte, doch noch ausgezahlt. Jetzt konnte sie erproben, ob es möglich war, das Ding vielleicht aus dem Grabraum hinauszuschaffen.

Als klar war, daß die Menschen kamen und der Geist des Elfen ihr nicht helfen würde, war sie auf die verzweifelte Idee gekommen, nach einem Geheimgang oder etwas ähnlichem zu suchen. Sie hatte durch die Befragung des menschlichen Kriegers, durch den das erste Ritual unterbrochen worden war, immerhin erfahren, daß es einen Zugang zu dem Grabraum geben mußte. Und da sie die Grabkammer bereits nach Türen – offensichtlichen und getarnten – untersucht hatte, wußte sie, daß es einen geheimen Durchgang geben mußte, den der Mensch benutzt hatte, um an die Schülerinnen heranzukommen. Wo diese Verbindung ungefähr lag, hatte sie durch die Aussagen des Toten und den Fundort der Leiche eingrenzen können. Also hatte sie sich überlegt, daß sie die verborgene Verbindung vielleicht dadurch entdecken konnte, daß sie in der in Frage kommenden Gegend einfach Löcher in die Wände schlagen ließ.

Eine etwas schlichte Methode, die einer Zauberin des Volkes der Eishexen eigentlich unwürdig war. Doch es hatte sich gelohnt! Der Weg zur Grabkammer lag vor ihr, und ob es hier wirklich irgendwo einen Geheimgang gab, war jetzt unwichtig. Sie hatte vom Inneren der Grabkammer aus keinen Geheimmechanismus entdecken können. Warum sollte sie noch lange von draußen danach suchen? Die Zeit drängte, und sie konnte weder eine Ewigkeit lang alle Ritzen und Fugen in diesem Gang abtasten (nicht daß es in diesen seltsamen Kellern überhaupt so etwas gegeben hätte), noch konnte sie darauf warten, daß die Tiermenschen sich durch die harte Wand, die aus einem unbekannten, aber sehr widerstandsfähigen Gestein bestand, hindurchgeschlagen hatten. Sie mußte da jetzt durch. Koste es, was es wolle!

Shanfrada sah sich um. Hinter ihr warteten furchtsam zusammengedrängt die Schülerinnen und einige Furien, die zu ihrem persönlichen Schutz anwesend waren. Die Tiermenschen taumelten hinter den Eishexen benommen in dem Gang herum. Hier war keine Hilfe, kein Rat zu erwarten.

Shanfrada riß sich zusammen. Sie würde in diese Grabkammer eindringen und den ganzen verfluchten Sarkophag hinausschaffen. Danach würde sie diese Festung verlassen und sich in der Sicherheit ihres Turmes in Harrané überlegen, wie sie das Ding öffnen konnte, ohne den Schutzzauber auszulösen, den die Elfin hinterlassen hatte. Die Zeit für Zurückhaltung war vorbei. Der menschliche Magier, der sich an der Spitze der Ordenskrieger näherte, würde sie nicht um die Früchte ihrer Arbeit bringen. Sie hatte genug von den Ermahnungen der Südhexe, vorsichtig zu sein, wenn es um den Sarkophag ging, damit der Inhalt nicht durch eine magische Kettenreaktion beschädigt wurde, wenn der Schutzzauber seine Wirkung entfaltete.

Shanfrada warf ihren Dai Re'Coon-Mantel zurück und begann, einige der Taschen an dem Ledergeflecht um ihre Hüften zu entleeren und die Kristalle hervorzuholen, die der Zauber als Material erfordern würde. Dann drehte sie sich um und ging einige Schritte weiter nach hinten. Der Zauber würde Platz erfordern. Vor ihr wichen die Tiermenschen zusammen mit den anwesenden Schülerinnen und Furien zurück. Sie alle brauchten nur einen Blick in ihre Augen zu werfen, um zu wissen, daß man ihr jetzt besser aus dem Weg ging. Nachdem sie gute zehn Schritte von dem Durchbruch entfernt war, begann sie, die Kristalle in ihren Händen in den Gang hineinzuwerfen und dabei die Kräfte des Eises anzurufen. Sie befand sich zwar tief unter der Erde, aber sie war auch weit im Norden. Es dauerte einige Augenblicke ... Ihre Stimme wurde lauter, drängender, kälter ...

Dann tat sich etwas. Nach und nach überzog sich der Boden vor ihr, ausgehend von den Kristallen, mit einer dicken Schicht milchigen Eises. Wie ein gefräßiges Tier begrub die Eisschicht zuerst den Boden, das Geröll der Bauarbeiten und dann die Seitenwände unter sich. Nach einer Minute war der Tunnel vor Shanfrada völlig mit Eis überzogen und hätte genausogut unter einem der heimatlichen Gletscher liegen können.

Shanfrada atmete tief durch und nickte befriedigt. Der Zauber hatte sie viel Kraft gekostet, aber er war notwendig für das Ritual, das nun folgen sollte.

Mit einem kurzen Blick überzeugte sie sich, daß ihre Untergebenen alle weit genug entfernt waren. Dann begann sie mit der Beschwörung: »Wi'fial Wansiss Kiv'nial!«

»Shanfrada Lanai, seid Ihr sicher, daß dies der richtige Weg ist?« wurde sie von einer schüchternen Stimme unterbrochen.

»Anas idr'ablas ...«, fuhr Shanfrada fort.

»Aber hat die Südhexe nicht verlangt, dies nicht zu tun? Der Zauber ist zu mächtig. Selbst wenn es nicht von dem Schutzzauber über dem Sarkophag beeinflußt werden kann, so wird seine Gegenwart vielleicht andere ungeahnte Mechanismen auslösen. Dies hier sind Räume, die von den Alten Feinden errichtet wurden. Niemand weiß, ob es uns völlig unbekannte Schutzmechanismen gibt, die durch seine Gegenwart ausgelöst werden. Und bedenkt, es bedarf eines großen Loches in der Wand vor uns, damit es hindurchpaßt. Was ist, wenn der Gang einstürzt? Wir werden alle begraben.«

Die Stimme der Schülerin störte Shanfradas Gedanken. Sie brach den Zauber ab; nicht auszudenken, wenn er ihrer Beherrschung entglitt! Sie wandte sich zu der Schülerin um. »Du wagst es!« Sie funkelte die Schülerin an, die den Mut aufgebracht hatte, sie zu unterbrechen. Es war Ibaisa. Shanfrada hatte schon die ganze Zeit vermutet, daß diese kleine Schneeflocke im Dienste der Südhexe stand.

Sie hatte das gerade begonnene Vorhaben bereits mit der Südhexe und den anderen Magierinnen der Festung besprochen und den Befehl erhalten, es nicht zu tun, weil die Folgewirkungen nicht wirklich abzuschätzen waren.

Aber da hatten sich keine Ordenskrieger des Imperiums der Grabkammer genähert. Und was verstand die Südhexe schon von den Kräften der Magie – sie war eine Kriegerin! Die anderen Zauberinnen wußten mehr, aber sie trugen nicht die Verantwortung für ein Fehlschlagen des Vorhabens. Nicht sie würden Lecaja erklären müssen, warum die ganze Operation in Soron nicht mehr gebracht hatte als ein paar Sklaven und etwas Kriegsbeute. Viele von ihnen waren neidisch auf Shanfradas Stellung und ihren Auftrag, die Formeln zu bergen, so daß sie alles getan hätten, um sie scheitern zu lassen: Die Südhexe mit den falschen Kenntnissen über die Folgen von Shanfradas Plan zu versorgen, war da noch das geringste!

Während des Gesprächs hatte sich Shanfrada gefügt. Sie hatte erwartet, mehr Zeit zu haben, um auf anderem Wege zum Erfolg zu gelangen. Aber die hatte sie nun nicht mehr, und wenn sie beschloß, das Wagnis einzugehen, dann hatte sich gefälligst niemand einzumischen. Schon gar nicht Ibaisa, diese kleine Sklavin der Südhexe! Ohne zu zögern ging Shanfrada auf die zurückstolpernde Schülerin zu. Ibaisa sah ihr Schicksal kommen, ihre Augen weiteten sich, sie blickte sich auf der Suche nach Hilfe um, aber die anderen Schülerinnen waren von ihr abgewichen. Von den Tiermenschen war ohnehin keine Unterstützung zu erwarten, denn sie dösten, in Drogenträumen verloren, im Hintergrund des Tunnels vor sich hin.

Shanfrada machte im Gehen die notwendigen Gesten, sprach das Wort, und als sie Ibaisa erreichte, befand sich plötzlich ein Langmesser aus Eis in ihrer Hand, das sie der Schülerin gnadenlos in den Bauch rammte.

Als Ibaisas Augen brachen und ihr Körper über dem Eisdolch schlaff wurde, ließ Shanfrada die Waffe los, drehte sich von der zusammenbrechenden Ibaisa zu den anderen Schülerinnen um und sagte: »Schafft sie mir aus den Augen und strengt euch an, ich werde eure Energie benötigen!«

Die Schülerinnen begannen sofort, ihren Befehlen Folge zu leisten. Darüber, daß Shanfrada gerade die Enkelin der Südhexe umgebracht hatte, machte sie sich keine Gedanken. Wenn sie den Sarkophag erst einmal aus Soron herausgeschafft hatte und sich auf dem Rückweg nach Harrané befand, war Zeit genug, sich mit der Feldherrin auseinanderzusetzen.

Und die würde nach einer verlorenen Schlacht anderes zu tun haben, als sich um eine ihrer vielen Enkelinnen Sorgen zu machen.

KAPITEL 23

23. Jantir 716 IZ

Die Tunnel unter dem Elfenspitz

Jadhrin drehte sich zu Celina um. »War es nicht hier ganz in der Nähe?«

»Nein, weiter in diese Richtung. Wir sind noch nicht da«, antwortete die junge Sedryn. Sie trug ein Kettenhemd über lederner Unterkleidung und einen warmen Mantel, den sie aber für mehr Bewegungsfreiheit hinter sich zusammengebunden hatte. Die langen, schwarzen Haare der knapp neunzehnjährigen jungen Frau waren in einem Knoten auf ihrem Hinterkopf zusammengesteckt, die grünen Augen huschten mit kühler Aufmerksamkeit hin und her, immer auf der Hut vor einem plötzlichen Überfall.

Das blutbefleckte Schwert mit dem leuchtend roten Rubin im Knauf, das sie in einer behandschuhten Faust vor sich hertrug, tat ein übriges, um ihre Erscheinung als todbringende Kriegerin zu vervollständigen. Jadhrin wußte nicht recht, was er davon halten sollte. War das noch die Frau, in die er sich verliebt hatte? Wo waren ihr Humor und die Wärme ihrer Augen, die ihn so verzaubert hatten, als sie ihm in Soron zum ersten Mal begegnet war?

»Jadhrin, wir müssen weiter. Worauf wartest du?« erkundigte sich neben ihm Rokko mit drängender Stimme. Er wies auf die hinter ihm wartenden Männer. »Die Jungen und du, ihr mögt euch ja vor den Stimmen schützen konnen. Ich kann nur immer mehr saufen, um sie mir aus dem Kopf zu halten, und je mehr ich trinke, desto weniger habe ich Lust, dich und deine Brüder den ganzen Tag lang durch diese Höhlen zu führen, nur um mich am Ende, blau wie ein hackevoller Thainer, von einer dieser Furien abstechen zu lassen.«

Celina setzte sich bereits in Bewegung und eilte vorsichtig einen der Gänge hinunter, die von dem Raum, in dem sie kurz innegehalten hatten, wegführten. Jadhrin folgte ihr, nachdem er den wartenden Brüdern ein Zeichen gegeben hatte. Er war wieder in den Rang eines Dashino an die Spitze einer Einheit von Ordensrittern berufen worden, und Rokko war weiterhin sein offizieller Pfadfinder. Nur Gannon war nicht mehr bei seiner Einheit. Der erfahrene Hetnor stand Jadhrins Großonkel Dorama als persönlicher Adjutant zur Seite. Jadhrins Einheit war zusammen mit Celina für einen Sonderauftrag eingeteilt worden. Sie sollten den Raum mit dem Grab Algrims des Weißen suchen.

Celina hatte Dorama alles über das Grab, seine Lage und sein Aussehen berichtet, was sie in den zahlreichen Alpträumen von den letzten Augenblicken ihres Bruders gesehen hatte, die sie immer wieder erlebte, wenn sie das Schwert anfaßte oder einsetzte, was sie in letzter Zeit häufig genug getan hatte. Dorama hatte das Schwert zusammen mit einem erfahrenen Kundigen der Magiergilde einige Stunden lang untersucht. Celina war während der ganzen – viele Stunden dauernden – Prozedur keine Sekunde von der Seite der Klinge gewichen. Immerhin hatten die Informationszauber einiges gebracht.

Dorama hatte Celina und Jadhrin später erklärt, daß Fakor in den Tunneln unter dem Elfenspitz, wohin er Jadhrin und seiner Schwester gefolgt war, von einem Elfengeist besessen worden war. Dieser Geist – vielleicht waren es auch mehrere – hatte ihn gezwungen, in noch tiefere Keller hinabzusteigen, die nicht mehr von Elfen erbaut worden waren.

Die beiden jungen Leute hatten wissend genickt.

Auch sie waren bei ihrer Flucht schon in diesen Räumen unterwegs gewesen.

Dort, das sei aber nicht ganz eindeutig, so hatte Dorama berichtet, habe Fakor offensichtlich den Grabraum Algrims des Weißen durch einen Geheimgang betreten und einige Eishexen davon abgehalten, ein mächtiges magisches Ritual zu vollziehen. Durch die Unterbrechung waren die Energien des Rituals in mächtigen Entladungen freigesetzt worden, die dazu führten, daß die Hexen in Flammen aufgingen. Nur die Tatsache, daß sich das Schwert wie eine Art Puffer verhalten habe, hätte dazu geführt, daß Fakor die Entladung überlebte. Es war jedoch eine beträchtliche Menge an Zauberkraft in die Klinge geflossen.

Als Fakor seine Nützlichkeit für die Elfengeister verloren hatte, brachten sie ihn dazu, wieder in die von ihnen beherrschten Ebenen emporzusteigen und sich dort das eigene Schwert in die Brust zu stoßen. Ein solcher Akt erforderte von den Elfengeistern eine Menge Energie, die wiederum mit dem Schwert in Berührung kam. So geschah es, und bei diesen Worten hatte Dorama Celina betreten angesehen, daß, als Fakors Blut, all diese unterschiedlichen magischen Energien und die ohnehin vorhandene Zauberkraft des Schwertes zusammenkamen, sich die Klinge verwandelte und wesentlich mächtiger wurde, als sie vorher war.

Offenbar war durch die entsetzliche Tat des erzwungenen Selbstmordes, den Fakor wohl bei vollem Bewußtsein erlebt hatte, eine Art Tor ins Reich der Toten geöffnet worden. Die aus dem Jenseits herbeibeschworene Essenz verschiedener Helden aus der Familie Sedryn hatte sich mit Fakors Blut und seiner großen körperlichen Stärke vermischt. Hinzu war ein Quantum schwer zu beschreibenden Einflusses durch die um Fakor herum wartenden elfischen Geister gekommen. Nun war die Klinge offenbar in der Lage, weitgehende

Kontrolle über ihre Trägerin oder ihren Träger auszu-
üben, wenn dieser vom Blute der Sedryns war. Das
Schwert machte seinen Besitzer zu einem ungemein
gefährlichen Schwertkämpfer, indem es eine Steige-
rung aller körperlichen Attribute mit dem Wissen der
alten Sedryn-Helden und den Techniken uralter elfischer Schwertkunst verband. Durch die eigentümliche
Kombination von Einflüssen verlor der Träger des
Schwertes aber auch jeden Einfluß auf seine Taten
während eines Kampfes und hatte nur noch den Tod
seines jeweiligen Gegners als Ziel vor Augen.

Jadhrin hatte gar nichts sagen können, als er die Geschichte hörte. Celina stand also unter dem Einfluß des
Schwertes! Er hatte ja schon vermutet, daß ihre Veränderungen in der letzten Zeit darauf zurückzuführen
waren, aber es so eindeutig zu erfahren, war etwas
anderes.

Die junge Frau selbst schienen diese Neuigkeiten
nicht weiter zu beunruhigen. Sie hatte Jadhrin und
Dorama nur ruhig und mit traurigen Augen angesehen und gemeint: »Es ist wahrscheinlich so. Ich fühle
nichts, wenn ich kämpfe, ich kann immer nur daran
denken, meinen Gegner zu töten. Manchmal habe ich
Visionen von der Bedeutung und Größe der Sedryns
und wünsche mir, all ihre Feinde ausschalten zu können. Die meiste Zeit kommt aber etwas hinzu, was Ihr
nicht erwähnt habt, Dorama.« Sie zögerte.

»Was denn, Celina?« hatte Jadhrin gefragt. Dorama
hatte Celina nur ernst angeblickt.

»Kalte Wut auf die Feinde meiner Familie. Haß auf
Andron, der trotz seines Verrates frei herumläuft, und
Abscheu davor zu hören, daß es notwendig sei, seine
Existenz weiterhin zu dulden.«

Jadhrin hatte nur betreten zu Boden sehen können.
Auch Dorama hatte zunächst nichts geantwortet. Dann
hatte er gesagt: »Celina, ich verstehe Euch. Doch Ihr

dürft ihm trotzdem nichts tun. Er gibt uns mit seinen Truppen erst die Möglichkeit, Soron noch in diesem Winter anzugreifen. Davon abgesehen habe ich Euch ja erklärt, um was es bei diesem Krieg wirklich geht, und nicht zuletzt sind es die Eishexen gewesen, die mit ihrer Invasion erst all das Leid über Eure Familie gebracht haben.« Dorama war aufgestanden und hatte sich von einem kleinen Tisch im Hintergrund des Zeltes seine Pfeife geholt. »Sie haben Eure Reisegruppe überfallen, sie haben Wayn getötet, sie haben auch Euren Vater verletzt. Nur weil Jadhrin und Ihr auf eurer Flucht aus Harrané gekommen seid, ist Euch Fakor in die Tunnel gefolgt, wo er den Tod fand.« Dorama hatte innegehalten, als Celina schweigend aufgestanden war, ihr Schwert eingesteckt und das Zelt verlassen hatte. Der alte Senior-Magier hatte ihr Jadhrin mit einem Wink in die kalte Winternacht hinterhergeschickt. Er wußte, daß Khaibar Bran Sheben es bei allem eventuellen Verständnis nicht dulden würde, wenn Celina Andron angriff.

Also hatte sich Jadhrin davon überzeugt, daß Celina wirklich in ihr Zelt ging und dort auch blieb, bevor er sich ebenfalls auf den Weg in seine Unterkunft machte.

Doch im Augenblick sollte er sich besser um anderes kümmern. Celina und Jadhrin hatten den Auftrag erhalten, zusammen mit einer Abteilung von Ordensrittern die Grabkammer ausfindig zu machen, abzusichern und dann Dorama zu holen. Der wollte den Hauptteil der durch die geheimen Tunnel in Soron eingedrungenen Truppen in den Kampf gegen die Eishexen führen, um so schnell wie möglich einen Durchbruch an die Oberfläche der Festung oder zumindest in die für Menschen ungefährlichen Bereiche zu schaffen. Niemand wollte die Gefahr eingehen, daß die Truppen, die für den unterirdischen Vorstoß vorgesehen waren, dem Einfluß der Elfengeister unterlagen und wahnsinnig wurden. Die gefährlichen Bereiche unter dem Elfenspitz waren gar nicht so umfangreich, aber alle den Freischärlern bekannten Fluchttunnel führten hier hindurch. Und da nur ein Teil der Streitmacht sich mit den ordenseigenen Meditationstechniken vor den Einflüsterungen der Elfen schützen konnte, kam es für den Gesamtplan Bran Shebens darauf an, den gefährlichen Teil so schnell wie möglich zu durchqueren, bevor sich Dorama auf die Suche nach der Grabkammer machen konnte.

Bereits die Tatsache, daß Jadhrins Einheit mit der Suche nach dem Grab beschäftigt war, stimmte nicht mit den Befehlen Bran Shebens überein, der, soweit es Jadhrin berichtet worden war, befohlen hatte, mit allen Kräften zunächst ins Innere der Festung vorzudringen und nach Möglichkeit das Torhaus zur Neuen Festung zu erobern. Aber Dorama hatte seine ganz eigene Meinung über die Rangfolge ihres Vorgehens. Und Jadhrin war der letzte, der sich mit dem alten Mann angelegt hätte. Ihm war jetzt noch schwindlig vom letzen Mal, als er versucht hatte, die Ansichten Doramas in Frage zu stellen.

»Hier!« rief Celina. Die Szene wurde von den mitgebrachten Laternen der Ordenskrieger erhellt. Sie stand in einem der typischen kuppelähnlichen Gewölbe unter dem Elfenspitz und wies mit ihrer Linken auf einen der aus dem Raum hinausführenden Gänge. Jadhrin erkannte den Ort ebenfalls wieder. Ja, dies war der erste größere Raum gewesen, den er und Celina durchquert hatten, nachdem sie Fakors Leiche zurückgelassen hatten. Einige Schritte diesen Gang hinunter hatte Celina das erste Mal bewiesen, wozu sie mit diesem Schwert in der Lage war – eine kleine Patrouille von Eishexen eigenhändig unschädlich zu machen. In diesem Gang mußte Fakors Leiche liegen, und irgendwo dahinter mußte sich auch der Weg zu der gesuchten Grabkammer befinden. Dorama, Celina und Jadhrin waren darin übereingekommen, daß sie auf Celinas Träume und Eingebungen hoffen mußten, die an Fakors Leiche vorbei zu dem Geheimgang führen sollten, durch den dieser das Grab betreten hatte. Alles schien bis hierher gutzugehen, wenn da nicht die Kampfgeräusche wären!

Sie kamen aus einem der seitlich wegführenden Gänge, in den auch Celina mit erhobenem Schwert gespannt hineinsah. Jadhrin wußte, daß sie durch die Kräfte der Klinge im Dunkeln sehen konnte. Er hingegen mußte darauf warten, daß einer der Brüder mit einer Laterne in den Gang leuchtete, bevor er sich über die Ursache der Kampfgeräusche klar werden konnte.

»Was ist da los?« fragte er Celina.

Da kam auch schon eine Gruppe von Eishexenfurien in Sicht, die durch den Gang auf Celina und Jadhrin zuliefen und sich dabei immer wieder umblickten. Als sie sahen, daß sich im Raum vor ihnen Menschen befanden, brachen sie in schrille Alarmrufe aus und stürzten sich dann ohne zu zögern in den Kampf.

Jadhrin sah zwei Kriegerinnen mit erhobenem Langmesser auf sich zustürmen. Rasch sprang er auf die linke zu und stieß ihr sein Schwert in den Bauch. Dann trat er neben die sich zusammenkrümmende Furie, zog die Klinge mit beiden Händen aus ihrem Körper und hieb sie der zweiten Gegnerin, die gerade versuchte, mit ihrem Messer über ihre sterbende Kameradin hinweg an den Menschen heranzukommen, in den Hals.

Blut spritzte auf. Jadhrin spürte neben sich eine weitere Bewegung und merkte, wie eine Messerklinge über sein eigenes Kettenhemd schrammte und seine Ordenstunika aufschlitzte. Überall befanden sich plötzlich Furienkriegerinnen. Von der Richtung, aus der sie kamen, näherte sich weiterhin lautes Kampfgetöse, unter das sich menschliche Stimmen mischten.

Jadhrin rammte einer Gegnerin den Knauf seines Schwertes in den Bauch, streckte eine weitere mit einem gezielten Schlag seines gepanzerten Ellenbogens nieder und spürte, wie eine Klinge durch die Glieder des Kettenhemdes in seine Seite fuhr. Er drehte sich schmerzerfüllt stöhnend um und sah sich einer grinsenden Eishexe gegenüber, die ihr Messer gerade zu einem zweiten Stich erhob. Die Klinge eines Ordensritters fuhr an Jadhrins Kopf vorbei mitten in das Grinsen.

Jadhrin hatte keine Zeit, dem Bruder zu danken, da der schon unter vier kreischenden Furien zu Boden ging, die mit ihren Messern wieder und wieder auf den Mann einstachen. Jadhrin bohrte einer der Furien sein Schwert in den Rücken, während er eine andere mit der freien Hand an den Haaren emporzog, um ihr dann sein Schwert in die Seite zu treiben.

Die Welt um ihn herum versank in einem Chaos immer weiterer Eishexen, die in den Raum strömten und über seine Männer herfielen. Es gab keine Gelegenheit, eine Schlachtreihe zu formieren, nichts, was sie als Verteidigungsstellung hätten nutzen können.

Jadhrin biß die Zähne zusammen. Seine Seite schmerzte. Er holte wieder aus, um eine heranspringende Eishexe zu stoppen. Die sah seinen Hieb kommen und ging zu Boden, um unter seinem Angriff hindurchzugleiten. Doch Jadhrin kannte den Trick und trat der Hexe mitten auf die Brust, bevor er die benommene Gegnerin mit seinem Schwert tötete.

Wild heulend, über und über mit blauem Eishexenblut bedeckt, tauchte für einen Augenblick Celina neben ihm auf, die blitzschnelle Hiebe und Stiche mit ihrer Klinge austeilte und, wo immer sie hinsprang, verwundete und sterbende Eishexen zurückließ.

Der gesamte Raum wimmelte jetzt von Furien und Ordensrittern. Blaues Blut vermengte sich mit rotem,

Jadhrin hieb, stach, parierte, trat und schrie. Um ihn herum schien jede Bewegung den Tod zu bringen. Die Leichen von Ordenskriegern und Furien bedeckten den Boden immer dichter. Doch für jede gefallene Hexe drängte eine weitere in den Raum. Dann konnte Jadhrin erkennen, wovor sie sich zurückzogen. Aus dem Gang, der vorher nur Eishexen ausgespien hatte, drangen jetzt Ordensritter in den Raum ein. Sie trieben die Furien vor sich her, als mähten sie Gras. Im Gegensatz zu Jadhrins Truppe hatten diese Männer eine feste Schlachtlinie gebildet, der die Eishexen in dem engen Gang nichts entgegenzusetzen hatten. Wer sich dem Wall aus Schildern und Schwertern näherte, wurde gnadenlos niedergestreckt.

Erst als die Ordensritter unter die Kuppel des Saals traten, in dem Jadhrins Männer um ihr Leben kämpften, löste sich die feste Formation der Brüder auf, und sie eilten ihren bedrängten Kameraden zu Hilfe.

Eine scheinbare Ewigkeit wogte der Kampf hin und her. Dann entstand vor Jadhrin eine kleine Lücke, die langsam größer wurde. Nach und nach waren immer weniger Eishexen an dem Kampf beteiligt, und immer mehr lagen reglos oder schwer verwundet am Boden. Ein Keil von schwerstgepanzerten Ordensmeistern bohrte sich mit brutaler Gewalt einen Weg auf die Gestalt des schwer atmenden und von blauem Blut bedeckten Dashino zu. Die wenigen Versuche der bestenfalls in Lederriemen gehüllten Furien hatten kaum eine Möglichkeit, an die mit schweren Plattenrüstungen gepanzerten Hünen heranzukommen, die ihre Breitschwerter mit rhythmischer Genauigkeit benutzten.

»Jadhrin«, brüllte hinter den hochgewachsenen Rittern eine Stimme. »Da bist du ja. Wir haben oben den Weg freigekämpft, und da dachte ich, schau doch mal nach, wie weit der Junge dort unten gekommen ist.«

Die Ritter öffneten kurz ihre Formation, um Jadhrin durchzulassen. Dahinter stand Dorama mit gerötetem Gesicht, aber offensichtlich in bester Laune. Die blauen Augen funkelten über die prominente Nase hinweg den Großneffen an. »Die Furien haben uns den Weg gewiesen. Wir brauchten immer nur da entlang zu gehen, wo sie den heftigsten Widerstand leisteten.«

KAPITEL 24

23. Jantir 716 IZ

Die bewaldeten Hügel westlich der Festung Soron

Aus dem Nichts heraus hatte sich mit einem lauten Rauschen eine Art schwarzer Wirbel gebildet. Er war auf Brusthöhe der Menschen entstanden und immer mehr angewachsen, bis er einen Durchmesser von mehr als vier Schritt erreicht hatte. Der schwarze Wirbel, hin und wieder von kleinen Farbpigmenten durchbrochen, hatte aufgehört und war in eine Art flammender, grünlicher Aureole übergegangen, die die schwarze Fläche umrahmte. Das Rauschen hatte einige Augenblicke in der Luft gelegen, bevor es verklang. Dann war plötzlich die schwarze Innenfläche verschwunden, und man konnte wieder den Hintergrund erkennen, wenn auch leicht verzerrt. Die Luft in dem von der Aureole umgebenen Kreis flimmerte, als sei es dort sehr heiß.

»Herkyn, unsere Befehle sind eindeutig. Ihr werdet diesen Angriff führen.« Die Stimme des Dashino hatte etwas Endgültiges.

»Seid Ihr verrückt, Mann!« schrie Andron. »Ich bin ein Herkyn des Imperiums und der designierte Gouverneur dieser Provinz. Ihr vergeßt, wer Ihr seid!«

»Keineswegs, mein Herr« entgegnete der Dashino. Er führte die Einheit an, die durch das Dimensionstor schreiten sollte, das gerade vor ihnen aufgetaucht war.

Der Dashino blieb völlig ruhig. Selbstgefälliger, kleiner Bastard, dachte Andron.

»Ich habe den Befehl von Khaibar Bran Sheben erhalten, daß Ihr es seid, Herkyn, dem die Ehre gebührt, als erster durch dieses Tor zu gehen. Und deshalb werdet Ihr auch der erste sein.«

Andron sah den Dashino an. Der Mann meinte es ernst.

»Ich kann Euch diese Ehre nicht nehmen, Dashino«, versuchte es der Herkyn auf eine andere Art. »Ihr führt diese tapferen Männer an, Ihr sollt auch die Ehre haben, als erster den finsteren Ausgeburten der Dunkelheit entgegenzutreten, die auf der anderen Seite des Tores auf unser Auftauchen lauern. Ich muß ohnehin ein paar Anweisungen an Atmar Bowikarn weiterleiten. Wißt Ihr, seine Schwertkämpfer ...« Andron sah sich nervös um, doch die Provinzoffiziere waren alle zu weit entfernt, um ihm eine Hilfe zu sein. Warum hatte er sie so voreilig zu ihren Truppen geschickt? Er hätte wissen müssen, was im Busch war, als der Dashino mit seinen Männern neben ihm auftauchte und der Standartenträger sein Feldzeichen einpflanzte, um dem Magier auf dem in Richtung Festung gelegenen Hügel anzuzeigen, wo er das Dimensionstor entstehen lassen sollte.

»Jetzt.« Der Dashino trat zur Seite und legte die Hand auf seine Klinge. Hinter ihm machten die Ordenskrieger seiner Einheit ihre Waffen bereit.

Andron drehte sich um. Nur seine Leibwächter, alles Kampfsklaven, die von der Familie Fedina aus der Südmark importiert worden waren, standen bereit, um ihm zur Hilfe zu kommen, falls der Ordensdashino Gewalt anwenden sollte.

Andron wußte, daß er in der Falle saß. Ein Kampf mit den Ordensmännern kam nicht in Frage, denn die hätten seine Leibwächter schnell überwältigt. Jeder Augenblick des Zögerns bedeutete mehr Zeit für die Verteidiger der Plattform, auf der sich die Empfangsseite des Dimensionstores befand. Rechts und links von ihm waren die anderen Ordenskriegereinheiten, die ebenfalls für die Eroberung des Alten Bergfriedes eingeteilt waren, bereits weitgehend durch das Tor gegangen. Die Verteidiger Sorons wußten also, was auf sie zukam.

Der Herkyn seufzte, zog sein Schwert und nahm seinen Schild empor. Ein letzter Blick auf seinen vergoldeten Plattenpanzer, über dem ein Überwurf mit dem Fedina-Greifen prangte – alles aus bestem Samt gefertigt –, dann senkte Andron sein Visier, und die Welt wurde auf einen kleinen Blickwinkel zwischen den Gitterstäben des Visierschlitzes eingeengt.

Andron hob sein Schwert, drehte sich um, senkte es und brüllte: »Vorwärts, Männer!« Die Kampfsklaven sahen sich an. »Vorwärts!« brüllte Andron erneut. Dann setzten sich die Männer in Bewegung.

Nacheinander durchquerten die zehn Kampfsklaven das Tor. Einer konnte es nur zur Hälfte durchschreiten, da er mit eingeschlagenem Gesicht wieder zurückgeworfen wurde. Andron wartete noch einen Augenblick. Dann blickte er den Dashino triumphierend an – wenn ein Andron Fedina sagte, daß er nicht als erster durch dieses Tor gehen würde, dann tat er das auch nicht – und stürzte sich ebenfalls in die wabernde Fläche des Tordurchgangs.

KAPITEL 25

23. Jantir 716 IZ

Die Keller unter der Neuen Festung in Soron

Gannon wurde langsam müde. Er kämpfte seit einer Stunde ununterbrochen gegen Eishexen, Tiermenschen und manchmal sogar Schneebarbaren. Die Ordenskrieger und Soldaten der Provinzarmee unter dem Kommando Doramas hatten sich zuerst durch die elfischen Tunnelanlagen hindurchgefochten. Dann waren mit Hilfe der Freischärler gleich mehrere Eingänge in die von Menschenhand errichteten Anlagen unter der Burg gefunden worden. Dorama war daraufhin mit den Ordenskriegern umgekehrt, um die Grabkammer zu suchen, die ihm so wichtig war. Er hatte Gannon und die Freischärler, die Gannons Bruder Rokko vorgestern in der Umgebung Sorons ausfindig gemacht hatte, an der Spitze der Einheiten der Provinzarmee zurückgelassen. Die Abteilungen sollten eigenständig an die Oberfläche Sorons vordringen und das Torhaus zur Neuen Festung freikämpfen.

Eigentlich war das machbar, denn die Freischärler, alles ehemalige Bewohner der Burg, kannten sich hier unten sehr gut aus. Und als sich Dorama verabschiedete, waren keine Feinde in der Nähe gewesen. Im Gegenteil, die Eishexen, auf die sie getroffen waren, schienen mehr Interesse daran zu haben, einen bestimmten Bereich der Elfentunnel zu verteidigen, als die imperialen Truppen von einem Durchbruch zur Oberfläche abzuhalten.

Dieses seltsame Verhalten war dafür verantwortlich, daß der alte Magier sich so schnell abgesetzt hatte. Er vermutete, daß jemand ihn von seinem Ziel fernhalten wollte. Das mochte vielleicht sogar zutreffen, aber es änderte nichts daran, daß Gannons Abteilung mehr oder weniger sofort auf harten Widerstand stieß, als sie begann, in Richtung Neuer Festung durch die Keller vorzurücken. Gannon hatte als Hetnor im Dienste des Ordens schon so einiges erlebt, aber so etwas wie die Kämpfe in den Kellern Sorons war ihm noch nicht vorgekommen.

Seine Leute mußten sich Schritt für Schritt und Scharmützel für Scharmützel durchkämpfen. Obwohl es fast nie zu geordnetem Widerstand kam, schienen Dutzende von Gruppen des Feindes hier unten herumzulaufen, die ständig urplötzlich Angriffe ausführten und sich dann wieder zurückzogen. Besonders die zum Teil nachtsichtigen Tiermenschen hatten sich in den Kellern als ernstzunehmende Gegner erwiesen. Die Tiermenschen schienen zwar alle unter Drogen zu stehen, denn sie waren langsamer und weniger geschickt als gewöhnlich, aber dafür schienen sie weniger Schmerzen zu spüren, als dies sonst ohnehin schon der Fall war. Einmal hatte ein monströser Tierberserker mit dem Kopf eines Löwen zwei Dutzend Krieger zerrissen, bevor ihre Kameraden ihn daran gehindert hatten.

Viele der Männer waren verstreut worden, während sie sich, immer wieder feindlichen Angriffen ausgesetzt, durch die unübersichtlichen Anlagen an die Oberfläche durchgekämpft hatten. Nur der Ortskenntnis der Freischärler hatte Gannon es zu verdanken, daß er jetzt endlich am unteren Ende einer Treppe stand, die zu einem der Seitentürme des Neuen Bergfriedes emporführte. Er hoffte, daß der Turm nicht allzu stark besetzt war, da die meisten Isthakis auf den Mauern damit beschäftigt waren, die imperialen Angreifer abzuwehren. Die Seitentürme des Neuen Bergfriedes waren nicht alle mit dem Hauptgebäude verbunden, wie man ihm gesagt hatte. Gannon hoffte, daß dies bei dem Turm über ihm auch der Fall war. Er hatte keine

Lust, sich mit der Besatzung des Bergfriedes anzulegen. Darum sollten sich andere kümmern, wenn er seinen Auftrag erfüllt hatte.

Kurz bevor er den Befehl gegeben hatte, den Turm zu stürmen, hatte er noch einmal eine Bestandsaufnahme der Truppen gemacht. Von den mehr als zweihundert Männern waren die meisten der Freischärler, eine Kompanie Armbrustschützen und eineinhalb Kompanien Fußsoldaten übrig. Knapp einhundertzwanzig Mann. Der Rest war von den Isthakis getötet worden oder in den Kellern verlorengegangen. Bemerkenswert war, daß Atmar Arsten Idrich mitsamt einer ganzen Kompanie des zweiten Thorwaller Fußvolks verschwunden war. Der Atmar hatte die hinteren Bereiche gedeckt, doch irgendwann, so hatte man Gannon berichtet, sei er dann einfach nicht mehr dagewesen. Gannon hatte daraufhin ein paar der Freischärler ans hintere Ende der Kolonne geschickt, um zu verhindern, daß es zu unangenehmen Überraschungen kam. Über den Verbleib der Kompanie konnte er sich jetzt keine großen Gedanken machen. Der Atmar würde auf sich selbst aufpassen müssen. Gannon hoffte, daß er den Auftrag, das Torwerk zur Neuen Festung einzunehmen, mit seiner arg verkleinerten Einheit überhaupt würde erfüllen können. Das dürfte schwer genug werden.

Während Gannon sich ein wenig ausruhte, winkte ein Atmar der Provinztruppen eine Einheit Schützen an ihm vorbei. Die Männer sollten das Erdgeschoß des Turmes sichern. Als nächstes würden Fußsoldaten folgen. Pikeniere waren dem Unternehmen nicht zugeteilt worden. Ihre langen Waffen wären in den unterirdischen Anlagen mehr als hinderlich gewesen. Kaum war der letzte Mann der Schützenabteilung mit erhobener Armbrust die Treppe emporgestiegen, so hörte man von oben bereits Kampflärm.

»Na los!« rief Gannon den Freischärlern hinter sich zu. »Wir gehen auch hoch. Mal sehen, was da oben los ist.«

Die Freischärler waren zwar keine Soldaten, aber brauchbare Kämpfer, wenn man sie richtig einsetzte. Gannon hatte das Kommando über diese Männer von seinem Bruder geerbt. Die Offiziere der Provinzarmee hatten zwar schon länger mit Gannon in seiner Rolle als rechte Hand Doramas zu tun gehabt und waren deshalb bereit, seinem Befehl zu folgen. Aber neben Doramas ausdrücklichem Hinweis, daß Gannon das Kommando innehatte, half auch die Tatsache, daß der Hetnor für alle sichtbar eine eigene Einheit kommandierte, auch wenn es sich nicht um Elite-Ordenskrieger, sondern eher um heruntergekommene Halunken handelte. Ansonsten hätten die Offiziere, die als Atmare alle einen höheren Rang als Gannon einnahmen, vielleicht Probleme damit gehabt, von einem Hetnor kommandiert zu werden.

Gannon hetzte die Treppe empor und sah sich um. Das Erdgeschoß des Turmes wurde von einem großen Raum beherrscht, von dem aus eine stark gesicherte Tür nach draußen führte. Einige unbewaffnete Eishexen lagen reglos auf dem Boden. Mindestens drei offenstehende Türen führten in weitere Innenräume des Turmes, und zwei Wendeltreppen, von denen Kampfgeräusche ertönten, führten nach oben. Hier und da waren einzelne Armbruster zu sehen, Verwundete, Tote und Männer, die ihre Waffen nachluden.

Der Atmar der Schützen erkannte ihn und rief: »Wir haben in den oberen Stockwerken Feindkontakt! Eishexen!«

»Sind Verstärkungen notwendig?« erkundigte sich Gannon, während die Freischärler an ihm vorbeiliefen, die Räumlichkeiten sicherten und begannen, sich nach Öffnungen umzusehen, von denen aus man den

277

schneebedeckten Innenhof der Neuen Festung im Auge behalten konnte.

»Nein, noch nicht. Wir drängen sie bisher zurück«, antwortete der Mann.

Boros Hame tauchte neben Gannon auf. Der Ordensmagier war verletzt worden und trug einen Arm in einer Schlinge. Gannon nickte ihm zu. Hinter ihm kamen Samos und Arien in Sicht. Trotz ihrer erbitterten Proteste hatte Dorama sie mit Gannon an die Oberfläche geschickt. Die beiden waren zwar ehemalige Ordenskrieger, aber sie vollführten schon lange nicht mehr das morgendliche Turmash, eine der wichtigsten Voraussetzungen, mit der sich die anderen Brüder gegen die schädlichen Einflüsse der Geister schützen konnten, die unter dem Elfenspitz umgingen. Dorama hatte Samos und Arien kurzerhand Bruder Hame als Leibwächter zur Seite gestellt.

»Seid Ihr noch einsatzbereit, Bruder Hame?« fragte Gannon.

»Es geht. Ich werde schon auf mich selbst aufpassen können«, antwortete Hame mit einem Seitenblick auf Samos und Arien. Der Kampfmagier hatte es für unter seiner Würde befunden, sich von den beiden unehrenhaft entlassenen Ex-Ordensmitgliedern schützen zu lassen – und die Quittung dafür erhalten. »Aber an größere Zauber ist im Augenblick nicht zu denken.«

Gannon zuckte die Schultern. »Es wird auch so gehen müssen.«

»He!« meldete sich einer der Freischärler von der Außentür.

Gannon eilte zu ihm und warf einen Blick nach draußen. Dann drehte er sich um und schrie: »Schafft sofort ein paar Fußsoldaten hier hoch. Wir kriegen gleich Besuch!«

KAPITEL 26

23. Jantir 716 IZ

Der Alte Bergfried, Soron

Andron fühlte, wie eine unsichtbare Hand an ihm riß und ihn einige Male heftig herumwirbelte. Er sah Farben, schloß verwirrt die Augen und taumelte aus dem Empfangskreis des Dimensionstores hinaus, mitten auf eine Gruppe wartender Skelette zu.

Die Untoten waren in verrostete Reste schwarzer Kettenhemden gehüllt. Sie trugen Waffen altertümlicher Machart, die aber gefährlich genug aussahen, um Andron vor Schreck die Augen weit aufreißen zu lassen. Er blieb stehen und hob seinen Schild. Die Skelette klapperten aufgeregt mit ihren lose herunterbaumelnden Kiefern und hoben vereinzelt löchrige Schilde. Vorsichtig nahm Andron seine Klinge hoch. Die Skelette rissen ihre Waffen empor. Andron schrie. Die Untoten sprangen ihn an.

Ein oder zwei Hiebe trafen seinen Schild, ein weiterer prallte auf seine Rüstung, von der mit hellem Klirren goldene Verzierungen abbrachen. Andron sprang zurück.

»Hilfe!« brüllte er aus vollem Halse.

Zwei der Kampfsklaven eilten heran. Die beiden Männer trugen für die Schlacht Kettenhemden und schwere Breitschwerter in beiden Händen. Ihre Lederrüstungen, Kurzschwerter und Dolche waren auf Androns Geheiß im Lager geblieben. Die nutzten in einer Schlacht nichts, und was hatte man von Leibwächtern, die dem ersten feindlichen Ansturm oder Pfeilhagel zum Opfer fielen.

Die beiden stürzten sich pflichtgemäß auf die Skelette, und Andron hatte Zeit, sich einen Augenblick auf

279

der Plattform umzusehen. Sie lag ziemlich weit oben, nur ein Stockwerk unter dem höchsten Geschoß des Bergfriedes, und maß ungefähr zwölf Schritte im Quadrat. Auf dieser Fläche befand sich neben einigen kleinen Steinhaufen der traurige, verkohlte Rest eines niedergebrannten Katapultes. Im Hintergrund war eine Tür zu erkennen, die von der nach Norden blickenden Plattform aus ins Innere des Gebäudes führte. Das Tor, aus dem Andron getaumelt war, befand sich in der rechten äußeren Ecke. Der Flammenring, der seine Grenze markierte, schloß links und rechts genau mit den Zinnen ab.

Andron blickte kurz hinunter und erkannte, daß sich rechts von ihm, sechs oder sieben Schritt tiefer, eine weitere größere Plattform befand. Dort drängten sich Skelettritter und eine Gruppe schwarzbemantelter Nekromanten unter einigen Feldzeichen. Vor ihnen stand eine beeindruckende Gestalt in prächtiger schwarzer Satinrobe, die mit roten Stickereien verziert war. Andron hätte einem Nekromanten soviel Stil gar nicht zugetraut. Dieser dort unten war bestimmt ein bedeutender Mann, kein simpler Nekrophiler.

Auf dem Areal vor ihm waren insgesamt fünf weitere seiner Leibwächter zu sehen, die jeweils von mehreren Skeletten gleichzeitig umringt waren und alle Hände voll zu tun hatten, am Leben zu bleiben. In der Nähe der Tür stand eine Gestalt in einem schwarzen Mantel über den Leichen zweier Kampfsklaven. Sie zog gerade eine blutige Sense aus dem Brustkorb eines der beiden Männer, und als sie sich aufrichtete, konnte Andron ein verrottendes Gesicht erkennen, an dem kleine Fetzen Fleisches hinabhingen und in dessen Augen ein gespenstisches Feuer leuchtete.

»Schnell, Männer, macht sie fertig!« feuerte Andron seine Leibwächter an. Er fürchtete, daß die Kampfsklaven keinesfalls mit dem Sensenmann fertig werden würden, wenn sie gleichzeitig die Attacken der Skelette abwehren mußten.

Die beiden Kampfsklaven vor ihm – Andron hatte keine Ahnung, wie die Kerle hießen – wiesen bereits mehrere leichtere Wunden auf: ein Schicksal, das sie wahrscheinlich mit ihren fünf, nein vier Kameraden teilten. Der fünfte war gerade von einem Trio unbewaffneter Skelette über die Brüstung der Plattform gestoßen worden und sauste jetzt schreiend in Gesellschaft der offensichtlich selbstzerstörerisch veranlagten Knochenmänner in die Tiefe.

»Aua!« Andron spürte einen schmerzhaften Schlag auf seinen Panzerstiefel. Unter ihm hatte sich der Oberkörper eines durchtrennten Skelettes gerade mühsam durch die Beine eines der Sklaven gezogen und begann mit einem Streitkolben auf Androns Füße einzuschlagen. »Paß doch auf, du Stümper!« brüllte Andron den Kampfsklaven von hinten an und trat mit seinem Stiefel nach dem Schädel des Skeletts, der sich mit wild klappernder Kinnlade vom Hals trennte und in hohem Bogen davonflog.

Der des Versagens beschuldigte Kampfsklave drehte sich, um zu sehen, ob seinem Herrn etwas passiert war, und erhielt prompt einen schweren Kopftreffer durch den Schaft eines Speeres, der ihn lange genug betäubte, so daß ein weiteres Skelett sein Schwert auf die gleiche Stelle niedersausen lassen konnte.

Andron sah sich um. Nur noch ein Leibwächter zwischen ihm und den Knochen, und die anderen waren zu weit entfernt, um ihm zu helfen. Was war mit den verdunkelten Ordensbrüdern, worauf warteten die nur? Andron beschloß auszuprobieren, ob das Dimensionstor auch in der anderen Richtung wirkte. Er trat zurück und prallte gegen die Steinbrüstung der Plattform.

Verwirrt sah er sich um. Das schimmernde Kraftfeld

des Dimensionstores war verschwunden. Beim Lichte Meridas und der Finsternis, diese Hunde von Ordensbrüdern hatten ihn dem sicheren Tod ausgeliefert!

Er blickte wieder nach vorn und konnte gerade noch rechtzeitig seinen Schild heben, um einen Schlag der Sense aufzufangen, die von dem schwarzgekleideten Untoten, der plötzlich vor ihm aufgetaucht war, schon wieder zurückgeschwungen wurde. Andron schluckte, seine Kehle war mit einem Mal zu trocken, um einen weiteren Hilfeschrei auszustoßen und einen seiner Leibwächter herbeizurufen. Wieder prallte die Sense auf das Schild und ließ den Fedina Herkyn zur Seite taumeln. Andron stolperte zwischen den Zinnen der Brüstung. Unter ihm sah er den Mann in der Satinrobe kurz emporblicken. Zwischen seinen ausgestreckten Händen waberte eine Wolke schwarzer Energie, die er offensichtlich jeden Augenblick in das vor ihm auf der Plattform entstandene Dimensionstor werfen wollte.

Andron durchzuckte ein Gedanke: »Aha! Da ist das Tor! Hoffentlich erwischt die Wolke ein paar von den Ordenssaubermännern.« Dann stöhnte er laut auf, rappelte sich wieder auf und stieß mit der Klinge nach dem Sensenmann. Ein tief angesetzter Hieb zwang ihn, in die Luft zu springen, besser zu hüpfen, mehr war ja in seiner schweren Rüstung nicht möglich.

Der nächste Hieb schlug ihm den Helm vom Kopf. Wieder kam ein tief angesetzter Schwung der Sense auf ihn zu. Andron sprang auf die Brüstung und stand plötzlich über dem Sensenmann, der seine Waffe gerade erst wieder anhob. Das war seine Chance! Mit einem lauten Schrei ließ Andron seine Klinge auf die löchrige, schwarze Kapuze seines Gegners niedersausen und spürte aus heiterem Himmel einen heftigen Stoß vor die Brust. Der Untote hatte ihm das stumpfe Ende seiner Waffe vor die Rüstung gerammt. Androns Schwert bohrte sich zwar mit einem seltsamen Geräusch in die Schulter der Gestalt, aber das schien den Untoten gar nicht weiter zu beeindrucken. Mit einem unnachahmlichen Grinsen der Sorte, die nur durch weitestgehend nicht vorhandenes Zahnfleisch ermöglicht wurde, rammte er den Stiel der Sense erneut in den taumelnden Andron.

Der Herkyn breitete auf der Suche nach einem Rest von Gleichgewicht die Arme aus und stürzte dann mit einem lauten Kreischen in die Tiefe.

Herrimos der Verderber stieß die letzten Worte der Beschwörung aus. Er fühlte zunächst und sah dann, wie sich die Energie in seinen Händen zu jener Klauenform verdichtete, die den Todesgriff markierte, jenen furchtbaren Zauber, mit dem er den gleich auftauchenden Feinden das Blut aus dem Gebein ziehen würde, um es dem seinen hinzuzufügen. Sollten sie nur kommen, diese imperialen Schwächlinge! Er würde ihnen schon zeigen, was den Feinden Isthaks für ein Schicksal zuteil wurde. Da! Ein erster Umriß, dann war ein zweiter im Schimmern des Tores zu erkennen. Die Nekromanten um ihn herum riefen die Zombies zurück, die ihn vor unvorgesehenen Attacken schützen sollten. Der Weg zum Dimensionstor war frei.

Der Schwarzmagier warf seinen Kopf in den Nacken, um ein letztes triumphierendes Lachen auszustoßen, ganz so, wie es sein großes Vorbild Xarator immer tat, kurz bevor er seinen Gegnern den Todesstoß versetzte.

Was war das? Von oben fiel eine gepanzerte Gestalt mit rudernden Armen geradewegs auf ihn zu.

Andron schrie. Der Schwarzmagier unter ihm schrie ebenfalls, warf sich zur Seite, jedoch nicht mehr rechtzeitig. Als Andron mit knochenzerschmetternder Gewalt auf seinem Rücken auftraf, löste sich die aus reiner schwarzer Energie bestehende Klaue aus den Händen des Schwarzmagiers und fuhr mitten unter die erschreckt dreinblickenden Nekromanten.

Während die ersten Ordensbrüder unter der Führung des Dashinos aus dem Dimensionstor hervorsprangen, wurden die Nekromanten von der Klaue erfaßt, die sich plötzlich zu einem Durchmesser von mehr als zwei Schritt aufgebläht hatte. Sie wütete zwischen den Körpern wie ein Kampfhund zwischen Ratten und ließ in ganz ähnlicher Weise nichts als leblose, blutende Körper zurück.

Ein benommener Herkyn Fedina rappelte sich inmitten einer sich langsam ausbreitenden Blutlache mühsam auf, bevor er auf der Leiche des unter ihm liegenden Schwarzmagiers wieder zusammenbrach. Ein pulsierender Strom rotschwarzer Energie strömte von der langsam verblassenden Klaue zur Leiche des Magiers, fand dort jedoch keinen Zugang und zappelte deshalb nur in seltsamen Windungen und Zuckungen auf dem Boden herum, während ein stetig anwachsender Schwall von Blut aus dem Strom hervorquoll und den Herkyn samt darunter liegendem Schwarzmagier bedeckte.

Die Ordenskrieger blieben zunächst verwirrt stehen, um sich zu orientieren. Während ihnen dämmerte, daß der des Verrats beschuldigte Andron Fedina sie offensichtlich vor dem Todesgriff-Zauber des Schwarzmagiers gerettet hatte, brachen auf dem Rest der Plattform die Zombies zusammen und traten mit seltsam stöhnenden Geräuschen den Weg zu ihrer endgültigen Ruhe an.

Der Dashino löste sich als erster aus seiner Starre: »Helft dem Herkyn! Vielleicht hat er den Sprung überlebt. Merida hilf uns, wenn nicht. Denn dann haben wir diesen tapferen Mann zu seinem sicheren Untergang verurteilt, als wir das Tor hierher umlenkten.«

Als die ersten seiner Männer zu dem Körper des schwach mit einer Hand um sich tastenden Andron sprangen, blickte sich der Dashino weiter um. Die Nekromanten auf dieser Plattform, die als eine der Hauptkommandostellen der Verteidiger des Alten Bergfrieds ausgemacht worden war, lagen alle reglos in ihrem Blute.

»Sichert die Tür! Wir dringen sofort weiter vor«, brüllte der Ordensoffizier dann. Es galt, die heldenhafte Aktion des Herkyn zu honorieren und den entstandenen Vorteil, diese Plattform kampflos erobert zu haben, so schnell wie möglich auszunutzen.

KAPITEL 27

23. Jantir 716 IZ

Seitenturm des Neuen Bergfriedes, Soron

»Drängt sie zurück!« rief Gannon. »Wenn sie wieder
draußen sind, können die Armbruster sie unter Be-
schuß nehmen!« Wenn diese die Feinde in den oberen
Stockwerken besiegt haben, fügte er in Gedanken
hinzu.

Dann warf er sich mit einem lauten Schrei in den
Kampf. Sein Bihänder schwang mit einem sausenden
Geräusch über die Köpfe einiger sich duckender Eishexen hinweg. Gannon war froh, die große Klinge mitgebracht zu haben. Sie gehörte nicht zur Ausrüstung
der Ritter des Ordens, die an diesem Feldzug teilnahmen. Die Männer verließen sich auf die Schwert-und-
Schild-Kombination, die sie auch im Sattel ihrer
Streitrösser benutzten, von denen aus sie gewöhnlich
kämpften. Aber die wenigen in der Provinz Anxaloi
stationierten Infanterieeinheiten des Ordens waren in
Thordam, Leigre und Thorwall zerstreut. Am Kampf
um Soron nahmen nur abgesessen kämpfende Ritter
und Ordensmeister teil.

Gannons Klinge schlug einer Hexe den Kopf ab, die
sich nicht schnell genug geduckt hatte. Eine andere
versuchte unter der Klinge hindurch, die für einen Augenblick innehielt, an Gannon heranzukommen. Er
konnte das boshafte Glitzern in den grünen Augen erkennen, das allerdings sofort aufhörte, als sie den Aufprall eines gepanzerten Stiefels in der Magengegend
spürte und zu ihren Schwestern zurückgeworfen
wurde. Neben und hinter Gannon hieben und stachen
Rokkos Freischärler auf die Eishexen ein, die in das

286

Erdgeschoß des Seitenturmes eingedrungen waren. Diese Männer waren nur leicht gerüstet und mit einem Sammelsurium von Waffen ausgestattet, das einer Bande von Straßenräubern zur Ehre gereicht hätte. Genauso kämpften sie auch. Gannon hätte nie geglaubt, daß es so viele schmutzige Tricks, wie er sie in den letzten Stunden bei diesem Haufen gesehen hatte, überhaupt gab. Und er hatte sich eigentlich immer für einen erfahrenen Kämpfer gehalten.

Die Eishexen waren für diese Männer als Gegner allerdings wie geschaffen. Auch sie taugten mit ihren langen Dolchen und ihrer blitzschnellen Technik eher für eine Messerstecherei in einer abgelegenen Seitenstraße denn für einen Einsatz auf einem Schlachtfeld.

Als Gannon, dessen Schwertarm langsam müde wurde, eilig zurückspringen mußte, um den Stichen zweier Hexen auszuweichen, die von der Seite an ihn herangekommen waren, wurde ihm jedoch bewußt, daß dieser Turm kein offenes Schlachtfeld bot. Grimmig biß er die Zähne zusammen. Die eine der beiden Furien hatte es geschafft, ihm ihre Klinge durch einen Spalt seiner Rüstung in die Seite zu stechen, bevor er sie durchbohrt hatte.

Keine tiefe Wunde, aber er würde Blut verlieren, solange sie nicht gestillt war, und dafür würde es auf absehbare Zeit keine Gelegenheit geben ...

Einige Minuten später war es geschafft. Die letzte der Eishexen war aus dem Turm geflohen und auf dem abschüssigen Innenhof mit einem Bolzen im Rücken in den Schnee gesunken. Aber schon drohte die nächste Gefahr. Die Armbruster meldeten, daß weitere Furien von einer Seitentür in einem der höher gelegenen Stockwerke aus in den Turm eindringen wollten. Man hatte im Neuen Bergfried also bemerkt, daß sich Feinde in diesem Seitengebäude befanden! Offensichtlich wollte man keine Truppen von der Verteidigung der Mauern abziehen und über das von Gannons Armbrustern frei einsehbare Gelände des Innenhofs einen Sturm auf die gute Verteidigungsstellung der Imperialen unternehmen lassen. Klug gedacht. Einen konzentrierten Angriff durch die Verbindungstüren konnten die im Nahkampf den Provinztruppen weit überlegenen Furien durchaus gewinnen.

Doch Gannon hatte gar nicht vor, in diesem Turm zu bleiben.

»Sagt oben Bescheid!« rief er einem Kordor zu. »Sie sollen Feuer legen, wenn sie können. Das wird die Blauen aufhalten. Anschließend sollen sie sich zurückziehen und zusehen, daß sie uns so gut es geht den Rücken decken.«

Er blickte sich um. Ein Drittel der Freischärler lag reglos am Boden, mitten zwischen über dreißig Eishexen. Durch die offene Tür konnte er weitere zwanzig Furien erkennen, die den Schützen in den oberen Stockwerken zum Opfer gefallen waren. Eine steil abfallende, schneebedeckte Fläche führte mehr oder weniger gerade auf sein Ziel, das Torhaus der Neuen Festung, zu. Es würde schwierig werden, da hinunter zu kommen. Doch was nutzte es?

»Meridas Licht leuchte uns«, murmelte er und schrie dann: »Los geht's! Atmar, nehmt Eure Kompanie und stoßt in Richtung des Torhauses vor. Die Freischärler mit den Fernwaffen werden den Flankenschutz übernehmen. Sobald Ihr dort seid, werdet Ihr beginnen, die Eingangstüren des Torhauses anzugreifen. Ich komme dann mit der zweiten Kompanie des Fußvolks hinterher. Darauf folgen die Armbruster. Rennt, so schnell Ihr könnt, Atmar. Die Furien verfügen zwar über keine nennenswerten Fernkämpfer, aber man kann nie wissen, ob sie nicht magische Methoden kennen oder eine dieser verdunkelten Schneekanonen beginnt, sich auf uns einzuschießen.«

Der Atmar nickte: »Zu Befehl.«

Dann schickte er seine Männer in kleinen Gruppen von drei und vier Soldaten los. Fast sofort nachdem sie den Turm verlassen hatten fielen die meisten der Fußsoldaten erst einmal in den Schnee, rappelten sich wieder auf und stolperten weiter, fielen wieder hin.

Einer der Freischärler, ein blonder Mann mit wildem Bart, schob sich an Gannon vorbei und rief nach draußen: »Setzt euch auf eure Schilde, ihr Deppen, und rutscht darauf hinunter!«

Gannon sah den Mann erstaunt an. Was war denn das für eine Idee?

Aber es gelang. Als der erste Provinzsoldat dem Vorschlag gefolgt war und mit wachsendem Tempo den Hang hinunterschlitterte, folgten ihm bald die nächsten. In Windeseile rasten die Männer auf die tiefer gelegene Südmauer der Neuen Festung zu.

Der blonde Freischärler grinste Gannon an. »Hoffentlich wissen die Kerle, wie sie anhalten können!« Dann lief er mit seinen Kumpanen, die sich aus Möbeln, Schilden und teilweise sogar Mänteln ebenfalls notdürftige Schlitten gebaut hatten, nach draußen und folgte den Fußsoldaten.

Die Schneeverwehung vor der Steinmauer kam rasend schnell näher. Gannon hoffte, daß er seinen Schild würde stoppen können. Nach dem, was er erkennen konnte, war es denjenigen Soldaten, die nicht auf die Idee gekommen waren, mit ihren Füßen die rasende Fahrt abzubremsen, ziemlich übel ergangen. Einige lagen bewußtlos oder benommen unter der Mauer im Schnee.

Vorsichtig senkte er die Stiefel auf den Boden und merkte sofort, wie sich die schlitternde und von kleinen Sprüngen unterbrochene Abfahrt allmählich etwas verlangsamte. Schnee spritzte vor ihm auf, als er mitten in die Schneewehe hineinprallte. Gannon sah plötzlich überhaupt nichts mehr, spürte einen unsanften Aufprall und knallte hart gegen die Steine der Festungsmauer. Seine Rüstung bewahrte ihn jedoch vor den schlimmsten Schäden, und er kam torkelnd wieder auf die Beine. Sein Kopf tat ähnlich weh wie damals, als ihn ein Ork mit seiner Kriegskeule voll erwischt hatte.

Mühsam versuchte er, die Sterne vor seinen Augen zu vergessen und sich zu orientieren. Er stand kaum zwölf Schritte von einer der beiden Eingangstüren des Torhauses entfernt im Schatten der Mauer. Über sich hörte er die aufgeregten Schreie von Furienkriegerinnen. Seine Männer versuchten verzweifelt, mit mitgebrachten Holzfälleräxten die Tür einzuschlagen, und mußten sich bereits vor den ersten Steinen ducken, die von oben auf sie hinabgeworfen wurden.

»Bildet einen Schildwall! Schirmt die Männer an den Türen ab!« rief Gannon. Ihm war unklar, ob ihn jemand hörte. Er setzte sich, weiter rufend, in Bewegung. »Was ist? Glaubt ihr, eure Schilde wären nur zum Schlittenfahren geeignet?«

Wieder ging ein Mann mit zerschmettertem Schädel zu Boden. Die Axt, mit der er auf die Tür eingeschlagen hatte, lag ungenutzt neben ihm. Die Provinzsoldaten sahen sich unsicher um. Die Männer waren weder Elitesoldaten noch Veteranen, sondern die besten aus einem Haufen wenig gewillter, unterbezahlter Bauernsöhne. Gannon konnte sich vorstellen, was gleich passieren würde.

»Bei Merida!« versuchte er es mit einem Schlachtruf, als er bei der Tür ankam. Er riß die Axt empor und brüllte noch einmal: »Nehmt doch eure Schilde hoch! Beim Lichte, bildet einen Schutzschild!«

Als ein weiterer Felsbrocken nur knapp neben ihm auf den Boden prallte, lösten sich die Männer aus ihrer Starre und verschachtelten ihre Schilde über Kopf zu einem Dach. Gerade rechtzeitig, wie gleich ein dreimaliges lautes Krachen bewies, da weitere Steinbrocken einschlugen. Gannon schlug wie ein Verrückter auf die Bohlen der Holztür vor sich ein. Aber es war bald abzusehen, daß es schon eines Wunders bedurfte, um die Tür auf diese Weise einigermaßen schnell aufzubekommen.

Es half jedoch nichts: Es gab keine Möglichkeit, auf andere Weise in das Torhaus einzudringen.

Ohne Vorwarnung spürte Gannon, wie das Schilddach von seinem Kopf fortgerissen wurde. Er fuhr herum, bereit, die Provinzsoldaten um ihn herum zusammenzuschreien. Doch sie sahen alle nur verblüfft nach oben. Gannon folgte ihren Blicken und konnte gerade noch einen langen, in der Luft herumpeitschenden Reptilienschwanz erkennen, der über dem Torhaus verschwand. Dann fielen die ersten brennenden Furien von der Brüstung.

Gannon trat zurück. Qualmwolken stiegen von der oberen Verteidigungsplattform des Torhauses empor. Es schien fast so, als sei die Reserve der kaiserlichen Armee auf die Vorgänge aufmerksam geworden – und als habe der Khaibar Bran Sheben beschlossen, die feuerspeienden Flugdrachen einzusetzen.

Der Ordenshetnor schaute sich nach den Freischärlern um. Einige von denen hatten Seile dabei. »Los, werft sie hinauf!« forderte er. »Wir müssen da rauf, bevor sie die Plattformen wieder besetzen.«

KAPITEL 28

23. Jantir 716 IZ

Die Räumlichkeiten nahe der Grabkammer
Algrims des Weißen

Celina hatte recht gehabt, als sie einen der Tunnel wiederzuerkennen glaubte, die aus dem Raum wegführten, in dem es zu dem heftigen Kampf gekommen war. Als sich nach Doramas Ankunft das Blatt gegen die zurückweichenden Eishexen wandte, hatten die Eishexen sich in genau diesen Tunnel zurückgezogen.

Das war für die Menschen Beweis genug. Sie mußten ebenfalls dort hinein. Doch vorher nutzten Dorama und Jadhrin die Gelegenheit, ihren Truppen eine Verschnaufpause zu gönnen und sich neu aufzustellen.

»Da hinten wird der Widerstand immer schlimmer werden«, erklärte Jadhrin. »Die Furien scheinen ganz wild darauf zu sein, uns keinesfalls in diese Richtung weiter vorstoßen zu lassen.«

»Das kann nur bedeuten, daß die Eishexen noch nicht in den Besitz der Formeln gelangt sind«, murmelte der graubärtige Kampfmagier. Dann meinte er: »Wir müssen so schnell wie möglich hinterher. Zusammen stehen uns fast zwei Schwadronen Ordensritter und beinahe ein Dutzend Ordensmeister zur Verfügung. Das sollte doch reichen, um ein paar Furien zu vertreiben.«

Jadhrin runzelte die Stirn. Sein Großonkel war in bedenklicher Stimmung. Er würde ihn und die anderen Brüder bedingungslos gegen eine feindliche Übermacht werfen. Sicher, die Ordenskrieger waren in ihren schweren Panzern den so gut wie ungerüsteten Furien überlegen, aber das war vor allem in dem etwas geräumigeren Kuppelsaal zum Tragen gekommen und konnte sich zum Nachteil auswirken. Nur das Licht wußte, welche Räumlichkeiten noch auf sie warteten.

»Vielleicht sollten wir erst einmal ein paar Mann zur Erkundung vorausschicken?« schlug Jadhrin vor.

»Quatsch! Wir gehen da jetzt rein!« Dorama war offensichtlich nicht in der Stimmung, noch lange zu warten. Er hob seinen Stab und schnallte seinen Schwertgurt fester. Der Kampfmagier trug unter seinem Mantel einen roten Überwurf mit dem Symbol des Ordens und einen leichten Plattenpanzer. Der schränkte die zum Zaubern teilweise nötige Bewegungsfreiheit zwar etwas ein, bot seinem Träger in einer Schlacht aber den unbedingt notwendigen Schutz gegen einen Zufallstreffer oder einen verirrten Pfeil.

»Schick zehn Brüder mit einem Hetnor voraus, dann kommen wir und die Ordensmeister. Wir werden die Furien einfach zur Seite schmettern!« befahl der energische Magier.

Jadhrin seufzte und blickte Celina an, die die ganze Zeit über schweigend neben ihm gestanden hatte. Sie schien zu allem bereit, der Rubin an der Klinge in ihrer Hand leuchtete in tiefstem Rot, und das blaue Blut, mit dem die Kriegerin über und über bedeckt war, verlieh ihr ein gespenstisches Aussehen. Zum wiederholten Male nahm sich Jadhrin vor, Celina auf jeden Fall von diesem Schwert zu trennen, sobald der Feldzug vorbei war.

Dann schickte er die Brüder seiner Schwadron mit ein paar Befehlen auf den Weg in das dunkle Loch des Tunnels und schloß sich mit Celina der Formation der Ordensmeister an, die, schützend um Dorama gruppiert, den vorausgehenden Brüdern folgte und im Schein der mitgeführten Laternen den Tunnel betrat.

Die Gedanken an Celina waren nur schwer aus Jadhrins Kopf zu verbannen. Er wußte nicht, was aus ihren Gefühlen für ihn geworden war und wieviel von

293

ihrer Zuneigung zu ihm unter dem übrig war, was das Schwert mit seiner kalten Kampfbereitschaft ausgefüllt hatte. Als Celina und er, verkleidet als Ritter des Ordens der Reinigenden Finsternis, in Soron ankamen, war Jadhrin sicher gewesen, daß sie die Frau war, mit der er einst eine Familie gründen wollte. Aber jetzt? Konnte er eine kaltblütige Kriegerin lieben?

Jadhrin musterte die schlanke Frau, die neben ihm vorsichtig den Tunnel hinunterschritt. Von der Seite aus betrachtet blieben ihm ihre Augen verborgen. Nur ihr Profil war im Schein der Laterne zu erkennen. Seltsam, aus diesem Blickwinkel betrachtet glaubte Jadhrin an der Art, wie ihre Wangen zuckten, eine tiefe, gequälte Spannung zu entdecken.

Er schüttelte den Kopf. Celina hatte in den letzten Wochen Furchtbares erleben müssen, und er machte sich Gedanken über eine gemeinsame Zukunft! Grübelte wegen ihrer plötzlichen Fähigkeiten! Dabei hatte ihn doch gerade ihre Bereitschaft, sich über alle Vorstellungen damenhaften Verhaltens hinwegzusetzen, begeistert. Wie konnte er da jetzt an ihr zweifeln? Celina war die ungewöhnlichste Frau, die er in seinem jungen Leben bisher kennengelernt hatte – nicht daß er überhaupt viele Frauen kennengelernt hätte. Sie würde sich nie so verhalten wie irgendeine Hofdame, der es nur darauf ankam, einst Herrin über einen großen Haushalt zu werden.

Plötzlicher Kampflärm unterbrach Jadhrins Gedanken. Er riß sich zusammen. Jetzt war – bei Meridas Licht – wirklich nicht der richtige Zeitpunkt, über eine Zukunft mit Celina nachzudenken. Schnell konzentrierte er sich auf sein Schwert und versuchte die Umgebung vor sich zu erkennen.

Dort war der Beginn einer Treppe zu sehen, die offenbar in steilen Windungen nach unten führte. Schwankender Lichtschein beleuchtete Stufen, die zu groß für menschliche Wesen waren. Die Wände bestanden aus einem fugenlosen Material, das gänzlich anders aussah als das in den Tunneln der Elfen verwendete. Schreie und Metallklirren drangen von unten herauf. Offenbar hatten die Brüder die nächste Verteidigungsstellung der Eishexen erreicht.

Jadhrin und Celina stiegen an der Spitze der Ordensmeister die Treppe hinunter. Nach einigen Biegungen stießen sie auf die ersten Leichen. Zwei Brüder und einige Eishexen lagen übereinandergetürmt auf den Treppenstufen. Dahinter tobte der Kampf.

Die Treppe mündete nach fast fünfzig Schritten aus einer Seitenwand heraus und über eine breite Rampe ohne Stufen in einen geräumigen Gang, der von Laternen und den Leuchtkristallen der Eishexen hell erleuchtet war. Einige Durchgänge führten von hier aus in weitere Tunnel und Kellerräume hinein. Die Decke des Ganges war fast fünf Schritte hoch, und die Rampe erreichte in seiner ungefähren Mitte nach gut drei Schritt den Boden. So konnte Jadhrin die Lage recht gut überblicken. Vor ihm kämpften die Brüder gegen eine erdrückende Übermacht von gut einhundert Furien, die sich alle im linken Teil des Ganges ballten, während die rechte Seite fast leer war. Die hochgetürmten Frisuren der blauhäutigen Kriegerinnen, dicht an dicht nebeneinanderstehend, füllten den Gang bis zum Rand aus. Dutzende von Langmessern wurden in wilder Blutlust in die Höhe gereckt, während die Eishexen versuchten, an die Ordenskrieger heranzukommen. Nur die Tatsache, daß die Enge des Ganges es den Brüdern ermöglichte, die Masse der Eishexen nicht herankommen zu lassen, hielt sie am Leben.

Jadhrin hob sofort seine eigene Klinge und stürzte sich neben zwei Ordensmeistern in den Kampf. Celina stieß einen schrillen Schrei aus und sprang von der

Rampe hinunter mitten unter die Eishexen. Das wurde ja immer schlimmer!

Während er einer Furie seinen Fuß gegen das Knie trat, der nächsten sein Schwert in den Hals schlug, einen Stich parierte und einen weiteren mit seinem gepanzerten Arm abblockte, versuchte Jadhrin, Celina im Auge zu behalten. Was sie da jetzt tat, ging weit über alles hinaus, was Jadhrin jemals gesehen hatte.

Er hieb einer Eishexe das Messer aus der Hand und tötete sie. Dann mußte er zurückweichen, als ein Trio von Furien mit wirbelnden Messern auf ihn zukam. Er hielt sie mit einem Ausfall seiner längeren Waffe auf Distanz, sprang dann die linke an und stieß ihr mit langausgestrecktem Arm die Klinge ins Herz, während neben ihm ein Ordensmeister die beiden anderen Eishexen auf Distanz hielt.

Der Kampf wurde zu einem wüsten Durcheinander. Jadhrin verfiel immer mehr in diesen seltsam entrückten Zustand, der sich während der schlimmsten Augenblicke einer Schlacht bei ihm einstellte. Er wurde ganz und gar zum Krieger, vergaß alles um sich herum und fühlte nur eine alles durchdringende Leere, die es ihm ermöglichte, die Bewegungen der Furien bereits im voraus zu erkennen, sich darauf einzustellen und eins mit dem Kampf zu werden. Das war das Turmash auf dem Schlachtfeld, hatten seine Lehrer ihm beigebracht. Er konnte seinen Körper ganz den Reflexen überlassen, die ihm während seiner Jugend im Kloster antrainiert worden waren.

Dorama stand auf der Rampe und beobachtete, wie sich Jadhrin und die Ordensmeister in die Masse der Furien hineinschlugen. Der Junge war wirklich ein guter Kämpfer: Sein Turmash hätte seine Ausbilder stolz gemacht. Dorama gönnte sich einen Augenblick verwandtschaftlicher Zuneigung und konzentrierte sich dann wieder auf den Kampf, während die anderen Brüder an ihm vorbeiströmten und den Keil, der sich mit den Ordensmeistern an der Spitze langsam in die Furien hineinbohrte, an den Rändern absicherten.

Dorama überlegte, ob er in die hinteren, vielleicht zwanzig Schritt entfernten Reihen der Furien einen Feuerball plazieren sollte. Da sprang plötzlich Celina mit einem Salto zwischen die Furien, überschlug sich unter der Decke einmal und landete wieder mitten zwischen einer Gruppe überrascht aufkreischender Furien, die schon bald in alle Richtungen auseinanderzuspringen begannen. Jedenfalls diejenigen, die nicht den blitzschnellen Hieben und Stichen des Schwertes von Herulenar zum Opfer gefallen waren. Celina kämpfte mit erstaunlicher Gewandtheit. Jeder ihrer Angriffe bedeutete das Ende für eine der Furien.

Der Khaibar hatte so etwas noch nie gesehen. Celina schien von einer Art schimmernder Aura umgeben zu sein; fast konnte der Magier einen zweiten Umriß über den Konturen der Adligen erkennen, als wäre ihr Körper in einen zweiten, größeren eingehüllt. Wieder stieß sie sich zu einem dieser riesigen Sprünge ab, gerade rechtzeitig, um dem Angriff mehrerer Eishexen, die offenbar meinten, ihre Zahl reiche aus, sich mit der einzelnen Menschenfrau anzulegen, aus dem Weg zu gehen. Dorama beschloß, mit seinen Zaubersprüchen noch zu warten. Celina war in ihrer Kampfeslust mindestens so wirkungsvoll wie ein Feuerball.

Der Kampf tobte weiter. Nach und nach begannen die Ordensbrüder die Furien zurückzudrängen. Über einen mit leblosen Körpern und Blut bedeckten Boden hinweg schoben sie die blauhäutigen Furien in ihren Lederpanzern wie ein eiserner Kehrbesen auf den Tunneleingang zu, den die isthakischen Kriegerinnen offenbar unbedingt schützen wollten. Die Eishexen hatten keine Chance. Einerseits konnten sie nichts gegen die feste Linie der Ritter unternehmen, die sie immer mehr zusammendrängte, und andererseits wurde bereits jeder Versuch, eine sinnvolle Schlachtreihe zu bilden, von Celina verhindert, die ununterbrochen zwischen den Furien hin und her sprang. Doch trotz ihrer Chancenlosigkeit hielten die Isthakis dem Ansturm der imperialen Ordenskrieger stand. Jeder einzelne Schritt, den die Brüder vordrangen, mußte schwer erkämpft werden.

Irgendwann setzte Celina mit einer doppelten Drehung über die Reihe der Ordensritter hinweg und landete ganz in der Nähe Doramas. Sie hatte keinen Platz mehr, ihren akrobatischen Kampfstil unter den Eishexen zu zeigen.

Dorama musterte sie. Celina atmete schwer, ihr Körper verströmte eine fast greifbare Anspannung. Sie hielt das Schwert des Herulenar in der Hand und war über und über mit blauem Blut bedeckt. Ihr Gesicht hingegen wirkte fast abwesend. Ihre Augen – Dorama mußte um sie herumtreten, um sie zu sehen – waren schimmernde weiße Flächen, die Pupillen gänzlich verschwunden. Aber am eigentümlichsten war die Aura, von der Celina eingehüllt war. Ganz deutlich war die Silhouette eines hochgewachsenen Kriegers wahrzunehmen, der die Gestalt der jungen Frau regelrecht einrahmte. Er schien in eine kurze weiße Tunika gehüllt zu sein, trug lederne Sandalen, ein Stirnreif umrahmte ein besonders schmales, langgezogenes Gesicht und bändigte eine Mähne langen silberfarbenen Haares. Seine Augen glichen länglichen, schmalen Strichen in einer seltsamen violetten Farbe. Nach allem, was Dorama wußte, sah er einen Elf vor sich.

Vorsichtig sprach er die Gestalt an: »Wer bist du?«

»Nenn mich Kainel, Mensch.« Die violetten Augen der Erscheinung richteten sich auf Dorama. »Treib deine Männer an, es ist Zeit.«

»Wofür Zeit? Was ist mit der Frau, über der du schwebst?« Doramas Stimme zitterte vor Überraschung.

»Die Diener des Nichts stehen kurz davor, das Geheimnis des Grabes zu entdecken. Und mach dir keine Gedanken wegen des Körpers der Schwertträgerin. Sie lebt, und es geht ihr gut.«

Dorama schluckte. Die Isthakis waren kurz davor, das Grab zu öffnen. »Treibt sie zurück«, rief er den Kämpfenden zu. »Jede Minute zählt!«

Plötzlich standen Jadhrin und Celina vor ihm. Jadhrin starrte Kainel an, der ihn keines Blickes würdigte, sondern ausdruckslos das Fortschreiten des Kampfes beobachtete.

»Was …«, Jadhrin fehlten die Worte.

»Er scheint Celinas Körper zu kontrollieren. Daher diese Sprünge. Ich habe gehört, das die Elfen aus vergangenen Zeiten so etwas konnten«, erklärte Dorama.

»Sprünge!« Der Elf klang angewidert. »Das ist die Kunst der Galorea, einem der Bünde der Orea Vanar, Mensch. Wage es nie wieder, sie zu beleidigen.«

»Aber …« Jadhrin war nicht in der Lage, mehr als einzelne Worte von sich zu geben. Vorsichtig streckte er eine Hand aus, um Celina am Arm zu fassen.

Der Elf ließ es regungslos geschehen, warf Jadhrin dann einen gelangweilten Blick zu und meinte: »Sie merkt es nicht. Meine Manifestation kontrolliert sie vollständig. Doch ihr geschieht nichts. Noch nicht. Wenn ihr euch im Kampf gegen die Diener des Nichts bewährt, werde ich sie und euch vielleicht am Leben lassen, sobald das Geheimnis des Grabes wieder sicher ist.«

»Aber wie …« Jadhrin war schon etwas weiter.

»Diese Klinge, schlicht wie sie ist, barg doch immerhin ein Quentchen Macht in sich. Als wir einen von euch Affen, nein, ihr nennt euch ja Menschen, benutzten, um das Ritual zu unterbrechen, das unseren Schutzzauber aufzuheben drohte, sog sich das Schwert mit der dabei freigewordenen Magie voll. Ein Teil von mir wurde bei diesem Prozeß in dem Schwert festgehalten.«

»Ich habe es geprüft, da war nichts von elfischer Magie!« mischte sich Dorama ein.

»Unterbrich mich nicht, Mensch!« Die Stimme des Elfen nahm einen scharfen Tonfall an. »Glaubst du wirklich, du könntest mit deinen belanglosen Fähigkeiten in die Geheimnisse meines Volkes vordringen?« Das Gesicht des Elfen verzog sich zu etwas, das entfernt an ein Lächeln erinnerte. »Nein, Mensch. Deine Zauber kratzten nicht einmal an der Oberfläche. Außerdem war es nur ein kleiner Teil meiner Essenz, der in die Klinge gebannt wurde. Daneben gibt es in diesem Schwert viel, was von den Toten deiner Rasse stammt, Mensch!«

»Aber wieso erst …« Jadhrin hielt Celinas Arm umklammert.

»Warum ich mich erst jetzt manifestiert habe? Willst du das wissen? Ganz einfach.« Der Elf blickte Jadhrin an. »Erst als ihr wieder durch die Keller des Elfenspitzes gezogen seid, konnte ich meine verlorene Essenz finden und mich mit ihr vereinen. Ich fuhr in die Klinge ein, denn wir wußten, daß ihr hier seid, um gegen die Diener des Nichts zu kämpfen. Vielleicht wollt ihr selbst das Geheimnis des Grabes ergründen. Doch sie meinte, daß einst jemand käme, der um den richtigen Weg wüßte, das Geheimnis zu lüften. Es würde ein des Zauberns mächtiger Mensch sein. Vielleicht bist du es.« Die Augen des Elfen richteten sich auf Dorama. »In dem Schwert konnte ich unsere Hallen verlassen und in diejenigen unserer alten Feinde reisen, wie ich es schon einmal im Körper des Menschen tat, der das Schwert vorher trug. Nur so konnte ich euch beistehen. Denn der Kampf mit eurer größten Feindin steht euch noch bevor. In dieser Gestalt habe ich mich manifestiert, weil ich so den Körper dieser Frau besser kontrollieren kann und ihr ohne meine Kampfkraft nicht schnell genug weitergekommen wärt.«

Dorama und Jadhrin blickten ihn nur verblüfft an. Der Elf wandte sich wieder dem Kampfgeschehen zu. Die Ordensbrüder waren jetzt fast am Tunneleingang angelangt.

»Es ist soweit«, sprach der Elf, befreite seinen und Celinas Arm mühelos aus Jadhrins Griff und schritt auf die Reihe der Kämpfenden zu.

Jadhrin wollte ihm hinterherstürzen und verlangen, daß er Celinas Körper wieder verlassen solle. Doch Dorama hielt ihn auf.

»Später, Jadhrin!« befahl er. »Jetzt kann er uns nur nützlich sein, und wir haben augenblicklich keine Möglichkeit, ihn aufzuhalten.«

Jadhrin schloß die Augen.

Arsten Idrich betrachtete die Leichen, während er einen letzten Schluck aus seiner Feldflasche nahm. Der Uisge rann brennend die Kehle hinunter. Arsten wußte nur, daß er beständig dafür sorgen sollte, leicht angetrunken zu sein. Angeblich gab es hier unten Geister, und der Uisge sollte die Nerven der Männer beruhigen. Die Geschichten über die Geister des Elfenspitzes hatte er schon gehört. Aber für seinen Teil glaubte er nur dann an Geister, wenn er sie sah. Und das war bisher noch nicht der Fall gewesen. Trotzdem, der Uisge half gegen das bedrückende Gefühl, Dutzende von Schritten unter der Erde durch fremdartige Ganglabyrinthe zu irren. Und das alles nur, weil sich die hohen Herren der Heeresleitung in den Kopf gesetzt hatten, die Eishexen noch in diesem Winter wieder aus Soron zu vertreiben. Arsten spuckte aus.

Geister oder Platzangst. Ihm sollte es gleich sein. Er war hier in seinen eigenen Diensten unterwegs. Und einem guten Schluck Uisge waren weder er noch seine Männer abgeneigt. Viele hatten ihre Ration gleich zu Anfang des Unternehmens hinabgestürzt. Betrunken in den Kampf zu ziehen, war zwar nicht sehr klug, aber die Kerle vertrugen eine Menge, und soviel Uisge war es nun auch wieder nicht gewesen. Im Kampf wurde man entweder sehr schnell wieder nüchtern, oder man war tot.

Mißmutig trat er gegen einen der reglosen Körper zu seinen Füßen. Die meisten waren Furienkriegerinnen, aber es waren auch ein paar Gestalten in Rüstungen erkennbar. Er schien auf dem richtigen Weg zu sein. Die Ordenskrieger unter dem Kommando des Khaibars waren hier entlang gekommen. Sie schienen sich sogar mit einer zweiten Gruppe vereinigt zu haben, die aus einer anderen Richtung in diesen Saal eingedrungen war. Wie schon seit geraumer Zeit konnte der Atmar der Spur des Khaibar mühelos folgen. Die herumliegenden Leichen nahmen einfach kein Ende. Scheinbar hatten die Eishexen sich alle Mühe gegeben, den Khaibar von seinem Ziel fernzuhalten. Arsten hatte keine Ahnung, wo genau der alte Magier hinwollte. Es ging wohl um irgendein wichtiges Grab, wenn man den Gerüchten trauen durfte, die ihm zu Ohren gekommen waren. Das war auch nicht so wichtig. Viel wichtiger schien, daß Dorama Thusmar mit einer ständig kleiner werdenden Zahl von Ordenskriegern unterwegs war. Und wie der Herkyn vorausgesagt hatte, waren jetzt offenbar Jadhrin Thusmar und Celina Sedryn zu Dorama gestoßen. Die beiden waren zwar mit einer einzelnen Schwadron und einem Sonderauftrag mit dem Rest der Truppen in die Keller hinabgestiegen, hatten sich dann jedoch von der Haupteinheit getrennt.

Arsten war zuerst bei der Masse der Truppen geblieben. Dorama war schließlich dort gewesen, und den wollte sich Arsten eigentlich zuerst vornehmen. Aber als sich der Kampfmagier zusammen mit den anderen Ordensbrüdern von den Einheiten des Provinzheeres getrennt hatte, die unter dem Kommando dieses Hetnor weiter zu dem Torhaus der Neuen Festung vorstoßen sollten, war Arsten ihm zusammen mit seiner Kompanie in ausreichendem Abstand gefolgt.

Sich von den anderen Einheiten des Provinzheeres abzusetzen, war in dem allgemeinen Durcheinander der ständigen Scharmützel nicht schwer gewesen. Die Kompanie Arstens hatte sich ohnehin am Rücken der Kampfgruppe befunden.

Sein Kordor hatte zwar etwas überrascht ausgesehen, als er den Befehl gab, sich von den anderen zu trennen, aber letztlich tat Noben alles, was Arsten von ihm verlangte, genauso wie die Männer in seiner Kompanie. Das galt um so mehr, als Arsten vor kurzem eine ganze Menge Silber unter ihnen verteilt hatte. Sehr viel Geld für die Männer, die schon sehr lange Zeit keinen Sold mehr erhalten hatten. Genügend Geld, damit sie Arstens Anweisungen folgten, ohne viele Fragen zu stellen. Und das war gut so, denn ihr jetziger Auftrag erforderte ein hohes Maß an Skrupellosigkeit von Arsten. Dazu brauchte er Männer, die keine Fragen stellten und nicht wählerisch waren, wenn es darum ging, ihre Schwerter einzusetzen.

Daß dies so war, darauf hatte Arsten bei seinen Männern schon immer geachtet. Soweit also kein Problem. Die Tatsache, daß die beiden Thusmars und die kleine Sedryn jetzt alle beieinander waren, stellte ein kleines Hindernis dar, denn Arsten hätte sie lieber einzeln angetroffen. Aber das würde sich regeln. Die Zahl der Ordenskrieger war bei den dreien gerade wieder etwas angewachsen. Wenn sie jedoch weiterhin auf so harten Widerstand trafen wie bisher, würde sich das schon in kurzer Zeit wieder erledigt haben. Arsten schätzte, daß er es im Augenblick höchstens noch mit etwas mehr als vierzig Kämpfern zu tun hatte.

Das waren bei weitem zuviel für seine dreißig Mann. Er hatte auf dem Weg leichte Verluste gehabt. Doch wenn sich die jetzige Entwicklung fortsetzte, dann würde der Khaibar schon sehr bald nur noch eine Handvoll Männer kommandieren. Dann konnte Arsten zuschlagen, und die Überraschung würde ganz bestimmt auf seiner Seite sein.

»Weshalb?«

Arsten rieb sich die Stirn. Was war denn das gewesen? Er hatte plötzlich so etwas wie eine Stimme in seinem Kopf gehört.

»Vorwärts, wir müssen diesen Durchbruch dort erreichen!« Jadhrins Kommando klang heiser und ging im Lärm der Kämpfenden beinahe unter. Links und rechts von ihm keuchten die Ordensbrüder mit jedem neuen Hieb, jeder neuen Parade ihre Anstrengung hinaus. Vor ihm kreischten die Furien, Todesschreie erfüllten die Luft. Metall klirrte auf Metall, menschliche Stimmen stießen Anrufungen Meridas aus, und die Furien gaben immer wieder Flüche und unverständliche Silben in ihrer fremdartigen Sprache von sich.

Nach und nach hatten es die Ordenskrieger geschafft, sich durch die Eishexen immer weiter nach vorn zu kämpfen, durch den Raum, in dem die Treppe endete, in den dahinter liegenden Gang, um eine Biegung herum, an einigen Seitentunneln vorbei, bis sich die Furien schließlich in einen weiteren Tunnel zurückgezogen hatten.

»Dort!« hatte Celina – oder der Geist, der Celina kontrollierte – gerufen, und Dorama war beinahe in lauten Jubel ausgebrochen. »Jadhrin«, hatte er gerufen. »Das ist es! Das muß es sein.«

Dabei hatte er aufgeregt auf das große Loch gewiesen, das am anderen Ende des Tunnels klaffte. Einige Schritte vor dem Durchbruch schien der gesamte Tunnel mit einer Schicht aus dickem Eis und Schnee überzogen zu sein. Höchst merkwürdig, wie Jadhrin fand. Dorama hingegen schien durch das Eis in seiner Zuversicht bestätigt zu werden, endlich am Ziel seiner Bestrebungen angelangt zu sein.

»Sie sind noch da. Es ist noch nicht zu spät!« rief er voller Freude.

Jadhrin war sich nicht sicher, ob er begeistert war, daß Leute, die in der Lage waren, hier unten einen ganzen Gang einfrieren zu lassen, ›noch da‹ waren.

Doch dann hatte er sich pflichtschuldigst zu den Kämpfern an der Spitze der imperialen Formation vorgearbeitet. Er war der einzige noch einsatzfähige Dashino bei den Ordenstruppen. Dashino Findor war tot. Dashino Lergos hatte eine klaffende Beinwunde davongetragen und lag weiter hinten bei den anderen Verletzten. Deshalb war es nun wohl an ihm, den Brüdern mit gutem Beispiel voranzugehen. Der Kampf zwischen den Eishexen und den Menschen spielte sich nur noch an der vordersten Linie ab. Auf beiden Seiten drang niemand in die Formation des Gegners vor, jedenfalls niemand, der dies länger als ein paar Augenblicke überlebte. Die Verwundeten wurden wenn möglich einfach durch andere Kämpfer ersetzt, und die Toten blieben so lange liegen, bis sich der Kampf über sie hinwegbewegt hatte. Die Verluste waren auf beiden Seiten erschreckend hoch. Jadhrin vermutete, daß insgesamt nur noch zwanzig der Ordensbrüder auf den Beinen standen, von denen kaum einer nicht verwundet war. Wie viele Eishexen die gegnerische Seite noch in den Kampf werfen konnte, wußte er nicht, aber er schätzte, daß sich bis zu dem Durchbruch im Gang etwa genauso viele Furien befanden. Im Augenblick schien es keinen Nachschub für diese Kriegerinnen zu geben, was Jadhrin die Hoffnung hegen ließ, daß die Kämpfe langsam zu einem Ende kamen.

Wesentlich beunruhigender war die Tatsache, daß die Temperatur immer weiter absank, je näher sich die Menschen an den Durchbruch in der Wand herankämpften. Die unterirdischen Tunnel, durch die sich Jadhrin und seine Männer den ganzen Tag lang hindurchgekämpft hatten, waren im Vergleich zu der an der Oberfläche herrschenden winterlichen Kälte nicht wirklich warm, aber erträglich gewesen. Doch jetzt fühlte sich die Luft um ihn herum bereits an, als atme er mit jedem Luftholen Tausende kleiner Messer ein. Sein Atem gefror sofort zu Wolkenschwaden, und sogar auf Teilen seiner Rüstung konnte Jadhrin eine leichte Schicht aus Rauhreif erkennen. Die Kälte machte Jadhrin müde und ließ ihn immer langsamer werden, während sie den Eishexen geradezu Kraft zu spenden schien. Zuerst war der Effekt kaum merklich gewesen, aber je näher sich der Kampf an den Durchbruch verlagerte, desto mehr konnte man ihn spüren.

Jadhrin hatte Eis unter den Füßen, was seinen kämpferischen Fähigkeiten nicht unbedingt zuträglich war. Er parierte einen Stich mit seiner Klinge, stach nach der wegspringenden Furie und trat wieder einen Schritt vor. Trotz der Kälte und des Eises folgte Jadhrin fast mechanisch immer wieder dem gleichen Muster. Als nächstes würde die Eishexe feststellen, daß sie sich nicht weiter zurückziehen konnte. Dann würde sie noch einen oder zwei verzweifelte Angriffe vortragen, die Jadhrin parieren oder von seiner Rüstung auffangen lassen mußte – etwas, das im Augenblick immer mehr die Gefahr barg, doch verletzt zu werden, denn das Kettenhemd wies zahlreiche Beschädigungen auf. Am Ende würde Jadhrin die Eishexe jedoch mit einem Hieb niederstrecken. Da, jetzt war es soweit, die Furie prallte mit dem Rücken gegen ihre unnachgiebig vordrängenden Schwestern. Jadhrin holte aus, zögerte dann aber.

Shanfrada triumphierte. Trotz des immer näherrückenden Kampflärms war es gelungen. Sie stand in der großen Grabkammer, in deren Mitte sich der Sarkophag befand. Der gesamte Raum hatte sich verwandelt. Er erinnerte jetzt mehr an eine der Gletscherhöhlen in ihrer Heimat. Der Boden bestand aus Eis, bedeckt mit kleineren Schneeverwehungen. An den Wänden zog sich die Eisschicht einige Schritt hoch empor, und von der Unterseite des Laufganges, der sich unterhalb der Decke des Saales erstreckte, hingen Eiszapfen hinab. Sie und ihre Schülerinnen hatten eine Menge Energie darauf verwendet, durch ihre Zaubersprüche Xeribulos, den Eisdämonen, anzurufen, damit er den Grabraum durch seine Macht mit Eis und Schnee bedeckte. Das hatte viel Zeit gekostet, doch die Furien hatten es geschafft, die Menschen so lange von dem Grab fernzuhalten, daß Shanfrada das Ritual vollenden konnte, für das die vorherigen Zauber nur die notwendige Vorbereitung gewesen waren.

Nur in einer Umgebung aus Eis und Schnee konnte jenes mächtigste Dienerwesen ihres Herrn gerufen werden, das für Shanfrada die letzte und wahrscheinlich einzige Möglichkeit darstellte, den elfischen Schutzzauber uber dem Sarkophag zu umgehen. Als sie endlich herausgefunden hatte, von wem der Schutzzauber stammte, war ihr sofort die Idee durch den Kopf gegangen, die sie jetzt verwirklicht hatte. Elfische Magie war häufig auf die Verzauberung ihrer

Opfer ausgerichtet, etwas, gegen das ein Dienerwesen völlig unempfindlich war. Es konnte also wahrscheinlich den Zauber ignorieren, dessen Beseitigung Shanfrada so viel Zeit gekostet hätte. Doch die Südhexe hatte es verboten, genauso wie die anderen Zauberer in ihrem Beraterstab. Pah! Schwarzmagier und Nekromanten, was wußten die schon, und die beiden Magierinnen der Eishexen im Heer der Südhexe waren von niedrigerem Rang als Shanfrada. Auch sie hatten keine Ahnung.

Die Südhexe hatte sich dennoch der allgemeinen Meinung angeschlossen, daß eine Beschwörung zusammen mit der vorher notwendigen Anrufung Xeribulos in den Räumen, die sich unter den elfischen Anlagen erstreckten, ungeahnte Folgen haben könnte.

Diese Räume waren uralt, und die Feinde des S'h-Karath, des Fürsten der Vernichtung, hatten sie erbaut. Sie waren zwar lange verlassen, aber wer konnte schon wissen, ob dieses seit langem vergessene Volk nicht etwas zurückgelassen hatte, das ihre Bauten vor dem Eindringen Unbefugter schützen sollte?

Nun, offenbar war dies nicht der Fall gewesen. Shanfrada hatte nicht nur erfolgreich die notwendigen Anrufungen Xeribulos durchgeführt, sondern in Hörweite der immer näher kommenden Kämpfe die Beschwörung vollzogen. Und jetzt war sie am Ziel!

Völlig unbeeindruckt von den seltsamen, rötlich schimmernden Energiefeldern und Entladungen, die immer wieder über es hinwegzuckten, stand das Eiselementar vor ihr. Die Leuchterscheinungen waren entstanden, als das Elementar unbeeindruckt von dem Schutzzauber den Sarkophag einfach emporgehoben hatte. Vorher hatte Shanfrada das Wesen beauftragt, mit seinen unfaßbaren Kräften ein Loch durch die Wand zu schlagen. Und durch eben dieses Loch hatte es den Sarkophag zu seiner Gebieterin zurückgetragen.

Jetzt stand das Wesen vor ihr. Mehr als vier Schritt groß, grob humanoid und mit einem Körper aus purem Eis, hielt es in seinen baumdicken Armen den fast drei Schritt langen Steinsarkophag so leicht, wie Shanfrada ein Bündel Feuerholz getragen hätte, wäre sie jemals auf die Idee gekommen, ein Lagerfeuer entzünden zu wollen. Seine säulenartigen Beine waren fest mit dem vereisten Boden verbunden, und seine in dunklem Blau leuchtenden Augen warteten auf neue Befehle.

Die Magierin mußte unwillkürlich lachen. Sie hatte es geschafft. Das Elementar würde unter ihrer Kontrolle den Sarkophag bis an die Oberfläche tragen. Es konnte sich mit seinen Kräften dort einen Weg bahnen, wo ein Durchgang vielleicht zu klein oder ein Tunnel zu eng war. Shanfrada schrie ihre Freude hinaus! Niemand würde ihr widerstehen können, wenn sie erst über die Macht gebot, die dort in den Armen des Elementars darauf wartete, erschlossen zu werden.

Jadhrin hatte ein schrilles, kreischendes Lachen vernommen, dann einen langanhaltenden, spitzen Schrei. Was hatte das zu bedeuten? Er schlug zu.

Doch die Eishexe fand plötzlich Platz zum Ausweichen. Sie und ihre Kameradinnnen wichen eilig zurück, eine Lücke entstand vor der Reihe der Ordenskrieger.

»Nein!« hörte Jadhrin Dorama rufen.

Der Ordenskrieger wandte seinen Blick von den sich zurückziehenden Furien ab. Die Eishexen bildeten eine Art Gasse und preßten sich rechts und links des Durchbruchs eng an die Seitenwände des Tunnels, denn dort geschah gerade etwas. Eine Art Steinkasten schob sich durch den Durchbruch, wurde geschoben, ein Paar massiver Hände, Hände aus Eis, kam in Sicht, dann folgten Arme vom Umfang von Jadhrins Oberkörper. Eine Art Kopf aus Eis tauchte über dem Steinkasten auf. Jetzt war zu erkennen, daß es sich bei der gut eineinhalb Schritt breiten und über einen Schritt hohen Kiste um einen Sarkophag handelte. Dem Kopf folgte ein ebenfalls nur aus schimmerndem Eis bestehender Oberkörper. Dünne Fäden rötlicher Blitze züngelten für einen kurzen Augenblick über den Körper hinweg und verblaßten dann. Der Sarkophag schob sich ins Innere des Ganges, der Körper des Wesens – es mußte sich um eines der Eiselementare handeln, von denen Jadhrin wußte, daß die Magierinnen der Eishexen sie beschwören konnten – folgte. Er kroch durch den Durchbruch und richtete sich dann über dem Sarkophag zu voller Größe auf. Blau leuchtende Punkte aus reiner Energie waberten auf dem Kopf hin und her und betrachteten die Szene. Dann öffnete sich ein Loch mitten in dem Gesicht, weißer Dampf strömte hervor. Das Elementar hob seine Arme, und das Wesen trat über den Sarkophag hinweg einen Schritt auf die Reihe der Ordenskrieger zu.

»Ein Elementar!« bestätigte Dorama Jadhrins Vermutungen.

»Was tun wir jetzt?« rief Jadhrin.

»Zieht euch zurück! Schnell!« Doramas Stimme klang sehr dringlich.

Jadhrin kam der Aufforderung nur allzu gerne nach. Doch das Elementar war schon beinahe an die Reihe der Ordenskrieger herangekommen. Mit zwei Schritten hatte es die Entfernung überwunden. Seine Pranke fuhr hinab, und bevor alle Ordenskrieger zurückweichen konnten, hatte das Elementar bereits einen der Menschen ergriffen. Die Brüder neben ihm hieben verzweifelt, aber völlig wirkungslos mit ihren Schwertern auf den eisigen Arm des Elementars ein, der ihren hilflos zappelnden Kameraden festhielt.

Links und rechts des Wesens strömten die Eishexen wieder nach vorn.

»Zieht euch zurück! Ihr müßt von dem Eis herunter!« schrie Dorama.

Noch während die Ordenskrieger zögernd begannen, dem Kommando Folge zu leisten, zerquetschte das Elementarwesen den Bruder in seiner Hand und warf die blutige Leiche mitten unter die zurückstolpernden Menschen.

Dann ging alles sehr schnell. Die Furien sprangen rechts und links an dem Elementar vorbei, dessen massige Gestalt den Gang fast gänzlich ausfüllte, und folgten den Ordenskriegern, deren feste Schlachtreihe durch den Rückzug ins Wanken gekommen war. Das Elementar ergriff noch einen der Menschen, bevor es am Rand der vereisten Tunnelfläche stehenblieb. Jadhrin hatte gerade noch Zeit wahrzunehmen, wie es einen Schritt nach vorn machen wollte, dann aber zurückwich, als es kein Eis mehr unter den Füßen vorfand. Dann mußte er sich gegen die Eishexen wehren, die ihn plötzlich angriffen. Noch bevor er eine neue Kampfposition eingenommen hatte, bohrte sich bereits ein Dolch in seinen linken Arm. Er konnte spüren, wie das kalte Metall der spitzen Waffe durch den Schutz seines Kettenhemdes drang und sich in sein Fleisch bohrte. Er hieb mit seiner Waffe nach der Eishexe und traf sie am Kopf. Sie taumelte zurück, ließ ihre Waffe aber stecken, die für einen schmerzhaften Augenblick in der Wunde verweilte, bevor sie herausbrach und eine heftige Blutung begann. Jadhrin versuchte die klebrige Feuchtigkeit auf seinem Arm zu vergessen und wehrte eine weitere Eishexe ab. Überall um ihn herum waren seine Brüder in verbissene Einzelgefechte verwickelt. Jetzt, da sie nicht mehr einer gepanzerten Schlachtreihe gegenüberstanden, konnten die Eishexen ihre bessere Beweglichkeit wieder

311

voll ausnutzen. Menschliche Todesschreie erfüllten den Tunnel.

»Weiter, weiter weg!« war Dorama zu hören. »Ich brauche Platz, beim Lichte Meridas!«

Jadhrin hatte keine Zeit, sich viele Gedanken zu machen. Er wurde von einer Eishexe zu Fall gebracht, die sich dann auf ihn warf, um ihm ihre Klinge in den Hals zu stoßen. Jadhrin setzte alle Kraft ein, stieß die Eishexe ein paar Handbreit von sich weg und rammte ihr seinen Schädel auf die Nase, die mit einem hörbaren Knacken brach. Für einen Augenblick betäubt, ließ die Eishexe von Jadhrin ab, was diesem genug Zeit gab, ihre Waffenhand zu ergreifen und ihr das eigene Langmesser in die Brust zu stoßen.

Als er die Leiche der Furie zur Seite rollen wollte, bemerkte Jadhrin eine weitere Eishexe, die im Begriff stand, ihr Messer gegen ihn einzusetzen. Einen ersten Stich fing er auf, indem er die Leiche in seinen Händen einfach über sich zog. Zu einem zweiten kam es nicht.

Jadhrin sah vom Boden aus einen Schatten über sich hinwegrauschen. Celinas Körper bewegte sich mit unfaßbarer Geschwindigkeit. Ihre Klinge blitzte auf, und der Kopf der Furie über Jadhrin fiel neben ihm zu Boden. Celina war verschwunden. Der Dashino richtete sich in eine halb sitzende Lage auf. Celina kämpfte sich vor ihm durch die Furien hindurch. Sie trat, hieb, stach und schlug mit der freien Hand so gnadenlos zu, daß der Ansturm der Eishexen, der die Ordenskrieger schon beinahe überwältigt hatte, zum Stehen kam.

Dann erreichte sie die vereiste Fläche und das Elementar.

Shanfrada sah die menschliche Kriegerin mit der seltsamen Aura, die sich so blutig durch ihre Furien schlug. Sie wußte, wer diese Frau war. Es war die

Schwester des Mannes, der das erste Ritual unterbrochen hatte, und sie trug das magische Schwert, das Shanfrada so gerne einmal näher untersucht hätte.

Jetzt stand sie vor dem Elementar. Es war ein Fehler gewesen, das Wesen schon in den Gang zu lassen. Im Augenblick konnte es nicht weiter an die Menschen heran, da es in seiner Bewegungsfreiheit auf die Flächen eingeschränkt war, die vorher von der Anrufung Xeribulos betroffen gewesen waren. Hätte sie die Feinde in die Grabkammer eindringen lassen, dann hätte das Elementar sie alle auseinandergenommen, bevor sie sich hätten zurückziehen können. Sie hatte nicht daran gedacht, weil sie nur den Sarkophag in Sicherheit hatte bringen wollen, und dazu hätte sie ohnehin noch einige Gänge von ihren Schülerinnen vereisen lassen müssen. Aber dafür war jetzt keine Zeit mehr.

Sie dachte nach. Die Frau durfte nicht an dem Eiselementar vorbeikommen. Hinter dem Wesen standen nur noch Shanfrada und ihre Schülerinnen. Die waren keine Gegnerinnen für diese Kriegerin, und Shanfrada mußte darauf achten, das Elementar nicht ihrer geistigen Kontrolle entgleiten zu lassen. Sie konnte sich zwar mit dem Stab in ihren Händen zur Wehr setzen, aber sie machte sich keine Illusionen: Solange sie keine Zauber einsetzen konnte – und dies war nicht möglich, solange sie das Elementar kontrollierte –, hatte sie keine Chance gegen die Schwertträgerinnen. Die Schülerinnen konnten ihr dabei nicht helfen: Sie kannten außer den Anrufungen des Xeribulos keine weiteren Zauber. Also mußte das Elementar die Schwertträgerin aufhalten.

Diese Frau war noch besser, als Shanfrada erwartet hatte. Sie bewegte sich mit solch tödlicher Eleganz durch die Furien, daß sie die besten Kämpferinnen der Eishexen nicht hätte fürchten müssen. Shanfrada gab dem Elementar die Anweisung, die Schwertträgerin zu töten.

Das Wesen blies eine Wolke glitzernder Eiskristalle in die Luft und breitete die Arme aus. Als es sich ein wenig aufrichtete, füllte es die gesamte Höhe des Ganges aus. Dann tauchte die Kriegerin vor dem Elementar auf. Sie hielt keinen Augenblick in ihrem Angriff inne und hieb dem Elementar mit voller Wucht ihre Klinge in den linken Arm. Mit einem lauten Krachen flogen einige Bruchstücke aus Eis zur Seite. Das Elementar schlug mit der Rechten zu und stieß eine Art zischenden Laut aus. Doch die Frau duckte sich unter dem Hieb hindurch und sprang auf die rechte Seite des Elementars, wo sich plötzlich eine Lücke offenbarte. Shanfrada hatte so etwas schon geahnt und befahl dem Elementar, sich zur Seite zu werfen.

Jadhrin sah, wie der Elfengeist Celina in den Kampf mit dem riesigen Eiselementar führte. Er hatte für kurze Zeit die Gelegenheit, in dem Gang hinter dem Elementar eine Magierin der Eishexen zu erkennen – an den roten Augen und dem Zauberstab. Hinter ihr schienen weitere Eishexen zu stehen. Jetzt sprang die Hexe mit dem Stab auf den Sarkophag und machte eine wischende Bewegung mit ihrer Hand.

Celina war beinahe an dem Elementar vorbei, doch dann warf sich das Wesen plötzlich mit seiner ganzen Macht zur Seite und streifte Celina mit seinem massiven Oberkörper. Ihr Körper wurde zur Seite gestoßen und prallte an die vereiste Seitenwand des Tunnels. Jadhrin konnte das Ganze nur bruchstückhaft erkennen, aber Celina schien zu Boden zu sacken und reglos liegenzubleiben.

Das Elementar kam durch die heftige Bewegung ebenfalls aus dem Gleichgewicht und fiel mit einem Aufprall um, der den Boden erbeben ließ. Jadhrin rappelte sich auf, schaute sich kurz um und überzeugte sich davon, daß die Kämpfe sich etwas weiter nach hinten verlagert hatten. Seine Ordensbrüder waren einige Schritte entfernt dabei, den heftigen Ansturm der Furien zum Stoppen zu bringen. Er war jetzt allein.

Dorama rief von hinten: »Jadhrin, die Hexe mit dem Stab, sie kontrolliert das Elementar!«

Jadhrin hob sein Schwert wieder auf und stolperte auf das Elementar zu, das sich gerade wieder aufzurichten begann. Von Celina war nichts zu sehen. Als Jadhrin vor dem riesigen Eiswesen angekommen war, besaß der Ordenskrieger zwar wieder die volle Kontrolle über seine Gliedmaßen, soweit das bei seinen verschiedenen Verwundungen und dem immer größer werdenden Blutverlust überhaupt möglich war, aber das Elementar schien wieder einsatzbereit. Jadhrin hatte eigentlich gehofft, sich an ihm vorbeidrücken zu können, solange es mit dem Aufstehen beschäftigt war. Was nun?

Jadhrin wich mühsam einem ersten Hieb aus; durch die Beine des Elementars konnte er Celinas reglosen Körper erkennen. Durch die Beine …

Der Ordenskrieger duckte sich unter einem weiteren Hieb hinweg. Der Versuch, einen dritten zu parieren, endete damit, daß er waffenlos vor dem vier Schritt hohen Gebirge aus Eis stand, dessen hin und her wabernde Augen sich triumphierend zu verengen schienen. Jadhrin atmete tief durch. Warum zögern? Im nächsten Augenblick würde er ohnehin tot sein. Er warf sich zu Boden und krabbelte so schnell es ging durch die Beine des Elementars auf dessen Rückseite. Beinahe hätte er es geschafft, doch dann spürte er, wie sein Bein von einer riesigen Faust umklammert wurde.

Atmar Idrich wußte überhaupt nicht wie ihm geschah. Es hatte mit dieser seltsamen Stimme angefangen. Dann konnte er sich daran erinnern, sich verwirrt bei seinen Männern erkundigt zu haben, ob sie etwas gehört hätten. Doch sie hatten ihn nur mit stumpfsinnigem Ausdruck angestarrt.

Dann glaubte er so etwas zu hören wie: »Ssso, Affe, deeeinnne Absssichtenn sssind jaa wirklliich bemerkennssswerttt! Ihrrr Affennn könnntettt ssso viell erreichennnn, wennn ihrrr nurr einmalll damitt aufhörennn würdettt, euchhh immmerrrr wiederr ssselbsttt zzzu töttennn. Nunn, inn diessemm Falll werdennn wirrr dasss dannn jaaa wohllll fürrr euchhh übernehmennn!«

Als nächstes mußte er zielstrebig losmarschiert sein. Schnell hatte er die Entfernung zu den Ordenskriegern überwunden. Eine Treppe, über eine Rampe in einen langen Gang, noch eine kleine Weile, dann war er in Sichtweite eines heftigen Gefechtes gekommen. In einem wilden, völlig unübersichtlichem Durcheinander kämpften Ordenskrieger gegen Furien. Gleich vor ihm, am Rande des Kampfes, stand der Khaibar Dorama Thusmar und brüllte immer wieder etwas über die Kämpfenden hinweg. Die Worte waren unerheblich. Vor ihm wehrte sich dieser alte Pfadfinder, der laut Andron Fedina die Gesuchten begleitete, gegen zwei Eishexen.

Der Atmar setzte sich in Bewegung. Seine Männer folgten ihm. Wie ein Schlafwandler erreichte er die Kämpfenden. Sein Schwert, längst in seiner Faust bereit, fuhr hinab, und der alte Kampfmagier ging zu Boden.

Jadhrin fühlte, daß er wieder zurückgezogen wurde. Verzweifelt tastete er nach irgend etwas, woran er sich festhalten konnte. Ein Schwert! Er griff zu. Dann wurde er zwischen den Beinen des Elementars hin-

316

durchgezerrt, in die Höhe gehoben und, kopfüber nach unten baumelnd, emporgerissen. Sein Bein war wahrscheinlich längst zerquetscht. Fühlen konnte Jadhrin aber nichts, denn eine vollständige Taubheit herrschte dort, wo eben noch Knie und Oberschenkel gewesen waren. Hinsehen wollte Jadhrin nicht, konnte es auch nicht, denn vor ihm tauchte plötzlich der Schlund des Elementars auf. Kleine weiße Dampfschwaden waberten aus der gähnenden Öffnung hervor.

Dann fühlte Jadhrin auf einmal eine intensive Energie seine Hand durchfahren. Ein rotes Glühen drang von unten empor. Etwas war in seinem Geist.

»Stoß zu!«

Jadhrin zögerte nicht lange und bohrte seine Klinge von unten dorthin, wo er bei dem Elementar den Hals vermutete. Die Klinge fuhr wie ein heißes Messer durch Butter und stieß auf der anderen Seite hinaus. Jetzt konnte Jadhrin deutlich den rot glühenden Rubin am Knauf des Schwertes in seiner Hand erkennen. Er mußte unwillkürlich das Schwert des Herulenar aufgehoben haben. Das Elementar taumelte zurück, ließ Jadhrin los, der mitsamt dem Schwert in seiner Faust zu Boden fiel und für einen Augenblick die Orientierung verlor.

»Hoch mit dir!«

Der Dashino raffte sich auf. Befand sich der Elfengeist jetzt in seinem Kopf? Aber warum war er dann noch Herr seiner Sinne? Er hatte das Gefühl, den Anweisungen in seinem Schädel freiwillig Folge zu leisten. Wenn er gewollt hätte, dann hätte er liegenbleiben können, was zur Zeit aber einfach die falsche Entscheidung gewesen wäre.

»Schnapp sie dir!«

Jadhrin blickte geradeaus. Der Elementar lag langausgestreckt auf dem Boden vor ihm. Ein Netz feiner Spalten begann sich bereits über seinen Körper auszu-

317

breiten. Sein rechter Arm ruhte über dem reglosen Körper Celinas. Hinter dem Wesen war, einige Schritte entfernt, der Sarkophag zu erkennen. Darauf stand eine verblüfft aussehende Eishexe. Ein langer, dünner Stab in ihren Händen wurde von den Resten blauer Energielinien umwabert. Ihren muskulösen, von einem dünnen Ledergeflecht umgebenen Körper umhüllte ein Mantel, dessen Material Jadhrin noch nie gesehen hatte. Hinter ihr traten einige andere Eishexen mit rötlich schimmernden Augen in Jadhrins Gesichtsfeld.

»Schnapp sie dir!«

Jadhrin setzte sich in Bewegung.

Rokko traute seinen Augen nicht. Er hatte gerade eine seiner beiden Gegnerinnen durchbohrt, da drängelten sich neben ihm Soldaten der Provinzarmee vorbei und stürzten sich, jede Gefahr verachtend, auf die Eishexen. Sie waren zwar mit Kurzschwertern und Schilden bewaffnet, schienen aber kaum ein Interesse daran zu haben, am Leben zu bleiben. Einer der Neuankömmlinge stürzte sich gezielt auf Rokkos zweite Gegnerin, ließ seine Deckung aber weit offen. Die Furie ließ sich nicht lange bitten und stach dem Mann das eine ihrer beiden Langmesser in den Hals. Noch im Fallen stürzte sich der Mensch auf die Eishexe und riß sie zu Boden, wo sie von zwei weiteren Männern durchbohrt wurde.

Rokko wollte sich gerade verwirrt umdrehen, als er sah, wie einer der Neuankömmlinge im Vorbeigehen einen der Ordenskrieger von hinten erstach. Er fuhr sofort herum und konnte gerade noch einem Stich ausweichen, der für ihn gedacht war. Der Mann vor ihm war ein Atmar der Provinzarmee, den Rokko nicht kannte. Erneut stach er mit seiner blutbefleckten Klinge nach ihm.

»Was …« Dann sah Rokko hinter dem Atmar Dorama auf dem Boden liegen. Eine blutige Wunde befand sich an der Seite seines Kopfes, wo einmal sein rechtes Ohr gewesen war. Rokko wurde langsam unruhig. Den ungeschickten Attacken des Atmar konnte er leicht ausweichen, aber hinter diesem schien eine halbe Kompanie darauf zu warten, sich auf ihn zu stürzen. Dorama war schwer verwundet oder tot, und wahrscheinlich würde von den Ordenskriegern schon bald niemand mehr in der Lage sein, ihm zu helfen.

»Ihr wollt den Kopf des alten Rokko?« schmetterte er seinen Gegnern, die ihn angriffen, entgegen. »Den sollt ihr haben!«

Rokko warf sich auf den Atmar, ließ sein eigenes Schwert fallen und ergriff dessen Schwerthand. Der Atmar versuchte seine Klinge zu befreien. Die anderen Provinzsoldaten hoben ihre Waffen. Rokko riß das Kurzschwert des Atmar herum und bohrte es sich in die Seite.

»Aaarghhh!« gab er seine beste Version eines schmerzerfüllten Todesschreis zum besten und ließ sich vor die Füße seiner Gegner fallen. Er fühlte noch ein Schwert in seinen Arm eindringen, schrie erneut und begann sich auf ›toter Mann‹ einzurichten. Seinen Blick starr an die Decke geworfen, bekam er nicht mehr allzuviel mit. Aber immerhin wurde er nicht weiter angegriffen, und die Soldaten schritten nach und nach alle an ihm vorbei, während er hinter sich immer weitere Todesschreie, sowohl menschliche als auch die von Furienkriegerinnen, hörte.

Shanfrada sah den Ordenskrieger auf sich zukommen, der gerade mit diesem furchtbaren magischen Schwert das Eiselementar gefällt hatte.

»Tötet ihn!« befahl sie ihren Schülerinnen und widmete sich ihrem Stab. Ihre Schülerinnen waren wahrscheinlich zwar totes Fleisch, aber sie würden ihr genügend Zeit verschaffen, einen angemessenen Zauber für den Empfang dieses Dashinos vorzubereiten.

Noch während die erste Schülerin zu Boden ging, begann Shanfrada die Formel auszusprechen. Dann sah sie, was sich weiter hinten im Gang ereignete. Im unruhigen Schein an Gürteln baumelnder kleiner Laternen und der Leuchtsteine der Furien konnte sie erkennen, wie sich frische menschliche Truppen einen Weg in ihre Richtung bahnten. Die Imperialen hatten noch mehr Nachschub, und ihre Furien waren fast alle tot, genauso wie ihre Schülerinnen, wie ihr ein rascher Blick bewies.

Shanfrada atmete tief durch und sah ein letztes Mal auf den Sarkophag, auf dem sie stand. Stand? Mit einem Schluchzer sank sie in die Knie.

Das konnte doch nicht wirklich wahr sein! Offenbar hatte es gereicht, daß das gegen Verzauberung geschützte Eiselementar den Steinsarkophag aus seiner Verankerung in der nebenan liegenden Grabkammer befreit und hierher gebracht hatte, um den Schutzzauber entweder auszulösen oder aufzuheben. Shanfrada hätte wahrscheinlich längst den Befehl geben können, den Deckel des Sarkophags zu lösen. Die Schriftrollen hätten längst in ihrem Besitz sein können.

Nur noch zwei ihrer Schülerinnen standen auf den Beinen. Warum auch immer, aber das Schwert schien auf den Ordenskrieger nicht die gleiche Wirkung zu haben wie auf die Frau. Er kämpfte zwar gut, dieser Dashino, aber es war keinesfalls vergleichbar mit der Technik, die zuvor die Frau gezeigt hatte. Er war bereits an verschiedenen Stellen verletzt. Shanfrada stand eine kurze Zeitspanne zur Verfügung.

Sie ließ den Stab fallen und stemmte sich gegen den Sarkophagdeckel. Der bestand zwar aus Stein, schien aber zur leichteren Handhabung mechanisch gelagert zu sein.

Jadhrin sah, wie die Eishexenzauberin den Deckel des Sarkophags zu bewegen begann. Während er weiter die nicht besonders geschickten Angriffe der beiden zierlichen Eishexen vor sich abwehrte, deren Augen im gleichen Rot schimmerten wie die der Magierin, hörte er in seinem Kopf wieder die Stimme des Elfengeistes.

»Sie darf den Inhalt nicht entdecken. Mach schnell!«

»Aber ich weiß, daß sich die Schriftrollen nicht in dem Sarkophag befinden!« antwortete Jadhrin. Dann mußte er sich konzentrieren. Eine seiner Gegnerinnen war unvorsichtigerweise zu nahe an ihn herangetreten. Er hatte sie mit einem Hieb des Schwertknaufs erwischt, aus dem Gleichgewicht gebracht und konnte sie so mit einem schnellen Stich niederstrecken.

»Du weißt gar nichts, Affe!« Die Stimme des Elfen klang zornig. Er konnte also doch Gefühle entwickeln. »Wenn sie die Schriftrolle liest, die in den Sarkophag gelegt wurde, sind wir alle in Gefahr!«

Jadhrin beschloß, den Worten des Elfen Glauben zu schenken, und stürzte sich mit neuem Nachdruck auf seine Gegnerin.

Es war geschafft. Mit einer letzten Kraftanstrengung schob Shanfrada den Deckel gänzlich zur Seite. Das modrige Skelett und die restlichen Grabbeigaben kümmerten sie überhaupt nicht, das einzig Wichtige waren die Schriftrollen. Doch es war nur eine einzige zu erkennen. Eine kleine Rolle grünlichen Pergaments, mit einem unbekannten Siegel versehen. Sie lag mitten auf der Brust des in zerfallene Gewänder gehüllten Leichnams. Shanfrada riß sie heraus und entfernte das Siegel. Sie hatte keine Ahnung, was das zu bedeuten hatte, aber diese Rolle war schlicht das einzige Schriftstück in dem Sarkophag.

Ein Blick in Richtung Gang bewies ihr, daß sie noch

321

ein wenig Zeit hatte. Ihre letzte Schülerin wehrte sich weiterhin verzweifelt gegen den Ordenskrieger. Es gab keine andere Möglichkeit, sie mußte die Schriftrolle ansehen, um zu wissen, ob sie den Schlüssel zu den Rollen des Gwydior barg. Alles hatte dafür gesprochen, daß sie sich im Grab Algrims des Weißen befänden, und fraglos handelte es sich bei dem Skelett um die Überreste genau dieses Mannes. Die Grabbeigaben sprachen eine deutliche Sprache.

Mit fiebrigem Blick überflog sie die Zeichen. Es war weder die Schrift der Menschen noch die der Isthakis. Es handelte sich um elfische Symbole. Gut! Die Symbole waren ebenfalls magischer Natur! Noch besser. Vielleicht bedurfte es eines letzten Zaubers, um das Versteck der Schriftrollen zu enthüllen.

Vor ihr ertönte ein spitzer Schrei. Der Mensch würde sie jeden Augenblick erreichen. Langsam, die Augen nicht von den Symbolen wendend, schritt sie zurück und begann zu lesen. Sie kannte die magische Schrift der Elfen, hatte sie sich in jahrelanger, mühevoller Arbeit angeeignet. Wie sollte sie sonst die Schriftrollen des Gwydior entziffern? Der Text vor ihr, das wurde ihr jetzt klar, war ein Zauberspruch, ein Spruch von nur wenigen Worten. Sie würde ihn beendet haben, bevor der Ordenskrieger sie erreichte.

Die Eishexe murmelte unverständliche Worte.

»Zu spät!« meldete sich der Geist in Jadhrins Kopf. »Sie hat begonnen, jetzt ist es zu spät.«

»Aber das können doch nicht die Formeln sein.« Jadhrin war sicher, daß es sich bei den Formeln um eine größere Anzahl wesentlich umfangreicherer Schriftstücke handeln mußte. Alles, was Dorama ihm davon erzählt hatte, deutete darauf hin. Trotzdem zögerte er, die Magierin der Eishexen anzugreifen, die, leise den Text der Schriftrolle vorlesend, in die Grabkammer

322

zurückwich. Warum war offenbar doch nur eine Schriftrolle in dem Sarkophag gewesen?

»Es sind nicht die Formeln. Die Besucherin aus der neuen Heimat hat sie auf ewig in den Stein des Grabmals gebannt. Was diese Eishexe vorliest, ist ein weiterer Schutz, den die Besucherin hinterlassen hat: die eigentliche Schutzvorrichtung, damit die Schriftrollen niemals mehr in die Hände Unbefugter gelangen können.«

Jadhrin folgte der Hexe vorsichtig in die Grabkammer. Der gesamte Raum erinnerte eher an eine Gletscherhöhle als an ein künstliches Bauwerk. Alles war mit Eis und Schneeverwehungen bedeckt, an verschiedenen Stellen des Saales lagen Leuchtkristalle auf dem Boden, die im Eis die erstaunlichsten Spiegelungen hervorriefen. Alles funkelte und glitzerte. Unter der Decke war eine von unten mit Eiszapfen überzogene Brücke zu erkennen, von der einige von Eis umgebene Seile wie dünne Säulen auf den Boden hinabhingen.

Die Magierin hatte sich bis zu einem Loch in der Mitte des Raumes zurückgezogen. Hier war der Boden unter der Eisoberfläche zu sehen, und wahrscheinlich hatte dort der Sarkophag gestanden, bis das Elementar ihn angehoben und hinausgetragen hatte. Um diese Stelle herum waren die Spuren der Tat in Form von zur Seite gefallenen Eisbrocken zu erkennen.

Rokko schaute sich sehr vorsichtig um. Die Provinzsoldaten waren alle an ihm vorbeigezogen und tobten sich jetzt im hinteren Teil des Ganges aus. In dem Durcheinander war nichts von Jadhrin und Celina zu erkennen. Die mußten jetzt auf sich selber aufpassen. Vorsichtig, seine schmerzende Seite möglichst wenig belastend, kroch der alte Pfadfinder auf die regungslose Gestalt Doramas zu. Sich selbst aufzuspießen war wirklich eine sehr unangenehme Sache. Aber Rokko hatte keine andere Möglichkeit gesehen. Nur wenn echtes Blut floß und ein Gegner spürte, wie einem Feind das Eisen ins Fleisch stieß, glaubte er diesem auch, wenn er sich anschließend tot stellte.

Rokko vermutete, daß das seltsame Verhalten der Soldaten mit dem Einfluß der Elfen zu tun hatte. Der Uisge half nur für eine bestimmte Zeit, das wußte er selbst am besten. Wenn er nicht immer zusätzlich zu seinem Lieblingsgetränk ein magisches Schutzamulett benutzt, das ihn vor der Übernahme durch die Geister bewahrte, hätte er sich wahrscheinlich schon längst in einen Zombie verwandelt.

Bei Dorama angekommen, prüfte er sofort den Puls des alten Magiers. Bei Kopfverletzungen konnte man nie wissen, wie schwer sie wirklich waren. Dorama sah zwar so aus, als gehöre er längst auf die Verlustliste, aber es war doch noch ein schwacher Puls vorhanden. Der Ordensmagier würde sich dauerhaft von einem seiner Ohren trennen müssen. Aber wenn Rokko es schaffte, ihn hier vorsichtig rauszubringen und in das Lazarett des Heeres zu schaffen … Dann, ja, dann hatte er vielleicht eine Möglichkeit, im nächsten Frühling wieder in seinem Zimmer in Andoran zu sitzen und Novizen zusammenzuschreien, wie er es so gern tat, wenn man Gannons Erzählungen trauen durfte.

Langsam begann er, Dorama vor sich herzuschieben, während er über die überall herumliegenden Leichen in Richtung der Treppe davonkroch.

Shanfrada hatte nicht verstanden, was sie vorgelesen hatte. Sie ahnte, daß es sich um einen Zauber handeln mußte, der einen anderen auslöste. Doch was genau passieren würde, konnte sie sich nicht im entferntesten vorstellen. Als sie ihrer Umgebung wieder die volle Aufmerksamkeit widmete, stellte sie fest, daß sie bis

an den ehemaligen Standplatz des Sarkophags zurückgewichen war.

Der Ordenskrieger mit dem Schwert stand ihr genau
gegenüber. Es schien, als lausche er auf irgend etwas.
Egal. Was immer sie gerade mit dem Zauber ausgelöst
hatte, die Schriftrollen waren nicht plötzlich aus dem
Nichts erschienen. Sie mußten irgendwo sein, und der
Mensch stand ihr im Weg. Sie sammelte sich für einen
neuen Zauber.

»Los!« Jadhrin hätte der Ermahnung des Elfengeistes
nicht bedurft. Die Hexe zauberte. So schnell es auf der
vereisten Oberfläche möglich war, rannte er auf sie zu.
Aber er war nicht schnell genug, denn die Hexe reckte
ihm bereits die Hand mit weit gespreizten Fingern entgegen. Die Finger wuchsen plötzlich, wurden länger,
bis sie an Eiszapfen erinnerten. Einer davon flog geradewegs auf Jadhrin zu, wurde im Flug noch länger, bis
er fast an einen Eispfeil erinnerte. Jadhrin hob das
Schwert, lenkte das Geschoß ab, das Merida sei Dank
nicht ganz so schnell wie ein Pfeil unterwegs war, und
warf sich zu Boden, als bereits das nächste Geschoß
auf ihn zuflog. Er machte eine Rolle, tauchte unter
einem dritten Pfeil hinweg und kam dort auf die Füße,
wo eben noch die Eishexe gestanden hatte. Die war
aber nicht mehr da, sondern einige Schritte entfernt
dabei, schräg an der vereisten Wand emporzugleiten.

Jadhrin war sich nicht sicher, aber er hätte schwören
können, daß die Hexe so etwas wie kleine Schlitten-
kufen unter ihren Stiefeln trug. Auf jeden Fall hatte sie
bereits eine beachtliche Geschwindigkeit erreicht. Ihr
langer Mantel flatterte hinter ihr im Fahrtwind.

Sie beschrieb eine Kurve, während sie mit immer
größerer Geschwindigkeit an der schrägen Eiswand
emporglitt, die die Seitenwände des Grabraumes überzog. Jadhrin blieb nichts anderes übrig, als sich mit ihr

zu drehen, während sie den Raum einmal umrundete. Irgendwann begann sie, wieder zu zaubern oder einen magischen Gegenstand anzuwenden, denn aus ihren Händen wuchs eine Art langer Keule mit einer Verdickung am oberen Ende. Die Keule schien ebenfalls aus Eis zu bestehen, aber Jadhrin wollte gar nicht erst ausprobieren, ob sie vielleicht zerbräche, wenn sie auf seine Rüstung traf. Eis verhielte sich so, aber er war bereit, Wetten darauf einzugehen, daß es nicht empfehlenswert wäre, die Sache auszuprobieren.

Die Eishexe schien ebenfalls dieser Meinung zu sein, denn mit einem letzten Schwung kam sie in den Raum hinunter und schoß mit unglaublicher Geschwindigkeit auf Jadhrin zu, der keine andere Möglichkeit sah, als den Hieb der Keule mit seinem Schwert zu parieren.

Im nächsten Augenblick fand er sich auf dem Rükken wieder und versuchte herauszufinden, ob der Aufprall auf dem steinharten Eisboden Knochenbrüche hervorgerufen hatte. Die Eishexe war auf ihren Kufen an ihm vorbeigeglitten und hatte ihm mit ihrer Keule einfach die Beine weggezogen. Jadhrins Schwert war schlicht an der falschen Stelle gewesen.

Verzweifelt blickte er sich um. Die Hexe glitt mit eleganten Bewegungen irgendwo über ihm an der Wand entlang. Mühsam versuchte er wieder auf die Beine zu kommen, als sie mit flatterndem Mantel und erhobener Keule erneut auf ihn zuraste. Jadhrin kam sich vor wie bei einem verrückten Winterspiel. Und sein Kopf war der Ball.

Doch bevor er sich näher über die Spielregeln Gedanken machen konnte, gab es eine Erschütterung, die den Boden hin und her wackeln ließ. Risse entstanden im Eis um Jadhrin herum. Die Wände schienen zu wackeln, und Jadhrin hatte ein sehr ungutes Gefühl. Immerhin bekam auch die Hexe die Auswirkungen der Erschütterung zu spüren. Sie geriet aus dem Gleichgewicht und fiel zu Boden, wo sie weiter in Richtung Jadhrin entlangschlitterte.

»Es ist soweit. Sie hat den letzten Schutz ausgelöst. Alles wird einstürzen ...«, erklangen die furchterfüllten Gedanken in Jadhrins Kopf.

Dieser hatte keine Zeit, dem plötzlich so gefühlsbetonten Geist zuzuhören. Die Hexe war neben ihm angekommen, und sie war wesentlich besser in Form und beweglicher als ein verwundeter und schwergepanzerter Ordensdashino. Jadhrin konnte einen ersten Hieb der Keule nur mit großer Mühe parieren, als die Hexe schon wieder auf den Beinen war. Jadhrin, der erst eine hockende Haltung erreicht hatte, wurde mit einem Tritt ihrer kufenbewehrten Stiefel in seine Hoden zurückgeworfen. Als er schmerzverkrümmt wieder etwas wahrnehmen konnte, stand die Hexe mit einem triumphierenden Lachen über ihm und hatte ihre Keule zu einem erneuten Hieb erhoben.

»Alles ist zu Ende, wir sind alle verloren! Wir haben der Besucherin unser Wort gegeben, und sie hat uns davor gewarnt, sie zu enttäuschen!«

Der Geist war ihm keine große Hilfe.

Eine erneute Erschütterung brachte den Boden zum Schwanken. Kurze Zeit gab Jadhrin sich der Hoffnung hin, daß die Eishexe vielleicht von ihrem tödlichen Schlag abgehalten würde, aber sie war nur einen Schritt zurückgetreten, um ihre Balance zu wahren. Der Schlag der Keule würde kommen.

Der Schritt hatte die Eishexe allerdings gerade unter die Brücke gebracht, die sich knapp unter der Decke des Raumes erstreckte. Dort erblickte Jadhrin eine stattliche Menge Eiszapfen, Eiszapfen von teilweise beeindruckender Größe, Eiszapfen, die durch die Erschütterung gelockert worden waren und von denen einer nun genau auf die Eishexe hinabfiel.

Jadhrin rollte sich zur Seite. Er hörte nur ein lautes, splitterndes Geräusch, und es kam kein tödlicher Keulenhieb. Er rappelte sich auf und blickte die reglos daliegende Eishexe an. Von dieser Seite drohte keine Gefahr mehr.

Wieder bebte der Boden mit einem hörbaren Donnern, und was jetzt aus der Decke zu Boden stürzte, war bei weitem mehr als ein vereinzelter Eisbrocken. Es wurde höchste Zeit, hier herauszukommen. Jadhrin drehte sich um und rannte in den Gang zurück. Er mußte wissen, was mit Celina geschehen war.

Als er durch den Durchbruch in den dahinter liegenden Gang gelangte, blieb er zunächst erschüttert stehen. Im hinteren Teil des Ganges war die Decke eingestürzt. Überall lagen tonnenschwere Steine, hier und da ragte noch eine Waffe oder eine Hand aus dem Chaos hervor. Ein Durchkommen war hier nicht möglich. Schon ein paar Schritte weiter türmte sich das Geröll des Einsturzes bis unter die Decke. Jadhrin trat nach vorn. Wieder kam es zu einer wüsten Erschütterung. Überall krachte und knirschte es.

»Wir müssen hier raus! Sie sind alle endgültig begraben. Alle sind tot! Alle!« Die Stimme des Elfengeistes schwankte zwischen Begeisterung und Panik. »Ich bin der einzige Überlebende! Das Schwert schützte mich. Mensch, bring mich hier raus, und ich werde dich reich belohnen!«

Wortlos steckte Jadhrin die Klinge in die leere Scheide an seiner Rüstung. Das Glühen des Rubins wurde schwächer und erlosch dann ganz. Für einen kleinen Augenblick kehrte Ruhe ein, bevor die nächste Erschütterung losbrach.

In diesem winzigen Moment glaubte Jadhrin jedoch ein schwaches Stöhnen vernommen zu haben. Er stürzte nach vorn, schob einen großen Brocken Eis, wahrscheinlich einen Teil des Eiselementars, zur Seite und sah, eingeklemmt in eine kleine Lücke, Celina vor sich. Blutverschmiert, schmutzig, erschöpft und ängstlich, aber am Leben!

»Celina!« Jadhrin konnte es beinahe nicht fassen. »Du lebst!«

Ein leises »Ja« blieb die einzige Antwort.

Mit aller Kraft, die er noch übrig hatte, begann Jadhrin Celina aus der Lücke hervorzuzerren. Er würde sie hier herausbringen, koste es was es wolle.

KAPITEL 29

27. Jantir 716 IZ

Die Festung Soron

Gannon warf einen letzten Blick über die Schulter in Richtung der Festung. Auf diese große Entfernung war ihr nicht viel von den Zerstörungen anzumerken, die sie im Verlauf der letzten Wochen hatte erdulden müssen. Das sichtbarste Zeichen der Geschehnisse war das Fehlen der gewohnt hoch aufragenden Silhouette des Elfenspitz.

Während der Eroberung durch das Imperium war es in seinen Kellern zu einer schrecklichen Katastrophe gekommen. Die wenigen Überlebenden hatten berichtet, daß es dort unten schwere Erschütterungen gegeben hatte, die schließlich dazu führten, daß der gesamte Unterbau des Turmes in tiefer gelegene Kelleranlagen absackte, was wiederum bewirkte, daß das Bauwerk ineinander fiel.

Merida sei Dank, hatten sich diese Ereignisse erst in den letzten Phasen der Schlacht zugetragen. Die Zahl der Verluste beim Einsturz des Turmes wäre wesentlich höher gewesen, wenn es während der schweren Kämpfe, die sich im Inneren und in der Nähe des Elfenspitz abgespielt hatten, dazu gekommen wäre. Trotzdem war kaum einer der Soldaten, die zu diesem Zeitpunkt die letzten isthakischen Verteidiger aus dem Elfenspitz vertrieben hatten, mit dem Leben davongekommen. Die Katastrophe ließ jedoch die Moral der Isthakis unter dem Kommando der Südhexe endgültig zusammenbrechen. Sie hatten sich mit letzter Kraft aus dem Neuen Bergfried über die beiden Höfe der Festung hindurchgekämpft und waren in ihre eisige Heimat geflohen.

Immerhin war kaum ein Viertel des isthakischen Heeres entkommen: so schnell würden sich die Feinde des Imperiums wohl nicht zu einem neuen Angriff entschließen. Hunderte toter Tiermenschen, Eishexen und menschlicher Diener des Eisdämons waren zusammen mit den Resten des Lagers der Tiermenschen zu einem riesigen Scheiterhaufen im unteren Innenhof der Festung aufgeschichtet worden. Zwei Tage lang hatte das Feuer gebrannt und seinen schwarzem Qualm hoch in den Himmel aufsteigen lassen. Ein sichtbares Zeichen dafür, daß es im Kampf um die Festung Soron für diesen Winter zu einer Entscheidung gekommen war. Die fliehenden Isthakis würden die Nachricht über Niederlage und Sieg verbreiten.

Gannon rückte mit einem Teil des Heeres, das an der Rückeroberung der Festung teilgenommen hatte, wieder ab. Es galt, die Reste der isthakischen Plünderer aus den nördlichen Regionen der Provinz zu vertreiben und die Sicherheit in Anxaloi wieder herzustellen.

Vorn an der Spitze der Formation ritt Khaibar Bran Sheben, der Sieger von Soron. Er würde mit dem Großteil der Truppen aus der Zentralprovinz in kurzer Zeit wieder nach Süden zurückkehren. Doch vorher wollte er dafür sorgen, daß ein neuer Gouverneur in Leigre ernannt wurde. Dabei galt es, auf eine Entscheidung des Kaisers aus Emessa zu warten. Eine Entscheidung, die in hohem Maße mit der Einschätzung des Khaibars über die Lage und die politischen Erfordernisse in Anxaloi zusammenhing.

Gannon, der ein wenig über die Hintergründe der Ereignisse der letzten Wochen erfahren hatte, schmerzte es, aber mit hoher Wahrscheinlichkeit würde Herkyn Andron Fedina zum neuen Gouverneur ernannt werden. Er hatte sich bei der Eroberung des Alten Bergfriedes ausgezeichnet. So erzählten wenigstens die

Brüder, die dabeigewesen waren. Gannon für seinen Teil konnte sich nur schwer vorstellen, wie Andron das fertiggebracht haben sollte. Er hatte den Sproß des Verräters Grigor Fedina kennengelernt und war sehr froh, nicht weiter in der Provinz Anxaloi Dienst tun zu müssen.

Das galt auch für seinen Dashino Jadhrin Thusmar, der kurz hinter ihm auf einem Schlachtroß durch den Schnee ritt. Der Dashino hatte als einer der ganz wenigen die Ereignisse in den Kellern unter dem Elfenspitz erlebt. Der Dashino war kurz nach der Schlacht zu einem langen Gespräch mit dem Khaibar Bran Sheben und einigen anderen hohen Offizieren des Heeres gerufen worden. Nach dem Gespräch hatte Gannon von Jadhrin nur erfahren, daß er mit der Order versehen worden sei, sich so schnell wie möglich im Kloster Andoran zu melden.

Gannon konnte sich vorstellen, was dort auf Jadhrin wartete. Er hatte viel erlebt, was vor ihm kein anderer Ordenskrieger gesehen oder getan hatte. Zahlreiche Brüder würden mit ihm reden wollen, Brüder, die für seine Zukunft sehr wichtig oder sehr hinderlich sein konnten. Meridas Licht strahlte im Augenblick hell über dem Dashino.

Rokko blickte aus den bewaldeten Hügeln auf die Kolonne hinab. Sein kleines struppiges Pony versuchte, mit seiner Schnauze unter dem Schnee etwas zu fressen zu finden. Sein Bruder und der Dashino Jadhrin Thusmar waren bei den Truppen, die dort nach Süden zogen, und würden über Leigre ins Zentralkloster des Ordens weiterreisen. Dort würde der Dashino mit ziemlicher Sicherheit einigen Streitern für mehrere Wochen zur Verfügung stehen. Wenn alles gutging und der junge Mann nicht den Eindruck erweckte, durch seine Erlebnisse vom rechten Weg des Reinigenden

Lichtes abgekommen zu sein, würden sie wahrscheinlich versuchen, ihn für die Streiter anzuwerben.

Rokko schüttelte den Kopf. Die Streiter waren, wenn man ihn fragte, eine Bande engstirniger Fanatiker. Der Junge hatte so viele Fähigkeiten. Er wäre bei Rokkos Auftraggebern bedeutend besser aufgehoben. Er hatte diesbezüglich schon eine Botschaft nach Emessa geschickt. Man würde sehen.

Er blickte zur Seite. Neben ihm saß eine junge Frau im Sattel eines anderen Ponys. Sie hatte Rokko gefragt, ob sie ihn begleiten konnte. Zuerst war der alte Pfadfinder mißtrauisch gewesen. Warum fragte sie ihn? Wußte sie etwas über sein wahres Wesen? Doch dann hatte sie ihm erklärt, weshalb sie ihn begleiten wollte.

»Rokko«, hatte sie gesagt, »ich kann nicht hier bleiben. Wenn Andron wirklich Gouverneur wird, werde entweder ich ihn töten oder er mich.« Sie hatte gewartet, ob Rokko etwas zu ihren Äußerungen sagen wollte. Doch er hatte geschwiegen. »Ich bin die letzte meiner Familie. Sicher, wir haben noch Verwandte in der Nähe von Thorwall. Aber die sind alle alt. Ich bin diejenige, die den Titel des Laird tragen würde. Wenn ich Andron Fedina umbrächte, dann würde dies das endgültige Aus für meine Familie bedeuten. Die Fedinas würde alle Sedryns umbringen. Nein, ich muß auf meine Rache verzichten. So sehr ich seinen Tod will. Außerdem ...« Sie ergriff den Knauf der Klinge, die in einer Scheide auf ihrem Rücken befestigt war. Der Rubin im Knauf leuchtete sofort auf. »Es ist jemand in dem Schwert, der seine Ruhe will. Ich, wir alle, schulden ihm etwas. Kalnel soll seinen Frieden finden. Deshalb muß ich nach Süden reiten, weit in den Süden, über die Grenzen des Imperiums hinaus. Ich bitte dich, Rokko. Bring mich nach Iconessa. Wir können vorher auf unserem Landgut vorbeisehen. Dort werde ich versuchen, die Ländereien zu verkaufen, damit ich dich bezahlen kann. Bitte, du mußt mir helfen.«

»Was ist mit Jadhrin?« hatte Rokko gefragt.

»Er hat seine Befehle. Ich möchte ihn wiedersehen. Aber zuerst muß ich mein Leben wiederfinden. Dazu gehört, mit dem Schwert umgehen zu lernen. Es steckt viel in dieser Klinge, Rokko! Aber das Schwert des Herulenar soll *mir* dienen, nicht ich ihm. Aus diesem Grunde muß ich lernen, wie man es führt, es beherrscht. Das ist etwas, worum ich dich ebenfalls bitten möchte, Rokko. Ich bin es gewöhnt, ältere Männer auf Reisen um mich zu haben.« Sie hatte gelächelt. »Und du und Wayn, ihr hättet euch bestimmt gut verstanden.«

Schließlich hatte Rokko seine Einwilligung gegeben.

Nachdem er den schwerverletzten Dorama an die Oberfläche gebracht hatte, war er von einem Heiler des Ordens behandelt worden. Magie hatte seine Wunden geschlossen. Auch die Verletzungen des Senior-Kampfmagiers würden heilen, obwohl Rokko bezweifelte, daß selbst die besten Heilzauber der Priester der Merida-Kirche Doramas abgetrenntes Ohr wieder nachwachsen lassen konnten.

Nun, vielleicht würde das den alten Habicht dazu bringen, eine Weile im Kloster Andoran seinen Lehrtätigkeiten nachzugehen, bevor er sich in das nächste Abenteuer stürzte.

»Viel Glück, Jadhrin«, flüsterte Celina der schneebedeckten Landschaft zu. »Ich denke an dich.«

Rokko riß sein Pony herum. Er blickte Celina an, die ihn aus traurigen grünen Augen aufmerksam musterte.

Der alte Pfadfinder nickte. Vielleicht würde es doch jemanden geben, den er mit seinen Auftraggebern bekannt machen könnte.

»Reiten wir!«

Großformatige Box mit 80 Zinnminiaturen, vier farbigen Spielplänen, ausführlichen Spielregeln mit Hintergrund, Markern, Würfeln, usw.

Erhältlich im gutsortierten Fachhandel oder direkt bei

HOBBY PRODUCTS

Postfach 10 10 20   46010 Oberhausen

www.hobbyproducts.com

Robert Jordan & Teresa Patterson

Die Welt von Robert Jordans DAS RAD DER ZEIT

Der einzigartige, umfassende Führer über Länder, Völker, Geschichte und Personen der Welt des RADs DER ZEIT. Mit zahlreichen ganzseitigen Farbtafeln, Karten und Zeichnungen.

EIN MUSS FÜR JEDEN FAN DES GROSSEN BESTSELLER-ZYKLUS!

»Mit dem RAD DER ZEIT übernimmt Robert Jordan die Herrschaft über eine Welt, die Tolkien einst entdeckte.«
THE NEW YORK TIMES

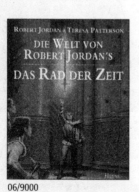

06/9000

HEYNE-TASCHENBÜCHER